PPDA
LE PRINCE NOIR

Romain Verley

PPDA
Le Prince Noir

Fayard

Couverture : Le Petit Atelier
Photo de couverture : Patrick Poivre d'Arvor à Cannes en 1985

ISBN : 978-2-213-72533-8
Dépôt légal : février 2023

Cet ouvrage contient de nombreux témoignages de femmes portant différentes accusations à l'encontre de Patrick Poivre d'Arvor. Confronté à des mises en cause dans le cadre de procédures pénales engagées, celui-ci a réfuté ces accusations en précisant notamment : « J'ai contesté à chaque fois cette description, ce n'est absolument pas moi, il m'est arrivé de passer d'une femme à une autre et certaines ont pu être choquées et en être malheureuses. Je ne cherche pas à paraître plus angélique que je suis, mais je tiens à dire que je respecte les femmes. » À l'heure actuelle, les procédures sont en cours et Patrick Poivre d'Arvor bénéficie de la présomption d'innocence. Si certains faits sont prescrits, certains autres pourraient donner lieu à une instruction voire à un jugement.

PROLOGUE

ENQUÊTER SUR LE SYSTÈME PPDA

« La vérité d'un homme,
c'est d'abord ce qu'il cache[1]. »
André Malraux

Depuis un an et demi, je tourne autour de quatre célèbres initiales : PPDA. J'en ai perdu le sommeil. Je passe en boucle les témoignages accablants de femmes qui accusent Patrick Poivre d'Arvor d'agression sexuelle et de viol.

J'ai l'impression de m'être enfermé dans un obscur labyrinthe. À l'intérieur, je suis cerné par l'ampleur du phénomène PPDA, par toutes les autres facettes moins connues d'un seul et même personnage parfois présenté comme affabulateur, avare, faussaire, plagiaire… Cet homme puissant et protégé a survécu à toutes les affaires depuis quatre décennies.

Je suis journaliste d'investigation et je travaille pour la télévision depuis ma sortie d'école de journalisme en 2005. J'ai commencé ma carrière dans le groupe TF1 comme reporter ; PPDA – à la toute fin de son règne – a lancé mes premiers sujets pour le 20 Heures. Quelle fierté, à l'époque, d'être cité à l'antenne par le journaliste le plus connu de France à la tête du premier journal télévisé d'Europe !

En 2008, au faîte de sa gloire, il était le présentateur préféré des Français. On l'a regardé, on l'a écouté, on lui a fait confiance. On l'a invité tous les soirs dans notre salon. Il faisait partie des meubles et presque de la famille avec sa tête de gendre idéal, son regard langoureux et sa voix mielleuse pour susurrer les nouvelles du soir. La vedette du petit écran avait le don d'ubiquité : sur le tapis rouge de Cannes, en tribune VIP à Roland-Garros, au marathon de New York, aux galas de bienfaisance, sur les pistes de Courchevel, sur une plage des Côtes-d'Armor, à la Foire du livre de Brive. À la une de *Paris Match*, il a exhibé ses conquêtes, sa vie personnelle et son chagrin après le suicide de sa fille Solenn. On a alors admiré son engagement dans la lutte contre l'anorexie chez les adolescentes. PPDA était archiconnu, reconnu, mais finalement inconnu. Même pour ses proches (qui ne parlent pas), ses téléspectateurs, ses ex-collègues, il reste une sombre énigme.

Abasourdis et déconcertés, les Français découvrent aujourd'hui un tout autre visage du soi-disant séducteur du 20 Heures. En février 2021, une femme, seule, ose dénoncer la star des médias. Florence Porcel porte plainte pour deux viols en 2004 et 2009. Elle est la grenade qui a fait exploser l'affaire PPDA[2].

Au moment où j'écris ces lignes, au moins trente-cinq femmes ont témoigné devant la police judiciaire, vingt-deux ont porté plainte dont onze pour viol. Elles décrivent un lugubre cérémonial à TF1 après le JT avec le même *modus operandi* et toujours dans le même lieu : son bureau comme un piège. Elles dépeignent l'homme en pervers narcissique et prédateur sexuel. C'est parole contre paroles, le démenti d'un homme contre les plaintes de dizaines de femmes. Acculé, Patrick Poivre d'Arvor réfute catégoriquement, dans la presse et devant les enquêteurs, toutes les accusations à son encontre. Selon ses avocats : « M. Poivre d'Arvor n'a jamais agressé ni harcelé et encore moins violé quiconque, que cela soit, enfin, entendu[3]. » La ligne de défense de l'ex-star de la télévision : cette affaire ne serait qu'un « complot » ourdi par de « fausses victimes » malheureuses d'avoir été éconduites ou en mal de notoriété et uniquement attirées par « le pouvoir, la célébrité, l'argent et l'uniforme ». Il nie en bloc. Elles font bloc. Selon l'association MeTooMedia, au moins quatre-vingt-dix femmes se sont manifestées depuis le début de l'affaire PPDA déclenchée par les révélations de Florence Porcel, ouvrant ainsi un chemin pour la libération de la parole de femmes jusqu'alors silencieuses. Combien sont-elles encore à se taire et à se terrer, par honte, culpabilité et peur d'éventuelles représailles ?

Depuis un an et demi, donc, je travaille à plein temps sur cette affaire. Je ne fais que ça : je lis PPDA, je mange PPDA, je regarde PPDA, je dors PPDA, je parle PPDA. Pas un jour sans qu'on m'interroge sur lui, tant il intrigue, révulse, passionne, divise, dérange… Cette enquête est la plus dure que j'aie jamais menée durant mes dix-sept années de carrière. Il m'a été plus éprouvant de travailler sur l'ex-icône de TF1 que sur le financement présumé de la campagne de Sarkozy par Kadhafi, les époux Balkany et la corruption à Levallois, la Coupe du monde au Qatar et le vote de Platini. Il m'a été plus difficile d'enquêter sur l'affaire PPDA que sur les comptes offshore du géant Total aux Bermudes, les liens du sang des frères Kouachi et les attentats de *Charlie Hebdo*, le flic ripou Michel Neyret à Lyon, le vol Air Cocaïne entre Punta Cana et Saint-Tropez, l'empire Wendel et les démêlés fiscaux d'Ernest-Antoine Seillière ou encore le plus grand dopé du cyclisme, Lance Armstrong.

Pour France 2, j'ai réalisé le documentaire « PPDA, la chute d'un intouchable[4] » diffusé le 28 avril 2022. Cette émission de *Complément d'enquête* a battu tous les records : 2 millions de téléspectateurs et 20 % d'audience. PPDA – l'ex-machine à cash de la première chaîne – fait encore de la « PDA », de la part d'audience. Après ce reportage, de nouvelles personnes m'ont contacté. Parmi elles, des femmes, mais aussi des hommes, toutes et tous mal à l'aise avec ce fantôme qui rôde encore dans les médias et l'édition. Mon enquête n'était pas terminée : il me fallait passer à l'écrit pour traduire l'immensité du système que le prince de la télé a réussi à bâtir.

Depuis un an et demi, et non sans difficulté, j'ai rencontré et interviewé plus de cent personnes qui le connaissent personnellement et qui ont travaillé à ses côtés à Antenne 2, TF1, mais aussi à LCI ou à Radio Classique. Lors de mes entretiens et recherches, j'ai tout noté, tout scripté, tout archivé : enregistrements sonores, émissions de télévision, articles de presse. J'ai même rédigé des fiches de lecture des livres de PPDA. Entre les lignes, l'écrivain prolixe a glissé des indices sur son obsession du sexe, son hubris et sa mégalomanie. Grâce à de nouveaux témoins, il m'est possible de raconter en détail les affaires de violences sexuelles et sexistes, mais aussi les coulisses de la fausse interview de Castro pour laquelle PPDA ne sera jamais sanctionné ; sa condamnation judiciaire dans l'affaire Botton qui sera fatale… à sa patronne ; sa boulimie de manuscrits anciens dans le scandale Aristophil ; sa vengeance et ses déboires littéraires avec son ex-compagne Agathe Borne ou encore l'accusation de plagiat relative à sa biographie de Hemingway. PPDA, le timide garçon de province monté à Paris, n'a jamais cessé de mentir pour légender et fantasmer sa vie. Il fallait donc revisiter son passé pour esquisser la biographie non autorisée la plus complète possible. En ressort une histoire fascinante, vertigineuse et glaçante. Chaque chapitre de ce livre est une pièce d'un puzzle complexe qui dessine un portrait de Patrick Poivre d'Arvor en noir et blanc avec des zones grises.

Raconter l'affaire PPDA, c'est retracer quarante ans de télévision, de pouvoir, de relations femmes-hommes. Explorer le système PPDA, c'est dénoncer quarante ans de secret, d'impunité et de déni. Cinq ans après

MeToo, pourquoi ce silence assourdissant et cette lenteur judiciaire ? Pourquoi, encore aujourd'hui, la société française ne s'est-elle pas totalement emparée de l'affaire PPDA à l'instar de l'affaire Harvey Weinstein et autres ? L'ex-présentateur a fini par devenir le symbole de la domination masculine qui a tout particulièrement cours dans les médias. Au-delà de l'affaire qui le poursuit aujourd'hui, nous verrons que disséquer le patriarcat à l'œuvre dans sa trajectoire permet une lecture nouvelle du quatrième pouvoir. Une lecture choquante, parfois terrifiante, mais qui peut servir à faire bouger les lignes.

Grâce à son charme, à son aura et à son talent pour parler à une caméra, PPDA a été longtemps considéré comme le monstre sacré de la télévision. Aujourd'hui, il est décrit comme l'incarnation d'un monstre. Comment avons-nous pu participer, consciemment ou pas, à sa fabrication ? Nous, ce sont ses collègues, ses patrons, ses directrices, ses assistantes, ses éditrices, ses attaché(e)s de presse… qui l'ont laissé prospérer et sévir. Nous, c'est un peu vous aussi : les dix millions de téléspectateurs fidèles du 20 Heures, les lecteurs bon public de ses romans à l'eau de rose, les acheteurs de la presse people avides des nouvelles conquêtes du don Juan de la télé. Pendant des décennies, on a regardé PPDA enfermé dans son poste, bien cadré, de face, avec une image trop lisse de gentleman présentateur. Pour mieux cerner le journaliste aux multiples visages, il faut le scruter de profil, de biais, de dos. Afin de percer le mystère PPDA, éteignez la télévision et lisez ! Derrière l'écran noir se cache le Prince Noir.

10 JUILLET 2008, LE PREMIER JOUR DU RESTE DE SA VIE

Des images rares : Patrick Poivre d'Arvor dans son bureau le jour de son départ de TF1. La star du JT, licenciée, fait ses cartons… filmée par sa fille aînée.

Ainsi débutait mon documentaire « PPDA, la chute d'un intouchable » diffusé sur France 2 dans l'émission *Complément d'enquête*. En écumant les dizaines de sujets réalisés sur la carrière exceptionnelle du présentateur, je débusque ce reportage de 52 minutes intitulé « Patrick Poivre d'Arvor, journal d'un homme pressé[1] », diffusé sur France 5 dans la collection *Empreintes*. Produit par une société au nom si évocateur, Camera Lucida, il est réalisé par sa fille, Dorothée Poivre d'Arvor, avec des images inédites et personnelles. Le journaliste est le personnage unique de ce film hagiographique. Patrick sort de l'eau froide tel un Apollon breton, Patrick fait visiter sa maison de Neuilly remplie de vingt mille livres du sol au plafond, Patrick grimpe un sommet enneigé tel un écrivain-aventurier, Patrick évoque le souvenir de sa fille Solenn. Patrick par-ci, Patrick par-là. Patrick partout. Un film à « la gloire de mon père ».

La production accepte de vendre pour mon documentaire sur France 2 deux précieuses minutes. Tarif non négociable : 2 800 euros. Bien au-dessus des barèmes en vigueur, mais ces images ont une valeur de document. Avec mon monteur Mikaël Bozo, on choisit les bons rushs, les bonnes ambiances à la seconde près. Deux minutes pile dans les coulisses de son dernier JT. La diffusion du sujet sur France 2 se rapproche quand, au trente-cinquième jour de montage, la production Camera Lucida nous envoie un mail : finalement, la fille aînée de PPDA nous interdit d'utiliser ses rushs. C'est son droit, elle est autrice des images. On obtempère, bien sûr. Des extraits du documentaire sont facilement accessibles en ligne et le DVD se revend 1,04 euro sur les sites marchands.

10 juillet 2008. Premier plan du sujet de Dorothée Poivre d'Arvor. Son père est assis à son bureau, petites lunettes grises posées sur le bout du nez. Il vide des tiroirs remplis de bricoles : stylos fétiches à encre violette, paquet de mouchoirs et plusieurs médailles de la Vierge miraculeuse. On entend sa fille demander : « On est un peu triste un jour comme celui-là ? — C'est difficile d'être gai, pour dire la vérité. » Les déménageurs sont déjà là, ils n'attendent pas. La grande photo de son autre fille, Solenn, a été enlevée, laissant une trace jaunâtre sur le mur gris. Un poster

bleu délavé reste encore punaisé avec le slogan « On l'appelle la perle rose de Bretagne ». Dans un coin gît une image en noir et blanc de la Vierge Marie, décrochée de la porte d'entrée. La plupart des cadres ont été enlevés, les nombreux livres rangés dans des cartons, le tout emporté sur un diable. Les convoyeurs vident et nettoient le bureau.

Selon le témoignage de plusieurs femmes, cette pièce serait le lieu du crime. Devant les enquêteurs, plus d'une dizaine racontent avoir été violées ou agressées dans le bureau de PPDA à TF1. Selon elles, des actes commis ici, sur le bureau ou sur la moquette, entre 1992 et 2008. Insensé d'imaginer que, en ce 10 juillet 2008, la fille aînée de PPDA filme – sans se douter de rien – le bureau de son père, aujourd'hui au centre de l'affaire judiciaire.

Pour son dernier jour à TF1, Dorothée Poivre d'Arvor suit son paternel jouant le rôle du martyr injustement séparé à jamais de son public : « Il faut relativiser, c'est un licenciement comme il en existe dans un grand nombre d'entreprises, mais c'est vrai qu'il s'est tissé un rapport particulier aux Français et ce rapport est tout d'un coup coupé brutalement sans que j'en aie eu le désir. On est submergé de nostalgie. Pas d'amertume, il faut réserver cela aux grands moments, aux moments difficiles, j'en ai connu quelques-uns. » La séquence se termine avec le présentateur qui triture et hésite entre deux cravates mauves pour se rendre à l'antenne. Sa fille lui conseille la plus claire. Il choisit l'autre. La caméra le suit dans les couloirs de TF1 jusqu'au plateau. Il entre. La lourde porte se ferme. La lumière rouge s'allume. « Madame, monsieur, bonsoir. »

La dernière fois que j'ai vu Patrick Poivre d'Arvor, c'était ce jour-là, celui de son départ de TF1. Le jeudi 10 juillet 2008, le premier jour du reste de sa vie. Pour son ultime JT, nous sommes près de dix millions de téléspectateurs rassemblés. Un score historique : 49,3 % de part d'audience. Ce soir-là, un Français sur deux devant la télé regarde PPDA. Et moi, je suis planté là, au milieu de la rédaction de TF1. Un spectateur ébloui par le personnage et impressionné par l'événement. Il y a quelques mois, je suis arrivé à TF1 comme journaliste au service « économie ». Fierté du reporter débutant qui a signé « son premier 20 Heures » dans le journal de PPDA. Il a lancé mon sujet : « Un reportage de Romain Verley. »

Pour le grand soir, j'ai pris mon appareil photo. Devant le studio du 20 Heures, il y a près de cent cinquante personnes. Je me sens chanceux d'être parmi elles. Mon chef de service, Philippe Morand, ne m'a pas envoyé sur le terrain, c'est rare. Je n'ai pas de sujet pour ce soir. Je vais pouvoir profiter de ce moment unique dans l'histoire de la télévision, mais aussi dans ma jeune carrière. Loin de penser que cette journée à TF1 sera le premier chapitre d'un livre que je commencerai à écrire quatorze ans plus tard. Bien loin d'imaginer que tous les indices de l'affaire qui porte aujourd'hui les quatre initiales sont déjà tous réunis.

12 heures : toute la rédaction est conviée à un apéritif dans la salle de conférence. Une énorme table trône dans cette pièce trop petite pour l'accueillir. Les chefs sont assis, les autres restent debout. On s'entasse. On chuchote. L'ambiance est conviviale. On attend et on l'attend. Patrick est en retard, une habitude. Nonchalamment, la star entre dans la salle sans s'excuser. Classique. Il s'installe sur sa chaise noire à roulettes habituelle en bout de table. Il préside. Patrick mâchouille quelques mots à voix haute sans avoir pris la peine de préparer un discours d'adieu. Quelques applaudissements à l'unisson. Pas très à l'aise, je prends quelques photos.

Pour cette enquête, j'ai remis la main sur mon album « TF1 ». Sur mes tirages argentiques 10 × 15 cm, on voit Patrick Poivre d'Arvor, pantalon noir de costume, ceinture noire, chemise blanche ouverte. Plutôt souriant, détendu et bronzé. À sa gauche, sa fidèle et redoutée rédactrice en chef Geneviève Galey se tient droite, son chef d'édition Philippe Perrot lui sert un verre de rouge, son assistante Marie-Hélène Mille lui tend un téléphone en lui chuchotant à l'oreille. Son autre assistante, Fanny Schwarcfeld, et son réalisateur historique, Jacques Asline, sont à l'opposé de la table. Eux sont la garde rapprochée du prince du 20 Heures. PPDA reste un peu en retrait. Des planches de charcuterie, des cacahuètes et des chips molles circulent entre nous. Sur mes photos, j'aperçois un ex-collègue filmant avec un mini-Caméscope. Une heure de rushs qu'il a précieusement conservés et me confie pour illustrer les deux minutes manquantes au début de mon documentaire. Sur les images tournées dans la même salle de conférences, on voit certaines assistantes émues qui viennent saluer Patrick dans de chaudes embrassades. Une petite demi-heure et l'homme pressé s'en va. En quittant la salle, il ne manque pas de complimenter la tenue échancrée d'une jeune journaliste. Il se rince l'œil et je l'entends plaisanter un peu lourdement. Dans le couloir, une journaliste l'embrasse chaleureusement. À l'image, j'aperçois une main baladeuse dans le bas du dos de la femme élancée.

14 heures : tous les journalistes envahissent le plateau du JT, après le 13 Heures de Jean-Pierre Pernaut. L'assistante de Patrick, Marie-Hélène Mille, lui a concocté une surprise. Réunir toute la rédaction de TF1 le temps d'une photo souvenir réalisée par le photographe François d'Armigny. Une absence remarquée, celle de Claire Chazal, sa première favorite et binôme du week-end.

19 h 45 : la tension monte d'un cran au premier étage de TF1. Tout le monde s'est rassemblé devant le studio du JT. Dans la grande salle de fabrication, les assistants d'édition montent les dernières images pour les titres du journal, devant un mur de télévisions pour scruter la concurrence. Dans la petite salle de frappe attenante, Patrick Poivre d'Arvor dicte à voix haute à sa prompteuse historique Rosine Mondor le dernier lancement du dernier sujet de son dernier journal. Sa maquilleuse attitrée, la coupe blonde au carré, donne le dernier coup de pinceau. Dans le miroir, Patrick se regarde et aperçoit dans le reflet tous ses collègues qui l'attendent derrière la paroi en verre. Flegmatique

et un brin détaché, il fend la foule pour rejoindre le studio. Beaucoup de sourires. Du clan PPDA sont présents aussi son frère Olivier et son fils Arnaud.

19 h 59 : le générique du JT démarre, Patrick entre seulement en plateau. Au dernier moment, comme d'habitude. Tel un acteur, il aime ce frisson avant le lever de rideau. Il sait qu'il a dix secondes pour s'asseoir et annoncer les titres de l'actualité. Ce soir-là, c'est lui qui fait la une.

Le journal se passe, comme un long fleuve tranquille. Il déroule avec facilité le fil de l'info. Vient le moment tant attendu de ses adieux télévisuels. La direction de TF1 est sur les dents. Une personne des ressources humaines a été envoyée pour guetter un éventuel pétage de plombs. Patrick est connu pour être colérique. Que va dire le présentateur licencié après vingt et un ans de bons et loyaux services ? Va-t-il profiter d'être en direct pour régler ses comptes avec le nouveau PDG, Nonce Paolini, qui l'a congédié sans ménagement ? Laurence Ferrari aura la lourde tâche de prendre sa succession. Il lui reste quelques minutes, encore seul maître de l'antenne. À part sa garde rapprochée et sa scripte, personne ne connaît son message d'au revoir. Le prompteur défile et Patrick Poivre d'Arvor récite son texte avec sa voix chaude et son regard complice. Le présentateur-écrivain n'a pas pu s'empêcher de citer le plus grand dramaturge anglais : « Shakespeare avait un jour écrit : "Ce qui ne peut être évité, il faut l'embrasser", alors très modestement, puisque je n'ai pu éviter ce qui arrive ce soir, je vous embrasse tous et j'embrasse toute la rédaction qui m'a accompagné fidèlement jusqu'à maintenant. Le succès de ce journal jamais démenti jusqu'au dernier jour, c'est à elle que nous le devons, à elle et bien sûr à vous. Ce lien que nous avons tissé ensemble, il est unique, nul ne peut le défaire. Merci donc pour votre formidable constance, pour votre confiance, vous ne pouvez pas savoir combien elles nous sont allées droit au cœur. Voilà, cette affection, cette estime, c'est ce qui nous a fait grandir aussi. Merci enfin à TF1 de m'avoir offert ces deux décennies magnifiques. C'est un métier magique et c'est un bonheur de l'avoir exercé ici. Je vous laisse entre de bonnes mains cet été puisque c'est entre les mains de Harry Roselmack et je suis sûr qu'on se reverra très vite. Soyez aussi heureux que cela est possible et comme on dit en Bretagne : "Adieu Vat". »

Habituellement, pendant vingt et un ans, PPDA concluait son JT en disant : « À demain ! » Mais ce soir, clap de fin pour l'icône de TF1. Générique tout en images à sa gloire. Deux décennies de JT résumées en deux minutes. On redécouvre tous les grands moments qu'il nous a fait vivre à 20 heures. PPDA en reporter de guerre avec un gilet pare-balles, au Rwanda, avec Saddam Hussein pendant la guerre du Golfe, à New York au lendemain des attentats du 11 Septembre. PPDA en intervieweur des grandes figures historiques : Yasser Arafat, Nelson Mandela, George Bush, Bill Clinton mort de rire. Fidel Castro est absent du clip d'autopromotion… On revoit Sœur Emmanuelle lumineuse qui lui lance, tout sourire : « Vous vous acharnez, Patrick. » PPDA la star qui invite sur son plateau les autres stars : Sharon Stone rayonnante devant un présentateur sous le charme, Clint Eastwood, Monica Bellucci, Gérard Depardieu, Johnny Hallyday, Catherine Deneuve. Pour finir, PPDA a choisi ses face-à-face avec les présidents français et s'affiche irrévérencieux, Mitterrand lui répond : « Vous vous croyez autorisé à me poser cette question ? », *idem* pour Chirac : « Votre question dérape vers une petite insolence », rebelote avec Sarkozy qui lui en voudra terriblement : « Monsieur Poivre d'Arvor, c'est parce que vous avez quelques mois de plus que moi que vous me voyez si jeune. »

En bas de l'écran défilent de droite à gauche les personnes importantes que Patrick Poivre d'Arvor tient à remercier[2] : les journalistes tragiquement disparus comme Patrick Bourrat ou Thierry Gilardi ; les trois directeurs de l'information Michèle Cotta, Gérard Carreyrou, Robert Namias ; sa garde rapprochée du 20 Heures, ses cinq assistantes du JT, et enfin ses deux assistantes personnelles Marie-Hélène Mille et Fanny Schwarcfeld. Voici l'image que PPDA veut que les Français retiennent de lui. Voici l'image que le jeune journaliste que je suis à l'époque retient. Un grand parmi les grands. Un présentateur unique, une personnalité publique. Il rend l'antenne. Écran pub.

La lumière rouge s'éteint. Tout le monde retient son souffle quand la lourde porte du studio s'ouvre. PPDA sort sous des applaudissements vibrants. Les flashs crépitent. Le mien aussi. Je prends quelques photos de sa sortie de scène. Le prince semble ému et presque nu sans ses attributs de présentateur. Abattu, il serre quelques mains, il remercie, mais pas de discours. On aperçoit Patrick Le Lay, le PDG sortant, Jean-Pierre Pernaut, Évelyne Dhéliat, l'équipe du 20 Heures sur le départ aussi. Au premier rang, Dorothée Poivre d'Arvor continue de filmer son père sous les acclamations. Il confiera plus tard qu'à cet instant précis il est pris d'une « sorte d'énorme vague à l'âme, un souffle de chaleur que j'exhale comme pour sécher mes larmes à l'intérieur, le constat d'un terrible gâchis[3] ». Le retraité du JT s'en est pris à la direction de TF1 à plusieurs reprises. Il estime que, depuis 1987 et après toutes ces années de présentation, il aurait mérité « un peu d'élégance ». La vedette laisse sous-entendre que son départ subit est un exemple de « manque d'indépendance » de la chaîne. Pour ces propos, PPDA sera condamné[4] à verser une amende de 417 000 euros à TF1 pour ne pas avoir respecté la clause lui interdisant de critiquer et de dénigrer son ancien employeur.

Ce soir du 10 juillet 2008, un cocktail a été organisé au 6e étage de la tour TF1 qui donne sur une terrasse avec vue sur la Seine. Trois cents personnes sont présentes, une coupe à la main. Nonce Paolini, le nouveau PDG, ne trinque pas, il n'est pas là. Micro à la main, Patrick commence un discours sans éloquence, fait des blagues sur des femmes de la rédaction et remercie chaleureusement sa fidèle équipe du 20 heures. Hélène Devynck se tient derrière Patrick Poivre d'Arvor pendant son discours. Elle a été son assistante au JT de TF1 du lundi au jeudi, entre janvier 1991 et juillet 1993 avant de devenir un visage connu des présentatrices de LCI à partir de 1994. En mars 2021, l'ancienne journaliste dénonce PPDA devant la police judiciaire[5]. Six jours plus tard, elle révèle dans *Le Monde*[6] qu'elle a été violée au printemps 1993 au domicile du présentateur à Neuilly. Dans son livre *Impunité* publié en septembre 2022, elle décrit – dans l'avant-dernier chapitre intitulé « Les minutes poisseuses » – un rapport sexuel cru et non consenti de sa part : « Il a entré son pénis, un pénis très étroit. Il a fait quelques allers-retours, pas beaucoup. Je dirais entre cinq et dix [...]. Il a éjaculé en grommelant vaguement. Il s'est retiré [...]. Je n'ai pas prononcé un mot. Il s'est frotté dans un corps inerte. Ça l'a fait jouir[7]. » Lors de son audition devant les policiers, Patrick Poivre d'Arvor nie et déclare : « Nous avons eu un rapport sexuel consenti à mon domicile le 3 sept. 1990 à sa demande. Je l'avais invitée à dîner chez moi, je l'avais noté dans mes agendas. J'ai ressenti qu'elle avait du désir pour un rapport sexuel, c'était très clair pour moi. Je n'ai pas un souvenir impérissable de cette rencontre, c'était un rapport normal. Je suis étonné des déclarations de Mme Devynck, elle a vanté mes mérites un peu partout dans Paris pendant très longtemps et encore récemment[8]. » En juin 2021, la justice a classé le viol présumé sans suite pour prescription.

Il est 22 heures en ce 10 juillet 2008. Après le cocktail, Patrick Poivre d'Arvor repasse avec son frère Olivier dans son bureau. Deuxième étage au fond à gauche. Fanny et Marie-Hélène, ses chères assistantes, sont là, éplorées. Elles aussi quittent les lieux ce soir.

Marie-Hélène a décroché des murs tout ce qu'elle a pu. Dans une grande pochette, « j'emporte sous le bras "mes" femmes : Indira Gandhi, Benazir Bhutto, Aung San Suu Kyi, sœur Emmanuelle, sœur Éliane rencontrée en Ouganda, mais également, on ne m'en voudra pas de mélanger les styles, Isabelle Adjani, Lady Di, Jessica Lange, Jodie Foster… Je les ai connues de près, je les ai aimées[9] ». PPDA, un brin fleur bleue et nostalgique, semble affecté de quitter son bureau qu'il nomme « mon sas de décompression après 20 h 30 ». Il le raconte dans son livre *À demain !* : « Dans quelques minutes, tout cela n'existera plus. Ni mon bureau, dont je sais qu'il va être cassé, nettoyé de fond en comble, ni ma manière de l'habiter, cette petite alvéole de liberté au sein d'une grande tour assez impersonnelle. Ce bureau, j'y ai vécu tant d'heures, dans la journée. Et surtout le soir, tard après le journal, les débuts de la nuit, souvent[10]. » PPDA part avec ses lourds secrets et TF1 fait place nette en vidant le bureau du dernier monstre sacré de la télévision française.

C'est fini.

Le bureau, le JT, le 20 Heures, TF1.

C'est fini, pense-t-il.

« CE QUI NE PEUT ÊTRE ÉVITÉ, IL FAUT L'EMBRASSER »

1er juillet 2008 – 21 h 30
Tour TF1 – 2e étage au fond à gauche.
Bureau de Patrick Poivre d'Arvor.

La scène se déroule neuf jours avant le 10 juillet 2008 et les adieux de la star à son public, à sa chaîne, à sa rédaction. Patrick Poivre d'Arvor finit son JT. Après une courte conférence critique avec son équipe à la sortie du studio, il passe se démaquiller puis remonte d'un étage pour rejoindre son bureau. Mais dans cette pièce, il n'est pas seul ce soir-là, comme souvent. Il y a une femme qui l'accompagne. Elle a été invitée à suivre le 20 Heures pour la rédaction d'un article sur la retraite forcée de PPDA. À présent, la journaliste est enfermée. Ce tête-à-tête se transforme vite en face-à-face, puis en corps-à-corps.

Je n'en menais pas large, j'étais sur mes gardes. J'étais collée au mur. Il s'est approché de moi et il a commencé ses questions : « Alors, est-ce que tu es en couple ? Est-ce que tu es fidèle ? » Il s'est rapproché de plus en plus, j'étais plaquée au mur. Je lui ai dit : « Patrick, ouvre cette porte. » C'était violent, je me sentais comme une proie, traquée, piégée. Il m'a dit, avec un ton langoureux : « Non mais il faut qu'on essaie, on est tout seuls. » Je lui ai répété : « Patrick, non, ouvre cette porte. » Puis trou noir. Je ne pense pas qu'il m'a violée[1].

Emmanuelle Dancourt est la première personne que j'ai appelée pour mon enquête. Je m'en souviens très bien, c'était le 1er septembre 2021. La montagne PPDA va être dure à gravir, alors je procède par cercles concentriques. L'idée est de ne pas alerter trop vite l'ex-présentateur. Cela me permet de travailler tranquillement et d'éviter qu'il empêche des personnes de me parler. Je commence par joindre les accusatrices de PPDA, puis je solliciterai les anciens de TF1 et enfin je demanderai à rencontrer le journaliste et ses avocats.

La première conversation avec Emmanuelle Dancourt[2] dure trois quarts d'heure. Le contact passe bien, tout de suite. Avec son franc-parler et un débit de mitraillette, elle se présente : « En 2008, j'avais 34 ans, j'étais petite, brune, un peu forte, j'étais mariée, mère de trois enfants et catholique. J'habitais en province et quand je venais à Paris pour mon activité de journaliste, je logeais dans un couvent. Ça devait l'exciter, car après il m'appelait "ma petite nonne". »

J'ai découvert le nom d'Emmanuelle Dancourt en lisant la tribune « Nous sommes les prescrites, les classées, les sans-suite », parue dans *Le Monde* le

9 juillet 2021. Un « J'accuse ! » féministe et virulent contre les violences sexuelles qu'elle a cosigné avec Nora Arbelbide Lete, Clémence de Blasi, Aude Turpault-Darlet, Cécile Delarue, Hélène Devynck, Justine Ducharne et Stéphanie Khayat. Huit femmes qui sortent de l'ombre et donnent leur identité. Une réponse frontale à PPDA qui, sur le plateau de *Quotidien*[3], les a accusées de rester anonymes. Cette tribune a été écrite après le classement sans suite pour « insuffisance de preuves[4] » de la plainte pour viol en 2009 déposée par Florence Porcel. Les sept autres plaintes, dont trois pour viol et quatre pour agression sexuelle et harcèlement sexuel, ont également été classées sans suite, tombant sous le coup de la « prescription ». À cette époque, huit plaintes, vingt-trois témoignages et aucune condamnation. Cette tribune coup de poing a été initiée par une des plaignantes, Hélène Devynck, l'ancienne assistante de PPDA au 20 Heures. Un texte puissant formé d'anaphores, cette figure de style littéraire qui permet de marquer la répétition et le supplice infligé :

> Nous étions journalistes ou autrice, débutantes tendance bonnes élèves.
> Moi, je venais pour un entretien professionnel. Il m'a imposé une fellation. Je le connaissais depuis dix minutes.
> Moi, c'était à un salon du journalisme. Je l'ai trouvé dans ma chambre d'hôtel quand je sortais de la douche.
> Moi, j'ai tellement crié qu'il a retiré ses mains et ouvert la porte.
> Moi, c'était ma toute première interview à la sortie de l'école. Il a demandé à mes chefs de ne plus me faire travailler.
> Moi, j'avais peur. Je n'allais plus aux conférences de rédaction.

Moi, il a mis sa main dans mon sexe alors qu'il disait vouloir me parler d'un reportage.
Moi, je venais voir un « 20 heures ». Il m'a violée sur la moquette de son bureau.
Moi, je me croyais forte et libre. Le viol m'a fait comprendre que je me trompais.
Moi, je sortais mon premier livre. Je n'ai pas vu venir sa main dans mon soutien-gorge et sa langue dans ma bouche.
Nous avions de 19 à 34 ans. Nous signons ce texte au nom des neuf femmes qui ont porté plainte.
Nous sommes les prescrites, les classées, les sans-suite[5].

Emmanuelle Dancourt est la troisième femme de la tribune. « Moi, j'ai tellement crié qu'il a retiré ses mains et ouvert la porte. » Huit mois avant l'agression qu'elle affirme avoir subie, elle avait déjà rencontré une fois la figure de TF1. Elle présentait une émission tous les samedis soir sur KTO, la chaîne de télévision catholique du câble. Elle était l'animatrice de *VIP*, acronyme revisité pour « visages inattendus de personnalités ». Parmi les six cents invités qui se sont assis dans son confessionnal cathodique, elle a reçu le sigle le plus célèbre de la télévision : PPDA. « Sur une chaîne catho, ça m'amusait de recevoir “le pape de l'info” ! » Emmanuelle Dancourt ne portait pas une grande admiration au présentateur de la grand-messe du 20 Heures, discrédité selon elle par les péchés des affaires Castro et Botton (que nous retrouverons dans cette enquête). Mais le principe de son émission était de changer d'avis sur l'invité…

La journaliste-présentatrice garde un très mauvais souvenir de cet entretien en tête à tête. Elle trouve que le personnage est faux, mielleux, avec toujours ce besoin de raconter sa propre légende. Sur Internet, j'ai retrouvé facilement l'émission[6] qu'Emmanuelle Dancourt refuse de revoir. En visionnant l'interview, je peux comprendre la gêne qu'a pu ressentir la journaliste de 33 ans devant la star de 60 ans. Ils sont face à face, assis chacun dans un fauteuil rouge. Elle, robe noire élégante ras du cou. Lui, costume sans cravate. Le réalisateur fait des zooms en permanence sur les deux visages. Emmanuelle Dancourt, les cheveux noirs, les yeux étincelants et du rouge à lèvres. PPDA passe son temps à se triturer les mains, parfois il se mordille le pouce avec un regard de braise. Comme sur la photo de couverture de ce livre. Elle semble avoir bien perçu le personnage dès la première minute de l'interview : « Vous êtes pudique et secret, un homme aux multiples secrets, jamais en repos. » Le présentateur flatté se laisse aller pendant l'interview en employant – par exemple – deux fois le verbe jouir :

— Je profite beaucoup de l'instant, je jouis du moment. J'ai ce goût absolu pour les choses, je suis très boulimique : consommer, manger, jouir.
— De quelles joies secrètes sont composées vos journées ?
— Huum... Par nature, une joie secrète doit rester secrète. Je garde ça pour moi, mais j'accorde beaucoup d'importance à l'amour. L'amour, c'est capital. Quand on n'aime pas, on devient sec.
— Vous êtes un homme gentil ?
— Je crois que je suis gentil. Essayez-moi, vous verrez, je suis très gentil.

Rire gêné de la présentatrice. À la sortie du plateau, Emmanuelle Dancourt me raconte : « Je lui suis rentrée dans le lard pour lui dire que je ne l'avais pas trouvé sincère. Visiblement il a aimé ça. Il m'a mis la main sur l'épaule et m'a dit : "On ne va pas se fâcher, je vous invite avec votre assistante à venir assister au 20 Heures." » La présentatrice décline aussitôt. Son assistante, curieuse, se rend à TF1 deux semaines plus tard. Elle en revient avec une mise en garde pour Emmanuelle Dancourt : « Si tu y vas, méfie-toi. » Elle lui raconte que PPDA a fermé à clef la porte de son bureau et qu'elle s'est enfuie en courant jusqu'au parking souterrain.

Les mois passent et le 11 mai 2008, Emmanuelle Dancourt recroise cet invité « VIP » très particulier. La rencontre se passe à Saint-Malo au festival Étonnants Voyageurs que PPDA ne manque jamais – la Bretagne, les récits de voyage et la littérature sont ses passions. Emmanuelle Dancourt est alors chroniqueuse littéraire dans l'émission *Le Bateau Livre* sur France 5. Lors de son dépôt de plainte devant le commandant de police[7], elle raconte les retrouvailles fortuites et visqueuses avec Patrick Poivre d'Arvor. Dans la salle du Palais du Grand Large, l'écrivain romantique s'approche d'elle et lui glisse à l'oreille : « Emmanuelle, comment ça va ?… Tu es toujours en couple ?… Tu es toujours aussi fidèle ?… car moi je suis seul à Saint-Malo… » Elle commente : « J'ai senti la "drague lourde à deux balles". Je lui ai répondu : "Je suis en couple et je suis fidèle[8]." » Dans le bureau aux murs blancs de la police de Nanterre, la journaliste effrontée continue son récit. « Pendant la soirée, je l'ai vu glisser comme un serpent de femme en femme et leur poser exactement les mêmes questions, puis je l'ai vu partir avec la plus jolie jeune fille de la soirée. Je me suis demandé comment cette jeune fille pouvait partir avec ce vieux. »

Le mois suivant, à la mi-juin 2008, TF1 annonce se séparer de son présentateur emblématique du 20 Heures. Un collègue d'Emmanuelle Dancourt travaillant à *Valeurs actuelles* lui propose d'écrire un portrait, étant donné qu'elle l'a déjà interviewé pour son émission *VIP*. L'exercice l'amuse, c'est sa première pige pour la presse écrite. Elle accepte, appelle l'assistante de PPDA pour obtenir un rendez-vous. La date est prise. Elle a complètement oublié la mise en garde de son assistante.

Depuis mon premier appel le 1er septembre 2021, Emmanuelle Dancourt hésite à raconter son histoire devant la caméra. Pour la mettre en confiance, je l'invite à rencontrer le producteur du sujet, Éric Colomer, et l'équipe de *Complément d'enquête*. Le présentateur, Tristan Waleckx, le rédacteur en chef, Hugo Plagnard, et la rédactrice en chef adjointe, Séverine Lebrun, nous accueillent à France 2. La rencontre va durer quatre heures. Emmanuelle Dancourt s'assoit dans un fauteuil rouge au milieu d'une pièce qui ressemble à peu près au bureau de PPDA. Elle nous raconte ce 1er juillet 2008 à TF1.

Après avoir assisté au JT, Emmanuelle Dancourt est conduite par le présentateur dans son bureau. Les gens partent petit à petit, les lumières du deuxième étage s'éteignent. Il ne reste que PPDA et elle. Pendant vingt minutes, il lui montre les photos à sa gloire affichées sur le mur, comme raconte, lassée, Emmanuelle Dancourt : « Moi avec telle actrice, Moi à tel congrès, Moi avec tel président étranger, Moi, Moi, Moi… » La suite de la scène, la journaliste la revit, la rejoue devant nous. En une fraction de seconde, il éteint la lumière, ferme la porte et se plaque contre le mur derrière elle. Comme si une force maléfique et invisible la poussait contre la paroi. C'est impressionnant à voir. Elle refait les gestes de PPDA : les mains sur sa poitrine. Elle le repousse fortement comme s'il était encore là, grand et impressionnant devant elle. Sa voix monte : « Patrick, ouvre cette porte. » Il lui susurre des mots à l'oreille, elle se débat et répète plus fort : « Patrick, ouvre cette porte. » Puis elle se rassoit, les cheveux décoiffés. Elle reprend son souffle et dit : « Après c'est le trou noir, je ne pense pas qu'il m'a violée. » Cette phrase me reste en tête. Je me la répète encore. Treize ans après les faits, elle ne se souvient toujours pas de la façon dont elle a réussi à sortir de ce bureau et de cette tour infernale. Impossible de se souvenir si elle est rentrée chez elle en métro, en taxi ou à pied ; impossible aussi de savoir où elle a dormi cette nuit-là. Dans la chambre qu'elle loue dans un couvent ou chez des copains ? Le trou noir. La mémoire qui se met en veille.

Emmanuelle Dancourt ne sait pas non plus comment elle a réussi à écrire son article sur PPDA. Elle me l'a envoyé. Un papier bien écrit, bien senti, publié en juillet 2008 dans *Valeurs actuelles*[9]. Il n'est fait aucune allusion au comportement de PPDA qu'elle dénonce aujourd'hui. Elle écrit : « Entre deux sujets, il s'agace d'un contretemps en régie, cabotine un peu : "Je suis encore là pour dix jours, tenez-moi au courant quand vous avez une info !", commente l'actualité dans un mélange d'ironie et de recul de celui qui a tout vu et à qui on ne la fait pas. "Je crois que la grand-messe du JT va disparaître avec moi." [...] Touché en plein cœur. Blessé en plein vol. Le goéland bat de l'aile. Il va devoir se poser. Habitué à tutoyer le soleil, il avait su jusqu'ici affronter les vents contraires et se jouer des intempéries. » La journaliste le décrit comme l'albatros moqué et maladroit dans le poème de Charles Baudelaire. Ce « roi de l'azur » naguère beau semble être devenu incompris des hommes, une fois redescendu sur terre. Deux alexandrins de Baudelaire dépeignent bien le spleen du journaliste-écrivain : « Le Poète est semblable au prince des nuées [...] Ses ailes de géant l'empêchent de marcher[10]. »

Emmanuelle Dancourt reprend la plume et conclut ainsi son portrait : « Cette fois-ci, la balle est venue se loger dans cette région sensible et généralement surdéveloppée chez les stars du petit écran : l'amour-propre. Il encaisse le choc. "Ce qui ne peut être évité, il faut l'embrasser", écrit Shakespeare. » Vous avez reconnu la citation du dramaturge anglais ? La même que celle déclamée par PPDA le soir de son dernier JT : « Shakespeare avait un jour écrit : "Ce qui ne peut être évité, il faut l'embrasser", alors, très modestement, puisque je n'ai pu éviter ce qui arrive ce soir, je vous embrasse tous… » Emmanuelle Dancourt me raconte que c'est elle qui lui aurait soufflé cette citation lors de sa venue à TF1 le 1er juillet 2008. Neuf jours avant son dernier JT.

Lors de son audition le 18 mai 2021, Patrick Poivre d'Arvor n'a pas oublié sa rencontre avec Emmanuelle Dancourt, « une excellente journaliste » selon lui. Un compliment dont elle se passerait bien. En revanche, PPDA réfute : « Ce qui s'est passé dans mon bureau est fantaisiste : je n'insiste pas et je ne reviens jamais à la charge. Cette personne ne semble pas m'aimer du tout. Son récit me semble incohérent, il y a un ressentiment envers moi. Je conteste formellement et en totalité ce qu'elle raconte. Lorsqu'une personne me fait comprendre qu'elle n'est pas intéressée par une relation, je ne la rappelle pas. Je ne me souviens que de l'interview[11]. »

L'histoire avec PPDA ne s'est pourtant pas arrêtée en juillet 2008 pour Emmanuelle Dancourt. Selon elle, il n'a pas lâché. Elle me confie que le présentateur licencié n'a pas cessé de la harceler au téléphone pendant un an. Des appels tardifs, des messages vocaux « baveux », des SMS « baveux ». La journaliste efface tout. Elle n'a rien gardé. Impossible de vérifier pour les policiers. « Mon côté mère de famille catholique et provinciale l'excitait beaucoup. Il voulait un rendez-vous sexuel. Il me disait : "Il faut qu'on se voie, il faut qu'on fasse l'amour, il faut que nos corps s'embrasent", il me parlait de mon côté très sainte-nitouche, il me demandait ce que mon mari me faisait au lit[12]. » Un an que ça dure. Elle n'en peut plus. Elle le menace de déposer une main courante. Il continue. Elle menace de tout dire au grand ami de PPDA, Dominique Ambiel, producteur de l'émission *Le Bateau Livre* dans laquelle Emmanuelle Dancourt est chroniqueuse littéraire. PPDA arrête immédiatement.

Devant les enquêteurs, la présidente de l'association MeTooMedia, battante et combattante, ne mâche pas ses mots. Elle conclut de manière crue : « Son but était de décrocher un vagin de plus, on n'était que des trous pour lui[13]. »

Le Petit Prince

« Moi, mon parrain, c'est un aviateur, il s'appelle Antoine de Saint-Exupéry ! » Voilà le genre de bobards que Patrick raconte à la cour de récré dans son école primaire de Reims. « À 7 ans, ils avaient une tête de plus que moi, ils étaient costauds, m'impressionnaient et parfois, me bousculaient[1] », raconte bien plus tard, encore ému, Patrick Poivre d'Arvor du haut de son 1,88 mètre. Pour mettre fin à ces moqueries et à ces railleries blessantes, le jeune garçon invente un mensonge, un petit. Le premier d'une longue série. Il se vante d'être le filleul de Saint-Exupéry, l'auteur du célèbre *Petit Prince*. « Après, ils m'ont foutu la paix », prétend l'écrivain en 2016, en pleine promotion de son ouvrage *Saint-Exupéry : le cartable à souvenirs*.

Les souvenirs d'enfance de PPDA sont toujours fantasmés et enjolivés. Avec cette anecdote du filleul de Saint-Ex, *Femme actuelle* n'hésite pas à titrer : « PPDA a survécu au harcèlement scolaire grâce au

Petit Prince[2]. » Rien que ça, mais peu importe, PPDA continue à raconter des histoires, aux petits et aux grands. Celui qui ne s'appelle encore que Patrick Poivre narre son passé de souffre-douleur. « J'étais un enfant plutôt timide, sauvage, j'avais du mal à communiquer avec les autres, j'avais donc peu de petits camarades[3]. » À l'école primaire proche de la rue Libergier, le blondinet « ne joue jamais avec personne et se contente de pousser tristement une petite voiture sur la rambarde du mur[4] ». Sa mère l'observe dans la cour de récréation à travers la lucarne du grenier de la maison. Une vie triste, terne et esseulée aux yeux du petit garçon pour qui les « seuls amis étaient les livres[5] ». Cette vie-là manque d'horizon et d'ambition. Il romance alors : son grand-père paternel connaîtrait Antoine de Saint-Exupéry, avec lequel il avait été aviateur durant la Première Guerre mondiale. Sa grand-mère, surnommée Yella, aurait été très proche de la veuve de l'écrivain, Consuelo de Saint-Exupéry, qui, pour Patrick, « dédicaçait les œuvres de son mari et les signait d'une étoile[6] ».

Ainsi, le bambin de Reims se met à rêver : « Je fréquentais assidûment les chevaliers du ciel. » Il se confie dans le livre *Frères et sœur*, écrit à quatre mains avec son frère cadet Olivier. Dans les mensonges, les deux font la paire. PPDA s'octroie ainsi un surnom grandiloquent : « On m'appela le Petit Prince. » Une lecture plus attentive de la vie de « mon parrain, ce héros » lui fait découvrir rapidement que Saint-Exupéry est mort en mission de combat en Méditerranée le 30 juillet 1944. Soit trois ans avant le baptême de Patrick

Poivre. Aïe, ça fait tache, mais ce n'est pas grave, un mensonge en chasse un autre. « Je me rabattis alors définitivement sur la comtesse de Saint-Exupéry dont je fis ma marraine[7] », s'amuse-t-il. Son parrain et sa marraine sur les registres de l'église doivent apprécier les affabulations romanesques de leur filleul ! Il n'en est pas à sa première filiation inventée. Au retour d'un voyage à Monaco chez ses grands-parents, il raconte à ses « rares amis rémois » qu'il est le filleul du prince Rainier III, marié à Grace Kelly devenue « Son Altesse Sérénissime la princesse de Monaco[8] ». Déjà cette fascination pour les dynasties, les beaux mariages et les grands noms.

À force de fabuler qu'il est le filleul de Saint-Ex, PPDA s'emmêle parfois les plumes. En 2015, lors d'une conférence sur « La vie rêvée du Petit Prince » au théâtre de la Liberté de Toulon, l'écrivain raconte que sa grand-mère était la meilleure amie de la femme de Saint-Exupéry. Jusqu'ici, il tient sa version, avant une sortie de piste : « Quand j'avais environ 14 ans, je me suis inventé comme parrain Saint-Exupéry, à Reims, pour me rendre intéressant. Ça a marché pendant quelques mois. » Un parrain imaginaire sorti de sa tête à 14 ans ou à 7 ans, aucune importance ! Il se fait le chantre du « mentir-vrai » cher à Louis Aragon. Il ment tellement qu'il s'en persuade et convainc les autres.

Le plus célèbre des journalistes-écrivains français ne pouvait pas passer à côté de « Dessine-moi un mouton » et de ce monument de la littérature française qui convoque les valeurs d'humanisme, les bons sentiments sur l'enfance et les grandes questions de l'aventure humaine. En 1999, il va même rebaptiser son émission littéraire sur TF1 *Ex libris* en *Vol de nuit*, empruntant tout bonnement le titre du roman d'Antoine de Saint-Exupéry. Jeune promu à la rédaction de TF1, je me souviens très bien de l'événement organisé pour les vingt ans de son émission : un match de football dans un Stade de France privatisé, rien que cela ! Au lendemain de la dernière émission le 16 juin 2008, PPDA joue avec les écrivains victorieux et pas avec nous, la rédac ; tel un échassier, il marque un but devant les chefs à plumes de TF1, les assistantes et la presse convoquée. Le « petit prince » de Reims devenu le grand prince de TF1 vit ses derniers jours de règne.

La fin d'un monde pour lui, précipitée aussi par sa petite phrase prononcée face au chef de l'État, Nicolas Sarkozy. En 2007, le couple (plus à la vie, mais toujours à l'écran) PPDA-Chazal est reçu à l'Élysée pour la traditionnelle interview du 14 Juillet. Un exercice rébarbatif dans lequel Poivre compte bien mettre son grain de sel. L'entretien a lieu au lendemain du premier G7 du tout nouveau président de la République. Un brin intrépide, le présentateur lance à Nicolas Sarkozy : « Vous sembliez avoir l'air d'un petit garçon tout excité qui se retrouve dans la cour des grands. » L'inamovible présentateur vient, semble-t-il, de commettre le crime de lèse-majesté : réduire Nicolas Sarkozy à un « petit garçon ». Lui rappeler qu'il est de petite taille. Cette phrase cavalière a participé – en partie – à son éviction brutale un an plus tard. Martin Bouygues, ami et témoin de mariage de Nicolas Sarkozy, n'a pas apprécié cette offense. On ne se fâche pas avec le nouveau locataire de l'Élysée, cela pourrait freiner le business du géant du BTP ! Sommé par le président de TF1 Patrick Le Lay de présenter ses excuses, Patrick Poivre d'Arvor refuse de téléphoner au Président. Il le raconte en 2008 dans *À demain !* : « Je préférai donc lui adresser, en référence à l'une de mes idoles, Antoine de Saint-Exupéry, un petit signet qui me servait de marque-page et qui reproduisait une citation du *Petit Prince* : "Toutes les grandes personnes ont d'abord été des enfants." Et j'ai signé : "Amitiés, Patrick[9]." » Même pour le chef de l'État, il convoque une nouvelle fois *Le Petit Prince*. Cela ne suffira pas à sauver sa tête.

L'année de son départ de TF1, il s'inspire toujours du titre phare de feu son faux parrain pour publier *Petit Prince du désert*[10]. J'ai retrouvé un encart publicitaire dans *Le Figaro* au moment de la promotion. L'auteur pose souriant en chemise blanche avec un pull bleu clair posé nonchalamment sur les épaules. L'image parfaite du gentleman conteur avec ce slogan qui sonne faux aujourd'hui : « Quand on aime, on ose tout. »

VIERGE

Patrick Poivre d'Arvor est Vierge.
Par son signe astrologique.
Il est né un 20 septembre.

Je me désintéresse totalement de l'horoscope des signes du zodiaque. En faisant quelques recherches, je suis tombé par hasard sur un article cocasse, comportant une rubrique : « L'homme Vierge et les femmes », publié par *Elle*. Extrait : « En amour, l'homme Vierge est romantique, gentleman et très courtois. Il n'est jamais brusque ou oppressant, et, grâce à sa sensibilité, arrive assez bien à déceler ce que les femmes pensent. Un brin timide, il n'ira jamais vers une femme s'il ne se sent pas complètement rassuré [...]. L'homme Vierge envisage complètement de passer toute sa vie avec la même femme : il est fidèle, sincère, et n'est pas un homme à femmes. Il ne cherche pas la conquête mais la stabilité. »

En ce 20 septembre 2022, PPDA ne rime plus du tout avec « romantique, gentleman, jamais brusque et pas homme à femmes ». *Libération*[1] a bien préparé son coup. Le jour de ses 75 ans, deux femmes font la une. Deux visages graves le regardent « droit dans les yeux » : Bénédicte Martin, 44 ans, journaliste et écrivaine, et Margot Cauquil-Gleizes, enseignante, 53 ans. Dans les colonnes du journal, on lit aussi le témoignage anonyme d'une journaliste et écrivaine, Juliette, dont le prénom a été modifié. En ce 20 septembre 2022, on apprend que deux nouvelles plaintes pour agression et viol viennent d'être déposées. Ces trois nouveaux témoignages, dans le milieu de l'édition, viennent entacher l'image tout sauf Vierge de l'écrivain romantique.

Impassible, PPDA se mure dans son silence. Il fait dire par la voix de son avocat qu'il répondra devant un juge à « ses fausses victimes ». Inlassablement, il tente de mener une vie ordinaire à Neuilly-sur-Seine. Comme tous les matins, le septuagénaire enfile ses chaussettes blanches, ses baskets, un T-shirt lambda et un short qui laisse apparaître ses longues jambes. Il ouvre la porte noire de sa maison pour faire son jogging. Il fait toujours le même parcours dans le quartier. Certains riverains détournent le regard quand l'ex-vedette de la télé, la fierté d'antan, passe, la silhouette un peu voûtée.

Il est loin le temps où le 20 septembre était un jour de fête pour PPDA. Le Tout-Paris se pressait à Neuilly pour l'anniversaire du prince doré de la télé. La vedette a toujours aimé être entourée par les personnalités influentes. Les premières années, la star donne une réception dans le jardin de sa maison de Neuilly. Le monde du cinéma et des paillettes est là : Marlène Jobert, Anouk Aimée, Lino Ventura, Alain Delon. On aperçoit souvent Simone Veil, le ministre Bernard Kouchner et sa femme journaliste Christine Ockrent, mais aussi le pas encore président Valéry Giscard d'Estaing. Étudiant, Patrick a été tenté par la politique en adhérant aux Jeunes Giscardiens. Il a toujours su entretenir de bons rapports avec les gouvernants. Si Mitterrand n'est jamais venu souffler les bougies, Jacques Chirac ne s'en est pas privé tout comme le maire de Neuilly d'alors, Nicolas Sarkozy. Les années passent, la notoriété enfle. La maison devient trop petite pour recevoir tout ce beau monde, alors PPDA loue une péniche en face de la chic île de la Jatte à Neuilly. Les belles années, on compte jusqu'à trois à quatre cents invités avec le beau linge de TF1 et des grandes rédactions parisiennes, mais aussi le couple Royal/Hollande, Alain Delon et Johnny Hallyday pour son anniversaire en 1989. Ce 20 septembre 2022, l'heure n'est plus à la célébration. Pas de fête VIP à Neuilly. Patrick Poivre d'Arvor vit toujours avec son épouse dans cette grande maison avec ascenseur intérieur.

Autre cadre, autre ambiance. Il est 20 heures ce 20 septembre 2022. « Mesdames, mesdemoiselles, bonsoir. » Dans une salle parisienne, un groupe de femmes se rassemble pour la première assemblée générale de MeTooMedia[2]. La présidente, Emmanuelle Dancourt, me certifie que la date a été choisie au hasard quand je lui fais la remarque. L'association a été fondée au printemps 2021 par Hélène Devynck, Cécile Thimoreau, Muriel Réus et Emmanuelle Dancourt. Le but : regrouper et souder les accusatrices de PPDA, mais aussi recueillir de nouveaux témoignages. Elles ont créé un groupe sur la messagerie Signal intitulé « Les Prescrites », à l'intérieur duquel sont postés des dizaines de messages par jour, parfois jusqu'à trois cents. Comme un exutoire. Pour livrer leurs doutes, leurs angoisses, leurs insomnies. On se réconforte, on s'épaule, on se porte entre « co-victimes », « sœurs de peine » et « sœurs de plainte[3] » pour reprendre le titre d'un article de *Causette*. Elles repèrent les invitations de PPDA à tel jury ou à tel gala. Le but : dynamiter son image et sa présence dans l'espace public. Cela marche. Emmanuelle Dancourt réussit à faire annuler la remise du prix Patrick Poivre d'Arvor au Festival du livre et du vin de Saumur en 2021, au grand dam des organisateurs. Celle qui se définit comme « une guerrière » fait pression sur le Business Club de Nantes pour annuler la conférence-déjeuner de Patrick Poivre d'Arvor. Elle obtient gain de cause. Alors que l'affaire a explosé dans la presse et que la justice enquête, l'association MeTooMedia ne supporte pas que l'ex-vedette soit toujours invitée pour des « ménages », des prix ou encore des « croisières littéraires ».

Cinq ans après la naissance du mouvement MeToo, les femmes réunies ce 20 septembre 2022 aimeraient que leur MeTooMedia ait la même résonance en France qu'aux États-Unis avec l'affaire Weinstein. À l'automne 2017, après les révélations du *New York*

Times, les Américaines et les Américains étaient descendu(e)s en masse dans la rue pour protester contre le magnat de Hollywood. Accusé par quatre-vingt-dix femmes de violences sexuelles, le monstre sacré du cinéma américain âgé de 70 ans a été condamné à vingt-trois ans de prison. Selon la sociologue Irène Théry, « avec l'affaire PPDA, nous vivons notre affaire Weinstein[4] ». En France, MeTooMedia espère un procès PPDA. Parallèlement, certains et certaines appellent l'association pour dénoncer leur supérieur(e) hiérarchique qui a abusé ou abuse encore de son pouvoir pour harceler ou agresser. Lors de cette première AG fondatrice, une poignée d'adhérents et d'adhérentes sont présents dans la salle. D'autres sont là *via* Skype. En tout, une petite vingtaine de personnes engagées et déterminées. Un combat nécessaire, pour éviter de futurs PPDA.

Patrick Poivre est Vierge.
Par son signe astrologique.
Il est né le 20 septembre 1947.

Le dernier jour de l'été, Madeleine Jeuge, femme de Jacques Poivre, accouche d'un petit Patrick au domicile familial situé 12, rue Clovis, dans le centre-ville de Reims. Une naissance après-guerre dans une ville bourgeoise type balzacienne qui a perdu depuis longtemps son lustre royal. À l'époque, point de « Patrick Poivre d'Arvor », simplement Patrick Jean Marcel Poivre, avec comme autres prénoms ceux de ses grands-pères. Celui qui n'est pas encore PPDA racontera à l'envi qu'il est né un 20 septembre à 20 heures, heure prédestinée pour un futur présentateur JT : « Ma mère m'a dit m'avoir mis au monde quelques minutes après huit heures du soir, au dernier jour d'un été d'après-guerre. À l'état civil, mon père a déclaré que j'étais né à huit heures moins dix. En faisant la moyenne, je peux considérer que j'ai vu le jour à l'heure du JT. Mais, ce jour-là, le 20 septembre 1947, il n'y avait pas encore de journal télévisé. Il faudra attendre deux ans. Parfois, il m'arrive de sourire de ce hasard singulier. Ainsi, j'aurais été prédéterminé, programmé pour renaître chaque soir dans la petite lucarne au crépuscule, tel un loup-garou[5]. » Pour le premier jour de sa vie, petit arrangement romanesque avec la réalité et déjà une ambition assumée. « Né au moment du tout premier JT, j'en suis le fils autant que le messager[6] », clame-t-il avec morgue.

Ce nom de Poivre ne sied guère au jeune Patrick. Alors il va légender son histoire, s'inventant un lointain et énigmatique aïeul. Avec son frère Olivier, « ils découvrent un Pierre Poivre, botaniste dans le jardin des Pamplemousses où le gouverneur Mahé de la Bourdonnais régnait au XVIIIe sur l'île Maurice. Hélas ce monsieur Poivre n'a eu que des filles, du coup les frères Poivre vont lui attribuer un frère, Jacques, pour légitimer leur lignée. Car il y a chez Patrick des tendances à la mythomanie encouragées par le côté facétieux d'Olivier[7] », raconte Hubert Coudurier dans la première biographie non autorisée sur *L'Inconnu du 20 heures*. Patrick va aussi découvrir l'île Poivre, visitée par une expédition royale française en 1770. Cet atoll idyllique d'un seul kilomètre carré est perdu dans l'océan Indien. Dans ses livres, l'apprenti explorateur continuera à raconter sa filiation imaginaire avec ce missionnaire des épices. « J'ai enfin accosté sur l'île Poivre, dans l'archipel des Seychelles. C'est un endroit où j'étais déjà allé à cinq reprises, sans jamais pouvoir toucher terre, l'île étant difficile d'accès. Ce fut pour moi l'occasion de rendre hommage à Pierre Poivre, ce grand botaniste aventurier dont on me disait, petit garçon, que je descendais alors qu'il n'a engendré que des filles[8]… »

Ni descendant de Pierre Poivre, ni riche héritier d'une île paradisiaque, Patrick Poivre va s'inventer un nom à particule. Son grand-père maternel, Jean-Baptiste Jeuge, avait une passion secrète : la poésie. Il signait ses écrits sous le nom de plume « Jean d'Arvor », en référence à la Bretagne. « Arvor » ou « Armor » est le nom celtique de la Bretagne signifiant « sur la mer ». Le terme est souvent utilisé pour désigner seulement le littoral breton. Voici une première attache bretonne pour le natif de Reims. Ce pseudonyme « Jean d'Arvor » a été choisi par le grand-père de Patrick car, dans cette famille, il était de mauvais goût d'écrire des textes licencieux.

J'ai rencontré le biographe Bernard Violet[9] qui a exhumé les écrits libertins de Jean d'Arvor. Dans les années 1920, un éditeur spécialisé dans la littérature érotique publie un recueil de six nouvelles aux titres éloquents : *L'Amant frénétique*, *Filles de joie*, *Le Harem en folie*, *Le Potache amoureux*, *L'Initiatrice* et *L'Abbé chez les poules*. Patrick recevra pour ses 10 ans un recueil de son grand-père intitulé *Poèmes de gloire et de joie* avec sur la couverture une reproduction d'une statue de Jeanne d'Arc conquérante. « Ce livre était quelque chose de formidable, le premier acte de création dans une famille où on s'ennuyait, où il n'y avait pas assez d'horizon[10]. » Quand Jean d'Arvor meurt en 1970, son petit-fils Patrick a 23 ans. « J'ai décidé ce jour-là de porter son nom de plume pour que son souvenir ne disparaisse jamais. Fils de Jacques Poivre, petit-fils de Jean-Baptiste Jeuge, *alias* Jean d'Arvor, je suis ainsi devenu Patrick Poivre d'Arvor[11]. »

Voilà comment Patrick change de patronyme. Le nom banal de son père n'était semble-t-il pas à la hauteur de ses ambitions. Son ami Armand de Rendinger dit de lui qu'« il apprécie les noms à particule, car souvent les héros ont des noms à particule et on les identifie plus facilement, donc Patrick Poivre d'Arvor sonne bien pour un héros, ça sonne mieux que Patrick Poivre[12] ». Ses héros fétiches s'appellent Eugène de Rastignac et Lucien de Rubempré, personnages romanesques imaginés par Honoré de Balzac et incarnations de l'arrivisme.

Le nouveau Patrick Poivre d'Arvor est né. Il donnera son nom à rallonge à son inséparable frère qui deviendra Olivier Poivre d'Arvor et naturellement à sa femme Véronique et à ses enfants. En parcourant son compte Twitter, j'ai retrouvé une photo postée dans le Puy-de-Dôme pour « l'inauguration de la rue Jean-d'Arvor. C'était mon grand-père, mort il y a tout juste cinquante ans. Dans son village natal, Pionsat, avec ses trois petits-enfants, Catherine, Olivier et Patrick ».

PPDA, alors célèbre, demandera même au maire de Reims qu'une rue porte le nom de son grand-père. En 2003, après délibération du conseil municipal, est officiellement inaugurée la « rue Jean-d'Arvor 1883-1970. Poète » en présence de toute la famille. Pourtant pas assez chic au goût du prince d'Arvor qui écrira quelques années plus tard que cette rue est « assez moche d'ailleurs, dans un faubourg mité de centres commerciaux[13] ». Pour continuer à entretenir le mythe d'Arvor, Patrick écrira en 2011 *L'Appel ardent de Jean d'Arvor*[14], sorte de recueil de poésies attribuées à son grand-père. PPDA confessera dans *L'Expression des sentiments* qu'il a fait publier l'ouvrage pour faire plaisir à sa mère.

Né Patrick Poivre le 20 septembre 1947, il devient et restera Patrick Poivre d'Arvor. Ses initiales « PP » se transforment en « PPDA ». L'étudiant débarque dans la capitale avec cette phrase de Rastignac en tête : « À nous deux Paris. » Son dernier livre paru en 2020 ne s'appelle-t-il pas *Un ambitieux*?

Lors du premier confinement, l'apprenti influenceur va en faire la lecture intégrale pour ses trois mille followers d'Instagram. Un jour, un chapitre. Il se filme chez lui sur fond de bibliothèque, le plus souvent vêtu d'une chemise, mais aussi en marcel blanc pour le chapitre 11. Pour le chapitre 15, l'écrivain septuagénaire s'affiche torse nu, certainement de retour de son footing matinal, une écharpe bleu roi nonchalamment posée sur ses épaules.

PERSONNE NE PARLE

En débutant cette enquête sur PPDA, je pensais – optimiste que je suis – que les portes allaient s'ouvrir plus facilement parce que le présentateur n'était plus en poste depuis treize ans. Je croyais aussi qu'être un ancien de TF1 allait délier les langues. J'ai travaillé six ans dans le groupe, entre 2005 et 2011 : à LCI, puis à TF1, d'abord au service « économie », ensuite à la « cellule enquête » du 20 Heures, après le départ de Poivre. Je connais encore nombre d'anciens, d'anciennes, d'actuels et d'actuelles journalistes. Beaucoup font carrière à vie au sein de la première chaîne et y restent des décennies. C'est l'apanage des grands groupes : la fidélité et la loyauté de ses salariés. Comme chez EDF, Total, Bouygues (la maison mère de TF1), la situation est confortable, la rémunération bonne et les avantages nombreux. La rédaction n'a pas la réputation de s'exprimer publiquement à l'extérieur. C'est la politique maison, on ne parle pas sans autorisation du service de communication. Normal. On aime dire que TF1 est une « famille » et donc les affaires se règlent en famille.

Pas de vagues, pas de bruit. Classique. Quand l'affaire PPDA éclate en février 2021, la rédaction se referme, se renferme dans sa coquille. Est-ce que les salariés et ex-salariés de TF1 font la politique de l'autruche ?

Pour cette enquête, j'ai contacté plus d'une centaine de personnes : assistantes, rédacteurs et rédactrices en chef, maquilleuses et maquilleur, journalistes, caméramans, syndicalistes, présentateurs et présentatrices, hôtesses d'accueil, agents de sécurité, motards de presse, PDG, RH, chefs de service, preneurs de son, monteurs, chefs planning… On se connaît, on se tutoie, on s'appelle par son prénom, on se fait la bise. On est copain, journaliste et ex-collègue. Pas toujours évident de contacter les consœurs de TF1. Et si elle aussi avait eu affaire à PPDA ? Et si elle aussi faisait partie des femmes qui accusent leur ancien patron, mais veulent rester dans l'ombre ? Je le fais avec tact par un simple texto. Libre à elles de me répondre. La plupart accuseront bonne réception de mon message et me répondront élégamment.

Des jours, des semaines, des mois d'attente, de stress, de relance, de silence, d'insomnie pour moi. Pour le moment, personne ne veut témoigner face caméra pour parler de la grande période PPDA, de son talent, mais aussi de ses zones d'ombre. De tout ce qu'il pourrait rester à exhumer. Difficile de dire du bien de l'ex-boss du 20 Heures dénoncé par des dizaines de femmes. PPDA fait toujours peur et le sujet dérange trop ! J'ai tenté par tous les moyens : textos, mails, appels, WhatsApp, Twitter, Instagram. Pour chaque personne contactée, j'ai créé une fiche avec son numéro, sa date d'arrivée à TF1 et de sortie (le cas échéant), sa réponse « oui », « non » ou « en attente ». Pendant plusieurs mois, ma « morning routine » a été de re-lancer, re-conctacter, r-appeler, ré-écrire. La grande majorité a répondu à mes sollicitations; les motifs de refus, les excuses et les jokers sont toujours des informations. À partir de ce grand tableau, voici les différentes catégories de réponses :

Il y a ceux qui déclinent

29 septembre 2021 à 16 h 46

Ton texto n'est en rien déplacé car j'aurais beaucoup de choses à dire sur le personnage. N'ayant aucun respect ni pour l'homme ni pour le journaliste les propos que je pourrais tenir à son sujet pourraient apparaître excessifs ou nourris par la rancœur ou la rancune. Surtout ils pourraient peiner Claire et surtout son fils François. Elle est par ailleurs très lucide sur la personne.

Enfin dernière raison de me taire, je ne veux pas participer à un reportage, qui j'en suis sûr sera honnête, mais contribuera à entretenir le mythe et surtout à flatter la vanité de l'ancien présentateur

Je te souhaite bon courage.

Avec mes sincères amitiés

5 octobre 2021 à 20 h 35

Pas envie de tirer sur une ambulance

6 octobre 2021 à 11 h 23

Désolé mais sur ce thème je mets un joker

10 octobre 2021 à 14 h 22

Je suis un peu gêné pour te répondre, cette affaire a fait beaucoup de mal à la petite famille Chazal, surtout le fils dont le père est ppda.

J'ai tendance à croire Claire quand elle dit que ppda est un séducteur mais pas un violent. Après quoi l'homme est un loup pour l'homme et surtout pour la femme. Autorise-moi à me tenir à distance de ton projet.

Amitiés

27 octobre 2021 à 13 h 15

Coucou Romain, personnellement, je n'ai eu aucun souci avec PPDA. Toujours cordial. Je suis discrète et réservée donc je ne devais sûrement pas l'intéresser. Bisous.

15 novembre 2021 à 11 h 18

En tant que très ancienne j'ai bien connu PPDA mais je décline ta proposition. Bonne chance ;)

22 novembre 2021 à 9 h 22

Salut Romain, je n'ai malheureusement ni le temps ni l'envie de participer. Je ne pourrai donc pas t'aider. Bon courage.

18 janvier 2022 à 18 h 59

Je ne souhaite pas m'exprimer sur Ppda, avec qui je n'ai jamais eu de problèmes. Bonne chance ! Bien cordialement

18 mars 2022 à 16 h 32

Je n'ai pas grand-chose à te dire sur lui. Il ne m'a jamais approchée.

10 juin 2022 à 11 h 47

Bonjour Romain,

Je dois dire que je suis tombée de ma chaise quand j'ai lu les témoignages. J'ai toujours su qu'il draguait toutes les filles qui arrivaient à la rédaction, j'ai pu le constater par moi-même. Je ne vois pas ce que je peux apporter sur le sujet. Je trouverais même déplacé de raconter ce que j'ai connu de lui. Il ne m'a jamais paru effrayant. Tout au plus ridicule comme tous les vieux libidineux.

Bien à toi

14 juin 2022 à 11 h 38

Je n'ai rien à apporter de nouveau ni de concluant sur cette affaire. On connaissait le « séducteur compulsif mais charismatique, fin et cultivé » mais pas l'individu décrit comme un prédateur. Cela ne signifie en aucun cas que cet aspect de sa personne n'existe pas. Il était juste indécelable pour la plupart de ses amis et collègues. Ce sera à la justice de le déterminer.

Bon courage

Il y a ceux qui déclinent, et renvoient vers une autre personne

15 octobre 2021 à 17 h 43

Ce qui serait formidable serait d'avoir ses 2 anciennes assistantes Fanny et Marie-Hélène.

6 janvier 2022 à 12 h 41

Merci mais je n'ai jamais eu à travailler avec PPDA… et n'ai rien d'intéressant à dire à son propos… essayez Namias…

Réponse de ma part : Merci, monsieur, pour votre réponse rapide et franche. J'ai bien sûr essayé avec Robert Namias et je n'ai pas rencontré un grand succès…

Réponse de mon interlocuteur : Ça ne m'étonne guère… pourtant..!!!

14 juin 2022 à 11 h 24

La clé ce sont ses assistantes bien sûr et Namias

4 octobre 2022 à 11 h 33

Tu as essayé d'appeler une telle ? PPDA lui avait proposé une chronique littéraire dans son émission sur LCI. Elle a refusé et il a juré de lui pourrir sa vie et sa carrière car elle se refusait à lui… à tous points de vue. C'est elle qui m'a raconté ça quand on bossait ensemble

Il y a ceux qui réfléchissent puis déclinent

12 novembre 2021, 14 h 27

Cela me fait froid ds le dos. Ce qui m'effraie et dont je n'avais pas conscience c'est la violence !!! C'est un autre dsk !!!! Je vais cheminer…

12 décembre 2021 à 8 h 13

Salut Romain. Lorsque j'ai quitté TF1 j'ai signé un accord qui m'interdit d'évoquer la chaîne pendant 5 ans… Donc il est impossible mais si je peux t'être utile autrement avec plaisir. À toi de voir.

Il y a ceux qui acceptent de me rencontrer

Une fois l'avalanche de refus digérée, j'arrive à décrocher une vingtaine de rendez-vous en face à face. Les ex de TF1 consentent à discuter « en off » dans un premier temps. Il n'est pas encore question d'interview filmée.

Trois journalistes connues du grand public se laissent convaincre par un café pour me raconter leur histoire avec PPDA. Se confier en restant anonymes, dire mais ne pas dénoncer publiquement : une prise de risque minimum. Elles ne veulent pas témoigner devant la caméra, car elles ont réussi à refuser fermement ses avances. Elles ne veulent pas laisser sous-entendre que toutes les femmes peuvent dire non aussi facilement à PPDA, comme elles l'ont fait. Elles étaient certainement plus fortes, plus déterminées à l'époque.

Le premier rendez-vous. J'ai réussi à avoir son portable assez difficilement. Je tente un matin. La discussion s'enclenche spontanément. Elle connaît bien le personnage, sa mauvaise réputation depuis des années et son pouvoir de nuisance. Au téléphone, elle se méfie, elle est assez évasive, avant de me lancer : « Romain, vous avez le temps de prendre un café ? — Bien sûr. — Maintenant ? » Je saute sur un vélo et vingt minutes plus tard, j'entre dans son QG en bas de chez elle. Elle est installée à sa table favorite. Un visage connu, une classe naturelle, une voix reconnaissable. On reprend la conversation où nous en étions. C'était il y a longtemps. Âgée d'une vingtaine d'années, elle décroche son premier stage à TF1. PPDA jette son dévolu sur elle et sans attendre, il l'invite à passer le voir dans son bureau. Une drague particulièrement lourde, les sempiternelles questions indiscrètes et intimes : « Êtes-vous en couple ? Êtes-vous fidèle ? Êtes-vous heureuse sexuellement ? » La stagiaire juge son comportement comme une effraction dans sa vie privée. Elle répond un non ferme et franc.

Sans laisser place aux doutes et aux sous-entendus. Fin de la conversation. Elle quitte le bureau. Le présentateur rembarré la poursuit dans le couloir. Elle prend l'escalier qui se trouve tout de suite à gauche. Il dévale les marches et essaye de l'emballer. Elle est obligée de le repousser une nouvelle fois. Ferme et franche. Il remonte dans son bureau.

Le deuxième rendez-vous. Une très bonne amie journaliste m'a conseillé de l'appeler. Elle sait qu'elle a eu affaire à PPDA, mais ignore si elle acceptera de m'en parler. Je connais cette présentatrice, on s'est croisés, elle semble apprécier mon travail. Je tente une approche par message. Après quelques questions/réponses, on s'appelle. Elle me parle ouvertement à une seule condition : cela doit rester off. La scène se passe à TF1 à la fin des années 1980 quand la première chaîne occupait encore les mythiques studios de la rue Cognacq-Jay. En visionnant des heures d'archives, j'ai retrouvé des images de cette journaliste souriante à son bureau. Elle, reportrice sortie d'école et lui déjà superstar du 20 Heures. Certaines journalistes de la rédaction se passaient le mot. Une sorte de manuel de survie en terrain hostile. « Si PPDA t'invite dans son bureau et qu'il commence à te poser des questions sur ta vie perso et ta vie sexuelle, tu lui dis que tu es très bien en couple et que tu vas te marier cette année. » Cela ne manque pas. Cette stagiaire jeune et jolie a réussi à refuser les avances de PPDA grâce à cette parade.

Le troisième rendez-vous. On se retrouve dans un café parisien à siroter chacun un Perrier rondelle. On a bossé à la même époque à TF1. On se remémore les beaux souvenirs, les bonnes « missions » (tournages) et on évoque « l'affaire » qui fait beaucoup de bruit en interne. Elle y est toujours. Elle me raconte que parfois le soir, vers minuit, 1 heure, 2 heures du matin, « Patrick m'appelait. Il me disait qu'il ne trouvait pas l'inspiration pour écrire, qu'il avait envie d'entendre une voix féminine. Il me demandait comment je dormais, si j'étais nue ». La journaliste devait couper court à cette conversation nocturne par un sec « Patrick, tu me déranges, je suis avec mon copain. Je te dis bonne nuit et à demain ».

J'ai rencontré aussi les « vieux de la vieille », dans la catégorie des grands reporters de TF1 surnommés ironiquement « les gilets à poches », ceux qui partent sur les terrains de guerre et les « gros coups d'actu ».

Le quatrième rendez-vous. Le 23 mai 2022 à Paris, un ex de la maison TF1 à la terrasse d'un café me raconte, assez débridé : « C'était l'époque des grandes gueules dans les années 1980 et 1990. Une génération de beaux mecs qui collectionnaient les conquêtes féminines. Il y avait beaucoup de sexe, d'histoires de cul à TF1, des histoires connues et inconnues entre collègues. Si Cognacq-Jay était un lupanar, dans la tour TF1 c'était pire encore! Ça puait le sexe, ça respirait le sexe à tous les étages. »

Le cinquième rendez-vous. 7 octobre 2021 à 16 heures à la terrasse d'un café, Paris 15ᵉ. Rencontre avec un ex-grand reporter de TF1. Voici le résumé de ses propos sur mon carnet noir « PPDA N° 1 ».

Assez vite, PPDA a eu le titre de rédacteur en chef et il est devenu tout-puissant. Il avait la confiance de l'actionnaire, il faisait des scores très importants, c'était le roi de l'audimat. C'était le deuxième salaire de la rédaction après Patrick Le Lay, le PDG du groupe. Il a commencé à prendre la grosse tête, à perdre les pédales, à déraper, à devenir caricatural. Tout est permis, selon lui. On lui passe tous ses caprices. C'est le système Poivre. Tout lui est autorisé. Il devient fou. La télé rend fou, pour reprendre le titre de Bruno Masure, lui aussi présentateur du 20 Heures.
PPDA et les filles : c'est un secret de Polichinelle à la rédaction. Il a besoin de séduire et de baiser. C'est un séducteur lourd, lourdingue. Il drague de manière appuyée. À la fin des réunions dans son bureau, il congédie les hommes et il garde toujours une fille : « Reste dans mon bureau, il faut qu'on parle d'un truc. » À l'époque, on se disait : c'est un dragueur lourd, mais certainement pas un violeur. Les femmes célèbres, PPDA les voyait dans des hôtels l'après-midi. Les anonymes, il les faisait venir à la rédaction de TF1. Au fil des années, PPDA vieillit et ne supporte pas de perdre ses cheveux, alors il fait des implants. Il devient moins séduisant et on voit venir des filles de plus en plus jeunes. Pour rester jeune.
C'est un présentateur aux vies multiples. Au fil des années, il est tellement occupé avec ses histoires de femmes qu'il ne travaille plus. Il arrive toujours en retard à la conférence de rédaction du matin. L'après-midi, il disparaît sur son scooter, il revient tard. Il écrit de moins en moins les lancements de son journal. La conférence critique après le 20 Heures est devenue une formalité. Ça ne dure pas longtemps. Il avait souvent une fille qui l'attendait dans son bureau.

Il y a ceux qui réfléchissent, puis acceptent d'être interviewés

Dix personnes ont dit oui pour témoigner devant la caméra de Manon Descoubès avec qui j'ai réalisé la plus grande partie de « PPDA, la chute d'un intouchable » pour *Complément d'enquête*. Le ratio est très faible : en moyenne, sur dix personnes contactées et rencontrées, un accord et neuf refus.

Celles qui ont accepté l'ont fait pour différentes raisons : une dent contre PPDA, en soutien à la parole des femmes, le fait de n'avoir rien à se reprocher, d'avoir cerné à l'époque le personnage, ou tout simplement de raconter ce qu'elles ont vu, entendu ou subi. Elles méritent d'être citées dans l'ordre d'apparition du sujet diffusé sur France 2 :

– Christine Ockrent, présentatrice du journal de 20 Heures, Antenne 2 (1981-1985) et directrice adjointe de TF1 (1987-1988)

– Frédérique Lantieri, journaliste

– Catherine Lambret, directrice des études à l'Institut pratique de journalisme (1982-2002)

– Michèle Cotta, directrice de l'information de TF1 (1987-1993)

– Frédéric Péguillan, journaliste à *Télérama*

– Dominique Bromberger, chef du service étranger à TF1 (1982-1993), présentateur remplaçant du 20 Heures de TF1 (1987-1995)

– Thierry Ardisson, animateur et producteur de télévision

– Philippe Courroye, juge d'instruction en charge du dossier Botton (1992-1996)
– Estelle Youssouffa, journaliste à LCI-TF1 (2000-2006)
– Béatrice Mouedine, journaliste et présentatrice à Radio Classique (2014-2018)

Pour expliquer les raisons de ce long silence de la profession encore en 2021 et 2022, mon entretien avec Estelle Youssouffa a été très enrichissant.

L'interview est calée quelques jours avant Noël 2021[1]. À l'époque, elle était ancienne journaliste à LCI-TF1, militante associative et candidate aux législatives. Aujourd'hui, elle est devenue députée de la République. Un premier mandat qui lui a valu un portrait en dernière page de *Libération* avec ce titre bien choisi : « Le grand écart ». « La nouvelle députée de Mayotte de 44 ans, ex-journaliste à la repartie ciselée et au franc-parler, cumule positions fermes face à l'immigration venue des Comores et fibre sociale affirmée[2]. » Avec Estelle, on s'est rencontrés en 2005 quand je suis entré à LCI. Cela faisait cinq ans qu'elle y travaillait. J'ai souvenir d'une collègue douée, souriante, avec un rire très communicatif. Quand je la rappelle dix-sept ans plus tard, elle a gardé son enthousiasme, mais a changé de vision sur notre métier. Elle porte un regard lucide et sévère sur le phénomène PPDA à TF1. Elle l'appelle volontairement « PPD » en lui enlevant son A majuscule comme le faisait Canal + avec sa marionnette des *Guignols* et son célèbre « À tchao bonsoir ». Il est intéressant de remarquer que la figurine en latex sur la chaîne cryptée a survécu sept ans de plus que l'original, c'est dire l'aura et la notoriété du personnage.

Pour commencer, Estelle Youssouffa rappelle que dans les années 1990-2000, TF1 était la première chaîne d'Europe. Omnipotente, hyperpuissante, ultra-dominante. « C'était une chaîne riche, un bulldozer d'audimat. Et la locomotive, c'était PPD. C'était la grand-messe et la cash machine. Il était connu, adoré, regardé religieusement tous les soirs. Tout le monde rampait pour aller au 20 Heures qui était devenu une institution. » Elle continue son raisonnement en insistant sur le fait que PPDA était en haut de la pyramide d'une très grosse entreprise cotée au CAC 40. Il amenait ainsi des revenus parce qu'il y avait de la pub avant et après le JT. « Donc la tête de gondole du 20 Heures était une machine à cash pour la boîte mais aussi pour les actionnaires. Tous les salariés TF1 étaient aussi des petits actionnaires. Nous étions riches de la puissance et de l'audimat de TF1. » L'ex de la maison TF1-LCI rappelle que tous les employés sont intéressés aux résultats économiques de l'entreprise. Dans les années 1990-2000, le cours de l'action était au sommet à l'époque du 20 Heures de PPDA et des émissions à succès de Foucault, Hulot, Lagaf. Ceux qui ont bien vendu leurs actions ont pu s'acheter un appartement, voire une maison. L'action TF1 est montée jusqu'à 130 euros quand aujourd'hui elle plafonne à moins de 10 euros. On raconte que des preneurs de son de TF1 sont devenus millionnaires !

Sans l'être devenu, j'ai pu acheter mon premier appartement à Paris notamment grâce à un apport personnel. En seulement six ans dans le groupe TF1, j'ai amassé

32 000 euros sur mon compte épargne entreprise. Je me souviens du comité d'entreprise florissant, avec des réductions à gogo pour les spectacles, les séjours au ski et les colonies de vacances. À la naissance de mon premier enfant, TF1 m'a versé une prime de 1 000 euros. Sur la première chaîne, les arbres de Noël étaient bien garnis de chèques cadeaux. Deux fois par an, j'ai profité des 70 % de réduction sur n'importe quel billet d'avion dans le monde, valable pour toute la famille. Sans parler de la cantine, pardon : du « restaurant d'entreprise », la meilleure des rédactions parisiennes. On était bien loti, bien payé à TF1. Par exemple, ma mère s'est toujours étonnée que mon premier salaire à TF1, de 3 150 euros brut par mois, était l'équivalent de son dernier salaire de professeure certifiée de français au lycée en fin de carrière. J'allais oublier le 13e mois et les dix semaines et demie de vacances par an. Cela peut paraître anecdotique mais c'est une bonne situation, journaliste à TF1. La meilleure formule revient à un camarade caméraman qui m'a répondu : « La soupe était grasse, je ne vais pas cracher dedans. »

Revenons à l'interview avec Estelle Youssouffa. Elle a observé que « PPD était le cœur nucléaire de la machine de TF1. C'était un homme puissant, quasi déifié par la rédaction, très protégé à toutes sortes d'égards. On savait quand il arrivait dans la tour TF1, quand il était dans les bureaux. C'est un peu comme Karl Lagerfeld chez Chanel ! ». Selon cette journaliste, une partie de la machine PPDA relevait aussi de son pouvoir de séduction. C'était vendu comme ça. On pouvait lire dans la presse qu'il avait un regard de velours, une voix caressante, un vocabulaire un brin sexuel. « Si on regarde les choses avec un peu de recul, PPD vendait de la sensualité avec une information qui caressait, qui enveloppait. C'était sa marque de fabrique. PPD, c'est l'image de l'amour courtois et de l'intello de l'amour. Un homme de télé mais aussi un homme de livres, érudit, qui a le verbe magnifique. Ça, c'est puissant dans notre imaginaire français. L'affaire PPDA a vingt ans de retard. Depuis vingt ans, on regarde le bonhomme aller de rédactions en plateau, trimballer son spleen, son charme, son argent, son prestige et son aura. Combien de femmes a-t-il brisées derrière ? » interroge-t-elle, l'air grave.

Pour continuer notre entretien, je lui demande pourquoi, selon elle, tout le monde se terre et se cache. Ce lourd silence n'est-il pas un aveu de complicité, voire de culpabilité? « Je pense que le milieu de la télé et de la presse est extrêmement incestueux, sans mauvais jeu de mots. C'est un tout petit cercle où les places sont chères. Il y a beaucoup d'ambition, mais aussi beaucoup de précarité. Donc, même s'il y a beaucoup de rivalités, il y a aussi une forte solidarité, parce que c'est un système qui se tient. Évidemment que l'affaire PPDA interroge sur l'éthique dans le milieu. On est capable d'aller chasser le *MeToo* dans tous les autres secteurs (cinéma, Église, sport...), sauf dans les rédactions. Parce que cela nous interroge sur nos principes et les angles morts de notre corporation. » Elle a raison.

PPDA a réussi à museler la grande famille de la télévision sur laquelle il règne en bon patriarche. La loi du silence pour ne pas faire exploser « la famille ». La peur des représailles est trop forte. Bon nombre d'anciens collègues de PPDA sont aujourd'hui à des postes importants à TF1 ou ailleurs. Ils sont devenus chefs de service, rédacteurs en chef ou directeurs de la rédaction ou de l'information. Elles sont devenues cheffes de service, rédactrices en chef ou directrices de la rédaction ou de l'information. Je partage le diagnostic intransigeant d'Estelle Youssouffa sur cette cécité collective qui aurait frappé les hauts responsables : « Ils et elles ont pu progresser dans leur carrière, soit en ne voyant rien – cela interroge sur leur lucidité –, soit en n'ayant rien dit – cela interroge sur leurs principes. »

Avant de mettre fin à l'interview, Estelle Youssouffa aborde la question de la responsabilité de TF1 dans cette affaire PPDA. Elle a du mal à croire que la direction ignorait tout. Les hauts responsables de l'époque, décédés, ne peuvent plus répondre. Elle ajoute avec cynisme : « Je pense que tout le monde est content de jouer l'amnésie. Il y avait un intérêt collectif à ce que PPDA continue à être confortable, bien à l'aise, suffisamment épanoui pour présenter de manière efficace le 20 Heures tous les soirs et laisser son charme agir sur les téléspectateurs et les téléspectatrices. Et après, ce qu'il faisait en dehors, personne ne voulait le voir. » Selon Estelle Youssouffa, le silence est déjà un aveu.

Dans cette affaire tentaculaire, presque personne ne parlait au début, mais les langues commencent doucement à se délier.

LE PACTE

« Je n'aime que les livres, les femmes et les bains de mer, disait Gaston Gallimard. Et encore, pas toujours dans cet ordre là[1]… »

Patrick Poivre d'Arvor

« Je suis certainement celle qui le connaît le plus. Mais il est impossible à connaître vraiment. C'est quelqu'un de très secret, de très indépendant, qui aime sa liberté avant tout. […] Je n'aurai pas assez de toute ma vie pour le connaître[2]. »

Véronique Poivre d'Arvor

Envie de prendre l'air, quitter Paris et mettre les voiles pour Trégastel. L'été 2022, je suis parti sur les terres de PPDA. Depuis des années, il nous raconte son amour fidèle et fusionnel pour la Bretagne à longueur de pages, d'émissions et de reportages photos. Pour cette enquête, j'avais besoin de humer cette terre si chère à Chateaubriand, source d'inspiration inépuisable pour le journaliste-écrivain. J'ai emporté avec moi son dernier livre paru en 2020, qui s'intitule justement *La Bretagne au cœur*[3]. Il décrit la ville de Trégastel comme « mon fief intime et familial où j'aime vivre, lire, aimer ». Avec une tonalité toujours poétique, cette région « ardente, tempétueuse, mélodique et organique » semble être sa muse, sa terre de prédilection. À son grand regret – pensé-je –, la Bretagne n'est pas sa terre natale, il est originaire de Champagne. Peu importe : à son patronyme Poivre, il a donc fait ajouter le pseudonyme « d'Arvor » qui résonne comme par un heureux hasard géographique avec les Côtes-d'Armor. Breton, il ne l'est que par adoption, par mariage et par opportunisme.

Dans les années 1960, la famille Poivre avait pris l'habitude de quitter la grisaille rémoise pour les embruns de la Côte de Granit rose. Les parents du jeune Patrick louent chaque été une petite maison non loin de la plage de la Grève-Blanche, à Trégastel. De gros massifs rocheux en granit, aux formes rondes et généreuses, se baignent dans une eau claire et froide. Patrick, sa sœur aînée Catherine et son frère cadet Olivier jouent sur le sable fin à deux pas de la cabine 34 louée par leurs parents Madeleine et Jacques, lui originaire du Trégor. J'avais imaginé une cabine de plage typique en bois, peinte en blanc et bleu. On est loin de la carte postale ! L'ancienne cabine de la famille Poivre est construite dans une barre horizontale en béton blanc qui fait face à la mer. La cabine 34 est un local minuscule avec une porte et une petite fenêtre sur laquelle pendouillent des voilages. Suffisant pour se changer, ranger les seaux et les pelles et sortir une table pliante pour le pique-nique. Aujourd'hui, la longue enfilade de cabines de la Grève-Blanche semble un peu décrépie et abandonnée. Une tempête récente a emporté les cabines numérotées de 1 à 24. La 34 reste intacte.

Avant de devenir journaliste, Patrick a fait tous les métiers. Vendeur de journaux, employé des wagons-lits ou professeur de voile. Au club nautique de Trégastel, il donne des cours d'optimiste et de dériveur au large de l'île aux Lapins et de l'île de Seigle. « Il était plutôt grand et beau mec », se remémore Geneviève Piot, la cousine par alliance de PPDA. Cette femme de caractère âgée de 80 ans est un personnage important dans mon enquête. Elle est la seule personne proche de la famille à avoir accepté de me parler du tempérament de PPDA, de sa jeunesse fougueuse et de son beau mariage.

Geneviève Piot est la cousine issue de germain de Véronique, qui prendra pour époux Patrick Poivre d'Arvor en avril 1971. Avant de se dire oui pour la vie, Patrick, le moniteur de voile, et Véronique, la fille de bonne famille, se sont rencontrés ici, sur la plage à Trégastel. Dans une très rare interview télévisée, Véronique évoque leur première rencontre : « Il était très blond, très beau, il ressemblait aux jeunes Américains[4]. » Geneviève Piot se souvient que sa cousine Véronique était la fille la plus courtisée de la plage. L'athlétique Patrick aime les défis. Le fils de chausseur a le béguin pour une fille Courcoux. Cette grande famille bourgeoise et catholique est une dynastie secrète à Trégastel. Chez PPDA, on l'a dit, il y a du Eugène de Rastignac, l'ambitieux sans scrupule et sans limites qui séduit les femmes riches et influentes : « Une femme du monde mène à tout, elle est le diamant avec lequel un homme coupe toutes les vitres[5] », écrivait Honoré de Balzac.

Pour entrer dans les arcanes du couple Patrick et Véronique Poivre d'Arvor, il a fallu une nouvelle fois m'armer de patience. Geneviève Piot a refusé de témoigner dans mon documentaire. Après plusieurs mois d'attente, elle accepte de me rencontrer entre deux voyages pour ce livre. Cette femme a deux vies : une en France et une en Égypte où elle a acheté une villa à El Gouna, le petit Saint-Tropez de la mer Rouge. Pour s'éloigner, dit-elle, des tempêtes familiales de la Côte de Granit rose.

Paris, 15e arrondissement. Jour de canicule. Un grand ventilo brasse de l'air chaud dans l'appartement. Geneviève Piot[6] me reçoit chez elle pieds nus, vêtue d'une robe fleurie, la clope au bec. « J'ai 80 balais, on me surnomme "Pépette", je ne suis pas mariée, pas d'enfants, je suis libre et féminine, pas féministe. » Voilà pour les présentations. Pour le café, j'ai apporté un sachet de madeleines acheté à la boulangerie.

Les cousines Geneviève et Véronique n'ont que six mois d'écart. Elles ont passé leurs vacances scolaires à Trégastel, le fief de la famille depuis des générations. Les Courcoux sont un nom connu au nord de la Bretagne. « Nous sommes environ un millier. À Trégastel et aux alentours, vous pouvez trouver quatre-vingt-cinq maisons de cousins. On est des bourgeois assis et rigides, on ne fréquente pas les

Bretons du comptoir », me commente Geneviève Piot. Des cousins croyants selon la devise de la famille : « Les Courcoux ne parlent qu'à Dieu. » De cet adage, Véronique Courcoux semble avoir gardé le culte du secret, la discrétion voire l'effacement.

Pour notre rendez-vous, Geneviève Piot a posé sur la table basse une intrigante boîte à chaussures un peu poussiéreuse et fermée par un large élastique beige. Elle ouvre cette boîte de Pandore et en sort trois grandes photos couleurs, tirées sur papier Kodak. Tous les cinq ans, les Courcoux organisent des « cousinades ». Ils sont tellement nombreux pour ces réunions de famille qu'il y a un code couleur selon les trois branches de l'arbre généalogique : les roses, les bleus, les jaunes. Les cousins jouent le jeu à fond et s'habillent avec leur couleur de la tête aux pieds. Le style vestimentaire est plutôt classique : pantalon en velours et chemise pour les hommes, chemisette pour les femmes, col Claudine pour les filles, short pour les garçons, pas de baskets, que des chaussures de ville. Sur la photo des bleus, ils ne sont pas loin de deux cents. Je reconnais aisément Geneviève Piot avec son chapeau imposant et sa tenue excentrique. Sur la photo de la branche « jaune », elle pointe de l'index sa cousine Véronique, plus discrète, dans les premiers rangs au centre, les cheveux blonds au carré. Elle est enseignante à Sainte-Marie de Neuilly-sur-Seine, un établissement catholique réputé et rigide. Véronique y a fait ses classes comme élève pendant son enfance à Neuilly. Pour ses 21 ans, ses parents stricts lui auraient demandé : « Qu'est-ce qui te ferait plaisir pour ton anniversaire ? — La liberté », aurait-elle répondu selon Geneviève Piot.

Véronique est l'aînée d'une fratrie composée de quatre frères dont les prénoms commencent tous par la lettre G : Gaël, Guillaume, Grégoire, Gaëc ; et de deux sœurs, Brigitte et Perrine. Sur les photos de cette « courcousinade » à Marne-la-Coquette, en région parisienne, le célèbre mari de Véronique brille par son absence. « Patrick ne vient jamais aux réunions de famille. Il était absent à l'enterrement du père de Véronique. Quand ma cousine a perdu son frère Guillaume, Patrick n'était pas présent. » Lui qui s'est trouvé une nouvelle famille d'adoption, une nouvelle région, « la Bretagne au cœur », semble être un cœur de pierre lors des moments douloureux des Courcoux.

Geneviève Piot ne porte pas beaucoup d'estime à Patrick, son cousin par alliance. Depuis soixante ans, elle le croise à Trégastel trois fois par an : à Noël, à Pâques et durant l'été. Ils se retrouvent parfois à la plage, en ville ou à la même table lors d'un repas de famille. Selon elle, PPDA est « arrogant, faux et fourbe. Il a embobiné tout le monde. Patrick ment et tout le temps. Dans la religion catholique, il y a "le mensonge voulu" et le "mensonge oublié" ; lui ment volontairement ». Elle n'est pas la première personne à me parler de cette inclination viscérale qu'a PPDA à feindre, à romancer, à mystifier. En faisant quelques recherches sur le mensonge, j'ai trouvé cette définition qui me semble bien correspondre au menteur des menteurs : « Mentir ne consiste pas à dire quelque chose de faux, mais à dire le faux en mentant et en vue de tromper un proche[7]. »

Dans son appartement parisien, Geneviève Piot se refait un café et goûte une petite madeleine que je lui ai apportée. Je ne l'ai pas fait exprès, mais je découvrirai plus tard que PPDA mange la même chose chaque matin : « Une madeleine comme déjeuner frugal avec une tasse de café[8] », ainsi qu'il le raconte dans *L'Expression des sentiments* dédié à sa mère qui se prénomme… Madeleine. PPDA garde le souvenir des tournées de VRP de son père qui rapportait à la maison des madeleines de Commercy, en Lorraine. « Proust a eu la sienne ; chez moi, c'est une nostalgie moins délicate, certes, mais c'est la mienne et j'y tiens beaucoup. Outre le prénom de ma mère, elle me rappelle que mon père travaillait comme un forcené pour nous faire vivre[9]. » Avec cette « madeleine de Proust », le journaliste-écrivain se délecte comme le narrateur d'*À la recherche du temps perdu* de ce « petit coquillage de pâtisserie, si grassement sensuel[10] ».

Les années passent et Geneviève Piot continue de le croiser en Bretagne mais aussi à Paris. Le 3 avril 1971, Patrick Jean Marcel Poivre convole en justes noces avec Véronique Anne Annonciade Courcoux à la mairie de Neuilly-sur-Seine. Il épouse un nom, une situation et une histoire familiale. Cette année-là, le jeune ambitieux étudiant du Centre de formation des journalistes (CFJ) débarque dans le bureau de Geneviève Piot qui travaille chez Island Air. PPDA doit partir du jour au lendemain dans ce pays nordique pour le concours « Envoyé spécial » organisé par France Inter. Avec son bagout et sans un sou, il arrive à obtenir un aller-retour gratuit pour Reykjavik grâce à sa cousine par alliance. Pour la petite histoire, il remportera le concours haut la main. Joli coup. Le producteur de l'émission *Envoyé spécial* racontera : « Poivre sortait véritablement du lot, il avait une sorte de facilité, d'élégance. Il avait potentiellement et naturellement toutes les qualités du reporter : dire les choses sans avoir l'air de les dire, en restant très modéré dans son expression. [...] Le Poivre de radio était quelqu'un de potentiellement très fort[11]. » Ce coup de brio de l'étudiant du CFJ ne sera pas du goût de la directrice de l'école. Claire Richet reproche à celui qui était surnommé « PPA » par ses camarades de promo de faire trop souvent l'école buissonnière[12]. Visiblement le journaliste en herbe est trop occupé par son activité de militant chez les Jeunes Giscardiens. Le jury du CFJ lui remettra son diplôme de journaliste, mais sans la spécialité... radio ! Il sera jugé par ses pairs « inapte en audiovisuel ». Cela ne l'empêchera pas de commencer sa brillante carrière grâce à la récompense obtenue au concours « Envoyé spécial » : un an de travail à France Inter. « D'après d'anciens élèves, l'école lui aurait remis son sésame quelques années plus tard, contrainte par sa gloire naissante[13]. »

« PPA », qui deviendra PPDA pour la télévision, n'oubliera jamais que Geneviève Piot travaille pour des voyagistes. « Son assistante à TF1 Fanny m'appelait en me demandant : "Patrick aimerait partir ce week-end, est-ce qu'il te reste deux places offertes pour telle ou telle destination ?" » Une fois star de TF1, il profitera largement des voyages de presse organisés par sa cousine de Trégastel. Amère, Geneviève me précise que le deuxième billet d'avion était toujours au nom d'une femme, mais jamais la sienne. Sans scrupule, Patrick le volage implique la cousine de sa femme dans ses nombreuses aventures extraconjugales.

Lors de ma venue à Trégastel à la mi-août 2022, j'ai proposé à Geneviève Piot de nous revoir après ce premier entretien madeleine-café à Paris. Elle accepte volontiers et m'invite élégamment à déjeuner au *Beau Séjour*, restaurant familial devant la belle plage du Croz-Pors. Elle arrive à pied, chapeau de paille et robe d'été. La maison de famille historique des Courcoux dans laquelle elle séjourne n'est pas loin. Elle me raconte que Patrick aime s'installer au café devant le front de mer : « Il va se baigner sur la grande plage pour que tout le monde le voie. Pendant des années, PPDA c'était un dieu ici. Tout le monde le saluait, il était la star du 20 Heures en vacances à Trégastel. » Sa réputation de dragueur invétéré ne faiblit pas quand il réside dans le fief de sa femme. Le soir, il n'hésite pas à sortir dans la mythique boîte de nuit connue de Trébeurden, *Les Chandelles*, au bord de la plage. Dans cette discothèque bon enfant, on vient danser en famille. Geneviève Piot me raconte, mi-amusée, mi-écœurée, qu'une de ses nièces lui a confié un lendemain de soirée : « PPDA m'a foutu la main sur les fesses pendant toute une danse. » Les Courcoux sont si nombreux que le présentateur aux mains baladeuses ne pouvait pas imaginer que la jeune fille faisait partie de sa famille.

Ces écarts et ces rumeurs reviennent souvent aux oreilles des enfants de Patrick et Véronique. En 1998, leur fils Arnaud se confie à Michel Denisot[14] dans une émission de Canal + : « En parallèle de ses aventures, mon père est très fidèle à ma mère. C'est une histoire qui ne ressemble pas à beaucoup d'autres, mais ils forment un couple. » Sa sœur aînée Dorothée est moins tendre : « Mon père a une femme extraordinaire. Il ne s'en aperçoit pas tout le temps. Ce serait bien, avec les années qui viennent, qu'il fasse plus attention à elle. » Elle parle toujours en termes affectueux de sa mère : « C'est une sainte femme, d'une tolérance incroyable. Elle est douce et généreuse[15]. »

La fille aînée du couple Poivre d'Arvor a une place particulière dans leur histoire intime. En 2001, le journaliste Jérôme Fandor écrit : « Au commencement, il y a eu Dorothée. La discrète, celle dont, longtemps, Patrick n'a pas parlé. Il avait seulement 16 ans, l'âge d'un grand frère, quand elle est née, en 1963, l'année de son bac[16]. » Le bachelier Poivre a eu une héritière très jeune. Dans ses récits autobiographiques, dans ses interviews télé ou papier, j'ai toujours été surpris par la manière dont PPDA présente avec distance sa première fille. Parmi les sept grandes dates importantes de sa vie, il cite l'année 1964 : « Le bac, le premier roman et quelques mois avant, un premier enfant : Dorothée, dont la maman s'appelle Véronique, comme celle qui épongea le visage du Christ lors de la montée au Golgotha[17]. » PPDA ne dit pas être le père et fait de sa femme une sainte comme le personnage biblique qui essuya le visage du Christ à la sixième station du chemin de la croix.

Dans *Les Femmes de ma vie*, PPDA intitule un chapitre « Dorothée ou la pudeur » avec la dédicace « À Dootie », surnom qu'il lui donne depuis très jeune. Le père entretient le doute sur l'origine de sa fille : « Dorothée est ma fille. Ma première fille. Celle qui m'a échappé parce que je ne fus sans doute moi-même, dès l'origine, que fuite [...]. Dootie ne fut jamais tout à fait mienne. Mais à qui appartient-elle[18] ? » Répondre à cette question revient pour lui à « dire pourquoi je ne sais pas m'adresser à une femme sans vouloir la séduire. Et bien sûr, on ne séduit pas sa fille ». Le lecteur que je suis est troublé à nouveau quand deux pages plus tard, PPDA écrit qu'il ne « détestait pas au passage respirer le goût de lait des adolescentes de la génération de sa fille[19] ». En parcourant les deux biographies non autorisées écrites sur PPDA par Hubert Coudurier et Bernard Violet, le mystère se lève un peu. « Âgée de sept ans, Dorothée, le premier enfant de Véronique, est bien entendu présente[20] » le jour du mariage de Patrick et Véronique le 3 avril 1971. Comme me confirme Geneviève Piot, Patrick Poivre d'Arvor n'est pas le père biologique de sa fille aînée. Véronique était déjà maman d'une petite fille quand elle a rencontré son moniteur de voile Patrick. C'est le secret inavouable de la famille Courcoux. Les parents de Véronique (« oncle Michel » et « tante Manika », comme ils se font appeler) apprennent, courroucés, que leur fille aînée de 21 ans est enceinte, hors mariage. Dans ce genre de famille traditionnelle et catholique, c'est blasphème.

Geneviève Piot se souvient de cette naissance houleuse. Pour éviter les commérages, elle me confesse que les parents de Véronique exfiltrent leur fille de Trégastel et de Neuilly. Elle accouche dans la plus grande discrétion au Havre, le 17 juin 1963, chez l'un de ses oncles. Cet épisode sera une nouvelle matière littéraire inépuisable pour le père par procuration et l'écrivain tourmenté. Dans *La Mort de don Juan*, PPDA campe un héros rencontrant une belle femme envoûtante non pas en Bretagne, mais en Grande-Bretagne. Il la décrit ainsi : « Elle m'initia au plaisir de l'amour, tout juste entrevu sur une plage de Cornouailles, et me fit un enfant sans trop m'en informer. Comme elle avait quatre ans de plus que moi, l'affaire provoqua un scandale. Son grand-père, un vieux Lord retiré dans un château des Highlands, la déshérita[21]. »

Sortons du roman et revenons en Bretagne. Cette naissance jugée « honteuse » va semer la zizanie dans la famille Courcoux, au sens large du terme. À Trégastel, la dynastie est implantée historiquement à quelques encablures de la plage de Croz-Pors. Sur une grande propriété, trois grosses maisons cohabitent au milieu d'un parc parsemé d'imposants blocs de granit rose. Une maison par branche de la famille. Les « cousins bleus » occupent la maison principale et imposante à l'entrée de l'allée. Les « roses » habitent dans la maison reculée. La maison la plus petite, la plus cachée est celle des « jaunes ». Les petits-cousins doivent penser qu'il s'agit d'un remake de *Harry Potter et le*

Prince de sang-mêlé, les voisins d'une adaptation de *Koh-Lanta* à la sauce bretonne. Geneviève Piot, la cousine bleue, me raconte que Véronique, une jaune, a « fauté » un soir dans la maison des bleus. Cet édifice de quatre étages aux fausses allures de manoir est devenu la maison du péché pour les parents de Véronique. À l'été 1963, après la naissance de Dorothée, « oncle Michel » et « tante Manika » font construire dans le parc un muret entre leur maison et celle des bleus. Cet édifice imposant en pierre de deux mètres de haut s'étire sur une trentaine de mètres. Les grands-parents de Dorothée ont voulu marquer cette naissance particulière d'une pierre blanche. Quel lourd héritage. Depuis 1963, les petits-cousins et petites-cousines continuent à faire le mur le jour et la nuit. Pendant longtemps, les nouveaux venus dans la famille Courcoux n'ont pas su la raison de cette construction, lourde de sens, qui balafre la propriété de famille. Encore aujourd'hui, les petits-neveux et les petites-nièces de Geneviève Piot lui posent régulièrement la question : « Pépette, pourquoi, le mur dans le parc, on l'appelle le mur de la honte ? »

Grâce au jeune Patrick de cinq ans son cadet, Véronique Courcoux va se débarrasser de ce voile de honte posé par sa famille sur son visage. La mère esseulée va trouver un mari et un père adoptif pour sa petite Dorothée. À trois, ils forment une petite famille qui s'installe à Paris. Ce secret originel est certainement le socle indestructible de cette union ; cette reconnaissance de paternité est sans doute le ciment de cette histoire singulière.

Véronique Poivre d'Arvor a tout enduré : elle a accouché six fois et a perdu trois enfants, Garance et Tiphaine, disparues toutes petites, puis Solenn qui s'est donné la mort à 19 ans. Mère Courage, elle a aussi subi les infidélités de son mari. Cette femme a accepté et toléré visiblement les conquêtes extraconjugales, publiques ou cachées de son mari volage et infidèle. En 2010, il s'est écrit dans la presse qu'elle a divorcé. Pourtant, lors de ses auditions à la police en 2015 dans l'affaire Aristophil ou en 2021 dans l'affaire actuelle pour viol et agression sexuelle, Patrick Poivre d'Arvor répond sur son identité : « Je suis marié avec Mme Véronique, Anne Courcoux, nous nous sommes mariés en avril 1971. Nous n'avons pas conclu de contrat de mariage. J'ai quatre enfants : Dorothée, née le 17.06.1963...[22] »

Née Dorothée Courcoux, la jeune femme est devenue la fille putative de Patrick Poivre et plus tard l'aînée de Patrick Poivre d'Arvor. À l'état civil, comme un symbole lourd de sens, elle va gommer le nom de Courcoux pour adopter le nom de son père de cœur. Il écrira, toujours dans *Les Femmes de ma vie* : « Je n'ai pas le souvenir de l'ombre d'une dispute entre nous, pas plus que celui d'une conversation de fond[23]. » Comme lui, elle va embrasser la carrière de journaliste. Elle a réalisé plusieurs documentaires, dont celui sur lequel nous nous sommes arrêtés plus haut, « PPDA, journal d'un homme pressé » dans la collection de France 5 bien nommée *Empreintes*. Caméra au poing, elle a filmé l'intimité de son père, ce héros. Beaucoup de scènes se passent à Trégastel, « son fief intime et familial ». Véronique et Patrick Poivre d'Arvor ont acheté et rénové une maison de pêcheur, recouverte de tuiles, loin des « trois maisons des bleus, des roses, des jaunes ». Loin du mur de séparation, du « mur de la honte ».

L'écrivain ténébreux fait visiter à sa fille Dorothée sa cabane perchée dans un arbre à quinze mètres de hauteur. On y accède par un escalier hélicoïdal. Sur le bureau, une photo de Solenn est posée. C'est le refuge de son père pour écrire ses romans, ses livres autobiographiques. Cette construction en bois à l'abri des regards jouit d'une vue magnifique sur la mer. Au loin, il aperçoit le château de Costaérès, perché sur un minuscule îlot rocheux. Ce manoir de style néomédiéval construit en granit rose est souvent reproduit sur les cartes postales pour illustrer la Bretagne Nord. Dans ses murs, l'écrivain polonais Henryk Sienkiewicz écrira *Quo vadis?* (qui signifie en latin « Où vas-tu? »), qui lui vaudra en 1905 le prix Nobel de littérature. Acquérir ce lieu empreint de légitimité littéraire a toujours été un rêve pour PPDA. Mais le roturier rémois ne sera jamais châtelain en Bretagne, cette région d'adoption où s'est noué le pacte du silence.

Le prince narcissique

Sur un ton acerbe, Christine Ockrent se délecte de son anecdote, il est vrai, savoureuse. En octobre 1981, elle devient la première journaliste femme à présenter le 20 Heures, en alternance avec celui qui occupe seul le poste depuis trois ans. Patrick Poivre d'Arvor règne sur les audiences et sur l'information en France. Son JT d'Antenne 2 est le plus regardé du pays où – il faut le rappeler – il n'existe alors que trois chaînes. Dans la presse, il se fait surnommer le « petit prince du petit écran » et ne semble pas ravi de partager son trône et son bureau avec la « reine Christine ». D'autant plus qu'elle héritera du statut de rédactrice en chef du 20 Heures devant un PPDA qui n'aura le titre que de rédacteur en chef adjoint.

Quand j'interviewe Christine Ockrent, elle me rejoue la scène qu'elle a vécue à Antenne 2 dans les studios de Cognacq-Jay : « Quand j'entre dans son bureau, je vois son buste en plâtre. Il arrivait toujours charmant, élégant. C'était la mode des écharpes, il prenait la sienne et il la nouait autour du cou de son propre buste. C'était assez sidérant. Chez lui, c'est certainement une dimension qui a pris de l'importance au fil des années, une dimension narcissique très puissante[1]. »

J'ai retrouvé plusieurs photos noir et blanc prises dans le bureau du présentateur, en compagnie notamment de Christine Ockrent. Sur le rebord d'une fenêtre trône en effet un buste blanc aux traits anguleux pas très reconnaissable. On dirait une statue grecque d'un bel Apollon en faux marbre. Qui a réalisé ce moule ? Un cadeau ou une commande de PPDA lui-même ? Autour du cou est nouée une écharpe unie en laine et sur la tête aux cheveux bouclés est posée une casquette de titi parisien. Sur la planche-contact, je remarque une autre photo de PPDA pensif, le pouce posé sur la lèvre inférieure – comme sur la couverture de ce livre – avec, dans son dos, sa sculpture qui l'observe. Sur une couverture de *Télé Poche* au début des années 1980, le présentateur prend la même pose en se mordillant le pouce avec sa gapette sur la tête et son regard charmeur. Comme une allégorie de PPDA et son double Narcisse. Dans la mythologie grecque, le chasseur est ce jeune homme d'une grande beauté qui tombe amoureux de son reflet dans l'eau et meurt de cette passion qui ne peut être assouvie.

À 77 ans, Christine Ockrent est toujours à l'antenne et présente *Affaires étrangères* sur France Culture. L'interview avec elle a lieu au 22e étage de la Maison de la Radio, dans une grande salle de réception qui surplombe la Seine. Besoin de prendre un peu de hauteur. Une vue à 360 degrés, sur la tour Eiffel majestueuse et là-bas, au loin, la tour TF1 qui semble étonnamment toute petite. Le témoignage de la « reine Christine » est intéressant, car elle a connu PPDA à Antenne 2 puis lors de son arrivée à TF1 en 1987 quand elle est nommée directrice adjointe de la chaîne. Selon elle, le personnage a changé. Son narcissisme et son ego surdimensionné ont pris encore plus d'ampleur. En 1998, elle le racontait déjà dans son livre *La Mémoire du cœur*. Devant la caméra, je lui demande de relire un extrait que j'ai sélectionné : « Tel Narcisse, Poivre n'aime rien tant que guetter dans l'œil de l'autre le reflet de sa propre splendeur. Cela le servit souvent et le perdit quelquefois. Sa manière d'être et de faire ne cessait de me surprendre. Grand, voûté, jouant de sa voix chaude et nasillarde, il savait mieux que personne, d'une moue ou d'un compliment, flatter ceux dont il avait besoin pour les oublier. Bientôt, avec quelques jeunes gens à la mode, il affectait à l'époque la posture romantique, écharpe au vent et sentiments en bandoulière[2]. » La journaliste aux yeux clairs perçants semble satisfaite de son analyse : « C'est pas mal, non ? Je trouve ça assez juste. Hélas, ce qu'on apprend aujourd'hui noircit le personnage. »

Prince narcissique, sans aucun doute. Mais pervers narcissique ? Devant les enquêteurs, dans la presse et dans les témoignages que j'ai recueillis, PPDA est dépeint par ses victimes comme un séducteur ayant un ego démesuré, une propension au mensonge, un besoin constant d'attention sur lui, une volonté d'afficher sa réussite, un manque d'empathie et une tendance à la domination mettant certaines femmes en situation de vulnérabilité.

Déjà lors de ses années à Antenne 2, le petit prince prodige agacera, et en premier lieu son patron : « Pierre Desgraupes, le trouvant trop égoïste, ingérable, lui a collé comme supérieure hiérarchique sa concurrente et plus appliquée Christine Ockrent. Vexé, il a démissionné en 1983[3]. » À l'époque, dans *Paris Match* le présentateur sur le départ clame : « J'ai besoin d'être aimé[4]. » Dans cette interview, il formule des phrases prophétiques : « Un sondage déclare que 12 % des Françaises ont envie de partir en vacances avec moi [...] j'ai trouvé que c'était déjà beaucoup de malheureuses qui ne savent rien de moi. Et qui, si elles savaient, fuiraient à toutes jambes. » Le journaliste lui demande s'il aime séduire. Il répond du tac au tac : « Bien entendu. » À la question « Avez-vous du charme ? », il s'épanche : « J'aime le lire, si c'est vrai, dans les yeux des autres. J'aime la séduction. J'aime être séduit. Cela aussi est très équivoque. Au fond, je n'aime que les gens doubles. » Déjà en 1983, il évoque les personnalités à deux visages comme le dieu romain Janus. « Vous vous aimez ? — Oui, dans la mesure où je suis droit, mais aussi ambigu. » Il fend l'armure du gendre idéal et du prince charmant. Il se voit lui-même comme une personnalité joueuse, complexe et duale. Un comportement qui se révélera risqué dans la sphère professionnelle.

« PENDANT DIX ANS, JE N'AI JAMAIS ENVOYÉ UNE FILLE EN STAGE À TF1 »

Frédérique et Marie ne se connaissent pas. Elles ne se sont jamais rencontrées. Elles ne sont pas de la même génération. Elles racontent pourtant la même histoire pour leur premier jour de stage au côté de la star PPDA. Pour Frédérique, c'était en 1980 à Antenne 2. Pour Marie, c'était en 2015 à Radio Classique. Trente-cinq ans d'intervalle, mais les mêmes regards, les mêmes avances, les mêmes comportements inappropriés. L'attitude d'un homme plus âgé qui profite de son aura et de sa position dominante.

Frédérique

Frédérique Lantieri a été facile à convaincre pour témoigner. C'est bien la seule ! Elle est un visage connu du grand public pour avoir présenté *Faites entrer l'accusé* sur France 2 après le départ de Christophe Hondelatte. Veste en cuir, cheveux blancs et courts, la journaliste s'est fait une spécialité des affaires « police-justice ».

Je rencontre Frédérique lors d'une soirée d'anciens de *Complément d'enquête* organisée par Élisabeth Duquesne, la veuve de Benoît Duquesne, fondateur et présentateur emblématique de l'émission de France 2. Ce soir-là, il fait beau, nous sommes dans le jardin, heureux de parler des 20 ans de l'émission. Frédérique Lantieri a été la première rédactrice en chef et me demande classiquement : « Tu bosses sur quoi, Romain, en ce moment ? » Je lui réponds que j'enquête sur PPDA pour *Complément*. Aussitôt, elle embraye et me raconte sa première rencontre avec lui.

Nous sommes en 1980. Frédérique Lantieri a 20 ans et rêve de devenir journaliste. Elle n'a aucun contact dans le milieu. Par une cousine, elle réussit à décrocher un stage d'observation à Antenne 2. Une chance inespérée. Elle débarque à Paris dans les studios emblématiques de la rue Cognacq-Jay, le temple de la télévision publique en France. Impressionnée et excitée, elle va pouvoir observer le journal télévisé de 20 heures, présenté depuis plus de trois ans par Patrick Poivre d'Arvor. Elle se souvient : « À l'époque, c'était déjà une vedette, la star du JT. Il était reconnu partout et adulé. Pour moi, c'était l'incarnation même du journalisme[1]. »

Le 16 février 1976, les Français ont découvert pour la première fois le visage d'un certain Patrick Poivre d'Arvor. À 29 ans, il présente son premier 20 Heures.

Le jeune journaliste révolutionne l'exercice dans une sorte de dialogue avec le téléspectateur et la téléspectatrice. Il capte le regard, joue avec la caméra, la charme presque. Il séduit déjà les anciens mais aussi les jeunes. Ses lancements de sujets sont incisifs et bien écrits. Il met en avant les images et sort de son studio pour aller sur le terrain. Par exemple, il se déplace en Ouganda pour montrer les ravages de la famine. On loue alors son côté « humaniste ». Il revendique être le premier journaliste au monde à présenter un JT en direct de Pékin, sur la place Tian'anmen, le 10 octobre 1979. Un exploit technique et éditorial dans cette Chine communiste. La star du JT d'en face, sur la Une, s'appelle Roger Gicquel; au fil du temps, PPDA va surclasser son illustre confrère.

Égocentrique, romantique et bellâtre, PPDA connaît très tôt son pouvoir de séduction. Dans un programme humoristique de sa chaîne Antenne 2, le chroniqueur Daniel Grandclément se moque de l'allure de son collègue : « Patrick Poivre d'Arvor, vous ne pensez pas que votre beauté physique vous a aidé dans votre présentation ? » Rire gêné du journaliste aux cheveux blonds ébouriffés et réponse au premier degré : « Vous êtes gentil, je crois vraiment que j'ai beaucoup de progrès à faire de ce côté-là. » J'ai retrouvé la première apparition de PPDA à la une de *Paris Match.* Sur la couverture du numéro 1501, publié le 3 mars 1978, il apparaît tout jeune au dernier rang en compagnie des « stars de la télé » du moment : Michel Drucker, Léon Zitrone, Jacques Martin, Roger Gicquel, Jacques Chancel, Bernard

Pivot et Denise Fabre, la seule femme. Cette année-là, il se fait photographier pour la première fois avec sa famille. Séance photo sous la neige avec Véronique, Dorothée (15 ans), Arnaud (6 ans) et Solenn (2 ans). Un cliché de Jean-Claude Deutsch est légendé ainsi : « PPDA tenant un cigare à ses lèvres devant son épouse Véronique, souriante, une allumette en flamme dans sa main, face à lui. » Au début des années 1980, il monte sur la plus haute marche du podium des journalistes préférés des Français dans un des tout premiers classements de *Télé 7 jours*. C'est le début d'une carrière éblouissante.

Quand Frédérique Lantieri débarque dans la rédaction d'Antenne 2 en 1980, le présentateur vedette la repère tout de suite. Grande et élégante, elle a les traits fins, les yeux en amande, la coupe garçonne. Déjà un fort caractère. Très vite, Patrick Poivre d'Arvor, 33 ans, prend sous son aile la jeune stagiaire, de treize ans sa cadette. Devant la caméra, elle se livre facilement pour mon reportage. « Il a été franchement agréable, prévenant, il s'est occupé de moi. C'était très flatteur pour moi. Il m'a emmenée déjeuner avec lui le premier jour. Il doit me draguer un peu, mais il n'a pas de gestes déplacés. Il me fait des compliments en disant que je ressemble à une actrice. » Rien de plus. Le stage ne dure que deux jours, mais Frédérique Lantieri est conquise par le monde fabuleux de la télévision et du journalisme.

Quelque temps plus tard, elle reçoit, étonnée, du courrier de PPDA. Il a pris la peine de chercher son adresse et son téléphone, *via* Antenne 2 ou bien dans l'annuaire des PTT. Quarante-deux ans après, la journaliste n'a plus de souvenir du contenu des deux ou trois lettres. Il l'appelle aussi, tard le soir. Une de ses colocataires lui passe souvent le combiné, un peu amusée : « Fred, y a Patrick Poivre d'Arvor qui veut te parler ! » Le présentateur joue le numéro du séducteur. Il fait des avances plus prononcées, que Frédérique Lantieri décline fermement. L'étudiante de 20 ans pense que l'affaire va en rester là.

Quelques mois passent. Elle va recroiser PPDA sur sa route lors d'un deuxième stage au *Quotidien de Paris*. Une vraie expérience de deux mois cette fois. Enchantée, Frédérique Lantieri est affectée au service politique. Son rédacteur en chef, Guy Claisse, lui propose d'assister à la grande émission du moment *Cartes sur table*, à 20 h 30, présentée par les inénarrables Alain Duhamel et Jean-Pierre Elkabbach. L'enregistrement a lieu dans les studios de Cognacq-Jay, sur le même plateau que le JT de 20 heures. Tout le monde attend dans un couloir étroit que le journal de PPDA se termine. Le public est composé d'hommes politiques, de ministres et de députés. Il y a aussi tout le gratin journalistique de l'époque. Le présentateur du 20 Heures sort, telle une star. Il salue les têtes connues, tutoie les politiques et, d'un seul coup, aperçoit Frédérique Lantieri dans un recoin. « Et là, très fort devant tout le monde, il dit à mon rédacteur en chef Guy Claisse : "Mais qu'est-ce qu'elle fout là ? Nous, tu sais, Guy, on n'a pas voulu d'elle !" » La jeune femme ne sait pas quoi répondre à cette flèche lancée par le prince de l'antenne. Elle se tourne vers son rédacteur en chef qui semble surpris. Tous les regards convergent vers elle. « J'ai le souvenir d'une humiliation cuisante. Il a voulu se venger car j'ai décliné son offre. En disant cela, il sait que sa parole peut avoir du poids. À ce moment-là, je pense qu'il cherche à me nuire et à m'humilier. Je pense qu'il ressent lui-même des humiliations quand on lui résiste », me confie Frédérique Lantieri.

La journaliste, aujourd'hui âgée de 60 ans, me certifie que cet événement n'a eu aucun impact dans sa carrière. Aucun, dit-elle, pour une bonne raison ; elle a fait ses débuts dans la presse écrite, car si « j'avais voulu être journaliste télé, il aurait fallu que je ne postule pas dans la chaîne où travaille PPDA » qui, selon elle, pouvait faire ou défaire des carrières de journalistes. Il a évidemment permis à des générations de jeunes étudiants et étudiantes de se faire une place et un nom dans ce milieu fermé. Mais parfois, l'orgueil et la vengeance sont mauvais conseillers. Trente-cinq ans plus tard, une histoire présente des similitudes frappantes…

Marie

Changement de décor et d'époque. À l'automne 2015, Marie commence un stage de deux mois à Radio Classique, la station privée du milliardaire et amoureux du piano Bernard Arnault. La jeune étudiante n'est pas parisienne, pas du sérail, elle ne connaît pas la réputation de l'homme qui présente l'émission du soir à la radio, Patrick Poivre d'Arvor. Elle a grandi avec sa voix et son image à 20 heures dans le poste de télévision qui trônait dans le salon familial. Le prince évincé de la télé en 2008 a été repêché en 2014 par l'ex-numéro 2 de TF1, Étienne Mougeotte, aujourd'hui décédé. Les sexagénaires tiennent toujours les rênes et se recasent assez facilement. Pour une heure d'émission en direct du lundi au jeudi, Patrick Poivre d'Arvor touche 10 000 euros par mois – « sauf les deux mois d'été[2] », précise-t-il.

Marie n'est pas son vrai prénom. Elle souhaite rester anonyme tant cette histoire l'a atteinte. Je l'ai rencontrée grâce à Béatrice Mouedine, une journaliste de Radio Classique qui nous a mis en relation pour mon enquête. Avec Béatrice, nous avons fait la même école de journalisme à Paris. Nous nous rencontrons tous les trois dans un café du Marais. C'est un dimanche matin du mois de décembre 2021. On s'installe en terrasse pour que Marie fume. Il fait frais. Le contact passe bien, Marie se sent en confiance. Son témoignage est aussi glaçant qu'important, car il tend à démontrer que PPDA aurait continué à sévir bien après son règne à TF1. Pour participer à mon reportage, Marie a besoin de réfléchir. Il ne sert à rien d'insister, je la sens fragile.

Un long mois passe. Marie me rappelle. Elle est prête, elle en a parlé avec ses parents, elle accepte de témoigner pour mon reportage télé. Seule condition : ne pas être reconnaissable. Le rendez-vous est pris quelques jours plus tard. Je lui ai demandé de venir avec une tenue noire lambda et sans bijoux. Une bague, un petit tatouage au poignet ou une boucle d'oreille pourrait permettre à son entourage de l'identifier. Elle accepte de porter une perruque blonde. S'exposer dans la lumière est trop coûteux. Le caméraman appuie sur « rec ». L'interview commence[3].

Comme pour Frédérique Lantieri trente-cinq ans auparavant, le présentateur – de désormais 68 ans – jette son dévolu sur l'étudiante dès son premier jour de stage à Radio Classique. PPDA remarque tout de suite cette jeune femme de 24 ans, menue et discrète. Le rédacteur en chef confie à Marie son premier reportage. La voilà d'emblée plongée dans le bain. Un sujet sur les premières amendes données aux fumeurs parisiens qui jettent leurs mégots par terre. De retour à la rédaction avec son enregistreur Nagra, Marie prend soin de monter son sujet. Il est programmé dans la tranche info de PPDA.

19 heures. La lumière rouge du studio s'allume. Les auditeurs de Radio Classique entendent les premières notes gaies des *Indes galantes* de Rameau. Cet opéra-ballet symbolise l'époque raffinée, insouciante, dévolue aux plaisirs et à la galanterie de Louis XV et de sa cour. Ce générique d'émission va comme un gant au prince des ondes. Le journal se termine par le sujet de la nouvelle stagiaire et subitement, PPDA reprend la parole pour citer son nom à l'antenne. L'oncle de Marie écoute la radio, tellement fier de sa nièce. La stagiaire est sur un petit nuage, PPDA lui met le pied à l'étrier, imagine-t-elle. Marie est loin de

se douter que d'habitude, le présentateur ne cite jamais les journalistes qui fabriquent les sujets.

20 heures, à la fin de l'émission, Marie est convoquée par PPDA. Timidement, elle entre dans son bureau. Le présentateur la couvre de compliments sous les yeux du rédacteur en chef présent dans la pièce. « Marie, tu as gagné le droit de m'accompagner à la première d'une grande comédie musicale ce soir au théâtre Mogador », lance-t-il. La jeune femme est prise au dépourvu. Faut-il accepter cette invitation étonnante? Peut-elle vraiment refuser au risque de se mettre à dos PPDA? Un peu gênée mais emballée, elle accepte. Elle se dit que c'est une belle opportunité. Cela reste dans le cadre professionnel, son rédacteur en chef en est témoin. Confiante, Marie s'imagine que le monstre sacré du journalisme pourrait devenir son mentor.

Le spectacle commence dans une demi-heure, il ne faut pas traîner. Sous les yeux de quelques journalistes, Patrick Poivre d'Arvor et Marie prennent leurs manteaux et sortent du bel immeuble de Radio Classique. On distingue l'église Saint-Augustin entre chien et loup. À la tombée de la nuit, quand le chien protecteur rentre au bercail et que le loup rôdeur sort du bois. La jeune femme s'attend à monter dans un taxi lorsqu'il lui tend un casque. Tout va trop vite. Le présentateur ne se déplace jamais sans son scooter gris fétiche. Marie s'inquiète. PPDA a la main baladeuse en l'aidant à s'installer derrière lui. Sa main droite effleure son mollet et caresse légèrement sa cuisse en remontant. Elle se raidit. Les phares s'allument dans la nuit parisienne. Le trajet est court, mais déjà trop long pour la passagère. Au feu rouge, il se recule et se colle à elle. Marie ne veut pas de cette proximité avec cet homme connu, avec ce corps inconnu.

Quand ils arrivent ensemble au théâtre Mogador, tout le gratin parisien est présent pour cette première. PPDA parade. « J'étais assez émerveillée d'être à ses côtés. Il y avait quelque chose de fort qui se dégageait de lui, un charisme, une aura. Ce n'était pas Monsieur Tout-le-Monde », me confie Marie. L'homme des médias ne prend pas la peine de présenter la jeune femme qui l'accompagne ce soir. Elle n'a pas de prénom, pas de fonction. Elle est juste là, un pas derrière sa grande silhouette un peu voûtée. Elle ne connaît personne, mais reconnaît Clovis Cornillac, Philippe Candeloro, Philippe Gildas, Yves Duteil. Sont aussi présentes quelques gloires éphémères de la téléréalité. Marie repère des regards appuyés, des haussements de sourcils, des sourires en coin. Tout le monde est venu en couple, alors les invités doivent penser que PPDA est accompagné de sa nouvelle petite amie. Elle se sent chosifiée, humiliée.

Seul bémol dans cette sortie théâtrale, PPDA ne semble pas ravi d'apercevoir Nonce Paolini, le PDG de TF1 qui a eu sa tête. Il a été condamné par le tribunal correctionnel de Paris pour avoir diffamé Nonce Paolini dans un entretien paru en octobre 2008 dans le magazine *Bretons*. Il y avait déclaré que le PDG de TF1 avait « installé un système de pointage à badges ». Le présentateur persifleur avait été condamné à une amende de 500 euros et à verser un euro de dommages et intérêts à Nonce Paolini.

PPDA demande à Marie de patienter dans le hall d'entrée – « comme une potiche » – pendant qu'il file au *photo call.* Séance obligatoire pour se montrer sur un bout de tapis rouge. Le soir même, ce cliché sera repris par les sites people, assorti de cette légende : « Patrick Poivre d'Arvor était présent à la première ». Des années à entretenir ce mythe d'homme pressé, présent et omniprésent là où les flashs crépitent. Rester sous les feux de la rampe pour ne pas décrépir.

Les lumières s'éteignent, le rideau se lève, Marie souffle. Un répit de courte durée quand le spectacle commence. Pudique et honteuse, elle décrit : « Il me met une main sur la cuisse, une main qui ne devrait pas être là. Ça m'a révulsée. Je me suis raidie. Je ne pensais pas avoir envoyé ce type de message. J'essaye de dégager ma jambe. On ne se connaissait pas, on avait parlé ensemble même pas dix minutes. » Marie est cernée, elle ne peut pas crier, se lever et partir. Dans la pénombre, elle ne veut pas que les spectateurs remarquent les « gestes déplacés* ».

Le rideau se baisse. Applaudissements. Entracte. Marie se souvient encore très bien de cette phrase hallucinante de PPDA : « On ne reste pas, je me suis montré. C'est bon, on m'a vu, je peux y aller. » La star et la stagiaire à sa suite traversent le hall éclairé et quittent le théâtre. Sur le trottoir, il lui propose

*. Contactés le 23 décembre 2022, ni PPDA ni ses avocats n'ont souhaité s'exprimer.

d'aller dîner, elle refuse poliment. Il s'emballe et lui raconte qu'il va l'inviter en week-end. « Il m'a serrée contre lui, il a essayé de m'embrasser. Ça m'a dégoûtée, parce que c'est un homme beaucoup plus âgé, parce que je n'avais pas du tout ça en tête. Deuxième tentative, je ris de gêne et tourne la tête, je ne veux pas le vexer. » Aux yeux de Marie, le journaliste n'est ni séducteur ni séduisant avec ses quarante-deux ans de plus qu'elle. La jeune stagiaire ose repousser le présentateur. Elle file dans le métro et appelle sa sœur pour tout lui raconter, un peu hébétée.

Des années plus tard, Marie minimise toujours, comme pour dédramatiser cette scène. « Ce n'était pas une agression, ce mot ne me convient pas. » Pourtant, la tentative d'embrasser sur la bouche par la force est considérée comme une agression sexuelle aux yeux de la loi.

La première fois que j'entends parler de l'histoire de Marie, les faits qu'elle raconte ne seraient pas prescrits. En cas d'agression sexuelle, la prescription est de six ans. Ce témoignage crucial pourrait relancer l'affaire PPDA. Aujourd'hui, on est à six ans et quelques… À quelques mois près, ce témoignage tombe à l'eau pour la justice. Comme une date de péremption. À consommer jusqu'à. Une histoire prescrite pour un témoignage périmé.

Le lendemain matin après cette première au théâtre Mogador, Marie revient au bureau l'air de rien. Pour son deuxième jour de stage, les regards bienveillants de ses collègues se sont assombris. Il se murmure dans l'open space que la nouvelle stagiaire a passé la soirée au théâtre avec PPDA. Marie se sent très vite mise à l'écart. Elle culpabilise, elle ressasse, elle se refait le film. « C'était une période où je n'étais pas très en forme dans ma vie, j'étais fragile. Il l'a senti. » Marie se mure dans le silence, mais s'accroche : elle ira jusqu'au bout de son stage. Elle est un peu plus lente que les autres pour finir ses reportages, alors souvent, en fin de journée, il n'y a plus grand monde à Radio Classique. Marie appréhende de se retrouver seule. PPDA rôde dans la rédaction, avant et après son émission. Elle se rapproche du seul collègue masculin qui est là tous les soirs. Elle prie intérieurement pour qu'il ne descende pas fumer une cigarette dans la rue. « Je sentais quand PPDA entrait dans la pièce. Il venait me voir à mon bureau en me caressant le cou, les épaules, les cheveux. Avec de grandes mains. Il me disait : "On va partir en week-end." Mon corps se tendait. "On va partir en week-end." Je me disais : je subis le moment, ça va passer. »

Les semaines passent et PPDA continue le jeu des caresses. Une épreuve pour la jeune femme. À l'époque, Marie ne se sent pas la force d'en parler à ses collègues et encore moins au rédacteur en chef. Celui-là même qui l'avait laissée partir le premier soir au théâtre. Dans la gueule et les griffes du loup.

Un jour, Marie trouve finalement le courage d'aller dans le bureau du rédacteur en chef. Hier soir, PPDA a eu encore des « gestes déplacés » selon elle. Elle déclare à son supérieur qu'elle est fatiguée et déprimée. Elle souhaite arrêter son stage avant la fin. Le chef prend acte sans chercher à creuser. Pour Marie, impossible de parler de « ça », de parler de « lui ». De mettre des mots sur le harcèlement qu'elle déclare avoir subi. De nommer celui qu'elle décrit comme un « harceleur ». Pourquoi ? « La honte », me répète deux fois Marie. « La honte » de ne pas avoir réussi à dire STOP à ses gestes, à ses avances, à ses petites phrases. Elle n'osait pas. Elle n'arrivait pas à « lui » dire « tout ça ».

Marie a quitté Radio Classique. Ses rêves de reportage, son ambition de devenir journaliste ont été fracassés par ce stage. Elle a bien continué un peu dans le métier en occupant des postes en régie, « dans l'ombre », comme elle dit. Huit ans après son premier stage dans le journalisme, Marie ne travaille plus. Elle réfléchit à exercer un autre métier.

Cathy

Catherine Lambret n'est pas une ancienne stagiaire de PPDA. Elle pourrait être la grand-mère de Marie et la mère de Frédérique Lantieri ! Cette femme de caractère de plus de 80 ans, mariée et sans enfants, a consacré sa vie aux étudiantes et aux étudiants en école de journalisme. Son témoignage dans mon documentaire sur France 2 a été énormément repris et commenté. Une phrase percutante est restée : « Pendant dix ans, je n'ai jamais envoyé une fille en stage à TF1. » *Libération* en a fait un billet avec, comme sous-titre : « L'affaire PPDA et les carrières entravées[4] ». La cheffe adjointe du service société, Johanna Luyssen, se demande : « Que penser du fait qu'une génération entière s'est vu barrer l'accès à l'une des plus grandes rédactions télé de France pendant une décennie, pour éviter PPDA ? Comment quantifier ces carrières empêchées, ces bifurcations professionnelles, ces stages non faits, ces contrats non signés ? Comment expliquer que votre genre vous barre l'accès à un travail ? »

Tous les anciens – j'en suis, promo 2005 – de l'Institut pratique de journalisme (IPJ-Dauphine) la surnomment « Cathy ». C'est la mémoire de l'école fondée en 1978. Un personnage ! Elle a été la responsable des étudiants pendant des années, en charge notamment de leur trouver des bonnes places dans les rédactions à la sortie du cursus de deux ans. Lors de mon enquête, je l'ai contactée.

Elle me reçoit[5] dans son appartement du 5e arrondissement de Paris. Son mari, prévenant et charmant, m'offre un café pendant les trois quarts d'heure d'installation du matériel avec le caméraman. Catherine Lambret n'est pas du tout étonnée par l'affaire PPDA. Elle l'a rencontré plusieurs fois depuis les années 1980. Pour entretenir le réseau des anciens et garder de bons contacts avec les futurs employeurs, elle écumait les rédactions, décrochait son téléphone. On juge aussi une bonne école de journalisme à sa capacité à trouver du travail pour ses étudiants diplômés. Cathy a toujours estimé que PPDA était charmeur, trop charmeur. Quand elle le croisait, à Antenne 2 ou à TF1, il se montrait très aimable et très poli avec elle. « Obséquieux et libidineux », résume-t-elle, avant de poursuivre : « C'est très désagréable d'avoir affaire à un homme qui vous regarde toujours de manière flagorneuse. Vous sentez au fond qu'il n'y a que ça qui compte : se faire une fille de plus. »

Catherine Lambret n'a jamais eu la langue dans sa poche, elle est connue et redoutée pour son franc-parler. Dans le petit monde des médias parisiens, il se murmurait déjà à l'époque que le présentateur avait un léger penchant pour les jeunes journalistes. Cette responsable dit avoir été alertée par des journalistes d'Antenne 2 et de TF1 qui donnaient des cours de télévision à l'école : « Ils me conseillaient, depuis l'année 1983-1984 et les années suivantes, de ne jamais envoyer de filles là où PPDA pouvait être. Donc, il était notoire que tout le monde savait qu'il avait des tendances, comme on dirait, de coureur de jupons. C'était un attaquant, si l'on peut dire, par rapport à ces jeunes femmes. C'était sa réputation. »

En 1987, quand PPDA rejoint TF1, Catherine Lambret applique le même principe de précaution. « Pendant dix ans, je n'ai jamais envoyé une fille en stage à TF1. C'est une accusation grave, mais l'ensemble des journalistes de la rédaction à l'époque disaient qu'il ne fallait pas rester dans la rédaction de TF1 en fin de journée, être la dernière à partir, sinon PPDA risquait de se jeter sur vous. » Ses propos sont catégoriques. La directrice de cette école était au courant de la mauvaise réputation de Poivre dès les années 1980. Mais pourquoi n'a-t-elle rien dit à l'époque? Devant moi, elle se défend : « J'ai dit ce que j'avais à dire à mes étudiantes. » Et pourquoi ne pas avoir alerté TF1 ? « C'était impossible. C'était leur affaire de régler un problème avec l'un de leurs salariés. » Catherine Lambret avoue qu'il aurait été mauvais pour la renommée de l'école de s'en prendre à PPDA et donc à TF1. Dénoncer revenait à se mettre à dos un des plus gros acteurs des médias.

À son niveau, Catherine Lambret estime avoir protégé quelques jeunes filles du présentateur « coureur de jupons ». J'ai pu vérifier dans l'annuaire des anciens élèves de mon école. En 2015, aucune femme journaliste en poste à TF1 n'y avait commencé sa carrière directement à la sortie de l'école. Pendant des années, Catherine Lambret et ses successeurs ont préféré envoyer leurs étudiantes à France 3 Régions, France 2 et dans les chaînes info comme LCI. Il était aussi plus dur pour les garçons et les filles de l'IPJ d'intégrer la première chaîne, la plus cotée, car les places étaient plus rares. J'en ai obtenu une à LCI à la sortie de l'école en 2005. Je décroche un stage de deux mois qui se transforme en CDD puis en CDI. Un pied dans la tour, une passerelle pour intégrer la première chaîne. Après deux ans et demi à LCI, je postule chez la grande sœur. Heureux, j'intègre la rédaction de TF1 en 2008, au service « économie ». À l'époque, j'étais loin d'imaginer les garde-fous mis en place depuis des années à TF1 par Catherine Lambret pour mes collègues féminines. Elle n'a pas pu assurer les mêmes chances professionnelles aux filles qu'aux garçons. Comme résume Johanna Luyssen, dans *Libération*, « les violences sexuelles brisent des vies mais aussi des carrières ».

ALEXIS DORGEL, LE MÂLE CONNU

Je termine la lecture, éprouvante et dérangeante, de *La Traversée du miroir*[1] écrit par Patrick Poivre d'Arvor. Je me suis mis en tête de lire l'auteur dans le texte, de me plonger dans son œuvre prolifique. À la nuit tombée, dans son bureau à TF1, chez lui à Neuilly ou bien dans sa cabane perchée à Trégastel, PPDA a noirci des milliers de pages. Le présentateur emblématique s'est toujours plaint d'être réduit à l'état d'homme-tronc enfermé dans sa lucarne. Il a coutume de dire que ses JT ne sont que du « sable », ils disparaissent et ne laissent aucune trace. C'est pour cela que le journaliste a toujours rêvé que le public se souvienne aussi de lui comme d'un grand écrivain et retienne au moins un de ses ouvrages.

À 75 ans, il a signé ou cosigné quatre-vingts romans, récits autobiographiques et anthologies. L'auteur à succès a été publié par les plus grandes maisons d'édition et a remporté le prix Interallié en 2000 pour *L'Irrésolu*. Depuis l'éclatement de l'affaire, c'est la panne sèche, la page blanche. Frappé d'anathème, PPDA a été rayé du monde des livres. Dans les librairies, dans les kiosques de gare, dans les bibliothèques, dans les festivals, ses ouvrages à gros tirage sont introuvables. Alors, il faut les chiner d'occasion. Le mardi 14 juin 2022, ma commande sur le site solidaire Recyclivre arrive à bon port. Pour soixante-dix euros, j'ai acheté dix-sept livres. J'ai choisi les titres les plus évocateurs. Chacun va comme un gant au prince ténébreux des belles lettres. En voici la liste :

– *La Bretagne au cœur*
– *Les Enfants de l'aube*
– *Secrets d'enfance*
– *La Vengeance du loup*
– *Nostalgie des choses perdues : dictionnaire intime*
– *Solenn*
– *La Traversée du miroir*
– *La Mort de don Juan*
– *Un homme en fuite*
– *L'Expression des sentiments*
– *Les Femmes de ma vie*
– *Fragments d'une femme perdue*
– *Hemingway, une vie jusqu'à l'excès*
– *Les Rats de garde* (avec Éric Zemmour)
– *Confessions : conversations avec Serge Raffy*
– *Tenir et se tenir, entretiens avec Nathalie Duplan et Valérie Raulin*
– *Lettre aux violeurs de vie privée*

Pendant mes vacances d'été 2022, à la plage, sur un transat ou dans un train, je me suis plongé dans ses textes avec une intuition forte : l'écrivain a-t-il caché des indices qui pourraient éclairer sa vie, ses excès et l'affaire qui porte depuis son nom ? Au fur et à mesure de mes lectures – parfois faciles, souvent nauséabondes –, la face sombre du personnage se dévoile entre les lignes. PPDA s'effeuille, se livre et dévoile son addiction au sexe, son rapport pervers aux femmes, son obsession de la virginité. Et si sa pire ennemie était sa plume ? La piste me paraît prometteuse. À la page 131 de *Tenir et se tenir*, PPDA évoque ses dix-sept romans : « Chacun d'entre eux [...] ne me résume pas, mais il m'explique. J'ai semé des petits cailloux blancs dans chacun de mes romans, parfois de façon volontairement répétitive, par superstition ou souci de cohérence. L'addition de tout cela me définit davantage que bien des portraits que je lis de moi[2]. »

En 1986 sort *La Traversée du miroir*, à l'époque de sa relative traversée du désert. Trois années de vide télévisuel entre Antenne 2 et TF1. Au milieu des années 1980, l'écrivain quarantenaire a du temps pour écrire. Pas de récit autobiographique cette fois-ci mais un nouveau roman. Son personnage principal s'appelle Alexis Dorgel, une sorte d'ombre et de fantôme de son auteur. Il est intéressant de noter que dans les années 1960, PPDA signait ses premiers articles pour *Valeurs actuelles* du nom de plume « Alexis Dorgel ». Ce héros est récurrent dans ses livres. Parfois, Alexis s'octroie une particule et devient Alexis d'Orgel. Je l'ai découvert adolescent mutin et frivole dans son premier roman à l'eau de rose *Les Enfants de l'aube* mais aussi en adulte vengeur dans *Fragments d'une femme perdue.* Dans *La Traversée du miroir*, Patrick Poivre d'Arvor montre une face noire de son personnage entre romance, errance et déviance. Le film préféré d'Alexis n'est autre que *L'homme qui aimait les femmes*, sorti en salles en 1977. François Truffaut y raconte le roman écrit par un fétichiste mélancolique, obsédé par les femmes nuit et jour.

Le lecteur et la lectrice de 2022 se trouveront certainement gêné(e)s en parcourant ce livre de Patrick Poivre d'Arvor jauni par le temps. Le héros du roman n'exerce pas une profession banale : il est gynécologue, cet « archange spécialisé dans les mamelles et le sexe », lit-on. Dans *La Traversée du miroir*, je découvre – estomaqué – ce passage : « Quand j'ausculte, ma main gantée explore les profondeurs. Ce jour-là, elle n'est pas innocente. Elle s'assure de la domination que j'étends sur ce corps, froidement, cliniquement, sous le couvert inattaquable de la science. » Comme des numéros, des prénoms féminins défilent dans le bureau fermé du gynéco, sorte de cabinet de curiosités malsain. L'auteur-voyeur décrit la consultation de Valentine, « belle adolescente », de cette manière : « Je lève les yeux vers ma patiente. Oiseau qu'un serpent fascine. Ses lèvres frémissent. Je la veux, je l'aurai [...] la patiente qui se prépare à l'amour comme tout à l'heure à la consultation, se couche sur ma table d'examen [...]. Sexe offert, pauvre corps d'adolescente qui se livre à l'homme et non plus au médecin[3]. » Dans les yeux d'Alexis, la patiente innocente – parfois vierge – devient une future cliente à consommer. Dans les mains d'Alexis, la femme se transforme en jouet sexuel. Dans le sexe d'Alexis, le sperme n'est que le reflet de son âme et le défouloir de ses névroses. « Sans femme je ne suis rien du tout. C'était comme si la femme était l'image de mon âme, passionnée avec Sylvia, tendre et retenue avec Laurence, hygiénique avec Caroline, tragique avec Gabrielle, multiple avec ces inconnues qui ont déjà perdu leur prénom[4]. » La femme décrite par le narrateur-gynécologue a perdu son prénom et son identité. Évanescente. Anonyme. Multiple. « Chez moi, ce goût excessif de la conquête, il fallut toujours qu'il se matérialisât physiquement, trivialement[5]. » Sous la plume de Patrick Poivre d'Arvor, le sexe féminin ne sert qu'à guérir les maux du mâle.

Alexis Dorgel s'interroge sur sa position protectrice et dominatrice envers ces femmes consentantes qui viennent se faire examiner en dévoilant leur intimité : « C'est bien connu, les rapports des femmes avec leur gynécologue ne sont pas très clairs [...]. Le temps d'un passage dans mon cabinet, elles sont à moi, profondément confiantes, même pour les plus pudiques d'entre elles... Je les sens vulnérables, face à cet homme déguisé en médecin. Cherchent-elles au moins à deviner le visage derrière le masque[6] ? » PPDA fait du protagoniste de son roman un personnage trouble à double visage. « Un étrange goût du vice me pousse à garder le masque. Pourquoi suis-je aussi flou, aussi retors ? Sans doute parce qu'il est trop tard et que j'ai toujours été faible. Il me faudrait aujourd'hui moins de lâcheté pour avouer ma supercherie et décrocher les fils de la marionnette[7]. » Comme si l'auteur n'était pas dupe de son propre personnage.

Obsédé et obsessionnel, Alexis Dorgel collectionne et répertorie ses nombreuses aventures : « Tourbillon de femmes aimées et aimantes, de femmes-aimants pour m'étourdir [...]. À chaque rencontre, j'ai été sincère, profondément offert. Et dans l'heure qui suivait, je me sentais à nouveau aspiré par une dépression cyclonique, un désespoir mou qui me poussait à aligner des prénoms de femmes sur un carnet, curieux chemin de croix semé de stations couchées[8]. » Le présentateur-écrivain raconte que son Alexis change de femme comme on zappe de chaîne de télé. Un jeu sordide avec une télécommande. Cette énumération de prénoms féminins « couchés » dans un carnet d'Alexis me rappelle une confidence faite par une femme qui a connu intimement PPDA. Cette personne, qui ne souhaite pas être citée, avait repéré que le journaliste portait toujours sur lui ou dans sa sacoche en cuir un mystérieux carnet noir. Curieuse, un soir elle l'avait ouvert et découvert à la fin de ce calepin une liste avec des prénoms de femmes, rarement suivis d'un nom de famille. Des lignes et des lignes sans commentaires mais avec, pour chacune, un numéro de portable ou un numéro de fixe, une adresse, le code d'entrée, le bâtiment, l'étage. Que signifie ce *listing* de femmes ? Des collègues de travail, des amies, des conquêtes, des plans d'un soir ? En continuant la lecture de *La Traversée du miroir*, je retrouve la trace de cet étrange carnet. PPDA fait dire à son héros Alexis : « Ce petit carnet où je notais la moindre de mes aventures, en me gardant du moindre commentaire. Une femme couchée dans ce calepin, c'était une femme couchée devant moi, pour moi[9]. » Dans le cadre de l'enquête judiciaire ouverte en 2021, aucune perquisition n'a eu lieu au domicile de PPDA. Pour le moment, les enquêteurs ne se sont pas intéressés à ses carnets noirs qui semblent être une mine d'informations.

Dans ce roman, il est souvent question de prénoms. Les chapitres portent le nom des conquêtes d'Alexis Dorgel comme Valentine, Gabrielle, Aurélie, Capucine. Je m'étonne que le chapitre 12 s'intitule Garance. Dans la vie, Patrick Poivre d'Arvor a perdu une Garance, enfant mort-née après l'accident de voiture de sa femme Véronique en 1980. Dans le roman, page 170, on peut lire : « Il y a douze ans, Laurence fut victime d'un accident de voiture après m'avoir accompagné à l'aéroport. Elle était enceinte de 7 mois [...]. Nous ne reparlâmes jamais de son accident. Le bébé était une fille [...] nous l'aurions appelée Garance[10]. » Le lecteur que je suis est troublé par ce passage. Où s'arrête la vie de PPDA et où commence la fiction romanesque ? Patrick Poivre d'Arvor et son personnage de papier Alexis Dorgel ont donc tous les deux perdu une fille du nom de Garance après un accident de voiture de leur femme enceinte. Cette confusion totale pour le lecteur est redoublée dans l'ultime chapitre du roman intitulé « Chute ». Page 221, Laurence est furieuse contre son mari volage Alexis : « Je venais de t'accompagner à l'aéroport ; tu m'avais dit partir pour un congrès d'obstétrique à Casablanca. Une dernière fois, je voulus voir ta silhouette un peu voûtée. Je t'aimais tant dans mes années de bonheur. Je montai sur la terrasse d'Orly. Ce fut pour te découvrir enlacé avec ta secrétaire, sur la passerelle de l'avion. Folle de douleur, je me précipitai dans la voiture et la jetai – consciemment ? – contre un pylône à l'entrée de l'autoroute. Tu revins le lendemain. J'avais gâché tes vacances mais tu avais piétiné mon innocence. Je ne te l'ai jamais pardonné[11]. » Aveu, règlement de comptes, rancune ? Pleine de rancœur, Laurence se demande si Alexis a seulement du cœur. Dans ce long bestiaire de conquêtes, une femme plane comme une ombre menaçante sur la vie décousue d'Alexis. C'est donc Laurence, son épouse, qui « raconte à tout le monde qu'elle a découvert le carnet où je notais mes maîtresses[12] ». Longtemps spectatrice, cette femme Courage endure les infidélités récurrentes d'Alexis, toujours clairvoyant : « Notre vie s'organisa sur ce lit de sable et d'équivoque. J'étais à l'aise dans mon mensonge, Laurence était manifestement heureuse, bien que je la sentisse reprise par une ombre[13]. »

L'ouvrage se termine par une lettre troublante et vengeresse de Laurence adressée à son mari Alexis. Comme si Patrick Poivre d'Arvor se mettait à la place de sa femme et qu'elle lui disait le fond de sa pensée. Quand la fiction permet d'aller très loin dans l'autocritique et l'introspection : « Pauvre Alexis : et toi qui croyais m'avoir bernée… Tu n'as jamais berné que tes propres illusions. […] Je t'ai regardé te débattre dans tes mensonges, changer d'identité comme naguère tu changeais de femmes. Dix fois, j'ai cru que tu allais venir à moi et mettre masque bas, avec un minimum de contrition. […] Ton goût de la fuite était toujours le plus fort. Ton refus de te regarder en face, de regarder quiconque autrement qu'en objet de plaisir, ta peur d'aimer tes proches plus que toi-même, m'ont longtemps touchée [...] mais ces derniers jours ont engendré en moi nausée et rejet. [...] Tu étais au théâtre, tu aurais tant voulu y tenir tous les rôles, jusqu'à ceux du public et du metteur en scène. Mais c'est raté, Alexis. Ta petite comédie ne t'appartenait pas comme tu t'en flattais. C'est moi qui tirais les ficelles et qui décide de décrocher le pantin. Tu m'aimes, à présent[14]. »

La clairvoyance de Laurence. La vengeance froide d'une femme. Alexis reprend la plume et conclut : « La mante a dévoré son mâle. » Cette phrase écrite par PPDA mérite un point sur la reproduction sexuelle... des insectes! La mante (religieuse) est l'insecte le plus redoutable et le plus redouté des mâles. Surnommée « cheval du diable », elle dévore son partenaire durant l'accouplement. Cette prédatrice sexuelle déplie ses pattes avant, appelées les « ravisseuses », sortes de grandes scies qui permettent d'attraper sa proie. En un rien de temps, la mante avale la tête du mâle et la dévore. Elle a besoin de se nourrir car l'acte sexuel lui demande beaucoup d'énergie. Une fois décapité, l'insecte mâle continue de copuler pour donner ses spermatozoïdes. Ce sont les mantes religieuses les plus frêles qui pratiquent ce que les scientifiques appellent « le cannibalisme sexuel ». Alexis – le double fictif de Patrick Poivre d'Arvor – finit comme cet insecte mâle décapité qui se fait engloutir par sa femme. Ainsi, l'amante a dévoré son mal. Du moins, dans la fiction...

AFFAIRE CASTRO : PATRICK LE FAUSSAIRE

Patrick Poivre d'Arvor
Carte de presse N° 31072

Ce lundi matin 16 décembre 1991, Jean-Marc Pillas se gare devant les studios de Cognacq-Jay. À l'entrée du 17/19 de la rue, le grand reporter de TF1 croise son chef de service Régis Faucon parti en mission expresse à Cuba avec PPDA. Il lui demande[1] :

— Alors, vous l'avez eu, Fidel Castro ?
— Oui et non.
— Oui et non ! C'est-à-dire ?
— Tu verras ce soir à l'antenne !

Étrange réponse, se souvient encore Jean-Marc Pillas trente ans après. Avec lui, on se tutoie. On a travaillé au même moment à la rédaction de TF1, lui grande gueule et grand reporter au service étranger et moi jeune journaliste au service « économie ». Aujourd'hui retraité, il habite en Bretagne où il coule des jours heureux. Avec sa grosse voix, il me parle volontiers de PPDA et de cette affaire Castro qui lui colle à la peau. « Je suis allé plusieurs fois à Cuba pour TF1, j'avais mes entrées à l'ambassade de Cuba en France. À la rédaction, on me surnommait le “gauchiste de service”. PPDA partait ce week-end-là pour faire un coup : l'interview exclusive du leader cubain. Quand il est monté dans l'avion, je savais déjà qu'il n'aurait pas d'interview avec Castro. Les autorités avaient refusé, mais Poivre a insisté pour partir à tout prix. On ne refuse rien à PPDA. »

Frustré tous les soirs dans sa lucarne du JT, le présentateur star aime partir sur le terrain pour rencontrer les grands de ce monde. Il en retire une impression de faire partie de l'Histoire qui s'écrit sous ses yeux. Dans son tableau de chasse des grands dirigeants, il a déjà accroché Boris Eltsine, Ronald Reagan, le général Jaruzelski, le colonel Kadhafi, le roi du Maroc, Benazir Bhutto, Indira Gandhi, Deng Xiaoping, Václav Havel, Bourguiba, Gorbatchev, Mobutu, Abdou Diouf, De Klerk et bien d'autres. Impressionnant. Un entretien en tête à tête avec Castro fin 1991, c'est un bon coup pour le patron du 20 Heures : le chef d'État, isolé sur la scène internationale, ne donne que très peu d'interviews. PPDA ne part pas seul à Cuba. La mission a été calée par Régis Faucon, le chef du service étranger de TF1. À bord de l'avion montent aussi le caméraman Gérard David et le preneur de son Hubert Leconte.

L'équipe fait une première escale à Madrid, puis monte à bord d'un Tupolev, un avion russe bien sûr.

À l'arrivée à La Havane, les formalités traînent, le climat tropical est lourd. Les quatre journalistes filent direction Varadero, la station balnéaire à 140 kilomètres de la capitale. Fidel Castro mise sur le tourisme pour faire entrer des devises étrangères dans son pays étranglé par le blocus américain. Le leader cubain inaugure le dimanche 15 décembre 1991 un hôtel du groupe espagnol Melia. Patrick Poivre d'Arvor raconte : « On met à disposition de l'équipe de TF1 une pièce dans laquelle nous devons conduire l'entretien. Auparavant, Fidel Castro donne une conférence de presse à laquelle Régis Faucon et moi nous assistons intégralement[2]. »

L'interview en boîte, retour à Paris dès le lundi. Régis Faucon s'engouffre dans le labyrinthe des studios de Cognacq-Jay. Avec la cassette à bande sous le bras, il déboule dans une salle de montage. Il ordonne au monteur Pierre Descuyper d'aller vite. La « diff », c'est pour ce soir. Générique du 20 Heures : « Madame, monsieur, bonsoir. » Dans les titres du journal, PPDA annonce un sujet sur Fidel Castro en précisant : « Une équipe de TF1 l'a interrogé hier à Cuba. » Stress dans la salle de montage, le sujet n'est pas encore terminé. Le magnéto arrive à la dernière minute, il est diffusé à l'antenne sans même que Pierre Géraud, le rédacteur en chef du 20 Heures, le valide. Le présentateur lance le sujet de manière un peu plus évasive : « Avec Régis Faucon, Gérard David et Hubert Leconte, nous avons pu approcher celui que l'on appelle là-bas le Líder Máximo, lors d'une conférence de presse improvisée. Et vous allez voir qu'il n'a changé en rien. »

Le sujet commence par une image serrée de Fidel Castro, avec sa barbe grisonnante fournie, en uniforme militaire kaki, assis derrière un bureau sur lequel sont posés trois micros. Avec sa hargne légendaire, il dénonce les sacrifices que doit faire son peuple à cause des sanctions de l'Occident. À l'image, des flashs illuminent son visage luisant dans un certain brouhaha. Puis PPDA apparaît seul à l'écran dans une lumière blafarde. Costume sombre, cravate bleue à motifs et chemise jaune pâle à fines rayures. Silence de cathédrale. Filmé en gros plan, il pose une première question en regardant la caméra droit dans les yeux : « Monsieur le Président, jusqu'à présent la devise de Cuba, c'était le socialisme ou la mort, est-ce que cela ne va pas devenir le capitalisme ou la mort ? »

Dans son bureau de TF1, Michèle Cotta n'en croit pas ses yeux quand elle découvre l'interview en direct, comme dix millions de téléspectateurs. La directrice de l'information n'a pas non plus visionné le sujet avant sa diffusion. « J'en garde un souvenir horrible, la mise en scène était un peu équivoque[3] », me raconte-t-elle. Rien ne colle entre les deux images de Castro et de PPDA : pas la même lumière, pas le même son. On a même l'impression qu'ils ne sont pas dans la même pièce. Vient le tour de Régis Faucon qui pose une question, le regard perdu. Puis encore deux questions de PPDA. Dominique Bromberger est tout aussi consterné. Le grand reporter, reconnaissable à l'antenne avec ses nœuds papillons colorés, regarde, stupéfait, le JT, assis au service étranger de la rédaction. « À la sortie du journal, j'ai interrogé Patrick Poivre. Je lui ai dit : mais ça, ce n'est pas une interview. Il m'a répondu : "Oh bah, ce sont des questions qu'on a posées à la volée au moment où il s'apprêtait à s'en aller." N'ayant pas d'autres éléments d'information à l'époque, j'ai laissé tomber[4]. » Il ne faut pas froisser le chef du 20 Heures.

D'entretien entre le Líder Máximo et le leader de l'info, il n'y a jamais eu. Ce dimanche 15 décembre 1991 à Cuba, tout est tombé à l'eau dans l'hôtel de Varadero. Dans son livre bien nommé *Confessions*, PPDA tente de se justifier : « À la fin de la conférence de presse, nous nous apprêtions à passer dans notre studio improvisé. Mais, à notre vive déception, nous découvrons que le chef de l'État cubain ne prend pas du tout la direction du studio. Je tente de l'intercepter, lui pose quelques questions auxquelles il répond de manière évasive, nous renvoyant aux réponses qu'il a faites durant sa conférence de presse, mais il finit par s'éclipser sans avoir respecté sa promesse d'interview[5]. » Et le présentateur persiste : « Régis et moi lui lançons à la volée quelques questions auxquelles il répond très évasivement. Aucun échange véritable. »

Ce jour-là, PPDA ne supportera pas que Castro lui ait dit non. Un échec et un affront. Pour lui, impossible de rentrer à Paris bredouille sans « son scoop ». Alors que les autres équipes de journalistes remballent caméras, micros et stylos, celle de TF1 attend. Dans la grande salle vide, une chaise est disposée sur un fond blanc. Gérard David filme tour à tour Patrick Poivre d'Arvor et Régis Faucon récitant leurs questions posées prétendument « à la volée » à Castro.

Trente années ont passé. Je réussis à joindre le caméraman. Il vient de quitter TF1, où il a fini sa carrière comme chef du service caméra, un poste prisé. La retraite pour lui, c'est le Sud, au-dessus d'Aix-en-Provence. La conversation s'engage et il me répond sans sourciller. Il tient déjà à me rassurer. Gérard David me certifie – à deux reprises – que PPDA était bien à Cuba avec lui ! À l'époque, certains observateurs ont imaginé que cet entretien raté était peut-être un faux duplex avec PPDA filmé en studio à Paris et Fidel Castro à Cuba. L'homme d'images me livre une autre version inédite.

Les questions à Castro n'auraient pas été exactement posées « à la volée ». « Cette interview s'est passée de la manière suivante : Castro avait exigé que les questions lui soient posées avant. Je crois par écrit et donc, il a effectivement répondu aux questions qu'avait posées PPDA, par l'intermédiaire d'une interprète. Après, si tu veux, pour la bonne compréhension et pour la télévision française, PPDA a reposé les questions en français[6]. » Derrière sa caméra, il s'exécutera sans rien dire et sans me dire qui a eu l'idée de cette mise en scène trompeuse. Pouvait-il refuser les caprices du prince de TF1 ? Le journaliste reporter d'images minimise en concédant une simple « maladresse » et de justifier : « Si tu n'as pas un ego surdimensionné, comme tous les artistes et les vedettes, tu ne montes pas sur scène tous les soirs devant cinq mille personnes ou devant dix millions de téléspectateurs devant le petit écran. Effectivement, il a un ego pas comme les autres. Peut-être un peu plus poussé chez lui. »

Des années plus tard, le présentateur égocentrique racontera avec une certaine lâcheté : « Je ne participe pas au montage du sujet [...]. Il n'y a pas eu de manipulation. J'ai été d'une grande prudence dans la présentation de cet extrait. » Et de se défausser : « Le soir, lors de la conférence de rédaction qui a suivi le journal, j'ai déclaré à tous que je n'étais pas satisfait du sujet "Cuba" [...]. Pour moi, c'était seulement un travail mené trop hâtivement, à cause de l'urgence. Nous aurions dû différer cette diffusion d'un jour en ôtant les questions inutiles et en les remplaçant par des panneaux incrustés. C'est une erreur que j'assume[7]. » La seule erreur concédée par PPDA est cette histoire de questions mal montées. En 2003, PPDA chargera le chef du service étranger Régis Faucon pour avoir réalisé le montage trop « rapidement » et « de manière très maladroite »[8]. Pas très confraternel.

À 78 ans, Régis Faucon vient de finir la rédaction de son autobiographie intitulée *Gentleman reporter*[9], « de Mitterrand à Reagan, du Liberia à la Corée du Nord, quarante ans de journalisme ». Sur la couverture, une photo de lui sur le terrain en costume-cravate avec un appareil photo en bandoulière. On est dans l'iconographie classique du grand reporter à la française des années 1980 et 1990 : baroudeur, mais toujours élégant. Dans ce beau livre, Régis Faucon n'évoque pas les coulisses de sa mission malheureuse à Cuba avec PPDA. Celui qui a travaillé à TF1 de 1975 à 2000 comme correspondant à New York, chef de service et éditorialiste ne s'est jamais exprimé sur ce bidonnage. Trente ans après la diffusion du sujet le 16 décembre

1991, je le dérange dans sa Normandie tranquille. À quelques jours de Noël, l'accueil au téléphone est plutôt froid, mais il me répond :

— On en a tellement soupé de cette affaire. On a fait une connerie. C'était une très mauvaise idée de faire croire qu'on avait posé des questions alors qu'on n'en a posé aucune. C'est le cœur du problème. Ni PPDA ni moi n'avons posé de questions à Castro. Ce n'est pas un problème de montage. Le tournage était grossier, pas la même lumière, pas le même son. Même avec trois jours ou trois semaines, le résultat aurait été le même, c'est une manipulation.
— Qui a eu l'idée sur place ?
— Est-ce que c'est la fatigue ? Je plaide la connerie avec un grand C.
— Cela relève de la faute professionnelle.
— Oui, c'est vrai, avec le recul, c'est énorme. On a bidonné car on n'a pas eu l'interview promise. On était au premier rang à deux mètres de Castro, sous son nez, il a passé la parole à tout le monde sauf à nous[10].

Notre conversation se détend, simplement perturbée par les douze chats de Régis Faucon qui l'encerclent dans son salon. « Avant, j'en avais trente ! » Pendant des années, il a fait le dos rond, parce que Patrick Poivre d'Arvor ne l'a pas beaucoup soutenu à l'époque. « "La faute à Faucon", c'est la parade qu'il a trouvée. Je l'ai mal vécu, qu'il se défausse sur moi avec des arguments bidon comme "le montage était trop rapide et maladroit". »

C'est toute l'ambiguïté du personnage, car Patrick apprécie beaucoup Régis. Ils ont démarré ensemble à France Inter, les rôles étaient inversés. Régis Faucon présentait le Journal de 8 heures. À l'époque, Patrick Poivre (sans d'Arvor) y faisait des papiers de politique intérieure. Ensuite, à TF1, ils ont roulé leur bosse ensemble, en mission à New York, à Jérusalem, sur le continent africain. L'un des plus beaux souvenirs de Régis Faucon reste le Journal spécial de PPDA réalisé en Afrique du Sud à la fin de l'apartheid, avec Nelson Mandela et Frederik De Klerk. C'est lui qui avait monté l'opération. Cela avait marché, cette fois-là. Avant de raccrocher, Régis Faucon me confie : « La relation avec Patrick est toujours compliquée, c'est un personnage mystérieux avec plein d'ambiguïtés. Très enveloppant, il est le charmeur de l'info. »

L'affaire Castro va prendre une autre ampleur le 4 janvier 1992, quand *Télérama* titre : « Le mensonge de PPDA[11]. » Sous la photo de l'icône, une légende bien sentie : « PPDA, hâbleur máximo ». L'article est signé Frédéric Péguillan, nouvellement arrivé à la rédaction. Quand je le rencontre trente ans plus tard, il travaille toujours à *Télérama*. L'œil rieur, il raconte avec malice le premier « coup » de sa carrière quand il a osé s'en prendre à la star de TF1. « PPDA, en 1991, c'est l'homme le plus regardé de France. C'est le grand prêtre de la grand-messe du 20 Heures de la chaîne qui pulvérise toutes les audiences[12]. »

Il se souvient très bien de ce JT du 16 décembre 1991. Il le regarde dans son canapé. Immédiatement, il a des doutes sur ce « scoop » de PPDA : le décor, les plans de coupe, le montage, il y a un truc qui cloche. Pour découvrir la supercherie, Frédéric Péguillan fait rapatrier à Paris une copie intégrale de la conférence de presse de Castro. Il réussit à faire expédier la précieuse bande *via* la valise diplomatique de l'ambassade de France. Quand il visionne les images, il tombe des nues. Patrick Poivre d'Arvor n'a jamais eu d'entretien en tête à tête avec Fidel Castro.

En fait, il s'agissait bien d'une conférence de presse. Patrick Poivre d'Arvor et Régis Faucon sont au premier rang au milieu d'une nuée de dizaines de journalistes. Le duo est debout et non assis comme dans le sujet diffusé sur TF1. Les deux journalistes semblent un peu tendus, ils lèvent la main pour avoir le micro, mais Castro les ignore. Sur les images, à aucun moment l'équipe de TF1 n'arrive à poser la moindre question.

Il y a pire : PPDA et Régis Faucon ont subtilisé leurs quatre questions aux journalistes suédois, grec, argentin et espagnol. Et les réponses de Castro sont tronquées et montées : c'est un détournement pur et simple de ses propos. Pour les questions posées « à la volée » comme le clame PPDA, à la fin de la conférence de presse, on entend simplement le présentateur éconduit supplier Castro : « S'il vous plaît, une question pour la télévision française. » Indifférent, le Líder Máximo et son escorte passent devant lui, sans un mot, sans un regard. Frédéric Péguillan analyse : « Patrick Poivre d'Arvor nous a menti. Mais bien plus grave est la manipulation des images à laquelle il s'est livré. Manipulation dont le téléspectateur non averti est la première victime[13]. »

Pris la main dans le sac, PPDA ne se dégonfle pas. Au contraire. Il écrit un droit de réponse au vitriol intitulé

« Le mensonge de *Télérama*[14] » en sous-entendant que Frédéric Péguillan est un agent castriste. Acculé, le roi du 20 Heures avance encore une autre explication farfelue : « N'ayant pas été autorisés à placer notre deuxième caméra derrière le chef d'État cubain, nous avons, après la conférence, reformulé nos questions comme il est souvent d'usage. »

En interne à TF1, l'affaire fait grand bruit. Jean-Marc Pillas, le fin connaisseur de Cuba, est convoqué par l'ambassade de Cuba à Paris, sommé d'expliquer cette fausse interview. La Société des journalistes de TF1 se réunit en urgence. Les débats sont vifs, la rédaction se déchire. Certains, comme Jean-Marc Pillas, demandent une sanction à l'encontre du présentateur roi. Étienne Mougeotte, le numéro 2 de TF1, déclare : « Il n'y a pas de raison de le sanctionner. C'est une erreur, point final. » Une pétition de soutien est même lancée pour dénoncer « la formidable campagne de dénigrement contre Patrick Poivre d'Arvor qui est, par la nature de ses fonctions, l'une des figures emblématiques de TF1 ». Les signataires s'insurgent « à l'égard de procès d'intentions politiques, de méthodes nauséabondes et de comportements douteux utilisés à son encontre ». Avant de prévenir que désormais, ils « ne laisseront rien passer sans réagir avec la plus grande vivacité dans l'intérêt même de notre profession[15]. » Parmi eux, des hauts placés dans la rédaction : Claire Chazal, Geneviève Galey, Ruth Elkrief, Robert Namias, Dominique Bromberger, Sylvain Gouze, Jean-Pierre Pernaut, Jean-Claude Narcy, Charles Villeneuve,

Jean-Pierre About, Jean-Luc Mano, Régis Faucon, Michèle Cotta…

À 85 ans, cette dernière n'arrive pas à lâcher le métier. Quand elle m'invite chez elle, Michèle Cotta n'a qu'une heure à me consacrer. Elle doit rendre un papier sur l'énième conférence de presse du ministre de la Santé sur l'énième protocole Covid. La directrice de l'information de TF1 entre 1987 et 1992 a pris de plein fouet la vague au moment de l'affaire Castro. « Ça a été très houleux au sein de la rédaction. J'ai dû défendre Patrick. Pour moi, c'est un effet du vedettariat, il n'a pas senti la distorsion et l'erreur déontologique que cela représentait[16]. » Surprenant. La garante de l'information de TF1, l'ancienne directrice de la Haute Autorité de la communication audiovisuelle, minimise cette grave faute professionnelle : « C'était enfantin, c'était une bêtise. » PPDA l'impuni peut compter sur le soutien infaillible de sa hiérarchie. « On ne virait pas Patrick. C'était lui, la locomotive de la chaîne. Je vous rappelle qu'à ce moment-là on faisait 40 %, 42 % d'audience et donc d'une certaine façon, il était intouchable. Il aurait été inconcevable à ce moment-là de lui dire : "On se sépare de toi." On aurait été fous. » Aveu de faiblesse évident face à la puissante « machine à cash » que représente le boss du JT.

Sur cet épisode, un autre présentateur du 20 Heures de la chaîne rivale, Bruno Masure, écrira dans *La télé rend fou* : « Une information n'est importante aux yeux de "PPD" que si c'est lui qui la délivre.

C'est caractéristique de son comportement. Il fallait montrer qu'il ajoutait une valeur par sa seule présence. L'affaire Castro est un péché d'orgueil, un péché de narcissisme. Il ne pouvait pas revenir de Cuba sans rien. Incroyable enfantillage. Justifier aux yeux de ses patrons, des téléspectateurs qu'il n'était pas allé pour rien à Cuba. » J'ai contacté l'ex-trublion du PAF (Paysage audiovisuel français). Il a décliné sèchement[17].

Début 1992, la tête de PPDA est sauvée en interne. Dans la presse et dans l'opinion, les critiques vont bon train. Il est de bonne guerre de taper sur le leader, TF1, et son champion. Le magazine *Actuel* de Jean-François Bizot affiche en une le prince du 20 Heures affublé d'un nez sec et pointu à la Pinocchio. PPDA prend la pose du *Penseur* de Rodin avec cette interrogation : « L'info est-elle truquée[18] ? » L'image est dévastatrice, mais la première chaîne peut compter sur le soutien inattendu de la concurrence, Antenne 2. C'est une ancienne figure de la chaîne qui va me raconter cette histoire d'autocensure.

Thierry Ardisson est en train de se faire maquiller dans son salon avec une vue somptueuse sur le jardin des Tuileries. « L'homme en noir » trône dans son fauteuil style rococo. On laisse nos chaussures à l'entrée, à côté de la dizaine d'escarpins colorés de la femme de Thierry Ardisson, la présentatrice de TF1, Audrey Crespo-Mara. Au début des années 1990, il anime l'émission *Double jeu*. Il a programmé un sujet sur l'affaire Castro dans une rubrique bien nommée « Le magazine du Fô ». Déjà à l'époque, on doit décrypter l'info et l'intox, bien avant les *fake news*. Ardisson me raconte : « La chaîne m'appelle et me dit : "Il ne faut pas diffuser le sujet, coup de pression, censure[19] !" » Il poursuit : « J'ai envoyé douze cassettes VHS dans tout Paris pour que les journalistes voient le sujet. » Et le soir de l'émission, il conçoit un panneau : « Pour des raisons confraternelles, la direction d'Antenne 2 a décidé de ne pas diffuser le sujet prévu par l'équipe de *Double jeu.* » Une petite musique d'ambiance sarcastique accompagne ce coup d'éclat d'Ardisson. Colère du président d'Antenne 2. Hervé Bourges se justifie : « Peut-être PPDA a-t-il truqué son interview. Que la presse écrite enquête, OK. Mais c'est plus gênant à travers une émission de télévision et bien peu confraternel. Je n'aime pas le cannibalisme[20]. » Quand la télévision publique vient au secours de la chaîne privée pour ne pas froisser les stars de l'antenne… Cette forme de corporatisme a aussi permis à PPDA de garder son aura et son sentiment d'impunité.

Prise en flagrant délit de censure, Antenne 2 finit par diffuser le sujet la semaine d'après. Dans ce décryptage savoureux, le journaliste Pierre Carles a exhumé une interview de PPDA qu'il a réalisée un an auparavant. Ironie du sort, le présentateur affirme : « Les questions réécrites ou refaites, c'est pas bien. C'est un peu une triche[21]. » Ardisson conclut notre entretien : « PPDA n'a pas eu honte, il a continué, il aurait pu donner sa démission. »

L'affaire Castro est pour PPDA comme le sparadrap du capitaine Haddock dans *L'Affaire Tournesol.* Dans un bus – pas un avion pour Cuba –, le compère de Tintin se débat avec un vaillant bout de tissu qui se colle sur son nez, sur le pouce de sa main gauche, le pouce de sa main droite[22]. Pour PPDA, c'est pareil. Cette fausse interview Castro lui colle à la peau. Le détenteur de la carte de presse N° 31072, délivrée chaque année par la Commission de la carte d'identité des journalistes professionnels (CCIJP), se débat depuis trente ans pour rétablir son honneur de grand intervieweur en mêlant mensonge et approximation. En minimisant constamment son rôle : « J'avoue avoir mal évalué la hargne – le mot est faible – dont j'étais l'objet : certains journalistes ont été heureux de révéler une faute là où il n'y a qu'une ambiguïté[23]. » Treize ans après son interview bidonnée, PPDA aura beau concéder : « J'ai commis une erreur en me laissant aller au péché d'orgueil[24] », il aime se mettre dans le rôle du martyr de l'info : « J'avais quand même l'impression d'être devenu "l'homme à abattre". » Il s'énerve contre les confrères qui « jacassent » sur lui en déclarant que les « quelques règlements de comptes sont attisés par la jalousie ou la loi de la concurrence ».

Il y a au moins un enseignement à tirer de ce mensonge télévisé. Avec un brin d'humour, le journaliste de *Télérama* Frédéric Péguillan évoque ce qu'il appelle la « jurisprudence PPDA/Castro » : « Depuis 1991, pour toutes les interviews télévisées avec les chefs d'État, il y a toujours un plan large avec le journaliste et la personnalité pour montrer qu'ils sont bien ensemble dans la même pièce. Pour démontrer que le journaliste pose bien les questions… Merci, Patrick ! »

Le prince cachottier

Visage provocant, robe assortie, poitrine généreuse, la pulpeuse Béatrice Dalle crève l'écran. Ce soir du 12 mars 1992, l'égérie punk s'invite dans le JT propret et aseptisé de TF1. La jeune actrice vient pour la promotion de *La Belle Histoire*, film de Claude Lelouch dans lequel elle incarne une fille mystique un peu paumée qui vit de rapines. Le regard en coin, la voix suave, PPDA semble envoûté par le sex-appeal de l'héroïne révélée dans *37°2 le matin*. La température monte d'un cran sur le plateau. Étonnamment, la provocation va venir du présentateur :

— Dans ce film, on vous découvre un peu kleptomane, c'est un rôle que vous connaissez dans la vie ? Qu'est-ce qui a été inspiré le premier : c'est l'idée de départ ou c'est pendant que vous tourniez tout à coup que vous avez... ?
— Non, ce sont des choses dont on a parlé avec Claude Lelouch, il s'adapte à la personnalité des gens pour qu'on se sente bien dans le rôle... Qu'est-ce que vous voulez me faire dire là, au lieu d'essayer de tourner autour du pot ? Dites franchement !

— Est-ce que vous regrettez d'avoir volé des bijoux ?
— D'avoir violé Mike Tyson ? Non pas du tout, c'était très agréable.

Le prince giflé. Premier coup de griffe de la féline Dalle au visage de PPDA qui le questionne sur ses ennuis judiciaires. Deux mois auparavant, l'actrice a été condamnée à six mois de prison avec sursis et à une amende de 20 000 francs (4 500 euros) pour avoir subtilisé plusieurs parures dans une bijouterie de la rue des Archives à Paris[1]. Hors antenne, avant le début de l'interview, PPDA avait pourtant promis de ne pas parler des bijoux de Béatrice Dalle. Comme l'a expliqué Hélène Devynck, l'assistante de PPDA, lors de son audition[2]. Le journaliste, décrédibilisé quatre mois plus tôt par la fausse interview de Castro, se veut piquant. Un brin cachottier, il continue de chatouiller l'actrice sans savoir qu'elle va le croquer.

— Est-ce que vous regrettez d'avoir volé ces bijoux ?
— Est-ce que vous regrettez certaines lettres que vous m'avez envoyées ? Jamais je ne vous en aurais parlé si vous ne m'aviez pas posé cette question alors qu'on vous avait demandé avant de vous taire !

Le prince mouché. En direct, Béatrice Dalle le recadre dans sa lucarne. Les dix millions de téléspectateurs apprennent ce soir-là que PPDA envoie des missives enflammées. De son stylo à plume coulent de l'encre violette et des vers.

Ce duel télévisé à fleurets mouchetés fera écrire à l'écrivaine et journaliste Françoise Giroud : « Il a insisté. Alors… Alors d'un coup, elle l'a incendié. Elle a le verbe haut ! Lui démonté, se tassait, rétrécissait sur sa chaise. Il a manqué de délicatesse, c'est vrai. En échange, Béatrice Dalle se l'est payé, comme on dit. Cette irruption du naturel dans l'artifice composé d'un Journal, ça a mis de la gaieté[3]. » Cette rebuffade au présentateur gaulois fera causer jusqu'en Belgique où le JT de TF1 est très suivi. Le quotidien *Le Soir* titrera le 13 mars 1992 : « Dalle fait scandale chez PPDA ». Le prince, sûr de son pouvoir (de séduction), ne s'est pas méfié de l'actrice de 28 ans qui venait de jouer dans *La Vengeance d'une femme* aux côtés d'Isabelle Huppert.

Béatrice Dalle porte l'estocade en direct : « Je suis venue parler du film de Claude Lelouch et qu'est-ce que vous venez foutre la merde et faire de la provocation gratuite ? » Quel était le contenu des fameuses lettres de PPDA ? Combien lui en a-t-il envoyées ? L'actrice ne l'a jamais évoqué publiquement. J'ai bien tenté d'en savoir un peu plus sur cette altercation un jeudi soir à la télévision. Béatrice Dalle m'a répondu[4] du tac au tac : « Je n'ai vraiment pas envie de revenir sur cette histoire que j'ai réglée moi-même il y a trente ans. Pour moi, ce moment-là a été sincère. Merci de votre intérêt. Je vous embrasse. »

PPDA, le séducteur du 20 Heures, est ce soir-là renvoyé dans les cordes. Sans vergogne, il ne peut s'empêcher de draguer à longueur de journée et de JT.

SOLENN

« Merci pour tout mais je n'aime pas la vie. Je veux être incinérée et gardée dans une petite boîte, mais pas jetée à la mer. » Voici les derniers mots de Solenn Poivre d'Arvor, laissés dans le sous-main du bureau de son père. Le 27 janvier 1995, la jeune fille de 19 ans se jette sous une rame de métro à la station Sablons de Neuilly-sur-Seine. Un vendredi. À 14 h 50. PPDA a ressenti le besoin de nous raconter le déroulement précis de ce drame intime dans plusieurs livres et interviews. Ce jour-là, à la même heure, il est à TF1 et il assiste à la projection de *Prêt à porter* dans l'auditorium au rez-de-chaussée de la tour. Il avait proposé à sa fille de l'accompagner, puisque le film a pour cadre la mode, « cette funeste passion des filles haricots verts[1] » selon son père, qui un moment fascina l'adolescente[2]. Le présentateur sort avant la fin de ce film « futile et élégant ». « Il devait être 14 h 50. Promis, Solenn, vérifie. » Ce vendredi du mois de janvier, Solenn et son père se sont donné rendez-vous à la maison à 18 h 15 pour ensuite filer en scooter à la gare de Lyon. Le TGV de 19 h 06 les attend pour une nouvelle escapade de quarante-huit heures à la montagne. Un week-end père-fille pour skier à Megève. L'heure tourne. Solenn est introuvable dans la grande maison familiale de Neuilly. Dans son bureau, PPDA découvre le mot funeste laissé par Solenn. Elle a déposé un autre courrier dans la chambre de sa sœur Morgane avec trois mots sur l'enveloppe « Récupérer scooter Sablons ». Solenn ne quittait pas sa Vespa 50 blanche, baptisée « Émile », un clin d'œil à son amie et confidente d'école, Émilie. Patrick Poivre d'Arvor découvre son « petit cheval blanc » accroché devant la station Sablons, « au nom si doux qu'elle n'a pas le droit de faire mourir une jeune fille de dix-neuf ans[3] », selon les mots de son père.

Le décès de Solenn Poivre d'Arvor est constatée à l'hôpital Beaujon de Clichy à 18 h 15, l'heure à laquelle elle devait partir avec son père qui écrit : « Solenn a choisi de s'envoler de ce monde. Elle avait réussi son saut de l'ange[4]. » Laconique, la dépêche de l'AFP titrera : « Drame pour Patrick Poivre d'Arvor et ses proches : l'une de ses filles, anorexique, se donne la mort. »

Lors de son audition devant la police en 2021, une plaignante, Justine Ducharne, confesse que « le jour de la mort de sa fille Solenn, il m'a appelée par téléphone pour m'annoncer sa mort. Il m'a proposé de revenir assister à un second JT si je le voulais, j'ai accepté [...]. Je me suis sentie piégée, extrêmement mal à l'aise, je me suis dit qu'il ne pouvait rien m'arriver car j'avais l'âge de sa fille qui venait de mourir. » Ce détail sordide est révélé vingt-six ans plus tard par une femme qui accuse PPDA de l'avoir violée dans son bureau sous le portrait de sa fille*.

Lettres à l'absente

Deux ans avant le suicide de sa fille, Patrick Poivre d'Arvor publie son dixième livre, son premier intime, sorte de thérapie de cent cinquante pages. Il aborde la maladie qui dévore petit à petit sa fille à la sortie de l'adolescence. *Lettres à l'absente* est le cri d'amour d'un père pour sa « princesse ». Il entretient un lien épistolaire avec sa fille internée et mise à l'isolement à l'hôpital du Kremlin-Bicêtre. Ces lettres, il ne peut pas les lui donner, car il est privé de voir sa fille, comme toute la famille.

Le livre commence ainsi : « Je rôde. Je tourne autour de toi, de ton vide, de ton absence. J'ai vu ce matin ta cellule, de loin ; ta prison, de trop près[5]. » Tard le soir ou dans la journée, le présentateur du 20 Heures file en scooter en banlieue parisienne pour se garer incognito sur le parking de l'hôpital, avec le doux espoir d'apercevoir le visage de sa fille, une ombre devant la fenêtre de la chambre 4220. Sur la table de chevet, Solenn a posé une photo en noir et blanc de son père, un « miroir de chevet pour une

*. Contactés le 23 décembre 2022, ni PPDA ni ses avocats n'ont souhaité s'exprimer.

fille d'homme d'image[6] ». Dans sa chambre d'hôpital est suspendu un poste de télévision. Son père espère qu'elle regarde son JT. « En prenant prétexte de la rentrée des classes, j'ai réussi à glisser ton prénom dans le Journal[7]. » Émouvant, le père séparé de sa fille clame : « Mon cœur, c'est difficile de parler de toi à la 3e personne du singulier. Je t'aime comme je ne t'ai jamais aimée et j'espère bien que je ne vais pas perdre cet amour en te retrouvant. »

Le lecteur est plongé dans le quotidien de la famille Poivre, unie pour aider désespérément Solenn obnubilée par son apparence physique, ses « repas de moine bouddhiste » et sa balance. Son poids oscille entre 50 et 30 kilos dans une spirale infernale. PPDA écrit : « L'anorexie n'est pas une grève de la faim, consciente et organisée, explique le Pr Bourguignon, elle se caractérise par le refus d'alimentation, l'amaigrissement et l'aménorrhée. Il existe autant de théories que de théoriciens. Même parmi les psychiatres ; le refus d'identification à la mère, le refus de devenir femme. Celui de la sexualité. On invoque aussi le désir de prolonger l'enfance et de rester petite fille[8]... » PPDA a avoué dans des livres et des interviews qu'il s'est toujours refusé à consulter un psychologue ou un psychiatre. Le journaliste cartésien voit d'un mauvais œil le psy de sa fille qui lui explique l'une des raisons de l'anorexie : « "C'est le cas d'un père qui aime beaucoup sa fille et d'une fille qui aime beaucoup son père." J'avais compris. Merci quand même, docteur. Vous avez de bons yeux[9]. » Selon les spécialistes, l'anorexie peut être une réponse symptomatologique liée à un traumatisme incestueux ou incestuel. Cette pathologie peut être vue comme un moyen d'effacer tout ce qui rend un corps attractif. Le père protecteur refuse de se confier. Il se méfie du regard des autres qui ne peuvent pas comprendre ce combat inégal et personnel contre la maladie. Dans le livre, à la date du 5 novembre, une seule ligne énigmatique est écrite à l'encre noire sur une page blanche : « On n'a pas le droit d'aimer sa fille comme ça. »

L'intention du livre est résumée en une phrase : « J'ai couché Solenn sur papier. » L'auteur se met beaucoup en scène. Il utilise plus la première personne que la troisième personne du singulier. Dans son deuxième livre consacré à sa fille, *Elle n'était pas d'ici*, il se reprochera d'avoir trop parlé de lui et pas assez de l'absente. Le père-auteur évoque la culpabilité de « ce personnage qui s'agitait dans le rectangle à l'heure du dîner[10] », pour qui le travail est « sa gloire, son aura mais aussi ce qui le prive de sa vie de famille, de ses enfants. Il brille mais il est absent. Visible tous les soirs mais absent à la maison[11] ». Pour retisser ce lien père-fille, il l'emmène en vacances dans les îles chaudes ou en week-end express à la montagne. Comme il devait le faire ce vendredi 27 janvier 1995 en prenant le TGV de 19 h 06. Les mois passent et le corps de Solenn fond et disparaît. C'est la dégringolade vertigineuse. « Quand on t'embrassait, on se cognait à tes hanches, tes épaules, ton thorax. J'ai pensé ce jour d'été aux petits Somaliens qui occupaient si docilement nos écrans, nos mises en pages. Je t'ai surnommée la

Somalienne. Tu n'aimais pas trop, j'ai arrêté[12]. » Le journaliste fait une allusion quelque peu hasardeuse à la famine qui a touché la Somalie de 1991 à 1992. On se souvient des images d'enfants squelettiques et dénutris, diffusées notamment sur TF1.

Liliane Gallifet écrit dans *Paris Match* une critique virulente de *Lettres à l'absente* résumée par ce bon titre : « C'est la plainte d'un père pas encore assez fort pour garder ça pour lui. » La journaliste souligne cette propension qu'a le journaliste à exposer son intimité familiale. « Il a montré ses filles, les a déshabillées même sans songer à mal. Elles sont là toutes les trois dans *Les Femmes de ma vie*. Dorothée, Morgane et Solenn. Auteur imprudent, vieux gamin qui aujourd'hui regrette amèrement d'avoir mêlé de vraies héroïnes à ses fantasmes littéraires. Père maladroit, amoureux transi, déjà jaloux de celui qui un jour lui ravira sa fille[13]. »

Je me suis plongé dans *Les Femmes de ma vie*, publié en 1988, comme évoqué précédemment lorsqu'il parle de sa fille Dorothée, sa « Dootie ». Cette œuvre maîtresse dans la carrière littéraire de PPDA relate « entre songe et mensonges » la rencontre et la nuit avec trente femmes, réelles ou fantasmées. Il y dévoile ses filles. Dans le chapitre « Dorothée ou la pudeur », il décrit ce qu'il ressent, sans filtre : « À treize ans, j'eus peur qu'on ne me la viole, à quatorze qu'on ne s'amuse avec elle, à quinze qu'on ne me l'emprunte, à seize, qu'on ne me la vole. À dix-sept bien sûr, on finit bien par me la prendre. Comment parler des amants de sa fille, comment leur parler surtout ? Comment ne pas s'imaginer à leur place, dans les mêmes circonstances, ne pas déjouer leurs ruses [...]. Je ne me laisserai jamais attendrir par l'image de ma fille dans les bras d'un homme, par celle de son corps que je me suis mécaniquement contraint à ne plus regarder depuis la puberté, mais qui, pour la même raison, m'appartient sans doute encore un peu davantage[14]. » Simple père hyperprotecteur ou père amoureux jaloux et possessif ? Un père craignant que son territoire soit conquis par un autre homme que lui. Il confesse ici qu'il possède de droit le corps de sa fille.

La lecture *a posteriori* est difficile, voire insupportable quand Patrick Poivre d'Arvor dévoile l'intimité de Solenn : « L'autre jour dans ton bain, j'ai vu tes seins que tu caches toujours, les bras en croix, comme s'ils te pesaient, et qu'un jour tu exposeras avec orgueil, pour attiser le désir des mâles. Des seins blancs, des seins de lait et qui donneront un jour le lait à tes bébés[15]. » Comment un père peut-il dévoiler et déshabiller sa fille ainsi dans un livre ?

Cinq ans après la parution des *Femmes de ma vie*, PPDA se mordra les doigts d'avoir exposé sa « princesse » dans *Lettres à l'absente* : « J'y mêlais fantasmes et ombres frôlées. Je passais en revue des femmes idolâtrées, pour la plupart éteintes depuis des siècles. Des passions de gosse, d'adolescent, de chenapan, de vieux gamin, de cœur d'artichaut [...]. Dans ce Parnasse, j'avais bien sûr installé mes filles en bonne place. Cela gêna Solenn. Elle venait d'avoir 12 ans et n'aima pas certains détails qu'elle garda longtemps pour elle. Un jour, elle osa me les reprocher et je m'en voulus[16]. » Une vingtaine de pages plus tard, le père culpabilise une nouvelle fois d'avoir mis à nu Solenn si jeune : « Elle m'a répété qu'elle n'appréciait pas du tout ce que j'avais dit d'elle dans *Les Femmes de ma vie*[17]. » Une blessure que la fille de 17 ans ne digère pas.

Après le père, la mère de Solenn s'est aussi confiée sur le drame, dans un livre beaucoup plus pudique et sobre. Véronique Poivre d'Arvor attendra dix ans avant de coucher sur papier le calvaire de sa fille disparue. Son écrivain de mari avait pris la plume un mois seulement après son suicide. Dans son livre *À Solenn*, elle raconte ce matin du 1er février 1993. Elle trouve sa fille en larmes dans son bain. Elle est sortie de l'hôpital. Il est midi. Solenn ne veut pas aller à son rendez-vous à 12 h 30. Sa mère la raisonne. Elle quitte la maison en larmes. Elle est l'invitée de l'émission *Bas les masques* présentée par Mireille Dumas. Le programme phare de France 2 a pour thème l'anorexie. Trois jours après l'enregistrement, Solenn est conviée pour visionner l'interview montée. Sa maman raconte : « Elle rentre contente mais refuse de partir à Gérardmer avec Patrick[18]. » En ce mois de février 1993, les téléspectateurs découvrent pour la première fois la fille de PPDA à l'antenne, 17 ans, rayonnante avec des cheveux blonds lumineux et un grain de beauté sur la joue gauche. D'une voix cristalline, elle parle de ce mal qui l'empêche d'aimer la vie. « Quand on maigrit, on n'arrive plus à se concentrer. [...] Je crois que je voulais interpeller le monde entier, mais je ne voulais pas culpabiliser mes parents, je voulais dire : “J’existe” ou “Je souffre”[19]... » La jeune femme se confie aussi sur ce qu’elle a ressenti en lisant les lettres écrites par son père quand elle était hospitalisée plusieurs semaines : « Au début, il a eu très peur de me montrer ses lettres. Il me les a fait lire et c’était fantastique, j’en ai pleuré de joie. Je ne savais pas qu’un père pouvait ressentir autant de choses pour sa fille. Il m’a montré dans ses lettres que j’existais. » Solenn donnera son accord à son père pour les publier dans ce livre intitulé *Lettres à l’absente*.

Paru en 1993, ce témoignage personnel et intimiste bouleverse des familles entières et nombre de jeunes femmes anorexiques. Les Français découvrent que l’homme le plus regardé de France est aussi le père d’une jeune fille malade. À TF1, il reçoit beaucoup de courriers qui le remercient d’avoir mis en lumière cette pathologie mal connue. Sur le plan professionnel, PPDA décroche une nouvelle émission littéraire en plus de *Ex libris* sur TF1. À la rentrée 1994, le groupe TF1 crée LCI – La Chaîne Info, la première du genre à la télévision. Dans la grille des programmes, Patrick Poivre d’Arvor obtient une case avec l’émission *Place aux livres*.

En novembre 1994, Stéphanie Khayat a 24 ans. Cette journaliste férue de livres rêve de travailler pour une émission littéraire. Pleine d’entrain, elle appelle le secrétariat de PPDA pour postuler. Fanny, son assistante, propose un rendez-vous avec le présentateur après le 20 Heures. La suite, Stéphanie Khayat l'a racontée lors de son audition à la police avant de la rendre publique dans les colonnes du journal *Libération*[20]. Son témoignage est bouleversant. Devant le major de la Brigade de répression de la délinquance contre la personne (BRDP), Stéphanie Khayat raconte ce jeudi soir-là, à 21 heures.

> Je précise que j'étais anorexique à l'époque. C'est important de le signaler. PPDA m'attendait dans son bureau. La lumière était tamisée. Il s'est levé pour m'accueillir. Il est retourné derrière son bureau, je lui ai donné mon curriculum vitæ, je lui ai raconté mon parcours professionnel, il m'a parlé d'anorexie, je lui ai demandé des nouvelles de sa fille Solenn, il m'a dit qu'elle était devenue boulimique, ensuite son téléphone a sonné. Il a répondu, j'étais un peu plantée là sans rien faire, alors je suis allée voir les photos sur le mur à droite de l'entrée, pendant qu'il parlait au téléphone, je ne l'ai pas entendu raccrocher et j'ai senti d'un seul coup qu'il était derrière moi, je me suis retournée, et là il a enfoncé sa langue dans ma bouche, il a baissé sa braguette, il a appuyé sur mes épaules, m'a poussée vers le sol et m'a obligée à une fellation. Il a joui dans ma bouche. Cela a été très rapide. Puis il s'est reculé, s'est essuyé le pénis avec un kleenex[21].

Brutal, cru, subit.

« J'étais anorexique : pour une personne anorexique, avoir un rapport sexuel, ce n'est pas un plaisir : je n'avais aucun désir, aucune envie, aucun plaisir, j'étais dégoûtée par mon corps et par le corps des autres. » Sur le plateau de Mediapart[22], Stéphanie Khayat martèle avec effroi : « J'étais anorexique, je pesais 30 kilos. On ne met rien dans la bouche d'une anorexique et encore moins un sexe d'homme. Il le savait comme sa fille était malade. » Selon son récit, PPDA la raccompagne à la porte de son bureau. Elle file aux toilettes de TF1 se laver la bouche. Aux questions de l'enquêteur, elle répond que, sidérée, elle n'a rien dit. Elle n'a pas pu crier puisqu'elle avait son sexe dans la bouche. Elle affirme qu'elle ne voulait pas de ce rapport sexuel avec un présentateur de l'âge de son père. Le soir même, PPDA l'appelle chez elle. « Il m'a demandé comment j'allais, si j'étais bien rentrée chez moi et m'a dit qu'il était ravi de m'avoir rencontrée. » À l'époque Stéphanie Khayat n'arrive pas à mettre des mots sur ce qu'elle dit avoir subi. Elle se dit qu'il a abusé d'elle sans évoquer encore le mot « viol ». La jeune journaliste veut ce poste de journaliste dans l'émission *Place aux livres*. Pour lui montrer sa motivation, elle prépare pendant le week-end une « fausse interview » de PPDA au sujet de son livre *Lettres à l'absente*.

Le lundi soir, elle retourne à TF1 après le JT pour lui remettre son exercice. « J'y suis retournée quand même, car je voulais ce travail. Cela peut paraître aberrant. Il y a eu un rapport sexuel dans son bureau, un rapport sexuel complet, vaginal, sans préservatif. »

Le lendemain, elle commence à travailler sur LCI pour l'émission littéraire de PPDA*.

Lundi 30 janvier 1995, journal de 20 heures

« Rien n'est plus injuste que la perte d'un enfant. » Patrick Poivre d'Arvor démarre ainsi l'édition attendue, très attendue, par des millions de fidèles téléspectateurs. Les Français ont appris pendant le week-end que le présentateur du journal de 20 heures de TF1 a perdu sa fille qui s'est jetée sur les rails du métro. L'inhumation de Solenn a eu lieu le matin même en Bretagne, au cimetière de Trégastel, le fief familial, comme elle l'avait voulu, dans l'intimité pour ne pas attirer les curieux et les paparazzis. Les plus proches sont présents pour rendre un dernier hommage à celle qu'ils surnommaient « Lélette ».

En début d'après-midi, la famille Poivre d'Arvor remonte dans l'avion. Direction Neuilly pour Véronique, Dorothée, Arnaud et Morgane. Direction TF1 pour Patrick. Il souhaite être présent à 20 heures dans la boîte à images pour présenter son journal. Il choisit le faire-part le plus médiatique. Certains loueront son sang-froid, ses nerfs d'acier, son besoin vital de reprendre tout de suite la présentation pour ne pas sombrer. D'autres jugeront PPDA comme un cœur froid, un glaçon, incapable de vivre ce drame loin de cette maudite caméra. « Rien n'est plus injuste que

*. Contactés le 23 décembre 2022, ni PPDA ni ses avocats n'ont souhaité s'exprimer.

la perte d'un enfant, d'un adolescent même s'il n'y a pas de gradation dans la douleur des uns et des autres, c'est la raison pour laquelle toute une ville, Toul, était en communion de pensée avec les six familles des six lycéens tués par la chute d'une grue sur leur école. » La voix vient de loin, le visage est marqué. Suivent les images des obsèques. Ce début de journal est jugé, par certains, indécent et misérabiliste. Le parallèle entre les obsèques de ces adolescents à Toul et les obsèques de sa propre fille le même jour est critiqué par des journalistes et commentateurs.

Samedi 4 février 1995, journal de 20 heures

« Une messe était célébrée ce matin en l'église Saint-Ferdinand à Paris pour rendre un dernier hommage à Solenn Poivre d'Arvor, un visage d'ange, qui s'est envolée[23]... » Avec une voix émue, Claire Chazal rend un hommage télévisuel à Solenn Poivre d'Arvor en direct devant des millions de Français. En revoyant ces images, l'instant de télévision paraît hors du temps (on verra toute la complexité des liens avec Claire Chazal dans le chapitre consacré). On imagine que Patrick Poivre d'Arvor a validé le texte, voire l'a écrit lui-même. C'est son style. Exercice hertzien périlleux et mélange des genres étonnant entre vie publique et vie privée. Je regarde stupéfait ces images filmées par les caméras de TF1 qui ont été disposées dans l'église Saint-Ferdinand-des-Ternes, dans le chic 17e arrondissement de Paris. PPDA a autorisé que la messe d'hommage à sa fille soit captée, enregistrée et des images diffusées. Certainement ce besoin viscéral de communier avec son public en partageant sa peine avec lui. On aperçoit, au premier rang à gauche, la famille Poivre recueillie : Patrick, Véronique et leurs trois enfants Dorothée, Arnaud, Morgane. Derrière, la famille Courcoux, du côté de la Bretagne, est très largement représentée. Sur la partie droite devant l'autel, des places ont été réservées pour les VIP : Nicolas Sarkozy alors maire de Neuilly, la pas encore première dame Bernadette Chirac, la ministre d'État et pas encore académicienne Simone Veil et l'ancien ministre de la Culture Jack Lang. À chaque rang, le public aperçoit un ou une journaliste connu(e) : Christine Ockrent, Jacques Chancel, Étienne Mougeotte, Jean-Marie Cavada, Hervé Bourges, Daniel Bilalian. Le curé médiatique Jean-Michel Di Falco coanime la célébration accompagné du pianiste renommé Jean-Philippe Collard.

Cette commémoration aux allures de mariage mondain ou d'enterrement de tête couronnée a été critiquée par certains, jusque dans la famille de PPDA. Il le raconte lui-même dans son livre *Confessions*. « J'avais envie de pardonner à ceux qui m'avaient blessé. Sauf à une acariâtre cousine par alliance qui poursuit Solenn de sa haine jusque dans sa tombe en osant dire, dans une biographie que l'on me consacra, qu'elle avait été choquée par des funérailles "dignes de la reine d'Angleterre[24]". »

Cette mystérieuse cousine acariâtre s'appelle Geneviève Piot, vous l'aurez deviné. L'octogénaire de Trégastel s'est reconnue assez facilement. Lors de nos deux rencontres, elle m'a reparlé de cette grande communion nationale télévisuelle pour la mort de Solenn. Elle ne mâche pas ses mots. « Ces obsèques, c'était honteux et indécent. L'église était truffée de caméras, il y avait TF1 mais aussi France 2. C'est *Paris Match*, disait la famille. Tout TF1 était là, je me souviens, Jean-Pierre Pernaut pleurait. C'était une mascarade[25]. » Selon elle, après le suicide de son enfant, un peu de discrétion n'aurait pas fait de mal. Ce samedi matin-là, Geneviève Piot se retrouve assise sur un banc de l'église à côté de Fanny, l'assistante personnelle de Patrick. Elle a organisé avec Marie-Hélène l'envoi des invitations pour le gratin politique et médiatique.

Patrick Poivre d'Arvor s'avance au pupitre pour dire un dernier adieu à sa fille. Il parle devant l'assemblée et devant la caméra qui le filme de profil, c'est rare : Solenn « ne s'aimait pas, elle n'aimait pas son corps. C'est peut-être pourquoi elle l'a fracassé contre une rame et qu'elle a souhaité qu'on la résume à un petit tas de cendres qui se trouve sous la terre de Bretagne. […] Solenn, "pâle Ophélia belle comme la neige" disait Rimbaud. Elle était belle, notre fille, votre amie de classe ou d'ailleurs[26] ». Cette cérémonie sans cercueil, il l'a décrite curieusement : « Dans ta chambre, j'ai accroché au-dessus de ton lit l'immense photo que nous avions fait tirer pour la messe de Paris. Il fallait bien que tu sois présente dans l'église puisque tu n'étais plus que cendres[27]… » Un deuxième tirage de cette photo – ou la photo décrochée de la chambre – orne depuis cette date le bureau de PPDA à TF1. Son portrait lumineux et doux est affiché dans le dos du présentateur. Comme si la jeune défunte regardait par-dessus l'épaule de son père. Une ombre planante de l'« Absente » présente dans la pièce.

Pour la sortie de la célébration, la famille a choisi le morceau préféré de Solenn qu'elle écoutait en boucle à l'hôpital du Kremlin-Bicêtre. Son frère Arnaud lui avait fait passer en douce une cassette du chanteur américain Prince. Dans l'église et sur le parvis résonnent le bruit des vagues et les premières notes du titre « Free ». Comme une délivrance, une chanson pour signifier que Solenn est libre et libérée.

Les objectifs sont massés à la sortie de l'église pour immortaliser sur papier photo la famille Poivre en deuil. Le cliché fera la une de *Paris Match*, avec la légende : « La douleur et la dignité d'un père. Patrick Poivre d'Arvor est entouré de deux de ses enfants, Arnaud et Morgane[28]. » Le magazine salue l'héroïsme du présentateur : « Par son calme, il a insufflé son courage à la mère de Solenn. Il porte à bout de bras la douleur des siens et la sienne. » Avec autorisation ou pas de la famille, la première page du livret de messe est reproduite en pleine page avec la mention simple : « Solenn Poivre d'Arvor, 1975-1995 ». *Match* racole avec un gros titre : « P.P.D.A. face aux épreuves » et deux sous-titres : « L'émouvant adieu à Solenn et le piège du procès Botton ». Un curieux mélange des genres là encore, entre le drame personnel surmédiatisé et l'affaire judiciaire qui implique PPDA pour recel d'abus de biens sociaux. Le papier principal est signé Jean-Edern Hallier avec ce long titre qui affiche la couleur : « Était-ce vraiment pour PPDA une faiblesse coupable que d'avoir un ami riche qui comprenait son combat pour Solenn ? » L'écrivain – ami de vingt ans de PPDA – prend ouvertement fait et cause pour l'icône de la télé devenue, selon lui, un bouc émissaire facile. L'idée est-elle de plaindre le père endeuillé qui se retrouve dans le box des accusés ? Le chagrin ne pourrait-il pas amoindrir sa responsabilité dans cette affaire ? Les ficelles sont un peu grosses, comme m'a confié lors d'un entretien[29] le juge Courroye en charge de l'instruction de l'affaire Botton, que nous retrouverons plus tard.

Il n'empêche, et c'est du jamais vu : PPDA est en une de *Paris Match* deux numéros de suite. La semaine précédente, le titre était : « PPDA une si grande douleur[30] ». Sur la couverture, une photo père-fille prise à Cannes en 1992, sur le tapis rouge du Festival de cinéma. La légende parle de « la tendresse la plus profonde, la plus partagée, entre une fille et son père ». Solenn, rayonnante – jupe et veste noire –, regarde avec admiration son père en smoking. Elle ne pèse que 30 kilos. Sept clichés personnels de Solenn ont été donnés à *Match* pour illustrer l'article-édito intitulé : « C'est fou ce qu'on va le comprendre, Poivre. Et l'aimer ». Les lecteurs peuvent vivre la douleur d'un père qu'ils continuent à regarder chaque soir à 20 heures dans l'exercice impeccable de son métier. Il est impressionnant, il est omniprésent. Ce drame intime le rapproche encore un peu plus de nous.

Pendant ce temps-là, la journaliste Stéphanie Khayat travaille toujours dans l'émission *Place aux livres* sur

LCI. Elle travaille beaucoup de chez elle, pour ne pas trop croiser le présentateur qui l'aurait forcée à une fellation lors de son entretien d'embauche : « Je me suis dit [après le suicide de sa fille] “le pauvre homme”, ça a balayé ce qu'il m'avait fait. » Selon elle, PPDA avait deux visages, dont l'un prévenant – il l'aide à obtenir un rendez-vous chez un psy pour soigner son anorexie, la soutient quand elle se fait hospitaliser. Elle va même jusqu'à l'inviter à son mariage, auquel PPDA ne viendra pas. Quatre mois après la disparition de Solenn, *Paris Match* réitère, en faisant une troisième une sur PPDA : « Solenn, mes enfants et moi[31] ». Les confidences du journaliste n° 1 de TF1 sont recueillies par Stéphanie Khayat elle-même.

On peut déjà s'étonner qu'une journaliste de LCI travaillant pour PPDA fasse le portrait de « l'inamovible star du journal le plus regardé de France ». En 1995, les lecteurs sont loin d'imaginer que l'article est signé par une femme qui accuse aujourd'hui PPDA de l'avoir forcée à une fellation quelques mois auparavant. Stéphanie Khayat signe trois doubles pages avec pour chapeau principal ce texte : « Cette longue table arrondie, lisse comme la coque d'un bateau, ne ressemble pas à un bureau de journaliste. C'est le bureau d'un homme de notes et d'écriture, à l'atmosphère chaleureuse et à la lumière toujours tamisée. C'est pourtant celui d'un seigneur de l'image et de l'actualité immédiate. » Le reportage photo est réalisé par Emanuele Scorcelletti, le grand photographe des stars de Cannes. PPDA s'est laissé suivre une journée à TF1, « de 9 heures à 21 heures, sa vie gravite autour de son bureau-cabine ». La cabine d'un marin avec des haubans et des hublots. Au-dessus de l'ordinateur est posée la photo du Festival de Cannes avec sa fille en 1992.

PPDA se confie à Stéphanie Khayat l'interrogeant dans un registre intime et lacrymal : « Où puisez-vous une telle curiosité de la vie? »; « Après des épreuves personnelles si dures, avez-vous pensé à vous replier sur vous-même? À vous enfermer dans le désespoir? »; « Vous qui avez cruellement souffert de la perte de deux enfants, pensez-vous que votre famille soit victime de votre notoriété? »; « Croyez-vous que votre message puisse être utile au combat que mènent des malades et leur famille? » Réponse de PPDA : « Au fil des lettres que j'ai commencé à recevoir, par dizaines, puis par centaines, je me suis aperçu que cela aidait énormément les anorexiques, les boulimiques, les suicidaires et leurs parents. J'ai reçu des témoignages bouleversants qui restent autant de magnifiques cadeaux. Tout secret est un cadeau. »

Tout cela, c'est le PPDA grand prince, attentionné, sincère, empathique décrit par Stéphanie Khayat en 1995. Aujourd'hui, la journaliste dépeint un autre visage du prince, beaucoup plus noir. Dans la presse et devant les enquêteurs, la journaliste raconte que, en 1997, après un JT :

> Il m'a dit que j'étais très belle, que j'avais des fesses, j'avais repris du poids. Il m'a complimentée sur mon corps. Il s'est levé soudainement, et il m'a plaquée contre une bibliothèque basse sur laquelle il y avait

des bibelots, sous la photo de sa fille Solenn sur le mur. J'étais en jupe. Il a baissé ma culotte et il m'a pénétrée vaginalement. J'ai eu mal. Il a joui en moi, sans préservatif. Cela a été rapide, quelques minutes. Il s'est ensuite essuyé le pénis avec un mouchoir en papier[32].

Brutal, cru, subit.

Elle n'était pas d'ici

Un mois seulement après le suicide de sa fille, Patrick Poivre d'Arvor se remet à l'écriture. Comme un besoin vital, une catharsis pour lui. Après avoir « couché Solenn sur le papier » dans un premier livre, le journaliste livre la douleur d'avoir perdu « mon amour ». « Voilà comment, je te l'avoue, je me croyais propriétaire de tes pensées de petite fille puis de grande fille[33]. » Le lecteur contemporain que je suis comme le lecteur de 1995 ne peut être que saisi, pris aux tripes et bouleversé par ce témoignage. Un récit plus intime et plus franc que *Lettres à l'absente*. Un deuxième livre en deux ans sur Solenn, que certains jugent exhibitionniste. Impudeur d'écrire sur sa fille suicidée? « Chaque auteur est cannibale. Il ne cajole pas ses proches, il les digère », théorise le critique littéraire Gilles Martin-Chauffier[34].

Dans son ouvrage, Patrick Poivre d'Arvor se permet de publier des lettres d'adolescentes et de parents « reçues par milliers, tour à tour pessimistes ou toniques, maternelles ou en demande… ». Il reproduit ces textes parce que « certains courriers m'ont fendu le cœur. Je répondais à tous. Avec infiniment de précaution, tant je me sentais gêné par ce titre de professeur ès anorexie que je ne méritais nullement. Je téléphonais à certains, à certaines[35] ». Il panse sa douleur avec ces filles qui se confient à lui. « Toutes ces lettres m'aident à vivre, toutes ces filles devenues les miennes, à distance, avec beaucoup de tendresse et de confiance. Elles me font des confidences que je prends comme autant de cadeaux[36]. » Il se les approprie même en les faisant « miennes ». Patrick Poivre d'Arvor invitera à TF1 plusieurs femmes anorexiques à assister à son JT. Nous découvrirons bien plus tard que certaines de ces femmes, souffrant de la même maladie que Solenn, racontent avoir subi le sordide cérémonial du 20 Heures.

Le prince en noir et blanc

Moteur, ça tourne, action.
Plan large

La fête bat son plein dans les jardins de la villa Pierre-Grise qui surplombe la baie de Cannes. Après minuit, c'est la nuit américaine boulevard de la Californie. Le producteur Maurice Tinchant[1] est le maître de cérémonie. Il organise les soirées les plus en vue de la Quinzaine, qui lui vaut le surnom de « prince des nuits cannoises ». Dans le double salon, d'immenses photos d'acteurs et d'actrices réalisées par Laurence Sudre attirent le regard des invités VIP. Les bonnes années, on aperçoit Coluche, la top model Carla Bruni (qui n'a pas encore rencontré Nicolas Sarkozy), la chanteuse Kylie Minogue ou encore Jack Lang, alors ministre de la Culture qui prend la pose avec Spike Lee, Jim Jarmush et Emir Kusturica qui dégaine au dernier moment un couteau à cran d'arrêt. Certains soirs, on compte mille cinq cents convives.

Plan séquence

Mai 1985. Smoking noir, chemise blanche impeccable, mocassins lustrés, Patrick Poivre d'Arvor n'est pas sur la liste des invités, mais il est connu comme le loup blanc à Cannes. Il descend de la terrasse par le grand escalier éclairé par des photophores. Un verre de vodka à la main, il voltige entre les plus belles femmes de la soirée. Starlettes de Hollywood, actrices françaises, attachées de presse, serveuses de champagne. Autour du bassin, les corps dansent et s'enlacent derrière les buissons. Sur les tables recouvertes de nappes blanches trônent de magnifiques bouquets de roses. Le gentleman attrape une grande tige. Sans se piquer, il glisse une rose dans la boutonnière de sa veste. Il s'esquive de la fête pour s'engouffrer au sous-sol de la villa. Au fond du couloir, une seule porte. Il frappe. Laurence Sudre lui ouvre. La photographe française a installé son studio où défilent les stars du cinéma lui rendent visite. Elle s'est fait un nom en devenant la portraitiste des célébrités du Festival. Comme Juliette Binoche, Dennis Hopper, Youssef Chahine, Wim Wenders, Tony Curtis, PPDA aimerait qu'elle lui tire le portrait. Il se pointe à l'improviste.

Plan serré

Dans le studio photo, le présentateur s'installe sur un tabouret et prend la pose, très naturellement. Son regard accroche tout de suite l'objectif. Les flashs éclairent les parapluies disposés autour du modèle. PPDA aime prendre la lumière. Laurence

Sudre donne des indications au modèle pour qui l'exercice semble inné[2]. Avec son appareil Hasselblad, elle shoote en noir et blanc. Au poignet, un bracelet en cuir laisse deviner une montre plate Cartier. À l'annulaire de la main gauche, une alliance en or fin. L'image de l'élégance à la française. Autre cliché : léger sourire et regard charmeur. Nouvelle pose : il approche la main de sa bouche qu'il ouvre délicatement pour mordiller son pouce. La photographe appuie sur le déclencheur. Flash. Sur le tirage argentique, le charmeur devient intrigant. Son regard enveloppant devient perçant et puissant. Sur sa veste, la rose rouge se colore en noir.

Coupez

Cannes, la même année, dans la nuit du 17 au 18 mai. Une femme affirme avoir été violée à l'hôtel Martinez dans la chambre de Patrick Poivre d'Arvor. Il s'en défend. À 23 ans, Marie-Laure Eude-Delattre travaille comme hôtesse d'accueil au bureau de presse du Festival de Cannes. Un super job pour l'étudiante de l'Efap, une école de communication réputée. Un soir, elle donne son accréditation « presse » à Patrick Poivre d'Arvor, « joli sourire » qu'elle trouve « sirupeux » avec ses « petits compliments ». Elle engage la conversation avec la star de la télévision, car elle souhaite décrocher un stage dans les médias. Il lui propose de la revoir après la projection du soir, *Night Magic*, de Lewis Furey. Pour l'aspirante, aucune magie nocturne, mais un cauchemar éveillé selon son récit fait à *Libération* et à Mediapart.

Elle affirme qu'elle est conviée à boire un verre dans la chambre du prince en noir et blanc. Il vient de fermer la porte à double tour derrière elle. Elle ne se méfie pas trop de lui, sa future belle-mère est une lectrice de ses livres romantiques. L'hôtesse d'accueil le trouve en plus moche. « J'ai suivi Poivre, bêtement comme une bête qui va à l'abattoir [...] je suis allongée sans culotte et sans pantalon et il est au-dessus de moi. J'ai le sentiment de me liquéfier pendant qu'il me pénètre sans préservatif. Mon corps est là, et je suis ailleurs. Je ne comprenais rien. La scène avait duré trois minutes. Il ne m'avait même pas dit bonjour. J'avais la sensation d'avoir suivi le loup[3]. » Marie-Laure Eude-Delattre raconte avoir subi ce viol par surprise comme quelque chose de « monstrueux ». Dès le lendemain, elle prévient la responsable du bureau de presse qui ne réagit pas. Rien. Elle alerte des professeurs de son école. Rien. « J'en ai parlé à tout le monde, à mes parents, à mon fiancé qui m'a dit que j'ai été salie. On m'a répondu "qu'est-ce que tu racontes[4] ?". » Rien. Personne n'a entendu son appel au secours et sa détresse. PPDA nie ces faits. En 2021, Marie-Laure Eude-Delattre a décidé de porter plainte. Pour un viol présumé à Cannes en 1985.

« CLAIRE », LA PREMIÈRE FAVORITE

« Dans la rédaction, nous, les femmes, avons aimé les années où PPDA était en couple avec Claire Chazal, nous avons eu un temps de répit[1]. »

Furieux, Patrick déboule dans le bureau de Claire Chazal à TF1. Elle est absente. Il déboutonne la braguette de son pantalon, sort son sexe avec fougue et urine sur la moquette et sur le canapé. Il souille ce cocon blanc, raffiné et calme. Le week-end, la présentatrice aime se prélasser sur son divan avant d'aller à l'antenne. L'ancienne danseuse classique aux faux airs de Marie-Antoinette se promène souvent pieds nus sur l'épaisse moquette écrue. Ce coup de sang de Patrick a duré une poignée de secondes. Uriner tel un chien en rage pour marquer son territoire. Se délester de ce liquide jaunâtre pour rendre impur le bureau de la fautive. Les urologues ne disent-ils pas que la vessie est « le miroir de l'âme »? Le sofa sali sera envoyé au nettoyage aux frais de la chaîne*.

Petit, Patrick a déjà sévi. Dans l'appartement du 12, rue Clovis à Reims, le garçon ne fait plus pipi au lit depuis longtemps. Il déteste la femme de ménage, la mal nommée Mme Ladouce, qui semble sévère avec lui, le fils aîné de la famille Poivre. Pour lui montrer son mécontentement, l'enfant sauvage urine partout, dans un tiroir, dans un vase, sur des piles de linge fraîchement repassé[2].

Retour à la fin des années 1990. Après avoir maculé le bureau de Claire Chazal, PPDA se rend chez elle, dans le chic 7e arrondissement, à deux pas de la tour Eiffel. Il a la clef. Il entre dans l'appartement, armé d'une paire de ciseaux. Elle est toujours absente. Il fonce dans la suite parentale, ouvre le dressing et lacère ses vestes de haute couture prêtées par Dior et Chanel pour la présentation. Il s'attaque à ses effets cathodiques, à son paraître et à son image.

Ces scènes du canapé et du dressing m'ont été confirmées par deux sources, proches de la présentatrice et du présentateur. La raison de cet acte bestial : la jalousie, ce péché capital qui rend vicieux le présentateur à l'encontre de Claire Chazal. Dans le milieu, tout le monde l'appelle par son prénom. Attention à la prononciation, on ne dit pas « Claire » d'un ton

---

*. Contactés le 23 décembre 2022, ni PPDA ni ses avocats n'ont souhaité s'exprimer. Contactée par SMS, le 5 janvier 2023, Claire Chazal a quant à elle fait savoir : « Je ne comprends absolument rien au sujet de cette supposée enquête. »

sec et court. Il faut laisser traîner le mot en bouche et ouvrir le palais. Claire n'est que raffinement, délicatesse et distinction. La tsarine du petit écran se lasse de sa folle histoire amoureuse avec Patrick et de ses infidélités. Elle décide de rompre mais il n'accepte pas d'être remplacé comme ça. Si lui s'octroie le droit d'aller voir ailleurs, il ne tolère pas qu'on ne lui reste pas fidèle. Claire Chazal s'affiche désormais avec un bon ami du couple, Xavier Couture. Il a un haut poste à TF1 comme directeur de l'antenne, en charge aussi des sports et des opérations spéciales. L'orgueil du boss du 20 Heures en prend un sacré coup. Quelque temps après, dans le parking de TF1 au premier sous-sol de la tour, les deux hommes se croisent par hasard. Subitement, Patrick saute sur son rival et lui « casse la gueule » selon un témoin que j'ai rencontré[3]. Le lendemain, Patrick arrive à TF1 avec le bras en écharpe[*].

En mars 2000, Claire Chazal se marie avec Xavier Couture sous les feux de la rampe de la presse people et du Tout-Paris à la mairie du 7e arrondissement. L'événement showbiz fera évidemment la une de *Paris Match*[4], avec la journaliste-star gracieuse et rayonnante dans sa tenue blanche. C'est un peu la revanche de Claire qui s'émancipe de son mentor. Patrick et Claire se sont tant aimés. Claire et Patrick se sont tant déchirés. Une histoire professionnelle et passionnelle qui a défrayé la chronique pendant la décennie 1990. Un

*. Contactés le 23 décembre 2022, ni PPDA ni ses avocats n'ont souhaité s'exprimer.

feuilleton mélodramatique avec de l'amour, des paparazzis, de la trahison, l'ombre de Solenn et un fils caché.

Avec Claire Chazal, PPDA a revisité le mythe grec de Pygmalion. En voici le pitch : un homme, déçu par les femmes, sculpte de ses mains une créature conforme à ses vœux, puis tombe amoureux de cette statue d'ivoire qui devient une femme de chair et d'os. Tel un démiurge, le prince du 20 Heures va créer et façonner une présentatrice glamour et célèbre. Au début des années 1990, la vedette de TF1 repère sur Antenne 2 une journaliste diplômée d'une grande école de commerce (HEC). Elle travaille au service « économie » et fait quelques apparitions pour donner le cours de la Bourse depuis le palais Brongniart. La journaliste prometteuse se voit confier la présentation du journal de 7 h 30 dans l'émission *Télématin*, puis le journal de la nuit. La lauréate du « 7 d'or » de la meilleure présentatrice du journal télévisé en 1991 tape dans l'œil de « Patrick Pygmalion » qui convainc Patrick Le Lay et Étienne Mougeotte de la recruter.

Le 16 août 1991, les téléspectateurs de TF1 découvrent ainsi une nouvelle tête à l'antenne : un visage fin, une chevelure blonde au carré, une voix douce, un style vestimentaire élégant. Claire Chazal présente son premier JT du week-end à seulement 34 ans. Patrick lui a mis le pied à l'étrier, lui a donné conseils et directives pour réussir. L'ascension sera fulgurante. Avec son talent et son aisance à l'antenne, « Claire » restera sur son siège de présentatrice pendant vingt-quatre ans, recordwoman de sa catégorie. Elle battra même en longévité de trois années le règne de PPDA.

Celui qu'on surnomme le Roi-Soleil va s'amouracher de cette femme précieuse. Marié depuis vingt ans et père de famille, il va prendre comme première favorite « Claire », de neuf ans sa cadette. Le présentateur est séduit par son charme discret et sa douceur naturelle. Dans les couloirs de la tour TF1, la nouvelle se répand très vite et « Patrick » n'en fait pas grand mystère. Fièrement, il s'affiche avec sa nouvelle conquête lors des soirées de la rédaction. Dans les années fastes, la première chaîne organise les plus belles fêtes de la télévision, à faire pâlir celles, déjantées, de Canal +. Avant l'été, la direction privatise la brasserie *Quai Ouest*, restaurant-barge flottant sur la Seine. Le champagne coule à flots pendant la soirée dansante. Il n'est pas rare que des membres de la rédaction organisent un spectacle déguisé devant un auditoire amusé. Claire Chazal a été aperçue en train de faire quelques pas de danse classique. Une année, PPDA prendra le micro pour reprendre à son compte la chanson de Jacques Dutronc : « J'aime les filles ». Cette interprétation inédite et tellement parlante a même été filmée sous la houlette du journaliste de *Télé-Foot* de l'époque, Pascal Praud. Quelques VHS circulent sous le manteau parmi les anciens ! Sous la forme d'un karaoké, on voit le présentateur crooner chantonner : « J'aime les filles de chez Castel, J'aime les filles de chez Régine, J'aime les filles qu'on voit dans *Elle*, J'aime les filles des magazines[5]. »

Les magazines, justement, vont faire leurs gros titres et leurs choux gras de cette union extraconjugale entre PPDA et Chazal. Les paparazzis ont eu vent que le couple se donne discrètement rendez-vous l'après-midi dans un hôtel chic du 16e arrondissement de Paris. À quelques mètres de l'Arc de Triomphe, l'hôtel Raphaël est l'emblème du glamour parisien des Années folles. Les salons feutrés aux épaisses tentures rouges, les boiseries sculptées de la suite avec vue sur la tour Eiffel et le hall d'entrée avec un damier noir et blanc en marbre sont du goût du prince charmeur et de sa nouvelle princesse. Les photographes organisent des filatures et des planques autour du palace. Sur les clichés publiés notamment par *Voici*, qui sera condamné pour atteinte à la vie privée, on aperçoit Claire Chazal sortir par l'entrée principale avenue Kléber et PPDA par une porte dérobée. Sur ces rencontres secrètes à l'hôtel Raphaël, Marie-Laure Augry m'en a touché deux mots le 10 mai 2022. L'ex-présentatrice du 13 Heures de la première chaîne me confie que PPDA aurait à l'époque demandé à la direction de la chaîne de lui payer une chambre d'hôtel à l'année au Raphaël. Motif invoqué : le présentateur aurait besoin de se reposer et de se détendre dans la journée loin de l'agitation de la rédaction. Même si cette anecdote ne me paraît pas invraisemblable, je n'ai pas réussi à la confirmer auprès de l'ancienne direction de l'hôtel et des deux anciens patrons de TF1, aujourd'hui décédés. Un ancien de la chaîne m'a affirmé que PPDA emmenait bien les femmes célèbres – les comédiennes et les stars de cinéma – dans des hôtels comme au

Raphaël. Les autres – journalistes débutantes, jeunes romancières ou provinciales – étaient plutôt conviées à TF1 dans son bureau. Des invitations à géographie variable selon le pedigree. Pendant ses années Chazal, le Roi importunait un peu moins ses sujettes de TF1… comme l'a suggéré en audition l'ex-journaliste de TF1 Cécile Thimoreau[6].

PPDA-Chazal, le duo de l'info à l'écran et à la vie va être traqué et mitraillé pendant plusieurs années. La direction de TF1 a tout fait pour préserver l'intimité de son couple star en niant – au début – cette liaison adultérine. Le binôme Le Lay-Mougeotte a toujours apporté son soutien à Patrick et à Claire à l'occasion de leurs nombreux procès en diffamation. Le couple star porte plainte assez régulièrement contre des magazines à sensation et gagne souvent devant le tribunal de Nanterre. Les sommes récoltées peuvent être… substantielles. Au total, plusieurs centaines de milliers d'euros. Certaines mauvaises langues racontent que « Claire a acheté son appartement dans le 7e près du Champ-de-Mars grâce à tous ses procès[7] ». Cette surmédiatisation agace PPDA à une époque où son nom revient souvent dans la presse sans qu'il le cherche.

Après le scandale de la fausse interview de Castro fin 1991, il est empêtré dans l'affaire Botton et ses cadeaux à foison. Nous y reviendrons. Sur le plan plus personnel, on l'a vu, la santé d'une de ses filles est au plus bas. Solenn, souffrant d'anorexie mentale, vivrait mal les infidélités de son père et sa nouvelle relation avec Claire Chazal. Au Festival de Cannes

1993, Patrick et Claire font la montée des marches ensemble. Sur le tapis rouge, les deux stars de la télé se laissent volontiers photographier : smoking noir pour lui, jupe noire et veste rouge pour elle. Cliché chic et choc. La même année, dans son premier livre à l'attention de sa fille, *Lettres à l'absente*, Patrick Poivre d'Arvor accuse pourtant les journalistes « vautours » de rôder autour de lui et de rendre publique sa vie parallèle, loin du cocon familial. Toutes les affaires se mélangent avec des titres accrocheurs qui veulent lui faire « mettre le genou à terre » selon PPDA.

Il explique les conséquences pour sa jeune fille malade avec un lyrisme un brin déplacé : « Une des lances qui m'avaient traversé le corps sans trop de dommages avait atteint au cœur le cœur Solenn [...]. Sur le moment, je ne vis rien. Pas la moindre goutte de sang. Juste un léger mutisme, un mal de vivre[8]. » Lorsque Solenn obtient sa première autorisation de sortie d'hôpital où elle est internée, son père vient la chercher. Pour rentrer à la maison, il explique qu'il est obligé de ruser au volant : « J'essayais d'éviter ma photo, placardée en grand format, comme au temps des westerns. *Wanted.* Recherché. Profil pensif. Titre accrocheur, pour faire vendre... le vendu, c'était moi[9]. » PPDA joue le martyr en se faisant passer pour l'ennemi public numéro 1. Il est vrai que c'est la dure rançon de la gloire et des dérives du star-system des années 1990. L'homme le plus regardé de France est épié, observé, raconté. Avec son lot de vérités et de mensonges. Ses affaires et ses conquêtes multiples font la une des tirages à scandale. Pour la seule année 1996, il dit être l'objet de dix-neuf unes[10] de *France Dimanche, Voici, Ici Paris* et compagnie. Le présentateur acculé ne le supporte plus.

En 1997, PPDA sort un brûlot intitulé *Lettre ouverte aux violeurs de vie privé*. Le titre résonne étrangement aujourd'hui, alors que plusieurs femmes portent plainte contre lui pour viol. Dans cet ouvrage, le présentateur se met dans la position de la victime. Il signe un pamphlet sans éloquence en incriminant les médias qui feraient bien plus que ne pas respecter sa vie privée. L'auteur connaît l'importance du sens des mots. La première définition du viol, selon *Le Larousse*, désigne « un rapport sexuel imposé à une personne sans son consentement ». Au sens littéraire, le viol a pour autre synonyme infraction, manquement, trahison. Le pamphlétaire s'enflamme : « Les paparazzis sont des tueurs à gages dont les contrats valent de l'or. Ils mènent une guerre inégale et sans merci. Criminels, les téléobjectifs sont des armes qui violent et détruisent les vies privées aussi sûrement qu'une balle. » Cette violence outrancière dans les propos de PPDA fait immanquablement penser à une autre violence présumée, beaucoup plus dure, intime, destructrice décrite par plusieurs femmes. « Mathilde », « Chloé », Justine, Stéphanie, Maïté, Alejandra, Laure, Hélène, « Juliette », « Nathalie », « Caroline » expliquent comment PPDA, selon leurs plaintes, a détruit leur vie, ou une partie de leur vie en les violant. On assiste à une épouvantable inversion des rôles. Inlassablement, PPDA nie en bloc toutes ces accusations portées par ces femmes.

Dans cette *Lettre ouverte aux violeurs de vie privée*, le prince révolté convoque une nouvelle fois le souvenir de sa fille anorexique Solenn. Le lecteur contemporain a l'étrange impression que, selon PPDA, la presse people aurait indirectement aggravé la maladie de sa fille. Comme si les titres racoleurs étaient en partie responsables, voire coupables, du suicide de sa fille, à force de couvertures à scandale sur son père. En décembre 1994, « un mois avant sa mort », Solenn Poivre d'Arvor est invitée par Jean-Luc Delarue dans la première saison de *Ça se discute*, programme emblématique de France 2 avec des invités qui livrent leur témoignage sur un sujet de société. PPDA confie qu'il a refusé de participer à l'émission traitant des rapports – poreux ou étanches – entre vie privée et vie publique (sa relation avec Claire Chazal était bien connue). Il était donc question en partie de lui et de « témoigner ce qu'avait été l'enfer pour nous ». Solenn est-elle allée de son plein gré sur le plateau de France 2 ou son père l'a-t-il envoyée en mission commandée ? Devant la caméra, la fille de PPDA aux longs cheveux blonds raconte avec une voix calme : « En tant qu'enfant, quand il y a des choses sur papa qui sont dites et qui ne sont pas vraies, qui sont moches, qui sont des inventions pures, ça touche vraiment[11]. »

Le 27 janvier 1995, Solenn Poivre d'Arvor se jette sous une rame de métro à tout juste 19 ans. La cousine par alliance de PPDA juge sévèrement le présentateur volage. Geneviève Piot ose dire tout haut ce que certains s'interdisent de penser. « J'étais très triste, j'avais beaucoup de chagrin pour cette fille. On voyait beaucoup Solenn à Trégastel pendant sa maladie. Elle n'a jamais supporté que son père aille voir à gauche, à droite. Elle n'a pas digéré les unes de *Voici* avec Claire Chazal au bras de son père[12]. » Rapporte-t-elle des confidences de la jeune fille ou bien livre-t-elle son analyse *a posteriori* ? Difficile de l'arrêter, elle continue avec une voix écœurée : « Le soir de la célébration à Paris en hommage à Solenn, ma cousine Véronique – la maman de Solenn – voit et entend Claire Chazal sur TF1 rendre un dernier hommage à Solenn, sa fille. C'est indécent. » Selon Geneviève Piot, ce ne sont pas les médias qui seraient responsables de cette surexposition, mais bien PPDA lui-même qui s'est beaucoup livré et offert aux journalistes et aux photographes.

Une thèse réfutée par Véronique Poivre d'Arvor. On l'a dit, dix ans après le suicide de sa fille, elle sort de son silence monacal avec un livre émouvant au titre simple, *À Solenn*. La mère endeuillée écrit : « C'est d'ailleurs juste au moment où tu étais le plus fragile que les médias se sont déchaînés pour entacher l'image de ton père et celle du couple de tes parents dont tu étais si fière[13]. » En 2017, Dorothée Poivre d'Arvor partage aussi les confidences de sa petite sœur Solenn quand elle voyait dans les journaux son père au bras de telle ou telle femme : « Moi j'étais grande, je pouvais encaisser ça, mais une petite fille qui voit son père et des titres racoleurs comme c'est le cas dans la presse people, ça dégrade complètement l'image qu'on a de son père[14]. » Dorothée, la fille et sœur aînée, au secours de son père, cette vedette traquée.

Le couple passionnel PPDA-Chazal aura-t-il joué parfois un jeu trouble avec la presse people en s'affichant ensemble pour de vraies-fausses paparazzades ? Un grand classique : la célébrité – journaliste, acteur, président de la République – fait savoir qu'elle sera présente tel jour à telle heure. Comme par hasard, un ou plusieurs photographes se trouvent dans les parages le jour J. Il prend les clichés avec un zoom pour donner l'illusion qu'il s'agit peut-être d'une photo volée.

Par exemple, en mai 1994, le duo showbiz est pris au téléobjectif autour de la piscine d'un grand hôtel dans le sud de la France avec la légende : « Patrick, 1m88, en maillot de bain blanc chic et so British. Claire, 36 ans, elle aussi en monokini blanc, avec une chemise de bain blanche ». *So lovely, so Frenchy!* Le magazine ne se prive pas de titrer « La romance du 20 Heures » avec trois doubles pages photo. Les amoureux se laissent photographier en train de faire du canoë-kayak dans les remous de la Sorgue et s'affichent main dans la main à la sortie de l'église de Gassin où Robert Namias (directeur de l'information de TF1) et Anne Barrère (productrice de l'émission *Ex libris* présentée par PPDA) se sont dit oui devant le prêtre. Détail coiffure important selon le *newsmag*, la présentatrice a une nouvelle coupe de cheveux : « Sa lourde coupe brushing de petite fille sage s'est allégée. Et elle arbore une mèche gipsy des plus coquines. Avec ses cheveux raides, Claire est rajeunie, semble pétiller de malice, répondant ainsi au tonus retrouvé de Patrick Poivre d'Arvor[15]. » Tout l'état-major de TF1 est présent pour ce mariage. Les couples de la télévision (PPDA-Chazal, Namias-Barrère...) sont un ciment solide pour s'assurer fidélité, dévouement et soutien.

Pourchassé à l'extérieur par la presse people, le couple peut se sentir protégé dans l'enceinte de la tour de la première chaîne. Surtout quand un heureux événement arrive le 29 avril 1995 : un bébé TF1. Claire Chazal accouche d'un garçon prénommé François. Un ancien de la télé se souvient encore : « Claire venait à TF1 avec son bébé pendant la semaine pour qu'il voie son papa dans son bureau. Il faut imaginer François à quatre pattes dans les couloirs de la rédaction à la porte du bureau de Patrick[16]. » Au sein de TF1, tout le monde sait qui est le père du petit François. À l'extérieur, ce secret de Polichinelle devient presque un secret d'État ! Comme Mitterrand et sa fille Mazarine, PPDA ne veut pas révéler qu'il a un fils caché avec Claire Chazal. On murmure qu'il ne veut pas reconnaître l'enfant né hors mariage, deux mois seulement après le suicide de Solenn. Silence dans les rédactions. *Paris Match* fait mine d'entretenir la mascarade : « La reine du PAF élève seule son petit François en taisant jalousement le nom du père[17]. »

Le roi de l'audimat entretient savamment le mystère avec la complicité du magazine qui titre trois ans plus tard : « PPDA photographie le fils de Claire[18] ». Dans un numéro de mai 1998, le public du tournoi de Monte-Carlo se délecte du spectacle offert non sur le court de tennis, mais dans les tribunes. Entre le prince Albert de Monaco et le prince de TF1, les curieux aperçoivent « un petit garçon, vif comme l'éclair, courant de l'un à l'autre avec l'innocence de ses 3 ans. Patrick Poivre d'Arvor lui-même n'a pu résister. Il a photographié l'enfant avec une tendresse évidente ». Claire Chazal n'est pas présente dans la tribune princière. Par pure amitié, le présentateur du 20 Heures lui aurait proposé de garder son fils pendant le week-end ! Les ficelles sont un peu grosses. PPDA est accompagné ce jour-là d'une autre femme blonde, plus âgée : son épouse. Celle qui porte toujours son alliance depuis 1971 est photographiée souriante, juste derrière François. La légende est explicite : « Véronique, la femme de Patrick, et le petit François applaudissent sans l'ombre d'une retenue. L'enfant, tendre et familier avec la maman de Dorothée, Arnaud, Solenn et Morgane, semble adopté par la famille. »

En coulisses, le couple star Chazal-PPDA s'est séparé, donc François se retrouve en garde partagée chez son père, notamment le week-end quand sa mère présente les journaux sur TF1. Tous les enfants n'ont pas une mère *et* un père qui présentent le JT sur la même chaîne ! Au fil du temps, Patrick a imposé cet enfant illégitime à sa femme, toujours fidèle, et à ses trois enfants. Ils forment une famille recomposée comme il en existe beaucoup. Plusieurs proches du couple à l'époque m'ont confié qu'il n'était pas rare que Véronique, en plus de ses enfants, s'occupe du fils de Patrick et Claire pendant la semaine ou le week-end quand il est à l'antenne, en reportage ou en escapade.

Et comme, dans la vie de PPDA, tout devient littérature, tout n'est que fiction, son enfant caché va devenir le héros d'un nouveau livre à l'instar de ses aventures extraconjugales. Chez l'écrivain, il y a toujours ce besoin de se raconter, de se dévoiler, mais à demi-mot. Il écrit en 1999 un « roman » intitulé *Petit homme*[19] qu'il dédie, non sans malice, à un « petit prince ». En filigrane, le lecteur peut se demander si le narrateur du livre âgé de 4 ans n'est pas tout simplement François, le fils reconnu de Claire Chazal et le fils caché de l'auteur. Comme le résume l'éditeur : « Patrick Poivre d'Arvor, entre rêve et réalité, raconte avec une sensibilité et une tendresse infinies l'extraordinaire relation d'un père et d'un fils. » Dans le livre, « petit homme » confie que son père ne l'a pas ramené chez sa mère un dimanche soir. « Serait-ce que sa mère est morte, et que son père n'ose lui dire ? » Dans le livre, bien sûr, PPDA fait de son « petit prince » un orphelin. Sa mère biologique a dû apprécier. Mais tout cela n'est que roman et romance. Cette échappée poétique d'un père seul et de son garçon de 4 ans est une fuite, une longue fugue. L'aventure insouciante a toujours une fin, car il va falloir que l'auteur réponde aux questions de l'enfant curieux. Et dise la vérité, sa vérité.

Le vrai-faux secret du fils caché a été bien gardé pendant dix ans. La princesse consort a dû dissimuler au grand public l'identité du père de son fils. TF1 a su conserver le silence pendant une décennie. Motus sur la vie privée de PPDA et de son rejeton. Tout le monde savait, mais personne n'en parlait à l'extérieur de la tour… *Paris Match*, toujours, ouvre ses colonnes pour recueillir ce prétendu scoop : « Les aveux de

PPDA ». Sans grande surprise, le public non averti découvre le petit mystère du PAF : « Dix ans après la naissance de François, le fils de Claire Chazal, il confirme sans détour qu'il en est le père. Il s'agissait jusqu'alors de protéger le petit garçon de la curiosité publique[20]. » Cette révélation publique est faite dans le cadre de la promotion de son dernier livre autobiographique – cette fois –, *Confessions*[21], publié en 2005.

Son deuxième fils, François, est donc né il y a dix ans « d'une très belle histoire avec Claire Chazal, que j'ai contribué à faire venir d'Antenne 2. Son arrivée à TF1 fit l'unanimité. Notre relation qui ne fut jamais médiocre ne concerne que nous et Dieu sait si nous avons été traqués[22] ». En dévoilant sa paternité pour la première fois, il est intéressant de noter que « Patrick-Pygmalion » rappelle que c'est bien lui qui a fait venir Claire Chazal à TF1. Il marque une nouvelle fois son ascendant sur elle. Il prétend être seul à avoir fabriqué cette superstar du JT, à lui donner un premier enfant dont elle rêvait tant. Selon lui, elle lui doit reconnaissance professionnelle et personnelle. Patrick dévoile que « Claire » a accouché sous un faux nom à la maternité Saint-Vincent-de-Paul à Paris par un de leurs amis. Une venue au monde dans la clandestinité pour la présentatrice de JT la plus médiatique de France. À la question : « Pourquoi ne pas avoir officialisé cette naissance ? », le père invoque comme argument principal : « Essentiellement pour protéger François, Claire et moi, nous étions pourchassés en permanence par les paparazzis[23]. » La faute encore aux paparazzis, à ces « violeurs de vie privée ».

Né François Chazal en 1995, *Petit homme* devient François Chazal d'Arvor à l'âge de 10 ans. Il gomme le nom de naissance paternel Poivre pour ne conserver que la particule chic que s'est attribuée son père. Le petit François vivra une enfance plutôt protégée des flashs et des objectifs. Selon un proche du couple avec qui j'ai échangé plusieurs fois, « Claire garde une admiration professionnelle pour Patrick, ils ont un lien personnel fort ».

En 2018, Claire Chazal publie chez Grasset une autobiographie au titre évocateur : *Puisque tout passe*. Le sous-titre, *Fragments de vie*, est-il une référence subtile au livre de PPDA *Fragments d'une femme perdue*[24], quand l'auteur se vengeait d'une relation avec une autre femme quelques années auparavant ? Dans le livre de Claire Chazal, aucune revanche dans le chapitre intitulé tout simplement « Patrick ». Elle est reconnaissante envers lui et admet avoir eu une « relation passionnée et chaotique ».

Patrick et Claire se sont tant aimés, tant déchirés et désormais tant soutenus. Au cœur de l'été 2022, la voix cristalline de Chazal se propage sur les ondes d'Europe 1. Questionnée sur l'affaire de viol et d'agression sexuelle mettant en cause PPDA, elle relativise en convoquant étonnamment leur fils : « [Avec] Patrick et François, on est intéressés par des choses profondes, je crois, et qui nous ramènent à la réalité, à la vraie vie, à l'amitié, à la culture [...] à la famille, donc c'est ce qui a aidé à tenir[25]. » Depuis les premières plaintes contre son ex-compagnon, Claire

Chazal s'oblige à garder une seule ligne : défendre le père de son fils. La famille nucléaire d'abord. Quinze jours après l'explosion de l'affaire, Claire Chazal avait déjà pris son parti sur France Inter : « Concernant Patrick, qu'évidemment je connais bien, je peux dire et même assurer que, bien qu'étant séducteur, aimant bien sûr conquérir, aimant même, peut-être, disons-le, multiplier les conquêtes féminines, il n'est en rien ni dans la violence, ni dans la force[26]. » L'interview radiophonique est filmée. Covid oblige, le port du masque (obligatoire) empêche de voir les expressions de son visage. Peut-être indispensable pour garder le faux-semblant ?

À propos des nombreuses plaignantes, Claire Chazal précise que « l'homme qu'elles décrivent n'est pas celui qu'[elle a] connu ». Pour disculper son ex et soulager peut-être sa conscience, elle brandit l'argument soi-disant imparable du « bureau au milieu de la rédaction » : « Concernant TF1, jamais les choses n'ont été ni même évoquées ni même imaginées dans cette tour où son bureau était au cœur de la rédaction et où chacun avait accès à ce bureau. » Il est intéressant de noter que le même argument a été manié deux jours auparavant par l'autre présentateur star de l'époque, Jean-Pierre Pernaut. Quand JPP vole au secours de PPD, cela donne : « Le bureau de Patrick était au milieu de la rédaction, s'il s'y était passé quelque chose de répréhensible, on l'aurait su[27]. » J'ai bondi en entendant ses éléments de langage, dignes d'une agence de communication gérant une situation de crise. La machine à mensonges des ex-puissants de

TF1 était en route pour écraser au bulldozer la parole de Florence Porcel et des nombreuses accusatrices de PPDA. Je sais très bien – et tous les anciens de TF1 aussi – que le bureau de PPDA au 2e étage n'était pas « au milieu de la rédaction », mais au fond à gauche. Le seul bureau personnel fermé à clef à l'extrémité d'un open space.

Dans ses différentes prises de parole, la première favorite du Prince Noir reconnaît qu'il existe des « problèmes de domination masculine » et qu'il faut entendre la parole des femmes. Dans les colonnes du *Journal du dimanche*, Claire Chazal s'explique : « Je ne nierai jamais les violences faites aux femmes, mais je ne considère pas pour autant les hommes comme des ennemis. Ou des violeurs[28]. » À 65 ans, l'ancienne présentatrice de TF1 prône un féminisme mesuré et moins vindicatif : « J'ai toujours défendu une conception plus héroïque du féminisme. Moins militante, moins en guerre : plus pacifiée [...]. C'est une question générationnelle. Le féminisme que j'ai connu et auquel j'ai adhéré n'était pas victimaire, ce qu'il est devenu aujourd'hui. » Un « féminisme pas victimaire », cette expression est mal passée pour bon nombre de féministes engagées. Avec ces propos, Claire Chazal semble s'inscrire dans la lignée d'une tribune parue dans *Le Monde* en 2018. À la suite de l'affaire Weinstein et de la déferlante #MeToo et #Balancetonporc, un collectif de cent femmes incarné par Catherine Deneuve s'insurge contre ce puritanisme ambiant, cette « vague purificatoire » et cette « haine des hommes », revendiquant au sexe fort « une liberté d'importuner, indispensable à la liberté sexuelle[29] ». La tribune – cosignée par Catherine Millet, Ingrid Caven, Brigitte Lahaie – commence par ces mots : « Le viol est un crime. Mais la drague insistante n'est pas un délit, ni la galanterie une agression machiste. » On croit lire la défense que PPDA utilisera trois ans plus tard.

Dans son livre *Impunité*, Hélène Devynck écrit : « Claire est une victime comme les autres[30]. » Sans l'avoir demandé, la présentatrice retraitée de TF1 est nommée par les femmes avec qui elle prend ses distances. Hélène Devynck, journaliste de 56 ans qui affirme avoir été violée par PPDA en 1993, ajoute que Claire Chazal vivrait dans le déni « pour sauver sa psyché et son fils ». Elle enfonce le clou en affirmant que « Patrick Poivre d'Arvor se comportait en tyran désinvolte et présomptueux qui maltraitait publiquement sa compagne, Claire Chazal[31] ».

Durant cette idylle médiatique, PPDA a pu profiter de l'aura et du rayonnement de Claire Chazal. Une parenthèse enchantée pour redorer son blason terni par les affaires Castro et Botton. Mais, à force de fréquenter le Roi-Soleil, la première favorite s'est peut-être brûlé les ailes.

LE PIÈGE : MATHILDE

Mathilde a les yeux bleus qui brillent. Elle vient d'être diplômée de l'ESJ, l'École supérieure de journalisme de Lille, la plus ancienne et la plus réputée de la profession. Des grands noms de la télé en sont sortis : Jean-Pierre Pernaut, Bruno Masure, Hervé Bourges, Patricia Loison, Thomas Hugues... À tout juste 24 ans, elle intègre la rédaction de TF1 en novembre 1994. La voie royale. Une grande fierté, même si elle est un peu impressionnée. Depuis l'âge de 7 ans, elle rêve de devenir journaliste et de travailler pour la première chaîne. À la maison, on regarde le journal de la Une comme un réflexe. PPDA, qui a le même âge que sa mère, suscite l'admiration chez Mathilde même si son père trouve le journaliste faux.

Un matin de février 1995, dans les couloirs de la rédaction, une voix résonne dans les haut-parleurs, annonçant « conférence 20 heures, conférence 20 heures ». C'est le signal pour la tenue de la conférence de rédaction pour le JT du soir. Mathilde y est conviée, heureuse de rencontrer PPDA pour la première fois en chair et en os. Pour elle, c'est le meilleur. Le meilleur journaliste télé avec une aura extraordinaire. La recrue s'installe timidement autour de l'immense table. Elle s'assoit entre deux grands reporters hommes. C. et B. sont des signatures de la chaîne. Ils plaisantent. L'un d'eux avertit Mathilde : « Attention à toi, tu vas plaire à Patrick, tu ressembles à sa fille Solenn[1]. » La jeune femme blonde n'en revient pas. Elle est fine, mais pas maigre et encore moins anorexique comme la fille du présentateur qui s'est suicidée il y a une dizaine de jours. Mathilde ne comprend pas le rapport entre « plaire à Patrick » et sa fille Solenn. Dans la salle de conf, on attend PPDA. « Quand il entre, il me repère tout de suite, son regard se fixe au mien. Il me dévisage et il m'a dévisagée pendant la demi-heure de conférence. » Mathilde est très mal à l'aise, les regards se tournent vers la nouvelle. Quand PPDA demande à un chef de service ce qu'il a comme sujet pour ce soir, il continue à fixer Mathilde.

La jeune femme sort hébétée de sa première rencontre avec le maître des lieux. Elle ne peut pas connaître la réputation du séducteur du 20 Heures, puisque aucun et aucune collègue ne l'a prévenue ou mise en garde. Mathilde fait son trou dans la rédaction, très emballée par son premier boulot dans la tour TF1.

Les semaines passent et un après-midi, l'une des deux secrétaires de PPDA l'appelle et lui demande avec une voix douce : « Mathilde, Patrick aimerait te voir. Est-ce que ce soir tu peux passer dans son bureau après le 20 Heures ? » La jeune journaliste raccroche et fait des sauts de cabri devant son bureau. Elle se dit que

PPDA a repéré son travail, qu'il va l'aider à progresser, qu'il pourrait même devenir son mentor. C'est tout ce qu'elle se dit quand elle se rend au rendez-vous, enthousiaste et confiante.

La suite est glaçante. Comment continuer à écrire ce que Mathilde m'a raconté ? Ce témoignage est l'un des plus bouleversants que j'ai recueilli dans ma carrière*. Au cours de mon enquête sur PPDA, certaines femmes hésitaient à témoigner dans mon documentaire. Le sujet est trop intime. Comment parler à la télévision de son agression, de son viol ? C'est une trop forte exposition dans la lumière après des années contraintes au silence. Certaines femmes préféraient se confier à une journaliste femme. Je peux tout à fait le comprendre. C'est la première fois que je réalise un reportage sur les violences sexistes et sexuelles (VSS).

28 janvier 2022, 19 h 44. Je reçois un message privé sur Twitter : « Bonjour Romain, je suis une victime de PPDA. » C'est Mathilde qui m'écrit la première. Elle fait partie du groupe des « prescrites » sur la messagerie Signal qui rassemble les accusatrices de PPDA. Elle a appris que j'enquêtais sur l'affaire avec difficulté. Elle me tutoie, car on se connaît. On ne s'est pas rencontrés à TF1, mais croisés à France 2 quand nous y étions tous les deux journalistes. Elle connaît mon travail et m'accorde sa confiance pour me livrer le plus terrible des récits. Un soir, au calme,

*. Contactés le 23 décembre 2022, ni PPDA ni ses avocats n'ont souhaité s'exprimer.

dans une rédaction déserte, le caméraman et moi installons deux caméras sur pied et des éclairages doux. Mathilde nous rejoint très angoissée. Elle a mal dormi. Je prends le temps de discuter à la machine à café. On a tout notre temps. Elle est venue avec un chapeau noir élégant qui recouvre ses cheveux blonds. Nous ne verrons pas ses yeux bleus. Ils resteront dans la pénombre, car elle ne souhaite pas être reconnue par ses proches.

Ce soir de février 1995, il est 21 heures passées. Selon son récit, Mathilde se rend au 2e étage de cette grande tour TF1, au fond de la rédaction, vide. Elle parcourt l'open space silencieux et s'arrête devant le bureau de l'une des assistantes : « Patrick t'attend, tu peux entrer. » Mathilde raconte que Marie-Hélène Mille ferme la porte du bureau derrière elle. Le présentateur du 20 Heures est accueillant et de bonne humeur ce soir. Il s'intéresse au parcours de Mathilde et à ses souhaits au sein de TF1. Elle est assise devant son bureau et très vite ses yeux bleus se figent sur la grande photo de Solenn, accrochée au mur dans le dos de PPDA. « J'avais l'impression que cette fille me regardait, c'était très dérangeant », me confie-t-elle. La conversation dure depuis cinq petites minutes et « subitement, en une seconde, il me demande : "Vous avez un petit copain ? Vous êtes amoureuse ?" ». Mathilde se raidit et répond « non » deux fois. La voix posée, elle relate la suite lors de l'interview avec des gestes lents :

Il se lève, il fait le tour de son immense bureau, il vient s'asseoir à côté de moi, il met ses mains sur mes épaules, comme ça et il m'embrasse. Il m'a basculée avec ses mains sur la moquette. J'étais… mon corps a dû partir ailleurs. Mon corps était là, mais moi j'étais plus là. Il a enlevé mon pantalon, il a enlevé son pantalon et il m'a violée. J'étais toute menue à l'époque et lui, il était très grand donc je ne pouvais pas bouger. Et de toute façon, je n'avais plus aucun réflexe. Je sais que j'ai regardé le plafond. Ça a duré deux minutes, pas plus de deux minutes. Et puis, au bout de deux minutes, il s'est rhabillé, je me suis rhabillée et il m'a dit : « Bonsoir et à demain. »

Figée, bloquée, muette. Mathilde s'est sentie comme paralysée, comme dans le coma. Elle raconte qu'elle n'a pas réussi à réagir, à le repousser. Elle décrit un état de « sidération psychique » observé chez les victimes de violences sexuelles. Muriel Salmona[2], psychiatre et psychotraumatologue, présidente de l'association Mémoire traumatique et victimologie, explique que ce phénomène tout à fait réel a été observé sur des IRM. Le cerveau se déconnecte et se met dans un réflexe de protection qui « sort » la victime de son corps, l'immobilise, la coupe totalement de la réalité et l'empêche de se défendre. Comme si la victime regardait la scène de l'extérieur. Selon une étude de l'Institut suédois Karolinska publiée en 2017, 70 % des victimes de viol déclarent avoir été totalement paralysées face à leur agresseur. Cette dissociation entre le cerveau et le corps altère le ressenti de soi, de l'espace et du temps. Les souvenirs sont plus vagues, ce qui renforce le sentiment de culpabilité et l'impossibilité la plupart du temps de porter plainte[3].

Mathilde, sidérée, quitte TF1 et s'engouffre dans le métro pour rentrer chez elle. « Je me suis sentie sale, j'avais honte. Je trouve ça abominable. Il ne m'a pas considérée. » Sa voix tremble, des larmes coulent. « Il m'a violée sous le portrait de sa fille qui s'est suicidée. Abominable. Je ne la connaissais pas, j'ai de la peine pour elle. Comment peut-on violer une femme sous le portrait de sa fille récemment décédée ? »

Le récit terrifiant de Mathilde ne s'arrête pas là*. Elle me raconte un second épisode, non pas dans le bureau de Patrick Poivre d'Arvor, mais au milieu de la rédaction, désertée après le 20 Heures :

> Quelques jours plus tard, après le journal, je rangeais mon bureau. Il est passé dans le couloir, il m'a fixée, il ne m'a pas dit bonsoir, il ne m'a pas dit un mot, il est venu près de moi, il est venu tout contre moi, il a déboutonné son pantalon. Il m'a attrapée par les cheveux. Il m'a fait mal… et… il m'a attrapée par les cheveux et [silence] il a approché mon visage de son sexe et je me suis débattue, là je me suis débattue comme une folle. Là je ne me suis pas laissé faire parce que là j'avais compris. C'était d'une telle violence, il n'y a pas eu un mot. Quand il a vu que ça ne fonctionnait pas, il s'est rhabillé, il est parti sans un mot, sans rien me dire.

Silence. Le visage de Mathilde est défait devant la caméra. Silence. Respiration. Je reprends notre conversation.

*. Contactés le 23 décembre 2022, ni PPDA ni ses avocats n'ont souhaité s'exprimer.

— Est-ce que, à l'époque, il aurait été possible d'en parler à quelqu'un à TF1 ?
— Non, à qui vous vouliez que j'en parle ? À son supérieur ? C'était lui, le supérieur.
— Mais vous auriez pu en parler à une cheffe de service, à une collègue ?
— Je n'osais pas. Je pensais que j'étais la seule à l'époque. J'avais trop honte, c'était impossible d'en parler. Ça m'a jamais traversé l'idée à ce moment-là de porter plainte parce que je savais très bien que moi, une femme d'à peine 25 ans, porter plainte contre la star, la star du journal télévisé de la première chaîne de France, je ne pense pas que les policiers m'auraient crue et de toutes les façons je pense que j'aurais été blacklistée et je n'aurais jamais eu de travail nulle part. »

Mathilde n'a pas parlé, tout comme personne ne parlait.

Comme personne ne parlait, Mathilde n'a pas parlé.

Comme les autres femmes, elle imaginait être seule, la seule. Ainsi, elle s'est tue et murée dans le silence. Elle est devenue invisible à la rédaction. Ses yeux bleus pleins d'espoir ont arrêté de briller à TF1. Quelque temps après, elle a quitté la tour de verre avec « son bourreau dans son bureau », comme elle dit. Cette histoire a eu des conséquences sur sa vie professionnelle mais aussi personnelle. « J'ai gardé ça pendant vingt-sept ans en moi. Quand l'affaire PPDA a éclaté dans la presse avec le témoignage fort de Florence Porcel, ma première réaction a été de vomir. Vomir toute cette histoire, toutes ces images. »

Vingt-sept ans après, Mathilde a trouvé la force de pousser la porte d'un commissariat. En avril 2022, elle est la huitième femme à porter plainte pour viol contre Patrick Poivre d'Arvor. Huit femmes. Dans le Code pénal : « Tout acte de pénétration sexuelle, de quelque nature qu'il soit, ou tout acte bucco-génital commis sur la personne d'autrui ou sur la personne de l'auteur par violence, contrainte, menace ou surprise est un viol. » Dans l'affaire PPDA, plusieurs femmes racontent avoir été violées « par surprise », ce que conteste fermement le mis en cause. Mathilde sait que son viol présumé est prescrit, mais le dénoncer l'a un peu libérée. Quand je la retrouve sur les bords de Seine à la nuit tombée, Mathilde a des frissons devant cette tour TF1 qui se dresse devant elle. C'est la pleine lune. Elle me montre du doigt l'ex-bureau du présentateur. Il n'est pas dans la tour, mais dans le bâtiment attenant qui longe la Seine. Au 2e étage, il faut compter treize fenêtres en partant de la gauche. Mathilde conclut : « Cette tour est ronde, immense, imposante, elle symbolise la toute-puissance du roi PPDA. C'est aussi la tour de l'omerta. Je suis en colère contre TF1 pour son silence passé et pour son silence aujourd'hui. » Mise en cause, la première chaîne répond sur l'affaire PPDA par communiqué de presse : « Le Groupe TF1 a pris connaissance de ces témoignages avec une vive émotion, salue le courage de ces femmes qui témoignent et est très sensible à leur souffrance. Le Groupe TF1 condamne fermement toutes les formes de violence et de harcèlement[4]. »

Ce soir-là, Mathilde quitte les bords de Seine ventés et froids. Elle jette un rapide regard sur la grande affiche collée sur toute la façade de TF1. Cette publicité XXL fait la promo d'un téléfilm diffusé après le journal de 20 heures. Une fiction au titre parlant : *Une si longue nuit.*

AFFAIRE BOTTON : PATRICK LE TOUT-PUISSANT

Paris, le 25 novembre 2021, 10 heures, interview de Michèle Cotta, ancienne directrice de l'information de TF1 (1987-1992), pour Complément d'enquête, *France 2.*

Sur votre télécommande, appuyez sur la touche ▶

Question : « Vous pouvez me raconter pourquoi l'histoire s'est arrêtée pour vous à TF1 ? »

Plan serré sur le visage de Michèle Cotta. Silence.

1 seconde. Impassible.

2 secondes. Le regard se fige.

3 secondes. Le visage se crispe un peu

4 secondes. Les yeux regardent à gauche.

5 secondes. Réflexion.

6 secondes. Inspiration.

Réponse : « Non. »

C'est long, très long six secondes de silence à la télévision. D'habitude, on coupe au montage. Pas ici. Je vous explique pourquoi.

Sur la télécommande, appuyez sur ◀◀

Il faut se replonger au début des années 1990. Michèle Cotta est directrice de l'information depuis le rachat de Bouygues et l'arrivée de PPDA en 1987. Le 20 Heures caracole toujours en tête, mais un grain de sable vient enrayer la rutilante machine TF1. Le nom de Patrick Poivre d'Arvor apparaît pour la première fois dans une procédure judiciaire en novembre 1992. C'est le début de ce que l'on a appelé « l'affaire Botton » qui va secouer la vie politico-médiatique de la France pendant quatre ans.

À Lyon, un jeune juge d'instruction, Philippe Courroye, épluche le contrôle fiscal de la société Vivien, entreprise d'aménagement de pharmacies, propriété du riche entrepreneur Pierre Botton. Il est intrigué par des virements suspects et des voyages offerts à des journalistes connus. Dans la liste, il découvre Yves Mourousi (ex-présentateur du 13 Heures de TF1), Michel Colomès (rédacteur en chef du *Point*), Ivan Levaï (directeur de l'information de Radio France), François-Henri de Virieu (présentateur de *L'Heure de vérité* sur France 2)*. Un nom revient beaucoup plus que les autres. Patrick Poivre d'Arvor est cité vingt-deux fois. J'ai pu consulter le listing des cadeaux octroyés à PPDA. Dans plusieurs tableaux, vous avez la date (colonne de gauche), la nature des cadeaux (colonne centrale) et le coût en francs (colonne de droite). Le total des frais octroyés au présentateur

*. Aucun des quatre ne sera finalement inquiété.

du 20 Heures s'élève à 535 742 francs. À l'époque, un demi-million de francs, c'est beaucoup d'argent. Avec le site de l'Insee, j'ai fait la conversion en tenant compte de l'érosion monétaire due à l'inflation. Le pouvoir d'achat de 535 742 francs en 1992 est donc le même que celui de 122 108,53 euros en 2022, disons 120 000 euros.

C'est une sorte d'inventaire à la Prévert sur la vie de grand prince menée par PPDA entre 1987 et 1992. La plus grosse somme imputée revient aux billets d'avion : 285 091 francs (65 000 euros). On trouve des vols en jet privé pour la Bretagne, les Alpes ou le Midi. Souvent le jeudi soir, après son 20 Heures, PPDA saute sur son scooter direction l'aéroport du Bourget. Un Falcon l'attend sur le tarmac, destination Lannion, situé à un quart d'heure de sa résidence secondaire à Trégastel. Un peu plus de deux heures entre la tour TF1 et sa Bretagne Nord à 500 kilomètres de là. Le 6 février 1988, PPDA emprunte un jet privé pour un trajet Lyon-Venise-Nice dans la journée. Valeur : 14 730 francs (3 350 euros). Le présentateur-aventurier raffole de l'hélicoptère. Par exemple, le 8 janvier 1989, après un petit déjeuner à Courchevel, il skie toute la journée à Val-d'Isère avant de se faire déposer à Chambéry pour attraper le dernier TGV direct pour Paris. La société Hélitransport organise souvent les transferts de PPDA dans le sud-est de la France. Le journaliste choyé ne se contente pas de vols domestiques. Pierre Botton se montre très généreux avec le présentateur qui ne voyage jamais seul, accompagné de sa conquête du moment ou de sa famille nombreuse.

Le juge Courroye pointe des moyen-courriers pour Genève, Cardiff, Venise, Catane, Naples, Le Caire et aussi des vols long-courriers pour les Antilles françaises ou les Seychelles.

Cap donc sur ces destinations de rêve, où Patrick Poivre d'Arvor peut bien sûr descendre dans les plus beaux hôtels avec les plus belles tables. La justice a comptabilisé 52 559 francs (12 000 euros) de nuitées et de frais de bouche. Le présentateur de TF1 a pris goût pour des week-ends en amoureux au château d'Artigny au cœur de la vallée de la Loire. Une voiture de location Avis est mise à sa disposition. Lors de ses escapades le temps d'un week-end à Courchevel avec sa fille Solenn ou sa conquête du moment, il descend à l'hôtel Anapurna ou à l'hôtel branché Byblos des neiges. En mars 1992, la facture pour quatre personnes de 76 880 euros (17 500 euros) est réglée par la société de Pierre Botton.

Le juge est intrigué par ces cadeaux somptueux offerts à un présentateur fortuné qui déclare aux impôts plus de 4 millions de francs (900 000 euros) de revenus annuels entre 1988 et 1991. Un certain nombre de gens à Paris disait qu'il n'était pas dépensier… Philippe Courroye me rapporte le surnom donné à PPDA dans ces années-là : « PPD-rat ».

Quand Michèle Cotta découvre dans la presse cette farandole de dépenses et de voyages offerts, la directrice de l'information est pour le moins embêtée. Ça gronde dans les couloirs. Cette histoire fait tache pour le présentateur vedette et surtout pour l'image de TF1.

En échange de ces cadeaux, PPDA est un temps soupçonné d'avoir invité plusieurs fois en direct dans son JT le beau-père de Pierre Botton : Michel Noir, un jeune loup RPR maire de Lyon. Dans les rangs de la rédaction, cette affaire Botton/PPDA provoque quelques tensions. Michèle Cotta rédige alors une charte de déontologie pour limiter les cadeaux et les avantages octroyés à ses journalistes. Lorsque je l'appelle[1], l'ex-directrice de l'information de TF1 me raconte : « J'ai écrit un code de déontologie avec un chef de service, Bruno Cortès, stipulant aux journalistes de la rédaction de refuser des cadeaux à partir d'une certaine somme. Ce code était tout à fait convenable, pas du tout restrictif. Je me souviens, c'était un vendredi, on avait beaucoup travaillé avec Bruno. Avant de partir en week-end, je remets ce projet de code à la direction de TF1. »

Michèle Cotta est loin de s'imaginer que ce code est vécu comme un affront par PPDA en pleine tourmente judiciaire. Furieux, il convoque une réunion en urgence dans son bureau. Dominique Bromberger, son joker à la présentation, n'est pas convié, mais entend tout de la scène car son bureau n'est pas loin. La porte de celui de Poivre est restée ouverte. Trente ans après, l'ex-journaliste de TF1 me fait[2] avec précision le compte rendu de la discussion. « J'ai vu un mouvement de foule qui se dirigeait vers le bureau de Patrick Poivre. Il y avait sept ou huit personnes avec notamment Charles Villeneuve, Gérard Carreyrou, c'était la bande à Mougeotte, le numéro 2 de TF1. Il y avait des exclamations comme "C'est inadmissible !" proférées par Patrick Poivre. » Le sort de la directrice semble avoir été scellé ici.

Le lundi, Michèle Cotta revient au travail sans se douter de ce qui s'est tramé dans son dos. Par téléphone[3], elle me raconte qu'elle est attendue de pied ferme au 14e étage de la tour, l'étage de la direction générale de TF1.

— Patrick Le Lay m'a convoquée : « Qu'est-ce que c'est que ce code de déontologie ? » Ils m'ont proposé un placard doré que j'ai immédiatement refusé. J'ai pris mes indemnités et je suis partie.
— Il y avait un lien très fort entre Patrick Le Lay et le présentateur du 20 Heures ?
— Oui, un lien du fric. Il était en tête. Toute l'audience reposait sur lui.
— Donc le présentateur du 20 Heures était plus fort que la directrice de l'info ?
— À leurs yeux, oui.

Sans ménagement, la direction trouve de très mauvais goût ce code de déontologie. Elle fait comprendre à Michèle Cotta que cette idée a déplu au prince du 20 Heures. Sans ambages, Michèle Cotta me révèle au téléphone qu'elle a été virée à la demande de PPDA. Celle qui l'avait soutenu contre vents et marées dans l'affaire Castro doit quitter TF1.

Voilà pourquoi il fallait un peu plus de six secondes pour comprendre ce silence assourdissant au début du chapitre.

Reprenez la télécommande, appuyez sur la touche ⏩ puis ▶

Plan serré sur le visage de Michèle Cotta.

— Vous pouvez me raconter pourquoi l'histoire s'est arrêtée pour vous à TF1 ?

Six secondes de silence : un, deux, trois, quatre, cinq, six.

— Non.

— Est-ce que Patrick Poivre d'Arvor est allé demander votre tête à la direction de TF1 ?

— Il y a eu effectivement une coïncidence entre la charte de déontologie et mon départ.

La réponse officielle de Michèle Cotta est sobre et pleine de sous-entendus. Au téléspectateur d'interpréter la subtilité du non-dit. Devant la caméra, elle est beaucoup plus évasive que pendant notre conversation téléphonique. Elle élude, elle minore, elle (se) protège encore. Pourquoi ne me confie-t-elle pas complètement la vérité ? Pourquoi l'ex-directrice de l'information de TF1 ne raconte-t-elle pas à la télévision qu'elle a été débarquée à la demande de Patrick Poivre d'Arvor ? Pourquoi tempère-t-elle sa réponse trente ans après avoir été licenciée par TF1 ? Oui, trois décennies. Une éternité à la télévision. Les réponses lui appartiennent. On peut évoquer le corporatisme, la confraternité, l'entre-soi, le pas de vagues. Ce genre de silence de six secondes raconte beaucoup de choses sur un milieu qui se tient par la barbichette. Le premier qui parlera aura une tapette. Ce genre de « motus et bouche cousue » explique aussi ce sentiment d'impunité qu'a pu ressentir Patrick Poivre d'Arvor pendant si longtemps.

Michèle Cotta valse en 1992. Elle est remplacée par son adjoint masculin Gérard Carreyrou, plus « PPDA compatible ». À TF1, l'épisode semble clos. Sur le front judiciaire, l'enquête, elle, continue. Après plusieurs mois d'attente et de messages courtois, je réussis enfin à interviewer[4] le juge Philippe Courroye. À l'époque, l'homme en noir a la lourde charge d'enquêter sur l'homme le plus médiatique de France. Pour lui « ce dossier dessine un triangle des Bermudes avec des relations incestueuses entre une entreprise, des politiques et des médias. Je concède des largesses à un certain nombre de journalistes influents, pour pouvoir faciliter la carrière d'homme politique et tout cela au préjudice de l'entreprise. Cette histoire est la première affaire politico-médiatico-financière au début des années 1990 ». Le magistrat décide de mettre en examen Patrick Poivre d'Arvor des chefs de recel d'abus de biens sociaux.

Il appelle directement la star de TF1 pour l'avertir. Le juge veut convoquer PPDA dans son bureau pour lui notifier sa mise en examen, en présence de son avocat. Une convocation discrète à l'abri de la presse avide de ce feuilleton. Le rendez-vous est pris le vendredi 5 février 1993, après la semaine de quatre jours de Poivre. Le jour J, une forêt de caméras et d'appareils photo attend le présentateur numéro 1 au tribunal de grande instance de Lyon. PPDA traqué, flashé, interpellé par ses confrères. Il entre par une porte dérobée dans le tribunal. Il est suivi par une caméra de France 2. J'ai retrouvé les archives. On aperçoit de dos une grande silhouette un peu voûtée dans une coursive étroite éclairée par une lumière jaune. Au bout du couloir, l'attend le juge Courroye. L'accusé Poivre d'Arvor s'emporte contre le journaliste reporter. Il pose la main sur l'objectif de sa caméra, ce qui a le don d'agacer tous les caméramans, il le sait pertinemment. Le ton monte. « Qu'est-ce que c'est que cette caméra? » s'écrie le présentateur avant de reconnaître le logo de la deuxième chaîne collé sur la Bétacam. Fureur : « France 2? Vous vous rendez compte que j'ai travaillé pour vous pendant sept ans! » Comme si son CV était un sésame pour être épargné. Trente ans après, Philippe Courroye m'assure que la fuite de la convocation de PPDA ne vient pas du milieu judiciaire. Selon lui, le présentateur ou ses deux avocats ont voulu médiatiser cette mise en examen. Sur les marches du Palais, l'inculpé répond à la presse en clamant que la justice s'en prend à lui, car elle veut s'attaquer à une « icône », à un « bouc émissaire ».

Ce jour-là, une image a surpris tout le monde. Patrick Poivre d'Arvor s'est rendu au tribunal avec un sac de voyage en bandoulière. Certains observateurs ont cru qu'il pourrait être incarcéré le soir même. PPDA en prison est un gros titre. Il n'en était rien, m'assure le juge Courroye. Le week-end qui a suivi sa mise en examen, le judiciable Poivre d'Arvor a été aperçu sur les pentes enneigées d'une station des Alpes. Il est vrai que le tribunal de Lyon n'est pas loin des sommets.

Malgré les charges qui pèsent contre lui, la direction de TF1 fait bloc. Étienne Mougeotte, le vice-président de TF1, publie un communiqué de presse affirmant que « Patrick Poivre d'Arvor continuera à présenter le journal de 20 heures. Il bénéficie de la présomption d'innocence et de la confiance absolue de la chaîne ». Quelques étages plus bas dans la tour, la SDJ (la Société des journalistes) de TF1 rédige un tract sur l'affairisme de Botton et les imprudences de Poivre. Par confraternité, le texte est lu à PPDA dans le couloir. Il ne sera jamais publié. Tous soudés derrière leur champion. Un brin moqueur, le juge Courroye ne se prive pas de conclure notre entretien par une phrase de Saint-Exupéry, l'auteur fétiche de PPDA. La citation est extraite du livre *Pilote de guerre* : « Chacun est seul responsable de tous. »

Cette affaire Botton entache la crédibilité de PPDA, le « grand prêtre de l'information », après l'affaire Castro. Il reste à l'antenne pendant toute la procédure judiciaire, ce qu'un petit malin ne va pas oublier de lui rappeler. La scène paraît surréaliste.

Cela se passe dans le 20 Heures du jeudi 11 mars 1993. Le Vendée Globe touche à sa fin. Patrick Poivre d'Arvor est fasciné par la plus grande course à la voile autour du monde, en solitaire, sans escale et sans assistance. Le navigateur Alain Gautier est sur le point de remporter son premier « Vendée » après cent dix jours de course. PPDA trépigne de l'avoir en direct par téléphone en ouverture de son journal. La connexion radio est bonne. Le marin est à l'antenne. L'interview va vite déraper.

PPDA : Alors, pas trop déçu de ne pas pouvoir battre le record de Titouan Lamazou ?

— Euh, c'est secondaire. Tant que je n'ai pas franchi la ligne d'arrivée je ne peux rien dire, mais c'est l'aboutissement de plusieurs mois, plusieurs années de travail… Je suis heureux, quoi.

PPDA : Est-ce qu'en ce moment vous vivez cette peur, cette crainte de retrouver l'entourage, de retrouver votre petite Minon, de retrouver votre femme mais surtout de retrouver ce monde qui vous attend aux Sables-d'Olonne ?
— Je me délecte des derniers moments de solitude. Là, il va y avoir tout un tas de crétins de journalistes qui vont me tomber sur la gueule. Ça m'amuse pas tellement.
PPDA : Heureusement que je vous interviewe avant les autres.
— Vous croyez quoi ? Vous non plus. Moi j'ai fait un tour du monde, c'est quand même mieux que les voyages que Botton vous a payés. J'ai pris la place d'Alain Gautier, je suis vraiment désolé pour lui, mais en tout cas moi je me suis bien amusé !

Sabotage en direct sur TF1 ! Un usurpateur a réussi à tromper le présentateur star devant ses dix millions de téléspectateurs. PPDA à l'antenne reste de marbre. En régie, le nouveau directeur de l'information, Gérard Carreyrou, fulmine de colère. Le journal de la Une est victime d'une supercherie montée par un pirate des ondes. C'est la risée.

TF1 diligente une enquête en interne pour retrouver le flibustier qui a imité Alain Gautier. Rapidement, PPDA pense à un « journaliste envieux » avant que ne soit découverte la duperie. Pour caler le duplex avec le vrai Alain Gautier, TF1 a donné le numéro de la régie *via* la radio maritime. Comme raconte l'organisateur du Vendée Globe, Philippe Jeantot[5] : « Il y a un charlot qui a entendu le truc et il s'est fait passer pour Alain Gautier. Ça, je peux vous garantir que ça n'est pas Alain Gautier, ça c'est clair. » Voilà comment PPDA s'est fait saborder son canard en pleine affaire Botton. Ce sont les aléas du direct. Le plus drôle, c'est que le vrai Alain Gautier appelait désespérément TF1 pendant ce temps-là, et qu'on lui a raccroché au nez en le traitant d'imposteur.

Quatre ans après le début de l'affaire Botton, Patrick Poivre d'Arvor est condamné en 1996 à quinze mois de prison avec sursis et 200 000 francs, l'équivalent de 42 000 euros d'amende. Il est reconnu coupable de recel d'abus de bien social et relaxé sur le volet corruption. La justice n'a pas prouvé que les cadeaux à foison de Pierre Botton avaient pour but de faciliter le passage de son beau-père Michel Noir sur l'antenne de TF1. Comme sanction, PPDA ne se verra pas proposer un placard doré ou une invitation vers la sortie comme Michèle Cotta. Le champion de l'audimat sera simplement suspendu de l'antenne. Indulgente, TF1 le prive de 20 Heures ; clairvoyante, elle ne le destitue de son trône que trois mois. À sa grande surprise, Dominique Bromberger, le joker attitré de PPDA pendant ses vacances, n'est pas retenu pour le remplacement. Le duo Le Lay-Mougeotte demande à Jean-Claude Narcy d'assurer l'intérim. L'amour-propre de PPDA en prendra un coup, car les audiences à dix millions de téléspectateurs ne baisseront pas pendant son absence. Patrick Poivre d'Arvor reviendra à l'antenne un 1er avril, une date qui amusera beaucoup les commentateurs de l'époque.

Le prince à l'écran

Rien n'entrave l'ambition démesurée de PPDA qui se pique de cinéma. Du petit au grand écran, il n'y a qu'un pas, pense-t-il. Patrick Poivre d'Arvor, le grand amateur du 7e art, apparaît dans vingt-cinq films à en croire son interminable fiche Wikipédia très documentée et très sourcée. Aucun réalisateur ne lui a proposé un grand rôle de composition le réduisant toujours à être « lui-même ». Sans difficulté, il joue le présentateur dans de grosses affiches : *Un homme et une femme : vingt ans déjà* de Claude Lelouch (1986), *Assassin(s)* de Mathieu Kassovitz (1997) ou *Taxi 4* de Gérard Krawczyk (2007). Il incarne aussi son propre rôle dans des films aux titres évocateurs : *Pas vu pas pris* (1995) ou dans un court-métrage, *Mon dernier rôle* (2006).

Plus révélateur encore, j'ai déniché un DVD collector où PPDA joue le rôle de Dieu… Ce film loufoque d'Arthur Joffé s'appelle *Que la lumière soit!* et repose sur un scénario simplissime : Dieu descend de l'Olympe pour s'incarner en différents Terriens susceptibles de l'aider à réaliser un film. Dans la distribution des rôles, PPDA joue le « Dieu-journaliste » aussi appelé « Dieu-le-mégalomane ». Il racontera qu'il est « une réincarnation de présentateur, en moine tibétain, le crâne rasé ». Selon lui, il s'agissait d'avoir « un peu d'humour et de distance vis-à-vis de son propre statut[1] ». Mi-homme, mi-Dieu, PPDA quoi !

En 1990, il apparaît au générique d'un film au titre lourd de sens, *Promotion canapé*. Cette comédie de Didier Kaminka réunit toutes les stars masculines du moment : Thierry Lhermitte, Michel Sardou, Claude Rich, Patrick Chesnais, Jean-Pierre Castaldi, Rufus, Pierre Richard et j'en passe. Le scénario est assez basique : deux postières de province montent à Paris et découvrent que le droit de cuissage n'est pas une légende pour progresser plus rapidement. Patrick Poivre d'Arvor tient un rôle, mais mineur : il est confiné à sa lucarne pour jouer le présentateur de JT. Finalement, le rôle principal de sa vie. L'affiche du film *Promotion canapé* ne fait pas dans la dentelle avec ce slogan inscrit en lettres roses : « Le harcèlement sexuel existe ! Nous l'avons rencontré... » J'ai retrouvé deux variantes de cette affiche sexiste : la version « orgie romaine » avec un Thierry Lhermitte lascif sur un divan entouré de femmes nues ; la version « entreprise » avec une rangée de six VRP en costume assis sur le dossier d'un canapé où sont allongées deux jeunes stagiaires en minijupes. Pour faire dans les stéréotypes, on ne fait pas plus avilissant pour les femmes.

LE CÉRÉMONIAL DU 20 HEURES

18 mai 2021, 9 h 30
Audition de Patrick Poivre d'Arvor à la Brigade de répression de la délinquance à la personne

Policier : Les témoignages recueillis ne vous présentent pas comme un séducteur mais plus comme un prédateur sexuel, qui obtient des faveurs sexuelles par surprise et congédie brutalement et sans ménagement les femmes après les avoir « consommées ». Qu'en pensez-vous ?

Patrick Poivre d'Arvor : J'ai contesté à chaque fois cette description, ce n'est absolument pas moi. Il m'est arrivé de passer d'une femme à une autre et certaines ont peut-être été choquées et en être malheureuses. Je ne cherche pas à apparaître plus angélique que je suis, mais je tiens à dire que je respecte les femmes.

Au moins douze femmes ont raconté aux policiers avoir été agressées sexuellement ou violées, dans le bureau de PPDA à l'issue du journal de 20 heures. Selon le rapport des enquêteurs, « le mode opératoire est similaire ». Les invitées passent successivement par trois lieux de pouvoir : le hall d'entrée de la première chaîne d'Europe, le plateau du journal le plus regardé de France et le bureau du présentateur star. Le rituel cynique est toujours le même pour approcher le prince de TF1.

Patrick Poivre d'Arvor vous rencontre à un Salon du livre, dans un hôtel, dans un train, au théâtre, lors d'un gala. Il vous trouve intéressante, belle ou attrayante et vous invite à assister au 20 Heures. Enthousiaste, vous dites oui !

Vous envoyez votre premier roman à l'attention de PPDA à TF1. Vous êtes flattée que le présentateur de l'émission littéraire de la première chaîne vous réponde et vous invite à assister au 20 Heures.

Vous lui écrivez pour confier vos problèmes d'anorexie comme sa fille. Vous êtes touchée par sa réponse manuscrite et sa délicate invitation à assister au 20 Heures.

Vous prenez rendez-vous avec son assistante pour écrire un portrait de lui pour votre quotidien. Il accepte et vous invite à assister au 20 Heures.

Vous êtes une fan du présentateur le plus regardé de France. Vous lui écrivez pour lui demander un autographe sur une photo dédicacée. Vous lui demandez de découvrir les coulisses du JT. Il accepte et vous invite.

Lectrice, il pourrait s'agir de vous. Il pourrait s'agir aussi de votre fille, votre sœur, votre nièce, votre amie, votre petite amie, votre ex, votre femme, votre mère, votre collègue…

Le hall

19 h 30. Vous – « l'invitée de Patrick » – pénétrez dans le grand hall d'entrée de la tour TF1. Sol brillant, granit rose, mur géant de télévisions. Vous venez de passer les portes du siège de la première chaîne d'Europe. Impressionnée et impressionnant. À droite, trois portillons sont réservés aux deux mille salariés de TF1 munis d'un badge : rouge pour les CDD, bleu pour les CDI. En face, vous avez les portillons pour les invité(e)s comme vous qui doivent montrer patte blanche aux deux hôtesses d'accueil derrière le comptoir. Cheveux impeccablement tirés, haut blanc, veste-pantalon-chaussures noires, les jeunes femmes sont recrutées et envoyées par les agences d'hôtesses parisiennes comme City One ou Florence Dauré.

Un peu de fierté dans votre voix, vous dites : « Bonsoir, mademoiselle, j'ai rendez-vous avec Patrick Poivre d'Arvor. » Sourire de circonstance de l'hôtesse qui vérifie que vous êtes bien enregistrée dans le logiciel « gestion des visiteurs ». On n'entre pas dans la tour TF1 comme dans un moulin ! Tout salarié qui invite une personne de l'extérieur doit renseigner son prénom, son nom et son heure d'arrivée. Voire la raison de sa venue. Dans le cas de PPDA, ce sont toujours ses deux assistantes Fanny et Marie-Hélène qui entrent ces informations dans la base. À TF1, tout est listé, enregistré et conservé. Si on avait le listing, il serait possible de retracer les « invitées de Patrick » et de contacter de potentielles victimes.

L'hôtesse vous remet un badge « visiteur » en plastique blanc rigide avec écrits dessus votre prénom, votre nom. « Son assistante va venir vous chercher », vous annonce l'hôtesse. Vous êtes conviée à attendre dans les larges et confortables canapés en cuir noir devant l'écran géant du hall. Vous poireautez en regardant le *Bigdil* de Vincent Lagaf ou la quotidienne de la *Star Academy*. Tiens, vous voyez passer tel ministre ou tel acteur invité, lui aussi du 20 Heures, mais devant la caméra. Un peu avant l'heure du JT, il arrive à Patrick de se poster au premier étage qui surplombe le hall d'entrée. Les glaces sans tain lui permettent de vous voir sans être vu. Si votre physique ne lui plaît pas, il lui arrive de dire à son assistante de ne pas vous faire monter. Et peu importe si vous êtes venue de province à vos frais pour rencontrer l'icône. Une ancienne hôtesse d'accueil m'a raconté que certains soirs, vous étiez deux à avoir rendez-vous avec Patrick. Sur l'agenda, les assistantes ont calé une invitée avant le JT et l'autre après le JT. Un vrai casse-tête. Pour ne pas croiser la première invitée, on vous fait attendre au salon VIP.

19 h 40. L'une des deux assistantes de PPDA vient vous chercher quelques minutes seulement avant le lancement du JT. Il faut presser le pas. Vous entrez dans l'un des deux ascenseurs imposants. À l'intérieur, de chaque côté des portes, deux petites télés

permettent de regarder en direct TF1 et LCI. Une affiche changée tous les matins indique aux salariés comme aux visiteurs l'audimat de la veille. C'est toujours la même chose : TF1 survole les audiences toute la journée et surtout à 20 heures. L'ascenseur s'arrête au premier étage et en sortant, tout de suite à droite, vous empruntez un couloir lumineux qui mène au cœur nucléaire du groupe Bouygues : le plateau du JT de TF1. Devant la lourde porte du studio, un vigile vous autorise à entrer sans même vous demander votre badge « visiteur ». Vous êtes escortée par Fanny ou Marie-Hélène, donc ce soir vous bénéficiez de passe-droits en tant que « l'invitée de Patrick ».

Le plateau

19 h 50. Vous pénétrez dans le saint des saints. Sur le plateau, il ne fait pas très chaud, à peine 20 degrés. La climatisation fonctionne à tout-va pour refroidir la température dégagée par la forêt de projecteurs suspendus au plafond. Les caméramans s'agitent. L'assistante vous somme de vous asseoir sur une chaise pliante noire juste à côté de la caméra numéro 1. C'est la caméra principale en face du présentateur au-dessus de laquelle défile le prompteur. Personne ne vous adresse la parole. Silence plateau.

19 h 58. Le prince entre en scène. Il passe devant vous sans dire bonsoir, sans même vous regarder. Vous êtes plongée dans la pénombre. Lumières sur le présentateur. Générique 20 Heures.

Désormais, le « vous » va laisser la place à elle, elles et toutes celles qui ont été les « invitées de Patrick ». Elles sont bibliothécaire, employée de magasin, enseignante, conseillère commerciale, mais aussi journaliste, autrice ou étudiante. Elles viennent de milieux sociaux différents et sont originaires de Bretagne, du Pays basque, du nord de la France, de région parisienne ou du bassin d'Arcachon. Devant les policiers, dans la presse et pour mon enquête, de nombreuses femmes ont raconté leur première venue à TF1. Toutes décrivent le même cérémonial, la même chaise pliante, la même scène dans le bureau. L'accumulation et la juxtaposition des récits sont édifiantes. Elles permettent de comprendre l'aspect ritualisé et industriel de ses invitations.

« J'avais l'impression d'être conviée au “lever du Roi-Soleil” quand on m'a installée dans les coulisses du 20 Heures pour assister à la prestation de PPDA[1]. » L'écrivaine Aude Turpault-Darlet m'a raconté la scène qu'elle a décrite aux policiers. En septembre 2002, elle est invitée car elle a envoyé son premier roman à PPDA qui lui a proposé de la rencontrer à TF1. « J'ai été conduite par une assistante sur le plateau du 20 Heures, on m'a installée face à lui, derrière la caméra. Il ne m'a adressé aucun regard. Il me voyait, mais j'étais transparente[2]. » Lors de son dépôt de plainte, l'autrice précise : « J'ai trouvé très étrange qu'il ne me salue pas, qu'il ne me regarde pas, alors qu'il m'avait posé plein de questions intimes par téléphone. À la fin du journal, il m'a ignorée[3]. »

Muriel Réus, que j'ai rencontrée[4], directrice générale adjointe de TPS (filiale du groupe TF1) à l'époque, a eu droit au même traitement : « J'arrive un peu avant 20 heures, on me fait asseoir sur une chaise derrière les caméras. PPDA arrive, ne me dit pas bonjour et s'installe dans son fauteuil. Je ne vois pas le JT, je ne vois rien d'autre que PPDA, face à moi[5]. » Devant les enquêteurs, l'ex-patronne complète : « Je ne voyais pas le JT, pas les infos : je ne voyais que PPDA. J'ai donc passé quarante minutes à regarder PPDA lire son prompteur[6]. »

Le prince est dans la lumière, filmé en direct et retransmis dans le poste de millions de téléspectateurs. Il a le pouvoir, il est le pouvoir. Vous, « l'invitée de Patrick », êtes dans la pénombre, hors champ, hors caméra. Il vous ignore, il ne vous adresse pas la parole. Vous êtes – sans doute – impressionnée et impressionnable. C'est le but recherché. Pendant la diffusion des sujets, les minutes sont longues sur le plateau. PPDA ne vous parle toujours pas. Il est en lien permanent avec Chantal Monteil, sa cheffe d'édition en régie. L'oreillette bourdonne. PPDA ordonne à sa rédactrice en chef Geneviève Galey d'intercaler deux sujets à la dernière minute. Devant les enquêteurs, Anne Cauquil-Gleizes « se souvient qu'entre les sujets il était très violent. Il engueulait son équipe. Il disait : "C'est nul, c'est mauvais." Il était tyrannique avec son équipe[7] ».

20 h 35. Fin du JT, générique, départ en pub, extinction du plateau. PPDA enlève son oreillette et rassemble ses feuilles. Muriel Réus observe que « PPDA

se lève et s'en va. J'étais surprise qu'il ne vienne même pas me saluer. Son assistante Fanny est venue me voir : “Il est parti au démaquillage, il vous attend dans son bureau pour boire un verre[8]”. » La suite est identique pour la romancière Aude Turpault-Darlet : « Une femme est venue me chercher et m'a emmenée dans le bureau de PPDA. On a traversé des couloirs où des gens travaillaient en open space, la dame qui m'accompagnait a dit “l'invitée de Patrick est là” à plusieurs reprises et les gens sont partis lorsqu'ils ont entendu ça[9]. »

Le bureau

21 heures. Aude Turpault-Darlet raconte minute par minute la suite de son rendez-vous dans l'antre du présentateur. « On m'a installée toute seule dans le bureau de PPDA. Sur son bureau, il y avait une liste de personnes invitées à assister comme moi au JT : il n'y avait que des prénoms féminins, cela m'a intriguée. Je me suis dit qu'il y avait comme un processus[10]. » On retrouve l'obsession de PPDA pour les listes de prénoms féminins, les listes de rendez-vous. Comme dans les carnets noirs du présentateur ou de son double Alexis dans ses romans. Tout cela est minutieusement orchestré et organisé par ses deux assistantes dévouées.

Autre description, celle d'Anne Cauquil-Gleizes, invitée en 1991-1992 : « Son bureau était vaste, au bout d'un couloir, encombré d'objets, de tableaux, de livres, dans les teintes sombres. Son bureau était en bois, en diagonale, il y avait une bibliothèque sur la droite au fond et des fenêtres sur la gauche quand on entrait. C'était spacieux. Il faisait nuit, c'était l'hiver[11]. »

Ce bureau est central dans l'affaire PPDA. Quand TF1 emménage en 1992 dans la tour emblématique de Boulogne-Billancourt, le prince du 20 Heures obtient le privilège d'avoir un bureau à lui, un bureau fermé. Pas de porte vitrée, pas de parois vitrées. Une pièce fermée par trois murs et une grande fenêtre donnant sur la Seine. Dans un de ses récits autobiographiques, il décrit lui-même son bureau comme « cette petite alvéole de liberté au sein d'une grande tour assez impersonnelle » ou encore « mon sas de décompression après 20 h 30 »[12].

« L'invitée de Patrick » est pour le moment seule dans le bureau. PPDA se fait attendre entre dix et trente minutes. Un temps terriblement long. Puis, il déboule tel un homme pressé qui sort de scène. Il propose souvent une vodka, sa boisson fétiche, un rhum ou un whisky. Sec, sans glaçons. Le présentateur star a peu de temps à consacrer à son invitée du soir. Très déstabilisant aussi, il pose avec empressement des questions très intimes et sexuelles. En 2002, Aude Turpault-Darlet a 29 ans. Voici sa deposition[13] :

PPDA est arrivé au bout de dix minutes environ. Il a retiré sa cravate et a posé un pied sur son bureau, comme un cow-boy, genre le mec qui en impose, qui est à l'aise. J'étais assise en face de lui, il m'a proposé de l'alcool, de la vodka que j'ai refusée. Il m'a demandé ce que cela m'avait fait de le voir présenter le journal en vrai, ce que j'avais ressenti, si j'avais été attirée par lui en le voyant présenter le journal. J'étais très gênée car je n'ai rien ressenti. Il a commencé à me poser des questions intimes, si j'étais en couple, j'ai dit oui. Si j'étais fidèle, j'ai dit oui. Si j'étais amoureuse de mon copain, j'ai dit oui. Si j'étais heureuse, j'ai dit oui. Si on avait beaucoup de rapports sexuels, et si j'étais satisfaite sexuellement, je ne sais pas si j'ai répondu, j'étais gênée.

Même scénario pour cette autre romancière invitée en 2003-2004. Elle avait envoyé son premier roman érotique en espérant être invitée à l'émission *Vol de nuit* présentée par PPDA. Rapidement, l'entretien dans le bureau dérive et le journaliste lui pose toujours les mêmes questions sur sa vie intime et sur ses pratiques sexuelles. « PPDA se trouvait derrière son bureau, il avait la main dans la poche de son pantalon en velours et il se masturbait[14]. » Elle met fin au rendez-vous et quitte les lieux. Sur cet épisode, PPDA déclare devant le major de la police : « Non, c'est invraisemblable[15]. » Comme pour les autres témoignages, il nie en bloc.

Plusieurs femmes racontent que lors du rendez-vous, Patrick Poivre d'Arvor se lève subitement de sa chaise et se rue sur son invitée. Comme une pulsion incontrôlable. Selon Anne Cauquil-Gleizes :

Il s'est levé, très vite. Il a fait le tour du bureau, il s'est mis devant moi, debout, à un mètre de moi, il a enlevé sa ceinture et il a baissé sa braguette et m'a dit : « J'ai été très stressé par ce journal, vous me faites une petite gâterie » avec une petite moue d'enfant qui veut sa récompense. Je suis tombée des nues, je ne m'attendais pas à ça. J'ai dit : « Non, c'est hors de question. » Il a insisté en disant : « Allez… une petite gâterie vite fait. » Je me suis levée et j'ai dit : « Non, je n'en ai aucune envie, je ne suis pas là pour ça. » Il a eu une moue de caprice et il m'a dit : « Bon dans ce cas-là, au revoir, mademoiselle » et il m'a congédiée très froidement[16].

Muriel Réus est encore estomaquée quand elle me raconte la scène du bureau qu'elle a décrite quelques mois auparavant aux enquêteurs :

PPDA va vers la porte de son bureau et la ferme à clef. En une seconde, il se met alors devant moi, à vingt centimètres de moi, très proche, il baisse son pantalon et essaie de m'embrasser. J'ai vu son caleçon. J'ai eu un moment de recul pour éviter son baiser, je lui ai dit : « Patrick, à quoi tu joues? » J'étais interloquée, j'ai trouvé ça pathétique. Je lui ai dit : « Tu connais mes relations avec Patrick Le Lay [PDG de TF1], c'est inapproprié. » Cela l'a stoppé, il s'est rhabillé, il a ouvert la porte du bureau et m'a raccompagnée à l'ascenseur sans dire un mot[17].

Parfois, la scène vire au film noir comme l'expose Aude Turpault-Darlet :

> À un moment, il est passé derrière moi et il m'a caressé les cheveux, je me suis sentie très mal [...] puis d'un seul coup, il m'a sauté dessus, et a mis sa main dans mon soutien-gorge et sa langue dans ma bouche. Je l'ai repoussé, je me suis levée en disant : « Ça va pas, non? » Lui est retourné derrière son bureau, il a repris ses feuilles et m'a dit : « Mademoiselle, j'ai du travail. » Puis il m'a raccompagnée à la porte et m'a dit : « Faites attention à vous[18]. »

Les invitations s'enchaînent, presque tous les soirs. Dernier témoignage dans cette énumération clinique et glaciale : celui de Justine Ducharne. À 19 ans, elle décroche un stage d'été à TF1 et demande à assister au 20 Heures. PPDA, grand prince, accepte volontiers. Elle ne se doute de rien. Le soir venu, elle croise en loge VIP Charles Pasqua dans le cadre de la candidature d'Édouard Balladur à l'élection présidentielle de 1995. Lui aussi est invité sur le plateau de TF1, mais devant les caméras. Elle reste dans l'ombre des projecteurs, sur la chaise des invitées à côté de la caméra 1. C'était en hiver quand la nuit tombe tôt et que les locaux sont déserts après le JT. « Il m'a fait entrer dans le bureau, il m'a dit qu'il était pressé parce qu'il avait un rendez-vous après et qu'on pouvait parler cinq minutes. » Le bureau est plongé dans la pénombre, il n'allume pas la lumière. En quelques minutes, elle est sidérée, bloquée, incapable de réagir.

> Très rapidement, sans violence, il m'a attrapée, il m'a allongée sur le sol, il ne

> m'a pas déshabillée totalement, il n'y avait que le bas qui l'intéressait […] il avait un sexe long et mou […] je pense qu'il a joui […] je ne me suis pas débattue, je lui ai dit que je n'étais pas d'accord. Il est possible que j'aie dit que je voulais pas tromper mon petit ami ou que j'avais l'âge de sa fille […] l'acte sexuel n'a pas duré si longtemps, dix allers-retours, environ, une à deux minutes puis il s'est relevé et il m'a dit : « Je dois partir[19]. »

Et après ? Elles sortent du bureau. Elles, cela pourrait être vous, votre sœur, votre amie, votre fille… Vous longez le couloir interminable qui vous mène aux deux ascenseurs. Vous sortez par le hall d'entrée, vous fuyez TF1 et vous vous retrouvez sur le trottoir au bord de la Seine dans un quartier déserté. Furieuse, honteuse, humiliée. Lui reste dans sa tour infernale, sourde à tous les cris d'alerte. Pour vous, pour elles, difficile d'en parler à un mari, à un copain, à un collègue, à un frère… Encore plus difficile voire impossible d'en parler à TF1 et d'aller porter plainte. Rideau noir pour ce soir. Demain, une autre invitée a été calée sur l'agenda du Prince Noir.

M. LA MYSTÉRIEUSE

Je vous écris de manière anonyme car je n'ai pas envie de témoigner ni de porter plainte, par lâcheté, peur ou pitié ? Le reportage d'hier m'a plongée des années en arrière car moi aussi j'ai « connu » PPDA.

Le 29 avril 2022, lendemain de la diffusion de mon documentaire sur France 2, ma boîte mail commence à s'emplir de réactions. À 18 h 22 ce vendredi, je reçois un message commençant par ces deux phrases ; intrigué, je me jette sur mon téléphone pour lire la suite.

J'ai été, comme certaines, subjuguée par son charisme. Je l'admirais car je me disais s'il s'intéresse à moi c'est que je ne dois pas être aussi nulle et moche que ça. Jusqu'à présent je pensais être la seule à l'époque à avoir ce type de relation avec lui et je suis effarée de voir combien il y en a eu. Cela me rend triste, je suis vraiment naïve ! Le scénario était aussi le même, invitation au JT, puis au bureau… avec une demande de « prestations » comme les autres mais bizarrement je ne me suis pas sentie violée car j'étais « amoureuse » de lui. Enfin je le croyais mais c'était plutôt une emprise. Toujours cette double personnalité : un côté gentil qui répondait au téléphone quand je n'allais pas bien et un côté cassant, autoritaire…

Tout cela pour dire qu'il doit y avoir d'autres femmes comme moi qui n'osent pas parler. Je ne sais pas pourquoi je vous écris en fait, peut-être que cela me soulage.
Vous pensez qu'il y aura un procès ?
Merci pour cette enquête qui a remis les choses en place.
Bonne soirée !
Cette adresse mail a été créée juste pour vous !
M.

Qui se cache derrière ce mystérieux M., cette lettre majuscule ? Certainement la première lettre d'un prénom féminin. Ou, justement, une fausse piste. L'inconnue a mis un point derrière le « M ». À voix haute, j'entends « Aime point » comme l'impératif du verbe aimer. Sans attendre, je réponds à M. en saluant son courage, sa franchise et sa confiance et en lui assurant que je suis à sa disposition pour en parler.

Avant de continuer à correspondre avec cette inconnue qui m'assure avoir bien « connu » PPDA, il faut évaluer la véracité de ses propos. Pour prouver son histoire et son identité, M. m'envoie d'elle-même des copies de messages privés signés « Patrick » et un message vocal de lui qu'elle a gardé depuis des années. Il dure vingt secondes. Je reconnais très facilement sa voix chaude et suave : « Euh, bah, c'était Patrick. Simplement pour te souhaiter une très belle année, très, très belle… beaucoup de bonheur, des baisers. Au revoir. » Ces indices me semblent crédibles.

M. commence à m'écrire de manière très régulière, parfois tous les jours. Elle m'appelle même « mon confident ». Je prends le temps de lui répondre en gardant la bonne distance dans cette correspondance épistolaire. Au fur et à mesure, elle me livre son histoire vécue et « subie », dit-elle, avec PPDA. Les détails qu'elle me raconte, la description des lieux, du bureau de PPDA à TF1 et de son entourage paraissent plausibles. Je souhaite alors la rencontrer. Par coquetterie, M. préfère le téléphone – « Je suis trop timide, vieille et moche ! » se justifie-t-elle. Un mois après son premier mail, notre entretien va durer cinquante minutes[1]. Son témoignage est fort et inédit, car elle a réalisé à la suite de mon reportage qu'elle n'était qu'un numéro dans la vie de PPDA. Une femme comme une autre. Comme elle dit avec une voix écœurée : « Je n'étais qu'un McDo, un plan cul de plus après le 20 Heures. »

M. se doutait bien qu'elle n'était pas la seule, mais se voilait la face depuis des années. Elle me révèle son prénom, son nom, son âge, son parcours. C'est l'identité d'une femme blessée comme tant d'autres. Une phrase me reste en tête depuis cette conversation : « Je voulais avoir les miettes de PPDA. » Elle accepte pour ce livre que je relate son récit en restant la femme anonyme au nom de M.

À l'époque, elle rêve de devenir journaliste. Avec aplomb, elle laisse un message au standard de TF1 pour PPDA. Le lendemain, elle n'en revient pas : son assistante la rappelle et lui passe directement le présentateur au téléphone ! La conversation est rapide, mais courtoise. Le présentateur star l'invite à assister, elle aussi, à son JT. Elle ignore la réputation de la vedette et se rend à TF1. Hall d'entrée / hôtesse d'accueil / badge « visiteur » / ascenseur / plateau. Le rituel reprend. Ce soir-là, l'homme du petit écran est en colère contre les techniciens. Assise sur une chaise sur le plateau du 20 Heures, personne ne calcule « l'invitée de Patrick », même pas lui : il ne lui adresse pas la parole. La mécanique est rodée. Après le JT, elle est conviée par une assistante dans son bureau qui donne sur la Seine. Elle se souvient des photos posées sur les étagères avec PPDA entouré de politiques et d'actrices. « Il m'a demandé si j'étais en couple, si j'étais heureuse sexuellement. Il ne s'est rien passé ce soir-là. » En la raccompagnant à la porte, il lui fait une bise dans le cou et lui glisse langoureusement dans l'oreille : « Vous n'êtes pas vraiment belle, mais vous avez quelque chose. » M. est troublée en repartant de TF1.

Le lendemain, « comme une idiote, je lui ai écrit ». Quelques jours après, Marie-Hélène, une des deux assistantes de PPDA, l'invite à nouveau dans son bureau. Hall d'entrée / hôtesse d'accueil / badge « visiteur » / ascenseur et directement le bureau sans passer par la case plateau. Une fois à l'intérieur, « je suis debout, il s'approche de moi, je n'ose pas dire non, je ne dis pas oui non plus. J'ai peur qu'il se fâche et en même temps, s'il a envie de moi c'est que je ne suis pas si moche ». S'ensuit un rapport sexuel sur la moquette. Consenti selon elle. Après ce rendez-vous, M. me divulgue qu'elle est revenue à de nombreuses reprises et chaque fois, elle a eu des rapports sexuels avec PPDA. Toujours dans son bureau de la tour TF1. Jamais à l'extérieur, jamais à l'hôtel, jamais chez M., jamais chez lui. Une histoire en pointillé, du sexe routinier. L'invitée mystère du 20 Heures me confie :

> J'avais peur que quelqu'un ne nous surprenne. [...] Je me laissais faire, aucune tendresse de sa part, c'était bestial, rapide. À l'époque, il était avec sa femme, avec des maîtresses et il ne mettait jamais de préservatif. Comme si le sida n'existait pas pour PPDA. Une fois, il a essayé de me sodomiser, j'étais hyperchoquée.

M. s'épanche sur une anecdote pas très reluisante : « Son assistante m'appelait parfois à 18 heures : "Patrick a très envie de te voir ce soir, tu serais dispo ?" Visiblement, il y avait eu un désistement, un trou dans le planning des invitées. C'est comme si son assistante appelait une pute pour Patrick. » M. analyse froidement le cérémonial du soir qu'elle a connu : « Il y a un moment pour le JT, un moment pour baiser, un moment pour partir. » La femme désabusée avoue qu'elle était sous une forme d'emprise et qu'il se serait servi d'elle comme d'un objet sexuel.

Pendant plusieurs années, M. écrit des lettres à « Patrick Poivre d'Arvor, TF1, 1, quai du Point-du-Jour, 92100 Boulogne-Billancourt ». Sur l'enveloppe blanche, elle mentionne toujours « personnel et confidentiel ». Le pli est fermé au dos par un solide morceau de scotch – elle craint que le service courrier de TF1 ou bien ses assistantes n'ouvrent les enveloppes. De longues lettres, « un mélange d'écrits érotiques et de roman à l'eau de rose » selon elle. « J'étais complètement folle, entre midi et 2, j'allais déposer parfois ma lettre à TF1, je faisais l'aller-retour de mon boulot. » PPDA lui assure qu'il aime lire ses mots doux, mais ne prend jamais la peine de lui répondre. Ne pas laisser de traces, d'écrits et encore moins d'espoir.

Le présentateur obsédé garde sa proie frêle dans ses puissantes griffes. Il a des petits gestes pour entretenir cette fausse relation. Quand M. ne semble pas très en forme, il l'appelle pour prendre des nouvelles. Est-ce sincère ? Parfois, elle tente de le joindre à TF1, à 19 heures, une heure avant l'antenne. Son assistante lui passe Patrick qui se rend toujours disponible. La conversation dure quelques minutes. Toujours prévenant. « Du baume au cœur, il me donnait un peu confiance en moi. » Naïvement, la jeune femme espère encore devenir son amie, sa confidente. En vain. « Je parlais de moi, il ne parlait jamais de lui. » L'inconnue du bureau lui offre quelques cadeaux : un dessin, des bricoles rapportées de voyage, des cigares. Patrick, lui, n'est pas très généreux. Dans sa bibliothèque, M. a gardé le seul présent de Patrick : un ouvrage avec une dédicace « Chère… fidèlement, Patrick ». Détail grossier : ce livre, il l'avait reçu gratuitement par un service de presse d'une maison d'édition. Au lieu de finir à la poubelle, il l'a offert à M.

La jeune femme a idéalisé longtemps cette relation avant de finir inéluctablement chez le psy.

Pour m'aimer un peu plus, j'avais besoin d'une personne à paillettes. J'étais fière de le dire à quelques copines. Mon psy m'a dit qu'il avait tous les traits d'un pervers narcissique. Il avait un double visage : une face avec un personnage intelligent, séducteur, intéressant avec son regard de chien battu et sa petite voix douce et mielleuse. L'autre face : un roi capricieux, autoritaire sans aucune empathie.

Notre conversation téléphonique touche à sa fin. M. garde malgré tout une pointe de tendresse pour PPDA. Elle se demande s'il a eu un jour de l'affection pour elle. Avec le recul, elle lui en veut, elle s'en veut surtout à elle. Elle ne lui a jamais dit : « Arrête. » Elle se sent très proche des femmes qui ont osé briser la loi du silence en témoignant publiquement. « Je ne veux pas porter plainte, je n'ai pas été agressée sexuellement ou violée par lui. » M. formule deux vœux. Le premier, tourner la page de cette histoire rance. Le second : « Je voudrais qu'il aille un peu en prison. Cela lui permettrait de réfléchir. »

Les jours passent. M. l'inconnue continue à m'écrire. Je lui réponds chaque fois. Elle prend des nouvelles de l'avancée de mon enquête. Par WhatsApp, M. m'envoie une ou deux photos de ses vacances avec des paysages tranquilles. Sur son profil, en haut à gauche, j'aperçois une petite vignette avec sa photo. Le visage de M. en noir et blanc. « Zut, je ne suis plus anonyme, vous avez vu ma photo, tant pis ! Je plaisante, je ne m'aime pas en photo (et aussi en vrai !!). »

Un jour, dans un de ses nombreux mails, M. glisse une pièce jointe intitulée « pp.doc ». Intrigant. Deux lettres en minuscules comme les initiales de « patrick poivre ». Volontairement, M. lui a enlevé sa particule ajoutée et ses majuscules. Elle dépouille le prince de ses habits magistraux. Voici des extraits de son courrier, intéressant selon moi car il dépeint la complexité des rapports homme/femme que le présentateur pouvait entretenir avec certaines de ses conquêtes. Dans un mélange de perversité narcissique, de fascination et de domination. Pour reprendre le titre d'un roman érotique bien connu, M. décrit un Prince Noir avec cinquante nuances de gris :

> Patrick,
> À l'instant où je t'écris, mes émotions sont tellement mélangées, démultipliées, accentuées que je ne sais même plus laquelle prédomine : la colère, la haine, le dégoût, la déception, la tristesse, une pointe si légère de nostalgie...
> Il y a déjà des années, j'ai fait partie de tes innombrables « liaisons » « jouets » « McDos » ou, pour être plus romantique, une étoile filante passée dans ta vie. Pendant toutes ces années je n'ai été qu'un pion dont tu as profité, une femme faible, ingénue, aveuglée par l'admiration, le désir de plaire, une certaine attirance physique, la complicité. [...] Tu as su trouver rapidement comment m'atteindre par tes coups de fil, ta voix mielleuse et sucrée. C'est vrai tu m'as parfois aidée à supporter des moments difficiles dans ma vie par tes messages succincts et par tes paroles réconfortantes.
> Je voulais tant être aimée que j'ai préféré fermer les yeux. Je pensais être non pas la seule bien sûr (je n'étais pas totalement naïve non plus!) mais une des rares qui venait te rejoindre dans ton bureau à la nuit tombée et avec qui tu avais une relation privilégiée. Si j'avais su! [...] J'étais devenue ton esclave, un robot avec lequel tu pouvais faire tout ce que tu voulais. Le pire dans cette histoire, c'est que tu avais aussi un autre don. Celui de passer auprès des autres pour une personne intelligente et charmante. Personne n'aurait pu se douter que tu étais, en réalité, un obsédé du sexe, mais surtout que tu ne supportais pas qu'une femme te dise non, quitte à te montrer agressif, méprisant et méchant. [...] Je ne faisais pas partie de ton univers,/Fournisseurs de best-sellers/ami des stars et des mondains,/des acteurs,

des écrivains/Pleine page dans *Le Figaro*,/on placarde ta photo/ Moi citoyenne lambda,/Je vivais dans l'anonymat/Même si tu n'étais pas vraiment un ami,/Tu agissais sur moi comme un tsunami/Mes angoisses passagères,/ne te concernaient guère/ J'étais tout le temps blessée,/lorsque le « boulot terminé »/Tu remontais ton caleçon,/froid comme un glaçon/Tu rejoignais ton ordinateur,/Tu étais déjà ailleurs/La tendresse tu n'en avais cure/ Or, j'en étalais comme de la confiture.

Aujourd'hui, je me sens coupable, fautive, de t'avoir accordé ma confiance. Si cette affaire n'était pas sortie, je serais restée dans le déni, l'oubli. Dans mes rêves, une histoire ancienne avec un présentateur célèbre énigmatique avec qui j'avais eu des conversations et des moments secrets. Mais sachant qu'il y en a eu des dizaines ou plus encore avec qui tu as joué à cette comédie, je m'en veux, je t'en veux. [...] J'ai mis du temps, trop de temps à réaliser que j'en avais marre d'être salie. Je suis juste triste et regrette cette période de ma vie.

[...] Ne te montre plus aussi arrogant, sûr de toi. Demande pardon. Non pas à moi, mais aux autres femmes qui n'avaient aucun sentiment pour toi et que tu as blessées.

M.

« TOUT LE MONDE SAVAIT »

18 mai 2021, 9 h 30
Audition de Patrick Poivre d'Arvor à la Brigade de répression de la délinquance à la personne

Policier : Trouvez-vous normal d'avoir des rapports sexuels sur son lieu de travail?

Patrick Poivre d'Arvor : Cela ne me gêne pas. Rétrospectivement dans la mesure où on est dans une vraie intimité, cela ne me gênait pas. Aujourd'hui je procéderais peut-être différemment, mais je n'ai pas l'impression de faire une chose répréhensible.

Tout le monde savait.

Je n'apprécie pas cette expression que l'on entend beaucoup sur PPDA. Assertion catégorique, péremptoire et imprécise. « Tout le monde savait » mais « tout le monde », qui est-ce? « Tout le monde savait », mais quoi? Finalement, qui savait quoi?

Beaucoup de Français connaissaient la réputation de PPDA comme un gentleman romantique et un charmeur. Le grand public a suivi l'histoire de ses nombreuses conquêtes féminines à la une de la presse people et notamment l'épisode avec Claire Chazal. On peut donc dire que presque tout le monde savait que PPDA aimait beaucoup les femmes et beaucoup de femmes. Dans le microcosme parisien des médias, de l'édition, de la politique, du CAC 40, les gens bien informés savaient que PPDA était un homme à femmes.

À TF1, tout le monde savait que PPDA était un séducteur, un dragueur, voire un dragueur lourd. Il n'hésitait pas à faire la cour à ses collègues féminines et aux nouvelles arrivées. J'ai commencé à TF1 en 2008, quelques mois avant le licenciement de Poivre, et j'ai pu observer que le présentateur aimait être entouré de femmes et travaillait essentiellement avec des femmes. Je savais qu'il était un « coureur », mais rien de plus. Concernant les accusations graves portées aujourd'hui dans la presse et devant la justice, à l'époque, je n'ai rien vu et rien su.

Un certain nombre de personnes – donc pas tout le monde – savait que PPDA invitait régulièrement des femmes pour assister à son Journal. Combien de salarié(e)s étaient au courant à TF1 ? Une dizaine, une vingtaine, une trentaine? Difficile à dire, mais en tout cas, plusieurs dizaines d'employé(e)s de TF1 savaient que des jeunes femmes étaient conviées dans son bureau après le 20 Heures quand la rédaction se vidait. Je n'ai jamais observé ce manège discret et bien orchestré. Comme la pluplart de mes collègues, quand je fabriquais un sujet pour le 20 Heures, j'étais concentré en salle de montage ou de mixage, l'œil rivé sur l'horloge pour le rendre à temps. Pour la conférence critique de 20 h 45 à la sortie du studio, il n'y avait que des personnes de la rédaction. « L'invitée de Patrick » avait été exfiltrée du plateau pour ne pas être vue. Un plus petit nombre de personnes se doutait que PPDA avait des aventures et des relations sexuelles dans son bureau tard le soir. Une fois la porte de son bureau fermée, à clef ou pas.

Pour comprendre « qui savait quoi » du comportement de PPDA, j'ai contacté des dizaines de salariés de TF1. La plupart ont refusé d'être interviewés, par loyauté ou pour ne pas faire de vagues. Mais beaucoup m'ont parlé par téléphone. Ils m'ont tous confirmé sa réputation de dragueur lourd, tout en affirmant n'avoir jamais entendu parler d'histoires d'agression sexuelle ou de viol. « On était au courant que monsieur était très actif sexuellement parlant », s'amuse une ancienne tête connue de TF1. Une assistante me confie qu'elle n'a « jamais rien su sur des violences sexuelles, impossible d'imaginer ça. En revanche, je sais qu'il y a des nanas qui venaient pour se faire sauter. Je savais que des nanas venaient pour ça ». Avant de continuer en m'affirmant que des « nanas un peu groupies » attendaient Poivre à la sortie de la tour pour demander des autographes. Un ancien grand reporter sourit en me racontant : « Il y avait souvent des gens qui venaient assister au 20 Heures, des écrivains, des écrivaines, beaucoup.

Il les invitait sur le plateau. Mais bon on se marrait un peu tous, si tu veux, en disant : “Ah, bon voilà, Poivre est encore bien entouré.” » J’ai mis longtemps à comprendre le mécanisme qui a pu aveugler certains salariés et responsables de TF1. Il était connu par certains que le présentateur avait des relations sexuelles avec des femmes consentantes dans son bureau. Donc, l’entourage professionnel de PPDA devait se dire que « toutes » les femmes invitées savaient et venaient pour « ça ». Sauf que, au cours de l’enquête, les policiers et les journalistes ont découvert qu’un certain nombre de femmes ignoraient ce cérémonial du 20 Heures et la face cachée du présentateur.

Donc, non, tout le monde ne savait pas tout. Mais qui, à TF1, aurait pu être au courant de ces accusations d’agression sexuelle et de viol ? Tous ceux que j’ai interrogés m’ont affirmé n’avoir rien su, rien vu.

Nonce Paolini

Dans cette affaire PPDA, un ancien PDG de TF1 est étonnamment sorti de son droit de réserve. Habituellement, dans ces cercles de pouvoir, on ne parle pas. Nonce Paolini a refusé le principe de l’interview face caméra pour France 2 pour une raison : le pouvoir de l’image et une trop forte exposition sur une chaîne grand public. En revanche, il m’a parlé en toute franchise une demi-heure au téléphone.

Son témoignage est d'autant plus important qu'il a eu la lourde responsabilité de licencier le prince du 20 Heures. Depuis, les deux hommes se vouent une inimitié cordiale.

Pour rappel, TF1 présidée par Nonce Paolini a fait condamner PPDA à 417 000 euros de dommages et intérêts pour dénigrement dans la presse après son départ fracassant en juillet 2008. Avant de devenir le PDG de la chaîne entre 2007 et 2016, il en a été le DRH de 1994 à 2001. Il connaît bien les arcanes du pouvoir de la Une et la puissance du présentateur. Le ton grave, il condamne fermement l'ancienne icône et croit les femmes qui l'accusent. « Comment ne pas être surpris ou étonné ? On le voyait souvent s'afficher avec des femmes différentes. Maintenant, imaginer qu'il puisse aller jusqu'au viol, y compris dans son bureau… c'est évidemment la stupéfaction qui nous a tous touchés[1]. » Je lui demande ensuite si, en tant qu'ancien DRH du groupe pendant sept ans, il a reçu des signalements. Il m'assure que les femmes qui témoignent aujourd'hui se sont tues à l'époque.

> Mon bureau était au 5e étage, j'étais finalement assez éloigné du cœur de la rédaction. Il n'y a pas eu de manifestation auprès de la hiérarchie, que ce soit Robert Namias, Geneviève Galey, sa rédactrice en chef ou ses deux assistantes, Marie-Hélène Mille et Fanny Schwarcfeld. Aucune de ces quatre personnes, qui étaient vraiment très proches de lui, n'a jamais fait remonter l'information. Si aucune de ces personnes-là ne se doutait de quoi que ce soit, comment voulez-vous que quatre étages au-dessus, je puisse être au courant ? De plus Le Lay ou Mougeotte – aucun des deux – n'ont jamais évoqué que PPDA puisse avoir violé qui que ce soit.

L'ex-directeur des ressources humaines et ancien PDG de TF1 me certifie donc n'avoir eu aucune alerte, aucun signalement, aucun signe avant-coureur. « Si PPDA a été protégé, c'est par les femmes elles-mêmes, à leur corps défendant », analyse froidement Nonce Paolini. Selon lui, il n'y a pas de « système TF1 » comme certains journaux ont titré et le premier groupe audiovisuel français n'a pas couvert, cautionné ou fermé les yeux sur les agissements présumés de son présentateur iconique. Il évoque à tout le moins un « système PPDA ». Toutefois, Cécile Thimoreau, une ancienne grande reporter de TF1, a raconté lors de son audition[2] que des consignes auraient été passées au service Ressources humaines à la même époque : « Un cadre de la DRH m'a confié que des consignes étaient données à l'agence d'intérim qui recrutait les assistants administratifs de PPDA ou leurs représentants. Il fallait des hommes, des femmes âgées ou des femmes très fortes (il les aime fines). »

En juin 2008, tous les observateurs de la vie des médias ont été surpris par le limogeage express de la star du 20 Heures. Une liquidation rapide et sans ménagement. Rétrospectivement, certains – dont moi – se demandent si la direction de TF1 ou celle de Bouygues étaient au courant de « choses » à propos de PPDA. En 2008, la chaîne était-elle informée d'éventuelles affaires sexistes ou sexuelles à l'encontre de sa star ? Lors de mon enquête, certains m'ont parlé d'un mystérieux rapport interne sur le présentateur qui aurait été remis à la direction en 2008. Aucune trace écrite, aucun indice. Je pose la question ouvertement à Nonce Paolini. « Si j'avais été au courant de quoi que ce soit, nous aurions porté plainte et je suis convaincu qu'il y aurait eu des sanctions très lourdes à l'encontre de ce personnage. Cela aurait été sans appel, jusqu'au renvoi de PPDA de l'antenne et du groupe TF1. » L'ex-PDG en veut pour preuve son traitement expéditif de l'affaire Jacques Asline.

Le réalisateur historique du 20 Heures est l'homme de l'ombre en régie chargé de mettre en lumière chaque soir PPDA. Je me souviens de Jacques Asline en conférence de rédaction à côté de Poivre ou à errer dans les couloirs avec sa voix grave de fumeur et toujours la même dégaine : mocassins, jean bleu, veste croisée bleue et chemise blanche au col échancré. Il est un fidèle de la garde rapprochée de « Patrick » à qui il a consacré un livre publié juste après son licenciement en juillet 2008. L'ouvrage, *Présentateur vedette*, a pour long sous-titre : « Ce qu'on ne vous a jamais dit sur Patrick Poivre d'Arvor et les coulisses du 20 Heures de TF1[3] ». Une promesse ambitieuse de sept cent vingt-six pages en forme d'hagiographie sur la formidable machine à audimat de la Une. À l'intérieur de ce livre épais, deux livrets photos ont plus attiré mon regard. On découvre des clichés inédits des coulisses de la rédaction et du présentateur dans la tour ou bien sur le terrain. Jacques Asline a survécu quelques mois au départ de Poivre avant d'être limogé du jour au lendemain. Après une enquête interne diligentée par le PDG, Nonce Paolini. Ce dernier me raconte lors de notre entretien téléphonique : « Jacques Asline a été pris la main dans le sac par la sécurité du groupe TF1. Les agents l'ont surpris en train de consulter des sites pédopornographiques sur son ordinateur de travail. Il a été licencié sur-le-champ. » Plusieurs salariés de TF1 m'ont confirmé cette scène surréaliste en pleine journée. Le réalisateur du 20 Heures est sommé de suivre la sécurité de TF1. Il est mis en examen en janvier 2009 à Nanterre pour détention et consultation d'images pédophiles. Quelque temps après, Jacques Asline se suicide en se jetant sous un train à Suresnes. Il est parti avec ses secrets. Pendant ses vingt et un ans de règne à TF1, PPDA a pu compter sur la fidélité et le dévouement de son inamovible réalisateur souffrant a minima d'une grave perversion sexuelle. Celui qui, tous les soirs, murmurait à l'oreillette de Patrick.

Michèle Cotta

« Vous me parlez d'un monde qui pour moi n'a pas existé. Peut-être que j'étais aveugle. La main sur le feu, je vous dis la vérité. Moi, je n'étais au courant de rien[4]. »

C'est par ces mots fermes et convenus que la directrice de l'information de TF1 entre 1987 et 1992 réagit à l'affaire PPDA. Devant la caméra de France 2, elle me certifie qu'aucune femme de la rédaction n'est venue se plaindre de « Patrick ». Elle jure que sa porte était pourtant grande ouverte. Michèle Cotta n'entend pas quand je suggère qu'il n'était peut-être pas si simple pour une stagiaire ou une jeune journaliste de venir se confier à la directrice de l'info. Elle ne comprend pas que les accusatrices se réveillent si tard après les faits présumés. Évidemment, elle ne remet pas en cause les femmes qui témoignent, mais elle a plutôt le souvenir de l'inverse : « Patrick était entouré de femmes. Ça, on le savait et même on en plaisantait. C'était devenu un sujet de plaisanterie. On voyait des filles qui l'attendaient à la sortie du plateau, des assistantes qui se bousculaient. Ça, j'en ai des souvenirs. » Selon elle, les femmes étaient facilement impressionnées par l'aura et le statut de la star. Comme si le prince possédait un pouvoir d'attraction naturel qui excitait toutes les femmes ! Comme si Patrick était irrésistible pour la gent féminine. Une image à l'opposé de celle de prédateur sexuel présumé décrit par les enquêteurs.

Michèle Cotta conclut la discussion en répétant : « J'ai connu vraiment un Patrick Poivre d'Arvor avec lequel toutes les femmes allaient et je n'ai pas connu un Poivre d'Arvor qui sautait sur les femmes. Pour moi, ça n'existait pas. Patrick n'avait pas besoin de ça. » Le fameux argument que j'ai beaucoup entendu pendant mon enquête : « Patrick n'avait pas besoin de ça. » Ce pronom démonstratif familier « ça » qui qualifie une chose indéterminée. « Ça » pour ne pas nommer le Verbe, l'Action, l'Acte. Selon ce raisonnement Patrick n'avait pas besoin de harceler, agresser, violer pour avoir une relation sexuelle.

À la fin de l'interview, quand la caméra est coupée, je m'aperçois que Michèle Cotta n'a lu aucun témoignage publié dans la presse. Oui : aucun. Il y a eu notamment *Le Parisien*, *Le Monde*, Mediapart. Trois semaines avant notre rencontre, *Libération* faisait, le 9 novembre 2021, sa une choc avec sept pages entières de récits glaçants. Peut-être que Michèle Cotta n'a pas vu ce numéro dans son kiosque parisien.

Catherine Nayl

Catherine Nayl est une figure de TF1 à la longévité exceptionnelle. Trente-trois ans au service de la première chaîne, c'est douze ans de plus que PPDA ! À sa sortie d'école de journalisme, du haut de ses 24 ans, elle y entre en 1984, trois ans avant l'arrivée de Poivre au 20 Heures. Elle a quitté la chaîne en 2017 après avoir gravi tous les échelons. Les téléspectateurs l'ont aperçue à l'antenne comme présentatrice de feu le journal de 23 heures ou comme joker de Claire Chazal. Catherine Nayl connaît très bien la machine TF1 pour avoir été cheffe de service, cheffe d'information, rédactrice en chef du 13 Heures de Jean-Pierre Pernaut, directrice des reportages, directrice de la rédaction. En juin 2008, elle prend encore plus de responsabilités au moment du départ de PPDA en devenant directrice de l'information de TF1.

Fin septembre 2021, je lui envoie un premier texto[5] au début de mon enquête. Pas de réponse. Je découvre son témoignage écrit dans une enquête fouillée de Mediapart où elle répond longuement[6]. Catherine Nayl déclare : « Comment cela a pu se passer sur un lieu de travail, en marge de la vie d'une rédaction normale, sans que ça fasse boule de neige ? Comment, en tant qu'ancienne manager de TF1, j'ai pu passer à côté de cela ? Qu'est-ce qu'on a loupé collectivement, pourquoi on n'a pas su accueillir cette parole ? » L'ancienne haute responsable de la chaîne assure que, « à titre personnel, en tant que copine, journaliste, cheffe de service », on ne l'a « jamais prévenue de quoi que ce soit ». Avec franchise et lucidité, Catherine Nayl s'interroge : « Si cela a eu lieu à une échelle très importante, c'est une responsabilité collective. On n'a pas su interpréter des signaux faibles de manière collective et individuelle. »

Quand vous êtes journaliste à la télévision comme c'est mon cas pour la préparation du *Complément d'enquête*, vous enviez souvent vos collègues de la presse écrite qui ne sont pas dépendants d'une interview filmée et peuvent ainsi citer les propos entre guillemets. Je ne désespère pas et envoie un deuxième SMS[7] à Catherine Nayl qui parle ouvertement à Mediapart. Pas de réponse. Au début de l'année 2022, je lui envoie un long mail dont voici un extrait[8] :

> Chère Catherine,
> Je me permets de t'appeler Catherine et de te tutoyer en tant qu'ancien journaliste de la rédaction de TF1 où j'ai eu beaucoup de plaisir à travailler entre 2008 et 2011 sous ta direction. Je t'écris dans le cadre d'un documentaire que je réalise sur « l'affaire PPDA » pour le magazine *Complément d'enquête* [...]. Tu es une figure de TF1, tu as côtoyé Poivre, tu as été directrice de la rédaction puis directrice de l'information de TF1. Tu es aujourd'hui à la tête de France Inter qui met en valeur et à l'honneur le combat des femmes, la place des femmes dans la société et dans les médias. Je cherche à recueillir ton témoignage, ton expérience, ton analyse et ton regard de femme des médias.

Ce message reste encore sans réponse, alors, pour la troisième fois, je relance Catherine Nayl qui me répond enfin[9] :

> Cher Romain,
> Merci de me relancer une fois encore, je dois t'avouer que je suis jusqu'au cou dans cette présidentielle. Néanmoins ce sujet mérite qu'on s'y arrête ! J'ai longuement parlé avec la journaliste de Mediapart. Je lui ai fait part de ma sidération, du trouble dans lequel ces témoignages m'avaient plongée. Comment avons-nous pu passer à côté de quelque chose d'aussi grave, individuellement et collectivement ? Je lui ai fait part de l'incompréhension que je pouvais avoir aujourd'hui de ne jamais avoir recueilli la moindre alerte... Je lui ai parlé à elle mais je ne souhaite pas pour le moment apparaître sur TF1 ou France 2. J'ai dit non au journaliste de *Sept à huit*. Je te dis non, Romain, même si, sache-le, j'ai parfaitement confiance dans votre travail à tous les 2.
>
> Catherine

La question de Catherine Nayl est cruciale : « Comment avons-nous pu passer à côté de quelque chose d'aussi grave, individuellement et collectivement ? » Avec l'emploi du « nous », cette phrase pose la question de la responsabilité collective de TF1. Cet aveuglement conscient et/ou inconscient d'une partie de la rédaction. La garde rapprochée de PPDA et la hiérarchie de TF1 ont-elles été frappées de cécité ? L'ex-femme de télé connaît trop le pouvoir de l'image pour accepter une interview face caméra. Je le regrette encore. Son témoignage aurait été fort et aurait fait date. Personne de la période PPDA à TF1 n'a encore fait son *mea culpa* ou plus exactement son *media culpa*.

C'est dommage. Cela freine d'autres femmes à parler, à se sentir soutenues.

Patrick Le Lay

Pendant des années, TF1 a été dirigé d'une main de fer par un duo d'hommes puissants : Patrick Le Lay et Étienne Mougeotte. Deux hommes aussi respectés que craints. Et moqués par leurs marionnettes aux *Guignols de l'info* qui les font passer pour les dirigeants de la « boîte à cons ». Étienne Mougeotte a été vice-président de TF1 et directeur des antennes de 1987 à 2007. Disparu en octobre 2022, il avait, en mars 2021, refusé de répondre au *Monde* « sur un sujet qui est entre les mains de la justice ». Il n'a pas été entendu par les enquêteurs.

Il en est de même pour Patrick Le Lay, décédé le 18 mars 2020, un an avant l'éclatement de ladite affaire PPDA. À sa mort, dans un article truculent, Richard Sénéjoux brosse le portrait du « PDG du temps de cerveau disponible qui fit de TF1 une machine à audience[10] ». Cette formule lui colle à la peau depuis 2004, quand l'ex du BTP devenu grand patron de la télé raconte que le métier de TF1 est de vendre « du temps de cerveau humain disponible » à Coca-Cola. La ménagère de moins de 50 ans (et les autres) n'a pas apprécié. Une vision polémique, mais pragmatique. Connu pour ses colères froides et son caractère brutal, Patrick Le Lay avait des rapports cash avec la rédaction. Il avait lancé un jour à la Société des journalistes de TF1 : « Vous avez une carte de presse ? Les putes aussi avaient une carte sous Vichy[11] ! »

Le nom de Patrick Le Lay, surnommé « PLL », apparaît une fois dans le dossier judiciaire. Devant la police et dans la presse, une femme affirme l'avoir alerté à l'époque. C'est Muriel Réus, l'ex-directrice générale adjointe de TPS, une filiale du groupe TF1, qui a raconté avoir été agressée dans le bureau de PPDA en 2005 quand par surprise le présentateur a baissé son caleçon devant elle. Le lendemain de cette scène, Muriel Réus raconte :

> J'ai appelé Patrick Le Lay et je lui ai dit : « Il faut que je te raconte ce qui s'est passé avec PPDA hier ! » Il m'a dit : « Il n'a quand même pas osé avec toi ? » J'ai dit : « Si, il a osé et ta réponse me laisse croire que vous savez ce qu'il se passe[12]. »

À en croire Muriel Réus, il ne s'est rien passé après son rendez-vous dans le bureau de Poivre. C'était trois ans avant son éviction de l'antenne.

Les deux Patrick (Le Lay et Poivre d'Arvor) se fréquentent souvent en dehors de la tour TF1, quand PLL organise des réceptions avec le gratin de la télévision dans son appartement parisien ou bien sur le littoral breton. Patrick Le Lay est né à Saint-Brieuc, dans les Côtes-d'Armor, non loin du port d'adoption de PPDA à Trégastel. Il lancera en 2000 la chaîne celtique de TF1, TV Breizh, avec le concours de Patrick Poivre d'Arvor qui en assurera la promotion. Voici comment

PPDA parlait de PLL : « De temps en temps, je monte au treizième et au quatorzième étage. On a gardé un treizième chez nous. Et je vais parler au chef ou au chef n° 2. On se connaît depuis longtemps, depuis les premiers coups de houle, on se tutoie, on s'agace souvent mais on se respecte : je crois même qu'on s'aime bien[13]. » Cette proximité évidente entre le big boss et le boss de la présentation pendant de si longues années a-t-elle mis des œillères à Patrick Le Lay ?

Robert Namias

« Bob » est son surnom. « Bobby », son deuxième surnom. « Robert », son prénom. « Namias », son nom de famille. À ne pas confondre avec Fabien Namias, son fils, actuel directeur général adjoint de LCI, la chaîne info de TF1. Robert Namias, donc, a été rédacteur en chef du 20 Heures de PPDA, puis directeur emblématique de l'information de TF1 de 1996 à 2008. Il a quitté cette année-là TF1 avec l'eau du bain. On peut préciser que sa femme, Anne Barrère, travaillait toutes les semaines avec PPDA en tant que productrice de son émission littéraire *Ex libris*.

Robert Namias est un personnage incontournable de la hiérarchie de TF1. Avec Nonce Paolini, il est l'un des seuls survivants de la direction de l'époque. Depuis l'explosion de l'affaire en février 2021, « Bobby » n'est pas très prolixe sur le sujet « PPDA et ses accusatrices ». Il a donné quelques bribes d'interview pour la presse écrite, mais a refusé toutes les sollicitations de la radio ou de la télé, dont les miennes (on y reviendra).

Le 16 mai 2022, Robert Namias sort enfin de son silence audiovisuel. Il est l'invité de France Inter, la chaîne dirigée par Catherine Nayl, sa successeure à la tête de l'info à TF1 en 2008. Oui, le monde des médias est petit et nombreuses les passerelles entre grands groupes. Il est reçu dans l'émission *L'Instant M* présentée par Sonia Devillers, l'œil aiguisé et la voix critique des médias. Mais bien avant de parler de l'affaire PPDA, il est surtout question de *Mortelles comédies*, le premier polar de Robert Namias. Vous apprécierez le bandeau du livre : « Petits meurtres en direct. Rejoignez le jeu de massacre. » Le pitch de l'éditeur, L'Observatoire, est tout aussi haletant : « Dans ce thriller cruel et caustique, Robert Namias brosse un portrait au vitriol de la scène médiatique et politique. Un jeu de dupes jubilatoire. » À la fin de l'interview par Sonia Devillers viennent les questions sur l'affaire PPDA. Robert Namias prend le temps de marteler sa réponse bien préparée : « Ces femmes doivent être entendues, doivent être crues, il faut les soutenir. Depuis un certain temps, j'échange avec certaines d'entre elles. Certaines m'ont écrit après la diffusion de *Complément d'enquête* comme Mathilde – dont le témoignage est absolument accablant –, qui m'a écrit longuement sous son vrai nom. » Robert Namias cite mon reportage dans lequel il n'a absolument pas voulu apparaître (on y vient). Dommage. Au micro de France Inter, l'ancien directeur de l'information de TF1 répète : « Nous ne savions rien […] les agressions, les viols, on ne savait absolument pas. Mais pas du tout. » Dans cet *Instant M*, pas d'instant décisif pour Robert Namias. Il conclut l'interview ainsi : « Il faut que la justice fasse son travail. Poivre d'Arvor nie tout. Très bien. Que la justice fasse son travail. Les histoires de prescription, de classement sans suite, ce n'est pas possible. On ne peut pas s'abriter derrière ça pour que ces femmes ne puissent pas parler. »

Tout comme Patrick Le Lay aurait été prévenu en 2005, le nom de Robert Namias est cité par une accusatrice de PPDA. Cécile Thimoreau, grande reporter à TF1, affirme s'être plainte du présentateur dès la fin des années 1990. Devant le major de la police[14], elle raconte cette scène survenue au domicile de PPDA : « Il m'a sauté dessus. Il me touchait les seins, il disait des choses sur mes seins. Je l'ai repoussé vivement, j'ai crié : “Tu me lâches ou demain toute la rédaction est au courant.” Il a lâché. » Le lendemain, encore sous le choc, Cécile Thimoreau se confie à Fanny, l'assistante de PPDA qui, selon son témoignage, lui aurait répondu : « Mais évidemment, tu croyais quoi ? » Elle en parle à Robert Namias en qui elle a toute confiance à l'époque, qui lui aurait répondu : « Il fait chier, il fait chier, on va s'occuper de lui. »

Au sujet de cette conversation, Robert Namias a déclaré à Mediapart : « Je n'en ai aucun souvenir, ça ne veut pas dire que ça n'a pas existé[15]. » Réponse alambiquée qui m'interroge. Après une demande d'interview restée sans réponse, j'appelle l'ex-haut responsable sur son portable[16]. On ne peut pas dire qu'il soit ravi qu'un ancien de la maison TF1 enquête sur l'ex-star de la chaîne. Le ton est tendu, mais courtois. « Je ne vous réponds pas » sera sa réponse favorite :

— Bonjour, monsieur. Pardonnez-moi de vous déranger, c'est Romain Verley. Je suis journaliste réalisateur pour *Complément d'enquête* sur France 2. Est-ce que je vous dérange ?
— Oui, oui.
— Est-ce que vous avez eu mon message, il y a quelques jours ?
— Oui.
— Et vous ne m'avez pas répondu ?
— Non.
— Et pourquoi vous ne voulez pas répondre à France 2 ?
— Je ne vous réponds pas.
— Est-ce que vous étiez au courant de « choses » sur PPDA ?
— Je ne vous réponds pas.
— Et pourquoi vous ne voulez pas répondre ?
— Je ne vous réponds pas. Je ne vais pas raccrocher car je suis quelqu'un de bien élevé.
— Aujourd'hui, vingt-cinq femmes accusent Patrick Poivre d'Arvor de harcèlement sexuel, d'agression sexuelle et de viol. Quelle est votre réaction ?
— Je ne vous réponds pas.
— Est-ce que Cécile Thimoreau est venue se plaindre auprès de vous ?
— Je ne vous réponds pas. Ce sont des méthodes que je n'accepte pas, qui n'étaient pas les méthodes qui étaient les miennes lorsque je faisais ce métier.
— Vous ne répondrez jamais ?
— Je ne réponds pas.
— Est-ce que la direction de TF1 était au courant que le présentateur du 20 Heures avait des « problèmes » avec les femmes ?
— Ce sont des méthodes inadmissibles. Je pense que vous pouvez raccrocher.
— Mais écoutez, je fais mon travail de journaliste.
— Non, pas du tout.
— Vous avez été haut responsable à TF1, vous avez été rédacteur en chef du 20 Heures, vous avez été directeur de l'information.

— Vous attendez quoi ? Que je raccroche ?
— Non, pas du tout. J'attends des réponses.
— Mais je vous ai dit que je ne vous répondrais pas. Vous n'êtes pas la police ?
— Non, non, pas du tout. Je suis journaliste.
— Alors je répondrai à la police si elle me convoque.
— Je suis navré que vous ne participiez pas à ce reportage. Je vous souhaite une bonne journée.
— Au revoir, monsieur.

À ce jour, Robert Namias, directeur de l'information de TF1 de 1996 à 2008, n'a pas été entendu par les enquêteurs, pas plus que ses prédécesseurs Michèle Cotta (1987-1992) et Gérard Carreyrou (1992-1996). Comme m'a confié ironiquement un ancien journaliste de la maison, les directeurs successifs de l'information de TF1 semblent ne jamais avoir eu d'information ; alors de quoi étaient-ils au courant ?

TF1 aujourd'hui

Le silence de TF1 est assourdissant à propos de l'affaire PPDA. À ce jour, la première chaîne de France n'a jamais publiquement pris la parole et n'a diligenté aucune enquête interne. En résumé, PPDA a quitté la chaîne en 2008, donc ce n'est plus l'affaire de TF1. C'est du passé. La nouvelle direction en place ne se sent pas comptable, redevable ni responsable de son histoire ancienne, qui pourtant entache son image de premier groupe audiovisuel français. Pour reprendre le bon titre de *L'Obs* : « PPDA, le fantôme de TF1[17] ».

La direction d'antan a semble-t-il toléré que PPDA ait des rapports sexuels fréquents sur son lieu de travail avec des femmes. L'indéboulonnable joker de Jean-Pierre Pernaut, Jacques Legros, a ainsi récemment déclaré : « À chaque fois qu'on voyait passer une jeune fille jolie, on se disait : "Ah, pourvu que Poivre ne la croise pas..." [...] C'est tout ce qu'on savait, le reste, c'était derrière la porte[18]. » Alors, la première chaîne a-t-elle assez protégé à l'époque ses salariées, comme le stipule le Code du travail ? A-t-elle failli à son obligation de sécurité ? La chaîne TF1 en tant que personne morale peut-elle être tenue pour responsable de ne pas avoir suffisamment protégé les « invitées de Patrick » ? J'ai contacté la direction de la communication de TF1 pour obtenir un entretien avec Thierry Thuillier, l'actuel directeur de l'information, ou Gilles Pélisson, le PDG de la chaîne depuis 2016. Pas d'interview télévisée. Le groupe connaît trop l'impact d'une telle prise de parole face caméra pour s'en détourner. Il faudra que je me contente de cette déclaration écrite envoyée par mail[19] :

> Le Groupe TF1 a pris connaissance de ces témoignages avec une vive émotion, salue le courage de ces femmes qui témoignent et est très sensible à leur souffrance. Le Groupe TF1 condamne fermement toutes les formes de violence et de harcèlement, comportements ou propos inappropriés et rappelle que la règle qui s'impose à tous dans l'entreprise est la tolérance zéro. Il a donc renforcé les dispositifs existants pour favoriser encore la libération de la parole en interne, s'engageant avec force pour que toute parole soit entendue.

Service minimum. En off, un actuel chef de TF1 m'explique que les choses semblent être pourtant prises très au sérieux dans le groupe. Le directeur de l'information est passé dans chaque service pour que la parole se libère. Une référente harcèlement a été nommée. Les salariés peuvent se confier au service médical, à un membre RH formé à l'écoute ou à une cellule psy disponible vingt-quatre heures sur vingt-quatre par téléphone.

Dans cette affaire, TF1 a joué sans le vouloir un rôle d'accélérateur incontrôlable. Quinze jours après les révélations de Florence Porcel dans *Le Parisien* le 18 février 2021, PPDA s'invite dans l'émission *Quotidien* sur TMC, chaîne du groupe TF1. Le 3 mars 2021, devant un Yann Barthès mal à l'aise et pas très pugnace, Patrick Poivre d'Arvor prend l'ascendant, décrédibilise le témoignage de Florence Porcel et toutes les femmes qui l'accusent de manière anonyme. L'ex-vedette du petit écran déclare avec une formule alambiquée : « De ma vie, jamais je n'ai consenti, je n'ai accepté une relation qui ne serait pas consentie, une relation qui serait forcée, qu'elle soit sentimentale ou sexuelle. » Pendant vingt-six minutes, il se défend et confesse *a minima* : « Ce comportement où il y avait parfois des petits bisous dans le cou, du charme ou de la séduction n'est plus accepté par les jeunes générations. Je le regrette. » Pour terminer, il implore : « Ne piétinez pas l'innocence. » Ces dénégations publiques – les premières et les dernières à ce jour – ont ulcéré et convaincu des dizaines de femmes à sortir de l'ombre et à témoigner.

Neuf mois après ce tollé, l'émission *Sept à huit* de TF1 diffuse un reportage de quarante minutes sur les accusations portées à l'encontre de son ex-star. Ironie de l'histoire, le sujet du 12 décembre 2021 est lancé par Harry Roselmack, ancien joker de PPDA à la présentation entre 2006 et 2008 et rival désigné selon PPDA. Exercice de style périlleux pour la chaîne qui tente de rester factuelle sans éclabousser l'ancienne direction et son image actuelle. Quatre femmes témoignent et accusent PPDA d'agression et de viol, ce que ce dernier conteste une nouvelle fois par la voix de son avocate, Me Jacqueline Laffont-Haïk. C'est glaçant ; comme l'histoire de Caroline – son prénom a été changé –, qui raconte qu'elle a été violée à l'âge de 16 ans en 1988 après être venue demander une dédicace du dernier ouvrage de PPDA, *Les Femmes de ma vie*. Comme le rapporte Aude Lorriaux dans *20 Minutes*[20], ce témoignage est déjà paru dans la presse en février 1989 avec pour titre « Un satyre à TF1[21] ». Le lecteur et la lectrice remarqueront aisément le (mauvais) jeu de mots avec le verbe tirer. Le terme « satyre » a pour synonyme : exhibitionniste, voyeur, vicieux, pervers, obscène. Le nom du journaliste n'est pas cité, anonymisé en « Grand Méchant Loup », mais il est facilement reconnaissable. Écrit par Jean Roberto et paru dans le journal *Minute*, l'article a pour chapeau « Quand une star abuse une lycéenne ». Déjà en 1989, TF1 aurait pu s'alerter de cette publication qui semble incriminer son présentateur vedette.

Ce silence indélébile de TF1 résonne encore dans la nuit du 26 octobre 2022. Un collectif de colleuses a placardé des prénoms de femmes écrits à l'encre noire aux abords de TF1. Au second plan, on voit la tour obscure et triomphante de la première chaîne. Je découvre cette photo percutante passée presque inaperçue sur Instagram[22], likée par cinquante-six personnes, avec ce texte fort reproduit ici dans sa totalité :

> L'article qui raconte le viol de Caroline a été publié dans les derniers jours de février 1989, l'année où j'ai commencé à travailler à TF1. Personne, ni du côté de la justice ni dans la hiérarchie de la chaîne, ne s'est alarmé du crime. Un crime si visible, si flagrant, dénoncé dans un journal diffusé nationalement et qui ne provoque aucune réaction est un crime reproductible et parfait. La série est la conséquence de l'indifférence. Quand la liste des victimes s'allonge sur des décennies, on préfère croire au monstre pour se détourner d'une responsabilité collective. Si une autorité s'était inquiétée du sort de l'adolescente abusée, je n'aurais pas été violée. Si Marie-Laure avait pu porter plainte et que cette plainte avait pu être instruite, Caroline n'aurait pas été violée. Si les deux Nathalie avaient pu se parler et être crues, Marie-Laure n'aurait pas été violée. Je n'aurais jamais entendu parler d'Agathe, des deux Alexandra, d'Aline, des deux Amandine, d'Anouk, d'Armelle, d'Astrid, des deux Aude, de Béatrice, de Bénédicte, de Camélia, des deux Camille, de Candice, des deux Cécile, de Céline, de Chantal, de Charlotte, de Chloé, des cinq Claire, de Clémence, de Diane, d'Élisabeth, d'Élodie, d'Émilie, des deux Emmanuelle, de Florence, d'Héloïse, des deux Isabelle, de Joséphine, de Julie, de Justine, de Karin, de Laëtitia, de Lauren, de Lisa, de Maïté, de Margot, de Marie, de Marion, de Mathilde, de Monique, de Muriel, de Nora, de Pauline, de Stéphane, de Stéphanie, de Sonia.

Un peu partout depuis deux ans s'affichent dans Paris des messages qui dénoncent l'omerta dans l'affaire PPDA. L'opération est menée discrètement à la nuit tombée par les colleuses parisiennes[23] qui recouvrent les murs de la Ville lumière. Il faut faire vite pour repérer et filmer les écritures et les slogans, car ils sont souvent lacérés, effacés et nettoyés. Comme si les passants – nous en sommes – ne voulaient pas voir et pas savoir. Je cite quelques-uns de leur message pour laisser une trace écrite :

La prescription c'est ce que les hommes ont trouvé de mieux pour se protéger entre eux
Nous sommes les prescrites, les classées, les sans-suite
La parole et la colère n'ont pas de prescription
PPDA se dit diffamé : la justice obéit
90 témoignages contre PPDA mais l'impunité demeure
En France, la notoriété protège les violeurs
PPDA Serial Violeur
Soutien aux victimes de PPDA
PPDA Coupable, TF1 complice

Bouygues

Depuis 1987, la première chaîne appartient au géant mondial du BTP Bouygues. À l'époque, le fondateur, Francis Bouygues, attire les grandes stars de la télé comme Anne Sinclair, Christine Ockrent, Yves Mourousi et Patrick Poivre d'Arvor. Et, comme l'écrit Serge Raffy, le magnat du béton « a un faible pour le présentateur. Il ne le cache pas. À plusieurs reprises, il l'a invité dans sa maison bretonne, près de Saint-Malo. Les deux hommes ont passé des jours entiers à pêcher le bar. Au cours de ces parties en mer, ils ont pu se faire des confidences. Poivre a découvert un homme fasciné par le cinéma, toujours prêt à s'enflammer pour les récits romanesques[24] ».

Francis Bouygues nomme Patrick Le Lay et Étienne Mougeotte à la direction en leur donnant pour mission de bâtir un empire audiovisuel. Le signe TF1 devient alors *Un pouvoir*, pour reprendre le titre du livre de référence de Pierre Péan et Christophe Nick[25]. Depuis, c'est le fils, Martin Bouygues, le capitaine d'industrie.

La palme de la réponse la plus rapide pour une demande d'interview est attribuée au directeur de la communication du groupe Bouygues. J'envoie un mail le 15 février 2022 à 16 h 37. Réponse reçue le jour même à 16 h 51. Il faut dire qu'il ne fallait pas plus de quatorze minutes pour écrire ce texte laconique : « Bonjour, monsieur. Merci de l'intérêt que vous portez au groupe Bouygues. S'agissant d'un ancien journaliste de notre filiale TF1, le mieux est de contacter directement la directrice de la communication de TF1 qui traitera votre demande. L'ensemble de la communication sur ce sujet est géré par TF1 depuis le début. Merci de votre compréhension. Bien à vous[26]. »

Retour à l'envoyeur TF1 qui ne souhaite pas répondre comme Bouygues. Une personne haut placée de la chaîne m'a confié que le géant du BTP ne bouge pas, ne parle pas sur le dossier PPDA parce que pour le moment l'affaire n'a pas fait dévisser le cours de l'action en Bourse. Comme à l'époque PPDA, la rentabilité avant tout.

LA GARDE RAPPROCHÉE

L'agent de sécurité

Philippe Lieber est marathonien. Il s'entraîne plusieurs fois par semaine en Normandie, sur le chemin côtier qui surplombe les falaises escarpées de Fécamp. Jusqu'en 2019, année de sa retraite, il a été coordinateur de la sécurité de TF1 pendant vingt-cinq ans. Nostalgique, il court avec un maillot sur lequel on reconnaît le petit logo bleu blanc rouge de la chaîne. Pour notre rencontre, il a ressorti sa tenue du marathon de New York qu'il a couru fièrement avec « Patrick » en 2001. À l'époque, le vigile est un pilier de la section Sport Aventure de TF1. Il se souvient que Patrick venait parfois s'entraîner avec eux à la pause déjeuner. Philippe Lieber me raconte[1] qu'il est flatté que le présentateur star du 20 Heures lui demande des conseils pour la course. Après les attentats du 11 Septembre, plusieurs journalistes de la rédaction et des têtes d'affiche de la chaîne s'inscrivent donc au marathon de New York. Denis Brogniart, le chef de file, propose à Philippe Lieber de les accompagner.

Lui, le coordinateur de sécurité, est très touché de faire partie de la délégation officielle de TF1. Il a gardé une précieuse photo de l'équipe. Il fait un super temps, il boucle les 42 kilomètres du parcours en deux heures cinquante minutes. Le « présentateur finisher » termine pour sa part son premier marathon en plus de quatre heures. Encore admiratif, l'ancien agent de sécurité se souvient que PPDA est reconnu dans les rues de New York par tous les Français et toutes les Françaises. Il prend volontiers la pose avec les badauds. Le soir venu, Philippe Lieber est invité à boire le champagne dans la suite de Patrick avec vue sur Central Park. Un honneur.

Cette escapade outre-Atlantique avec les gens célèbres de TF1 l'a changé de son quotidien. Philippe Lieber est d'astreinte de 19 heures à 7 heures du matin. Ils sont six coordinateurs à occuper le poste à tour de rôle, trois cent soixante-cinq jours par an. Sa fonction : assurer la sécurité au moment stratégique du 20 Heures, puis dans la tour TF1 pendant la nuit. Sa mission : accueillir les invités prestigieux du journal, Premier ministre, chef de parti, comédienne ou star de Hollywood. Puis les escorter sur le plateau du JT. Philippe Lieber me raconte qu'il a observé de près le ballet des « invitées de Patrick », presque chaque soir. Il avait une place de choix dans son bureau du rez-de-chaussée qui donne sur le grand hall d'entrée. Une vigie derrière une vitre sans tain. Devant l'objectif de la caméra, il décrit l'aura de « Patrick » :

Il a énormément de charisme, tout ce qui brille attire les gens quel que soit leur sexe. Patrick a un pouvoir de séduction, incontestablement. Il recevait des étudiantes en journalisme, des écrivaines, des femmes. Ça ne me regarde pas. Il aime les femmes. OK, il reçoit, il échange. Je n'ai jamais vu une invitée arriver sous la contrainte. Patrick a une invitée qui a été enregistrée par son assistante. On répond à la demande.

L'ancien soldat de la marine française exécute les ordres. Il applique la procédure édictée par TF1 : une invitation dans le logiciel « gestion des visiteurs » = un badge « visiteur » = une entrée sur le plateau = une invitation dans le bureau = une sortie de TF1. Parfois, la procédure n'est pas respectée à la lettre. Il arrive que les assistantes de PPDA, Fanny ou Marie-Hélène l'appellent, sur son poste à l'improviste en lui demandant une faveur. Devant la caméra, il mime le geste de prendre le combiné d'un téléphone : « Salut, Fifi, Patrick attend quelqu'un. Elle s'appelle machine. Est-ce que tu peux l'amener sur le plateau, ça ne te dérange pas ? — OK, pas de problème. Je te l'amène. »

Vers 19 h 30, le coordinateur de sécurité se poste devant la porte du studio du JT au premier étage. Il est le gardien du plateau pour éviter toute intrusion de visiteurs curieux qui errent dans les couloirs de TF1. Les journalistes de la rédaction n'y ont pas non plus accès – je n'y suis jamais entré. Philippe Lieber ouvre la lourde porte blanche pour laisser passer les cadreurs, l'éclairagiste, le chef plateau, l'assistante plateau, la maquilleuse et la prompteuse. Dans cette effervescence avant 20 heures, l'agent de sécurité aperçoit régulièrement Fanny ou Marie-Hélène arriver vers lui en compagnie d'une inconnue. Il sait que c'est « l'invitée de Patrick ». Un simple regard complice et machinalement il ouvre la porte du studio. La jeune femme n'a pas besoin de présenter son badge « visiteur ». Elle est donc placée sur une chaise pliante à côté de la caméra 1. Philippe Lieber se souvient encore de l'excitation qui régnait quelques instants avant le début du générique.

> À une minute de l'antenne, Patrick n'est pas encore en plateau. Ça met en stress toutes ses équipes, évidemment. « Patrick, Patrick, dépêche-toi », répète son assistante plateau. À une minute de l'antenne, c'est le stress total et je vois arriver mon Patrick tranquillement. Il me voit et chaque fois, il me serre la main. « Philippe, tu vas bien, tu as bien couru, tu t'entraînes toujours ? — Oui, oui, merci, Patrick. »

Quand il me raconte cette anecdote, il n'en revient toujours pas. Le prince est flatteur. « Quand je voyais Patrick Poivre d'Arvor, je me disais "grand seigneur" dans le sens noble du terme, un "grand monsieur" par rapport à son statut. Je le sentais bienveillant vis-à-vis des gens, des gens extérieurs à TF1. Je l'ai toujours vu en mode "contrôle". Pour moi, Patrick était empathique envers les gens. » Philippe reste sous le charme du Roi-Soleil qui accorde des égards à certaines personnes de TF1.

Quand je lui demande : « Est-cc quc pendant votre carrière, vous avez déjà eu un signalement d'une femme qui s'est plainte d'un comportement inapproprié de Patrick Poivre d'Arvor ? », les yeux oscillent à gauche, à droite, vers le haut, comme si Philippe Lieber se remémorait toutes les invitées du soir quand il était de garde. « Jamais. Jamais. Jamais. » L'adverbe est répété trois fois, fermement. Je continue mes questions :

— Vous pensiez que les femmes étaient invitées pour boire une tisane ?
— Je ne suis pas là pour juger. Je ne vais pas toquer ou essayer de savoir ce qu'il se passe, ça ne me regarde pas.
— Aujourd'hui, au moins douze femmes accusent PPDA d'agression sexuelle ou de viol commis dans son bureau. Vous ne vous êtes jamais posé la question de savoir ce qu'il se passait dans son bureau ?
— Je n'ai jamais vu une femme sortir du bureau en état de stress ou choquée. Dès l'instant où elle ne part pas en pleurs ou en état de choc parce qu'elle a subi une agression, je n'interviens pas. J'interviens s'il y a un souci. Je ne l'ai jamais perçu comme un goujat ou un « lou » comme on dit en Normandie.

À écouter Philippe Lieber, l'un des coordinateurs de sécurité de TF1 le soir, il n'a rien su, rien vu, rien perçu. Il me certifie qu'aucune femme n'est venue se plaindre auprès de lui dans le hall de TF1 à sa sortie. Il n'a jamais entendu parler d'un seul signalement. Sinon, la procédure aurait été appliquée à la lettre : le coordinateur du soir fait un rapport d'incident à son directeur de la sécurité qui lui-même transmet à la direction générale du groupe. Contacté, le directeur sécurité et sûreté de TF1 nouvellement à la retraite, n'a pas pris la peine de me répondre[3] à la différence de son subalterne Philippe Lieber. Ce dernier m'affirme ne pas avoir été aveuglé par l'aura de PPDA et par son pouvoir presque magnétique au sein de la rédaction. Philippe Lieber semblait plus se préoccuper de la sécurité et de l'intégrité de la star de TF1 que des « invitées de Patrick ». Bref, il n'a fait que son boulot.

À la fin du journal, Philippe Lieber envoyait ses équipes faire des rondes dans les étages. Si le coordinateur sécurité était salarié de TF1 en CDI, les vigiles étaient des vacataires envoyés par des sociétés privées de sûreté et de gardiennage comme Securitas, G4, Brinks ou Goron. Patrick Poivre d'Arvor, en raison de son statut, avait l'autorisation de garer son scooter devant la tour TF1. Ainsi, le soir venu, il n'était pas obligé de descendre dans le parking au niveau – 1 pour récupérer son deux-roues. Quand Philippe Lieber apercevait PPDA sur les écrans de contrôle du hall d'entrée, accompagné ou pas d'une femme, il savait que le présentateur quittait les lieux, à une heure souvent tardive. Parfois après minuit. Il prenait son talkie-walkie pour prévenir le vigile en ronde dans les étages. Il mime la scène comme s'il avait encore son talkie-walkie : « Salut, c'est Fifi. M. d'Arvor est parti. — OK, on peut fermer son bureau, terminé. » Le vigile refermait alors à clef la porte du bureau de Patrick Poivre d'Arvor. Deuxième étage, au fond à gauche.

Je quitte Philippe Lieber, la soixantaine éclatante, qui me fait une démonstration de skateboard devant le garage de sa maison. Je fais marche arrière, destination Paris. Le marathonien préfère garder en souvenir les autres courses qu'il a eu la chance de courir avec « Patrick ». « Il aimait nous rejoindre le week-end, comme pour le triathlon de l'île Maurice. On était comme des copains, même s'il y avait toujours une forme de respect. Je me souviens que pendant l'épreuve de course à pied, on s'est arrêtés ensemble pour faire pipi dans les champs de canne à sucre. Avec le sport, les barrières sautent! » C'est bien connu, quand deux hommes urinent côte à côte au grand air, ils ont franchi un cap.

Depuis le début de mon enquête, il y a une chose qui m'intrigue. Plusieurs personnes du groupe m'ont mis sur une étrange piste d'enquête, mais je n'ai pas réussi à trouver des éléments matériels. Ce n'est pas une mince affaire. Existe-t-il des images de vidéosurveillance où on verrait des femmes entrer ou sortir du bureau de PPDA ? Des images où on devinerait des femmes perdues dans les couloirs ou pressant le pas dans le hall d'entrée après leur passage dans le bureau ? Cela paraît assez surréaliste et pourtant, je sais que la maison mère de TF1 est très vigilante sur la sécurité. Bouygues a des yeux partout. Bouygues sait tout. Depuis 1988, le siège social de Bouygues est niché dans un écrin de verdure à Guyancourt, dans les Yvelines. Il a été baptisé pompeusement « Challenger » comme la navette spatiale américaine. Ce vaisseau amiral futuriste et un brin mégalo est composé de deux bâtiments en forme de triangles et d'un bâtiment principal constitué de deux arcs de cercle. Une sorte de Grand Palais moderne qui aurait pu servir de décor à un *James Bond* des années 1990. On raconte que, au PC sécurité de « Challenger », arriveraient les images de vidéosurveillance de toutes les activités du groupe Bouygues et notamment de TF1. Rumeur ou pas ?

Sur la présence ou pas de caméras de surveillance à TF1, Philippe Lieber me répond très clairement :

> Les caméras sont implantées sur les extérieurs aux quatre coins du bâtiment. Il y a aussi des caméras de contrôle dans les halls d'accueil et dans certains couloirs. Les bandes vidéo sont stockées pendant huit jours avant d'être détruites comme y oblige la loi. À TF1 ? Il n'y a jamais de caméras dans les endroits privatifs, jamais dans les open spaces, jamais dans les bureaux.

Évidemment, il n'y avait pas de caméra de surveillance dans le bureau de l'homme le plus regardé de France.

Un détail m'a interloqué : à l'angle du bâtiment TF1 à Boulogne-Billancourt, côté Seine, au croisement du quai du Point-du-Jour et de l'avenue de la Voie lactée, une caméra est accrochée sur l'arête de la façade, à quatre ou cinq mètres de hauteur. Elle filme les mouvements à l'extérieur de la tour. Cette caméra est fixée à hauteur du 2e étage de la rédaction. Dans son angle de vue, elle ne pouvait pas pivoter sur la gauche et espionner ce qu'il se passait à l'intérieur de ce 2e étage où se situait le bureau de PPDA. Entre 1992 et 2008, les caméras de surveillance de la tour TF1 étaient toutes occupées à filmer ce qu'il se passait dehors, pas entre les murs.

La rédactrice en chef

Patrick Poivre d'Arvor a eu trois rédacteurs en chef attitrés pendant ses vingt et un ans à TF1 : Pierre Géraud (qui ne m'a jamais répondu[4]), Robert Namias (on l'a vu, notre conversation téléphonique a été plutôt courte et sèche) et Geneviève Galey, « la rédactrice en chef, si précieuse, si efficace, si vigilante[5] » selon les mots de PPDA.

Geneviève Galey a commencé à TF1 en travaillant pour Anne Sinclair, avant d'intégrer le service politique en 1983 et de présenter le dernier journal de la Une, *TF1 Nuit*, de 1988 à 1991. En 1993, elle rejoint l'équipe du journal de Claire Chazal ; l'année suivante, elle est nommée rédactrice en chef du JT de Patrick Poivre d'Arvor, poste qu'elle tiendra pendant quatorze ans. Une longévité exceptionnelle dans ce métier. Quand j'appelle Geneviève Galey[6], elle me lance : « Verley, ça me dit quelque chose. » Elle m'a commandé, corrigé et validé mes premiers sujets diffusés dans le 20 Heures de Poivre. La conversation s'engage assez vite. La désormais retraitée n'est pas enchantée par mon appel, car elle est très remontée au sujet de cette affaire PPDA qui arrive, selon elle, très longtemps après son départ de TF1. Elle a eu « Patrick » au téléphone il y a peu, il est « six pieds sous terre ». L'ancienne rédactrice en chef du 20 Heures de TF1 refuse elle aussi le principe d'une interview télé. Malheureusement. Elle accepte cependant de me parler pendant trente minutes du « présentateur brillant », de son « intuition » pour les sujets qui vont faire la une du soir et de son rapport avec la gent féminine. Elle me certifie qu'aucune femme n'est venue se plaindre auprès d'elle d'un comportement déplacé, d'une agression sexuelle et encore moins d'un viol. Avant de continuer :

Il s'est peut-être passé des choses que je ne connais absolument pas à l'intérieur de son bureau ou chez lui, mais je n'ai jamais

> entendu parler de quoi que ce soit. Comme j'étais une femme rédactrice en chef, elles auraient pu me le dire. C'est ça qui me trouble vraiment. S'il s'est comporté de manière épouvantable, il faut le dénoncer.

« Patrick et les femmes », c'est une lapalissade. Geneviève Galey raconte que tout le monde savait qu'il était dragueur. « Il n'y avait qu'à regarder *Match* tous les ans à Cannes, il était sur le tapis rouge avec une femme. Il n'y a pas besoin d'être grand clerc pour savoir qu'il était séducteur. Il a un côté charmant. Quand ça marche, ça marche. Quand ça marche pas, ça marche pas. » Elle se souvient que tous les matins, un gros sac de courrier arrivait pour « Patrick ». Il prenait le temps de répondre à tous et à toutes. Cela lui prenait un temps fou dans sa journée de boulot. La rédactrice en chef concède :

> Oui, c'est vrai qu'il a invité des nanas à venir voir le journal. On a vu des filles le rencontrer pour recevoir quelques leçons de journalisme. Des filles venaient pour avoir un coup de main pour sortir leur premier livre et ça marchait. Je leur montrais le journal et après je leur disais : « Au revoir, madame. » Si après PPDA les invite au resto ou dans son bureau, ce n'est pas mes oignons. Elles ne venaient pas sous la contrainte. Elles étaient majeures et vaccinées. C'étaient des rapports entre adultes. On est capable de dire non à des avances de quelqu'un.

Geneviève Galey avait son bureau à moins de cinq mètres de celui de PPDA, simplement séparé par les deux bureaux des assistantes de Patrick. Vers 21 heures, elle quittait la rédaction après une grosse journée de travail commencée tôt à TF1. « Je suis mère de famille, je rentrais chez moi car je voulais voir mes enfants avant qu'ils ne se couchent. On travaillait beaucoup pour ce journal. Après le JT, tout le monde s'évaporait. »

Le nom de Geneviève Galey apparaît dans l'audition d'une accusatrice de PPDA qui travaille toujours pour le groupe TF1 et souhaite garder l'anonymat. J'ai rencontré longuement celle qui se fait appeler « Chloé », le 21 janvier 2022, dans un café de l'Ouest parisien. Elle a aussi livré son récit de manière anonyme au journal *Libération*[7] et à Mediapart[8]. Les faits qu'elle décrit remontent à 2003 quand, jeune journaliste à TF1, elle est convoquée dans le bureau de PPDA en plein après-midi par son assistante Fanny. Selon « Chloé », le présentateur veut lui parler d'un de ses reportages. Devant les enquêteurs[9], la journaliste de TF1 raconte :

> Il m'a dit un truc du genre : « Vous savez… vous avez beaucoup d'atouts », et il s'est levé de sa chaise, il m'a embrassée et m'a renversée sur son bureau en même temps, très rapidement, sans que je puisse réagir, il a mis une de ses mains dans ma culotte et l'autre dans mon soutien-gorge tout en continuant à m'embrasser. Il m'a pénétrée digitalement le vagin. J'étais sidérée, je ne l'ai pas frappé, je n'ai pas hurlé, j'ai essayé de me dégager, j'ai dit : « Non, Patrick » en essayant de le repousser.

Chloé se souvient que la porte de son bureau était grande ouverte : « Geneviève Galey était dans son bureau qui était comme une antichambre du bureau de PPDA, elle était avec ses secrétaires. Je me suis dit : “Elles vont entendre, elles vont croire que je suis consentante.” »

Dix-huit ans plus tard, Chloé porte plainte pour viol. La journaliste Marine Turchi de Mediapart a interrogé aussi Geneviève Galey qui affirme : « Jamais une fille n'a pu avoir un truc comme ça avec la porte ouverte, ce n'est pas possible ! Si les secrétaires avaient entendu, elles auraient fermé la porte ! Moi, si j'avais été secrétaire, discrètement, je fermerais la porte. Je ne crois pas une seconde cette histoire-là, mais après tout, elle l'a dit, elle l'a dit[10]. »

Lors de ma conversation avec Geneviève Galey, je suis aussi revenu sur les déclarations de Chloé devant les enquêteurs. Elle m'a tenu les mêmes propos d'un ton agacé : « Écoutez, vous croyez franchement que si c'était exact, une des deux assistantes n'aurait pas poussé la porte, ne serait-ce que par politesse, c'est leur boulot ! Vous pensez que moi j'ai entendu quelque chose, je n'ai jamais entendu une fille sortir de là, ébouriffée, disant à l'aide ou taper à la porte. » La dévouée rédactrice en chef de PPDA pendant quatorze ans a-t-elle manqué de clairvoyance et de discernement sur son puissant présentateur ?

Les deux assistantes

Lors de mes conversations avec d'anciens ou d'actuels salariés de TF1, les noms de deux personnes sont souvent revenus. « Il avait une collaboratrice qui était une mère poule pour lui, qui le protégeait, un truc de malade. C'est dingue le rapport qu'elle avait avec lui. [...] Pour moi, les deux personnes habilitées à pouvoir vous parler de lui, ce sont ses deux assistantes. » Même l'ancien PDG de TF1, Nonce Paolini, m'a orienté vers elles.

PPDA a eu deux assistantes à son service pendant ses vingt et un ans à TF1. Toute la rédaction les appelle par leur prénom : Fanny et Marie-Hélène. J'ai retrouvé une seule photo où elles sont ensemble. À droite, Fanny Schwarcfeld, les cheveux auburn aux épaules, le visage rond, le combiné à l'oreille. À gauche, Marie-Hélène Mille, plus grande et plus fine avec les cheveux noirs au carré. Elles sont les femmes dévouées au prince du 20 Heures. Elles doivent gérer le planning professionnel et personnel de « Patrick ». Un agenda de ministre avec les rendez-vous de TF1, les déjeuners à l'extérieur, les avant-premières, les galas de charité, les week-ends à la montagne ou sous les tropiques. Et on découvre au fil de l'enquête que les deux assistantes personnelles de PPDA ont joué un rôle majeur dans le cynique cérémonial du 20 Heures.

Toutes les femmes que j'ai interviewées m'ont parlé de l'une, de l'autre ou des deux. Certaines se souviennent de leur prénom, d'autres de leur physique. Ce sont elles qui fixaient ses rendez-vous le soir pour assister au JT. Quand une « invitée de Patrick » avait un empêchement, il fallait combler le trou dans le planning. Plusieurs plaignantes les citent dans leurs témoignages, comme Cécile Thimoreau : « Je le rejoins après le 20 Heures dans son bureau. Son assistante se désole : “Oh non, Cécile, pas toi!” Je lui dis de ne pas s’inquiéter. Elle fait la moue : “Tu ne le connais pas[11].” » Toujours devant les enquêteurs, cette ancienne grande reporter de TF1 a raconté[12] – comme on l’a vu – que des consignes auraient été passées au service Ressources humaines. Selon son récit, pour travailler auprès de PPDA, il était recommandé de recruter « “des femmes âgées ou des femmes très fortes (il les aime fines)”. De fait, Fanny était une femme sexy et forte, à la Botero ».

Je me souviens de « Fanny ». Elle avait le bureau disposé juste devant la porte d’entrée de celui de PPDA. Personne ne pouvait entrer dans le saint des saints sans son onction. Un personnage haut en couleur. Elle avait accès à l’interphone qui résonnait dans toute la rédaction. On entendait parfois sa voix dans les couloirs : « Untel ou unetelle est demandé(e) au 1-2000. » C’était le numéro interne pour joindre le bureau de Patrick. Avec un salaire de 6 000 euros brut par mois, elle gagnait plus que la plupart des journalistes de la chaîne. L’assistante de Poivre se donnait une certaine importance dans la rédaction. Déjà à mon époque, on racontait beaucoup que Patrick lui refilait certaines invitations qu’il ne pouvait pas honorer. Ainsi, Fanny Schwarcfeld répondait présente pour les galas, avant-premières et autres pince-fesses déclinés par le prince.

Dans ses prérogatives quotidiennes, elle devait aussi se partager, avec sa consœur de bureau Marie-Hélène, l’agenda des « invitées de Patrick ». Fixer le rendez-vous. Entrer le nom de la personne dans le logiciel interne

« gestion des visiteurs ». Descendre chercher l'invitée dans le hall. L'emmener sur le plateau puis dans le bureau.

J'ai réussi à joindre Fanny Schwarcfeld le 13 janvier 2022 sur son portable. Elle se souvient vaguement de mon nom. Elle devine très vite la raison de mon appel qui va durer moins de deux minutes.

— Romain, j'ai décidé depuis le début de cette affaire de ne pas m'exprimer là-dessus, pas du tout parce que je veux pas, mais en fait, je n'ai rien à dire. Moi, j'ai vécu avec Patrick pendant vingt-sept, vingt-huit années. Je sais qui il est.
— Toi, Fanny, tu n'as rien vu de toutes ces accusations graves ?
— Bah, bien sûr que non ! Personne n'est venu se plaindre ni quoi, ni qu'est-ce... Je n'ai rien à dire en fait.

Les deux assistantes du présentateur sont les seules employées de TF1 à avoir été entendues par les policiers dans le cadre de l'affaire. Elles aussi affirment n'avoir rien vu, rien su, rien subodoré, rien perçu pendant toutes ces années. Elles disent qu'elles quittaient les lieux vers 21 heures, laissant Patrick avec son invitée. Elles prenaient parfois la peine de fermer la porte du bureau de Patrick en partant. Pour préserver l'intimité.

Le 13 avril 2021 à 10 h 30, Marie-Hélène Mille est entendue par la Brigade de répression de la délinquance aux personnes. L'assistante est convoquée par le major. Avec un bac L en poche, la jeune amatrice de rock commence à travailler à la radio Oui FM avant d'être recrutée rapidement par TF1 en 1989. Elle en est sortie en juillet 2008, comme PPDA. À ce jour, elle est toujours son assistante personnelle au sein de la société A Prime Group.

Sans que l'enquêteur le lui demande, elle précise d'entrée lors de son audition[13] : « Je n'ai jamais été amoureuse de lui. » L'assistante enchaîne : « Je travaille avec lui depuis trente-deux ans. Il n'est pas mon ami, ni mon père, ni mon confident, c'est mon boss, je le respecte, il me respecte. Je lui fais confiance. » Elle dit avoir toujours eu une relation de travail saine avec lui : « Travailler à ses côtés m'a beaucoup apporté, notamment dans le domaine littéraire. » Reconnaissante, elle se souvient qu'à ses débuts « il avait cette façon d'être proche, accessible et sympathique avec moi. Patrick croyait en moi et m'a toujours soutenue dans mes projets ».

Elle n'a pas formé un duo solidaire et indéfectible avec Fanny. Loin de là. Selon ses déclarations, les relations entre les deux voisines de bureaux à TF1 semblaient exécrables : « Fanny disait que j'étais la "secrétaire" et elle l'"assistante". Fanny m'a beaucoup appris, elle était protectrice. Au bout de sept ans, ça a été la guerre entre elle et moi, elle ne supportait pas que je puisse avoir des projets en dehors du 20 Heures sans qu'elle soit au courant. Une rivalité s'est installée, nous n'avions rien en commun. » Rivales et pourtant voisines tous les jours dans le même espace de travail devant le bureau du prince. Tel Cerbère, le chien des Enfers à plusieurs têtes dans la mythologie grecque.

Loquace et franche, Marie-Hélène Mille raconte que Patrick était très sollicité par la gent féminine.

Il recevait des piles de courrier de fans, des demandes de conseils, des manuscrits, des lettres d'amour « avec des traces de rouge à lèvres et du parfum », des lettres de soutien au moment de la mort de sa fille. L'assistante de direction explique qu'il « prenait le temps de répondre, à la main, à chaque courrier ». La petite main de l'ombre avait déjà raconté cela dans une de ses rares apparitions à la télévision sur France 2. Marie-Hélène Mille disait simplement : « Il recevait cinquante à soixante-dix lettres par jour, il prenait le temps de les lire et d'y répondre[14]. »

La « secrétaire » confirme que des filles demandaient à assister au 20 Heures, « mais aussi des garçons, parfois des familles ». Elle relate qu'elle n'a « jamais rien vu de bizarre, pour moi tout était normal dans ces invitations, il n'y avait pas de sous-entendu, notamment sexuel ». Elle relate qu'elle n'a jamais été témoin de plaintes des invitées et elle n'a jamais vu des filles sortir sous le choc. Que des « jamais ». Encore. Cependant, elle rapporte qu'elle a « vu des folles venir à l'accueil de TF1 pour attendre Patrick. Il suscitait des frappadingues ». Depuis trois décennies, elle a pu observer son rapport aux femmes : « Patrick aime les femmes, il est séducteur, il aime aussi être séduit, il n'aime pas être violent, les filles "déliraient" sur lui, elles se faisaient des films. »

Celle qui, à 54 ans, se décrit comme une féministe, pense que parfois « la parole de la femme peut être mise en doute ». Quelle lecture la fidèle assistante de PPDA porte-t-elle sur les dizaines de témoignages qui accusent son patron d'agression ou de viol ? Devant le major de la police, elle continue à tenir la même ligne :

> Les femmes qui sont bien dans leur tête et qui ont eu une histoire avec Patrick, elles ne se plaignent pas. Celles qui sont peut-être un peu aigries, paumées ou rancunières ont sans doute une mauvaise image de lui. Certaines l'aimaient tellement qu'elles finissaient par le haïr […]. Je ne crois pas à ces histoires de viol. Si une fille dit non à Patrick, il n'insiste pas, il n'a pas besoin de forcer les femmes[15].

Cette dernière expression me rappelle celle utilisée par Michèle Cotta quand elle énonce doctement : « Patrick n'avait pas besoin de ça. » Devant un major pas très accrocheur lors de son interrogatoire d'un peu moins de trois heures, Marie-Hélène Mille conclut : « Patrick n'est pas méchant, ni dangereux, ce n'est pas un violeur. Pour moi, il était avant tout un père de famille, plus préoccupé par ses enfants et sa famille que par d'éventuelles conquêtes féminines. »

Marie-Hélène Mille, assistante fidèle et témoin de moralité, est une pièce maîtresse dans l'affaire PPDA. Elle est la mémoire de son patron. Si elle nie qu'il y avait une liste des personnes invitées, elle notait dans ses agendas personnels « tous les rendez-vous de Patrick ». C'est elle qui a conservé toutes les lettres, les mots écrits par les femmes aujourd'hui plaignantes. Elle a permis aux avocats de PPDA de fournir des pièces importantes pour la défense de l'accusé Poivre d'Arvor. Quand CNews arrête l'émission de

PPDA avant l'explosion de l'affaire, en janvier 2021, le présentateur une nouvelle fois remercié écrit sur Twitter : « Merci à ma fidèle Marie-Hélène M. » Le 25 juin 2021, le jour du classement sans suite de l'affaire, Marie-Hélène poste sur son Instagram une photo tout sourire avec Patrick Poivre d'Arvor au bord de la mer avec la légende « #quelleBonneJournée ».

Marie-Hélène Mille et Fanny Schwarcfeld ont toujours défendu « leur » Patrick. Le 10 juillet 2008, pour son dernier jour à TF1, il écrivait : « Vers 22 heures, je repasse par mon bureau [...]. Fanny et Marie-Hélène, mes assistantes, fidèles, amicales, sont là, dans la pièce à côté, pour la dernière fois, dans une sorte de garde-à-vous éploré, comme la famille au moment de la levée du corps[16]. » Les deux meilleures ennemies semblent soudées par un pacte. Elles veilleront toujours sur le corps du prince.

CALOMNIE

Policier : Reconnaissez-vous les faits qui vous sont reprochés ?

Patrick Poivre d'Arvor : Non, pas du tout. Je trouve ça ignoble[1].

Depuis le début de mon enquête en septembre 2021, Patrick Poivre d'Arvor a toujours refusé de me parler, de me rencontrer et de répondre à mes questions pour mon documentaire et pour ce livre, jusqu'à mon ultime courrier à son avocate le 4 janvier 2023. Je le regrette fortement, car une bonne enquête a besoin d'être équilibrée et contradictoire. Sans réponse de ses avocats à mes demandes officielles, j'ai pris la plume le 7 novembre 2022. Toute sa vie, PPDA a narré qu'il répondait personnellement aux dizaines de lettres reçues chaque jour. Je me souviens à TF1 que le service courrier apportait à ses assistantes un sac volumineux avec les plis du jour. PPDA rapporte qu'il a conservé trente mille lettres reçues lors de sa carrière. Je serais curieux d'en parcourir quelques-unes. Je tente ma chance avec un brin de lyrisme pour toucher la fibre littéraire du journaliste-écrivain. Sur un petit bristol, j'écris au stylo noir :

> Monsieur,
> Sans réponse de votre avocat, je me permets de vous écrire directement. Cela fait plus d'un an que je travaille sur l'affaire qui porte votre nom. Je suis le réalisateur du *Complément d'enquête* de France 2 du 28 avril 2021. Je travaille aujourd'hui sur un livre-enquête qui sortira début 2023 chez Fayard. Ancien de TF1, j'ai interviewé une centaine de personnes. Je vous ai vu à la télévision et surtout je vous ai lu dans vingt de vos ouvrages. J'ai fait la connaissance de « vos doubles et de vos fantômes ». J'aimerais rencontrer vos personnages de papier Alexis, Victor ou leur auteur. Je vous remercie pour votre réponse.
>
> Romain Verley

J'ai laissé mon numéro de portable et, au dos de la petite enveloppe, mon adresse postale. Dans un carnet de timbres, je choisis celui à l'effigie de Marco Polo. Le marchand vénitien grand voyageur est le genre de personnage que PPDA doit admirer. J'attends toujours un appel ou une missive de l'écrivain.

Dans le cadre de mon enquête pour France 2, j'ai fait une première demande officielle d'interview[2] de Patrick Poivre d'Arvor le 17 janvier 2022, *via* son avocate – et à défaut une demande d'interview de son avocate elle-même. PPDA a choisi comme conseil Me Jacqueline Laffont-Haïk. Brillante, réputée et médiatique. Son client le plus célèbre est un ancien chef d'État, Nicolas Sarkozy. Elle figure souvent dans le classement des trente avocats les plus puissants de France dressé par le magazine *GQ*. Rare femme du palmarès, elle est en neuvième position du classement 2019[3] avec son mari Pierre Haïk sous le titre « les inséparables ». Elle est présente dans les plus importantes affaires pénales financières des vingt dernières années. Aujourd'hui, elle défend deux ex-idoles de TF1, inséparables elles aussi : Patrick Poivre d'Arvor et Nicolas Hulot, cités dans des affaires d'agressions sexuelles et de viols, que tous deux contestent. Elle a refusé de répondre à ma consœur de France 2 Virginie Vilar pour son remarquable sujet dans *Envoyé spécial*[4] qui a déboulonné la statue de Nicolas Hulot. Même position sur PPDA, on ne parle pas.

Me Laffont-Haïk me répond poliment par mail en déclinant. Ni son client ni elle ne s'exprimeront devant la caméra de France 2. Elle déclare que « Patrick Poivre d'Arvor se doit de réserver ses réponses et éléments de preuve au magistrat désigné[5] ». La robe noire conseille au Prince noir de ne plus s'exprimer dans les médias. Silence radio, télé, presse. Une position difficile à tenir pour le journaliste omniprésent dans le paysage depuis quatre décennies. Il s'est rendu sur le plateau de *Quotidien*[6], visiblement contre l'avis de son avocate. Avec aplomb, il dit ce soir-là être victime d'une cabale fomentée par des femmes qui témoignent à visage caché. Une intervention désastreuse, qui a décidé des nouvelles plaignantes à sortir de l'ombre.

J'aurais tant aimé confronter l'ex-présentateur aux dizaines de témoignages et à mes révélations. PPDA face caméra, sans prompteur, pour parler de lui et non des autres, pour se défendre et non dérouler tranquillement le fil de l'actualité. Exercice particulier d'interroger le présentateur qui a lancé mes premiers sujets pour TF1. Cette inversion des rôles n'a pas eu lieu, pour le moment.

Sur le fond du dossier, il faudra donc que je me contente des déclarations de Patrick Poivre d'Arvor à la police. Le 18 mai 2021, en présence de son avocate, le mis en cause se présente à 9 h 30 pour être auditionné librement devant un enquêteur de la BRDP (Brigade de répression de la délinquance contre la personne). L'audition a lieu au 36, rue du Bastion, à l'ombre de l'impressionnant tribunal judiciaire de Paris, dans le 17e arrondissement de Paris. En préambule, le major lui demande de se présenter :

Patrick Poivre d'Arvor : […] Je suis hétérosexuel, mes pratiques sont variables en fonction des personnes que je rencontre, en tout cas elles ne sont jamais imposées […]. J'ai des pratiques sexuelles normales […]. Je suis toujours en couple avec mon épouse.

Policier : Avez-vous eu des relations sexuelles extraconjugales ?

Patrick Poivre d'Arvor : Oui, relativement nombreuses.

Honnête, sur ce coup-là. Point par point, l'une après l'autre, PPDA doit répondre des accusations portées par les seize premières plaignantes. Il nie tout viol et agression. Il reconnaît certaines relations sexuelles, toutes consentantes selon lui. Pour certaines, il évoque « un bisou consenti », « un baiser de pure tendresse », « une étreinte mais rien de plus » ou encore des « avances légères ». Le reste n'est que « fantaisie ». À la fin de l'audition, le major pose une série de questions générales sur l'ensemble des accusations qui pèsent contre lui.

Policier : De l'ensemble de ces témoignages, il ressort un mode opératoire similaire notamment au niveau des questions intimes, « êtes-vous en couple ? », « êtes-vous fidèle ? », « êtes-vous heureuse dans votre vie sexuelle ? », « quand avez-vous fait l'amour pour la dernière fois ? », « vous masturbez-vous toute nue ? ».

Patrick Poivre d'Arvor : Sur les premières questions, je vous ai répondu : avant d'engager une relation avec quelqu'un, il me faut savoir si cette personne est libre et disponible. Sur les autres questions, je les conteste, elles n'ont jamais pu être posées par moi en ces termes et dans ces circonstances. J'ai toujours fait attention à ne pas blesser mes interlocutrices avec ce type de questions, surtout quand je suis engagé dans une relation. Je tiens à répéter que je respecte les femmes.

Policier : Comment expliquez-vous que de nombreuses journalistes de sexe féminin à TF1 ont été mises en garde contre votre comportement ?

Patrick Poivre d'Arvor : Je n'ai jamais fait mystère de mon goût pour la compagnie des femmes, je pense être dans la séduction, j'adore travailler avec des femmes, à mes côtés, dans ma hiérarchie, j'en ai promu de nombreuses, j'aime leur raisonnement, la façon dont elles fonctionnent. Je me suis toujours bien senti avec les femmes, en étant extrêmement conscient qu'il ne fallait jamais forcer une femme en quoi que ce soit [...]. Je vous ai déjà parlé de jeu de séduction : la conclusion est moins passionnante que le chemin, ce qui est intéressant, c'est de voir basculer un regard, cela me plaît plus que l'acte sexuel, cette séduction, je la revendique, elle m'a toujours accompagné, les femmes que j'ai aimées pourront en témoigner [...]. J'ai besoin de sentir qu'en face de moi il y a du désir, une possibilité, cela peut arriver dans des circonstances variées. Mais quand je suis en couple, je ne vais pas voir ailleurs. Parfois, je butine, mais pas quand je suis en couple.

Policier : Reconnaissez-vous les faits qui vous sont reprochés ?

Patrick Poivre d'Arvor : Non pas du tout. Je trouve ça ignoble.

Devant la somme des témoignages à charge, le mis en cause PPDA préfère dresser l'autoportrait du séducteur martyr et mal compris, du gentleman à la don Juan qui sollicite, qui questionne et qui « butine ». Ce personnage dépeint ne serait jamais agresseur ou violeur et encore moins un « prédateur sexuel » qui obtiendrait des « faveurs sexuelles par surprise » selon les termes du major. Comme à la fin de chaque audition vient la dernière question :

`Policier : Avez-vous autre chose à ajouter?`

`Patrick Poivre d'Arvor : Les dégâts affectifs pour ma famille et mon entourage sont terribles.`

Pour mon reportage télé, il me faudra faire une sélection de ces extraits pour en lire des passages à l'antenne. Il faut impérativement donner voix au chapitre à PPDA, malgré son absence (encore une fois regrettée) devant l'objectif de la caméra.

Depuis des mois, une question m'a souvent été posée : ai-je reçu des pressions de PPDA? La réponse est nette : aucune. Je sais pourtant qu'il a encore le bras long dans les médias et dans l'édition, mais aucune tentative d'influence directe de sa part. Cela m'est déjà arrivé dans d'autres enquêtes, sur Balkany, Sarkozy, Ernest-Antoine Seillière… Jamais des pressions directes, mais des appels du premier ou deuxième cercle. Des personnes qui demandent à me rencontrer pour savoir où j'en suis de mon enquête. Dans le cas de PPDA, la tentative d'approche douce est arrivée par texto, neuf jours après le refus formel de son avocate.

Le mercredi 26 janvier 2022 à 10 h 32, je reçois un long texto d'un numéro inconnu avec écrit au début « Confidentiel ». Cet interlocuteur énigmatique se présente comme « conseil » de Patrick Poivre d'Arvor. Je ne le connais pas. Il fait mine d'avoir appris par son client que je travaillais sur PPDA pour *Complément d'enquête*. Il agit en réalité en collaboration avec Jacqueline Laffont-Haïk. Il m'indique subrepticement qu'il est en charge de la plainte déposée pour diffamation contre mes confrères du *Parisien – Aujourd'hui en France*, journal qui a été le premier à rendre compte de la plainte de Florence Porcel[7]. Le sous-texte est ainsi limpide : il regardera avec la plus grande attention mon reportage sur France 2. Une plainte en diffamation plane au-dessus de France 2 et de moi, petit coup de pression classique avant de s'enfermer dans la salle de montage pour sept semaines. À la fin du texto, ce mystérieux interlocuteur me propose un rendez-vous « en off », que j'accepte volontiers.

Quelques jours plus tard, le 9 février 2022, la rencontre a lieu dans son hôtel particulier au fond de la cour arborée d'un immeuble haussmannien du 16e arrondissement de Paris. J'aime me rendre à ce genre d'entrevue discrète. Chacun joue sa partition et défend ses intérêts : l'avocat *versus* le journaliste. Il m'accueille chaleureusement. Il a demandé à sa secrétaire d'acheter des viennoiseries pour accompagner le café matinal. Quand j'entre dans son bureau, je suis tout de suite frappé par sa décoration qui me rappelle le bureau-cabine de PPDA à TF1. Le monde marin est omniprésent : maquette d'un trois-mâts, affiches de régates, trophées de voile. « Patrick » et lui se sont rencontrés il y a une dizaine d'années, partageant la même passion pour la navigation. Il a laissé le volume de la radio un peu fort pendant toute notre conversation. Il doit imaginer que je suis équipé d'un micro caché – voire d'une caméra cachée – et que je l'enregistre. J'ai déjà éprouvé ce subterfuge de la musique un peu forte dans ce type de rendez-vous.

Le conseil de Patrick Poivre d'Arvor développe son argumentation en reprenant la rhétorique de son client. À l'écouter, ces femmes ne seraient que de « fausses victimes », des « âmes éconduites et frustrées en mal de notoriété ». Il inverse même le raisonnement : c'est « Patrick » qui serait une victime, victime de ses affabulatrices. Je retente une demande d'interview de son client. Il me fait miroiter que le présentateur ne serait pas contre, mais ce sont ses deux avocats qui le lui déconseillent. Subtil jeu de rôles. Fin de notre rencontre, je retourne en salle de montage.

L'investigation est un sport d'endurance! Le 22 février 2022[8], je relance les avocats de PPDA avec une nouvelle demande d'interview accompagnée d'une liste de questions précises. La réponse se fait attendre trois semaines. Le 11 mars 2022, nouveau refus pour une prise de parole, mais je reçois un courrier[9] de six pages à en-tête d'avocat à mon attention au style ampoulé et juridique. J'entame la lecture : « Il n'est nullement question pour M. Poivre d'Arvor de remettre en cause la libération de la parole des femmes, qui est nécessaire et salutaire ; trop de femmes sont effectivement victimes, et réellement victimes à la différence de ses accusatrices [...] pour autant, cette même libération connaît malheureusement son lot d'excès et de dérives. » Paragraphe suivant : « Ces femmes qui, malheureusement, mentent, sont mues par le désir initial de soutenir Mme Florence Porcel mais ce faisant, oubliant toute vérité, elles décrivent des relations qui ont parfois existé, et qu'elles ont souhaitées, mais qu'elles réécrivent aujourd'hui, ou plus gravement, les inventent de toutes pièces. » Avant de conclure de manière ferme : « M. Poivre d'Arvor n'a jamais agressé ni harcelé et encore moins violé quiconque, que cela soit, enfin, entendu. » Le courrier précise que les plaignantes auraient trouvé « une oreille attentive et mercantile » chez les journalistes de plusieurs rédactions.

La défense de PPDA invoque l'existence présumée d'un complot ourdi par de « fausses victimes » qui se seraient mises d'accord pour raconter la même version des faits selon « un plan bien orchestré ». Une attaque frontale contre les accusatrices qui décrivent le même cérémonial des invitations au 20 Heures de TF1 : hall d'entrée/plateau/bureau. Des récits pourtant livrés à la police et dans la presse alors que les plaignantes ne se connaissaient pas encore.

Le montage avance, la diffusion sur France 2 approche. Elle est prévue le 28 avril 2022, après le deuxième tour de l'élection présidentielle. Les avocats de PPDA continuent à réfuter toutes les accusations portées contre lui. La contre-offensive de l'ex-présentateur ne se joue plus sur le terrain médiatique. Patrick Poivre d'Arvor attaque seize femmes pour dénonciation calomnieuse[10]. Le présentateur porte plainte quarante-huit heures avant la diffusion du reportage. La tension monte d'un cran. Le message est clair : PPDA portera systématiquement plainte contre toutes les femmes qui continueront à témoigner contre lui. De quoi dissuader d'éventuelles personnes de sortir de l'ombre.

Avec le présentateur de *Complément d'enquête* Tristan Waleckx et la rédaction en chef, nous prenons connaissance de cette action en justice. Un document de quarante-trois pages d'une extrême virulence où PPDA y va d'accusations de mensonges. Selon lui, les accusatrices se vengeraient d'avoir été éconduites. Au fil des pages, l'avocat égraine le récit des seize mises en cause en décrédibilisant leur déposition point par point. Il ajoute cinquante et une pièces jointes constituées essentiellement d'articles de presse et de procès-verbaux. Selon la plainte, ces dénonciations calomnieuses ont causé au plaignant Patrick Poivre d'Arvor un « préjudice financier indiscutable mais surtout moral » dont il sollicite une indemnisation non chiffrée. Le Prince noir, humilié, déchu mais combatif.

Il faut repartir en montage pour faire une « rustine » en exposant ces nouveaux éléments à la fin du sujet. En salle de mixage, je fais la lecture de deux extraits forts qui résument cette plainte : « En réalité, l'impunité n'est pas à craindre du côté de M. Poivre d'Arvor mais bien de celui des mises en cause, dangereuses calomniatrices qui, en hurlant avec les loups, se pensent protégées par la meute. » Autre paragraphe : « Il faut porter un regard lucide sur les relations que certaines femmes ont eues avec M. Poivre d'Arvor ; ce n'est pas une insulte ou un jugement de valeur mais un constat que celui de l'attirance de certaines femmes (et hommes) pour le pouvoir, la célébrité, l'argent, l'uniforme. »

Pour sa défense, Patrick Poivre d'Arvor a joint douze lettres et mots qu'il attribue à quatre de ses accusatrices. Elles lui auraient écrit peu de temps après les viols ou agressions qu'elles dénoncent. Selon PPDA, ces courriers, qu'il présente comme « affectueux », conforteraient sa version des faits : les plaignantes seraient des menteuses. En voici quelques extraits :

« Pas un jour sans une pensée pour vous » *(lettre 1)*

« Quand nous reverrons-nous ? En attendant ce moment, je vous embrasse affectueusement » *(lettre 2)*

« Vous ne m'avez pas mise mal à l'aise. Vous m'avez troublée, c'est différent » *(lettre 3)*

« Merci de m'avoir écoutée, parlé, embrassée. J'ai déjà envie de vous revoir, et j'ai déjà peur de cette envie » *(lettre 4)*

PPDA a visiblement constitué un dossier sur quatre de ses accusatrices, avec pour chacune d'elles plusieurs écrits. Des courriers sont datés, les plus anciens de 1994, les plus récents de 2008. Ils sont manuscrits ou tapés sur un ordinateur. Leurs autrices signent par leur prénom. Pourquoi PPDA a-t-il gardé depuis vingt-cinq ans ces courriers ? S'est-il dit qu'ils serviraient peut-être un jour ? On m'a raconté que c'est Marie-Hélène Mille, sa fidèle assistante, qui les archive méticuleusement depuis des années. Est-ce elle qui les a retrouvés pour les joindre au dossier judiciaire ?

Il faut s'interroger sur le contexte dans lequel ces lettres ont été envoyées. À l'époque, ces femmes ont-elles écrit librement ou étaient-elles sous emprise ? Deux jours avant la diffusion du sujet sur France 2, nous avons demandé une réaction en urgence à leur avocate, Me Laure Heinich. L'avocate pénaliste est un visage connu du barreau de Paris. Engagée, douée et entière, elle assiste les femmes accusant PPDA. Elle nous a fait parvenir un courrier[11] affirmant que « chacune des femmes confirme les accusations qu'elles ont eu le courage de porter devant les services de police ». Avant de déclarer : les plaignantes « apprennent par votre média que M. Poivre d'Arvor aurait déposé une plainte en dénonciation calomnieuse dans des termes outrageants qui ne font que l'accabler. Elles attendent impatiemment d'en répondre et de le confronter devant des juges, ce que la prescription leur interdisait. Elles déplorent enfin l'ignorance feinte du processus de domination et de violence sexuelle pour tenter de faire accroire qu'il existerait des lettres qui pourraient être "incompatibles" ».

Les dernières modifications de montage ont été faites le matin même de la diffusion. Jusqu'à la dernière minute, aucun repos ! Mathilde, que j'ai interviewée dans le reportage, s'est décidée à passer la porte d'un commissariat la veille de la diffusion. Elle est la huitième à porter plainte pour viol contre PPDA. Huit femmes. À la suite de la diffusion du documentaire « PPDA, la chute d'un intouchable » sur France 2, ni la chaîne, ni le producteur, ni moi-même n'avons reçu de nouveaux courriers des avocats de PPDA. Silence.

Au cours de mon enquête pour ce livre, un rebondissement va secouer l'affaire PPDA. Le 28 juin 2022, on apprend qu'un viol prescrit – dénoncé par Florence

Porcel – va finalement faire l'objet d'investigations. Ce fait judiciaire rarissime mérite qu'on s'y penche de plus près. Le dossier est complexe. Il faut comprendre comment le délai de prescription en France pour les viols pourrait être contourné par la « sérialité ».

Reprenons au début. En février 2021, le parquet de Nanterre ouvre une enquête pour « viol » après la plainte de l'écrivaine Florence Porcel. Elle est la grenade à l'origine de la déflagration de l'affaire*. Cette femme est la première à avoir osé dire « j'accuse » PPDA. Treize ans après la fin de son règne incontesté à TF1. Elle porte plainte pour l'avoir forcée à avoir un rapport sexuel en 2004 dans son bureau. Elle était alors âgée de 21 ans, en convalescence d'une tumeur au cerveau. L'étudiante à la Sorbonne est en admiration devant le présentateur-écrivain. Elle lui écrit une lettre et lui envoie des textes pour lui demander des conseils littéraires. Pour lui répondre, il décroche son téléphone. Il l'appelle tard le soir et, selon le récit de Florence Porcel, lui pose des questions très intimes. Prise au dépourvu, elle confesse qu'elle n'a pas de petit ami et qu'elle est encore vierge. Un peu gênée par cette conversation à tournure sexuelle, elle est flattée que le présentateur l'invite à assister au 20 Heures.

Rendez-vous est pris le 8 novembre 2004. Elle se présente dans les locaux de TF1. Comme les autres « invitées de Patrick », on lui remet un badge « visiteur » qu'elle a gardé précieusement. Après qu'elle a

*. Contactés, ni elle ni ses avocats n'ont souhaité être interviewés pour mon documentaire sur France 2.

assisté au JT, on la conduit dans son bureau comme les autres « invitées de Patrick ». La conversation démarre et puis, subitement, « il se lève de son siège, fait le tour du bureau, me prend par la main et m'embrasse[12] ». S'ensuivent une main dans sa culotte et un rapport sexuel avec pénétration vaginale auquel elle assure n'être pas consentante. Il s'agit de sa première expérience sexuelle. Elle semble sidérée quand il lui aurait dit : « Est-ce que vous vous rendez compte que vous êtes devenue une femme ? » Sur le moment, l'étudiante n'aurait pas pris conscience qu'elle venait de subir un viol par surprise. Devant les enquêteurs, PPDA nie les faits et se défend : « Je me suis levé pour lui dire au revoir et là, elle m'a demandé de l'embrasser. Je l'ai embrassée sur le front et elle a glissé ses lèvres sur les miennes[13]. »

Après cette première rencontre à TF1, Florence Porcel explique qu'elle est restée fascinée par le personnage. Elle rêve de devenir écrivaine. Elle raconte qu'elle s'est enfermée pendant des années dans un mécanisme d'emprise psychologique jusqu'à accepter une relation sexuelle consentie en 2008 dans son bureau de TF1. Patrick Poivre d'Arvor se défend : « Je n'ai pas eu de rapport sexuel avec Mme Florence Porcel ce jour-là ni jamais[14]. » La même année, elle participe à un concours littéraire organisé pour les 20 ans de *Vol de nuit*, l'émission dans la nuit de PPDA. Un an plus tard, elle revoit PPDA quand il n'est plus le prince du 20 Heures. Elle l'accuse de lui avoir imposé de force une fellation en 2009. Il nie.

En France, le délai de prescription pour viol a été allongé en 2017 de dix à vingt ans. Vous pouvez ainsi porter plainte pour viol jusqu'à vingt ans après les faits. Cette mesure n'est pas rétroactive. Ainsi la plainte de Florence Porcel pour viol en 2004 a été écartée d'emblée par les juges d'instruction pour prescription. L'accusation pour viol remontant à 2009 a été classée, elle, pour « insuffisance de preuves ». Après quatre mois d'enquête, l'affaire Porcel/PPDA est classée sans suite en juin 2021. Florence Porcel dépose alors une deuxième plainte en novembre 2021 en se constituant partie civile, afin de provoquer la nomination d'un juge pour enquêter de nouveau. Les deux parties se rendent coup pour coup. Comme il l'a fait contre les seize premières plaignantes, PPDA a aussi porté plainte contre Florence Porcel pour dénonciation calomnieuse. Il a été débouté par la justice. Ses deux plaintes (une contre les seize femmes et une contre Florence Porcel) ont été classées sans suite. Le 30 mars 2021, la justice a estimé que « l'intention de nuire de Mme Porcel n'avait pas été formellement démontrée ».

Au cours de mon enquête, j'ai pu prendre connaissance de plainte de PPDA contre Florence Porcel en dénonciation calomnieuse avec constitution de partie civile rédigée en février 2022 par son conseil.

En préambule du texte, le conseil de Patrick Poivre d'Arvor regrette que le nom de son client soit qualifié dans les journaux de « prédateur, glaçant, pathologique, malade, agresseur présumé[15] ». Il fustige tous ceux qui ont montré son client « derrière des barreaux fictifs, à l'instar de MM. Roman Polanski, Olivier Duhamel, Gérard Depardieu et Gérald Darmanin[16] ». Argumentaire curieux et osé de convoquer ces autres personnalités accusées de viol pour disculper son client. Avec véhémence, l'avocat regrette qu'on « ne verra sans doute pas, même si la justice est rendue, des "Patrick, on te croit" ou des "Balance ta Porcel", "Balance ta Devynck"[17] ».

Cette plainte en dénonciation calomnieuse de quarante-deux pages décrit Florence Porcel comme « une autrice en mal de reconnaissance littéraire qui a entrepris de livrer à la vindicte populaire un homme célèbre et aimé des Français » pour « se venger de n'avoir jamais pu obtenir de relation sexuelle avec cet homme »[18]. Tout cela ne serait que « fantasme », « délire » ou « plaisanterie »[19]. Selon l'avocat de PPDA, Florence Porcel cherche à attirer la lumière sur elle pour promouvoir son livre *Pandorini*[20], paru en janvier 2021. Dans cette œuvre de fiction, l'héroïne est abusée par un monstre sacré du cinéma français. Cette jeune femme est hantée depuis ses 19 ans par ce grand acteur qui exerce une emprise sur elle. Comme l'écrit l'éditeur de l'ouvrage, Florence Porcel « s'inspire d'un épisode de sa vie pour raconter la destruction de l'innocence d'une jeune adulte par un homme de pouvoir ».

Dans son plaidoyer virulent, l'avocat de PPDA cite plusieurs pièces comme un autre roman de soixante-dix pages écrit par Florence Porcel en 2005. *La Lune et le Soir* met en scène un héros répondant au nom d'Alexis, présentateur télé et très attaché à la Bretagne. Toute ressemblance n'est peut-être pas fortuite… De manière ingénieuse, l'autrice reprend le prénom du personnage inventé par PPDA dans son premier roman érotique *Les Enfants de l'aube*, mais aussi plus tard dans *La Traversée du miroir* avec Alexis Dorgel que nous avons croisé précédemment. Sous la plume de Florence Porcel, l'héroïne Fleur-Agathe est soignée d'une tumeur au cerveau. Toute ressemblance avec la jeune autrice n'est peut-être pas fortuite… Elle déclare sa flamme : « je vous aime Alexis », « je crève de vous, Alexis », « j'ai besoin de sexe ». Dans ce roman, l'héroïne regrette d'être « amoureuse d'un fantôme[21] » et crève de désir pour Alexis avec qui elle n'a pas de relation sexuelle.

Selon l'avocat de PPDA, Florence Porcel est une « manipulatrice[22] ». Pour étayer cette défense, il présente des SMS troublants échangés entre 2004 et 2009 entre Florence Porcel et une autre romancière, une certaine Martine P. Au fil de centaines de messages sur Facebook (*via* la messagerie Messenger), les deux amies se confient sur PPDA entre fascination, fantasmes et accusations. Une correspondance soutenue et intime que la dénommée Martine P. a visiblement transmise à PPDA pour l'aider dans sa défense. La présentation des messages est partiale et biaisée, car l'avocat ne produit que des messages attribués à Florence Porcel et aucun de Martine P. On ne sait pas quelle partition jouent les deux femmes entre elles. Selon l'avocat de PPDA, Florence Porcel affirme de façon très explicite son intention d'avoir des relations sexuelles avec son client. Par exemple, avant de se rendre à un rendez-vous à TF1 en 2008, elle écrit à Martine P., celle qu'elle pense être encore sa confidente : « Je me ferai très belle, très classe [...] et bien sûr toute nette, tout partout. Épilée intégral (il le découvrira), je lui ferai oublier toutes les autres, Sharon Stone y comprise[23]. »

Le *slut shaming* (composé des mots anglais *slut* [salope] et *shame* [honte]) est une stratégie fréquemment utilisée par les avocats des accusés en vue de faire passer la plaignante pour une « fille facile » aux mœurs sexuels débridés. Un « concept profondément misogyne » selon Florence Porcel, qui écrit que la défense de PPDA essaie de la dépeindre en une « femme de petite vertu qui non seulement n'a jamais été violée, mais en plus a manipulé un pauvre homme innocent pour assouvir ses fantasmes et ramasser par la même occasion un sacré paquet d'argent[24] ». Les messages les plus crus évoquent la rencontre du 29 avril 2009, objet de la plainte de Florence Porcel pour un second viol. Ce rendez-vous a lieu dans les locaux de la société A Prime Group de Dominique Ambiel où PPDA dispose d'un bureau. Florence Porcel raconte que le journaliste l'a forcée à lui faire une fellation. Faux, rétorque l'avocat car le bureau de son client était entièrement vitré. Doublement faux, selon le défenseur de PPDA qui reproduit des messages attribués à Florence Porcel envoyés à son amie pendant les quinze jours précédant le rendez-vous. Le 15 avril 2009 : « Je te jure que si je vois sa queue, je répondrai de rien... » Deux jours avant le rendez-vous avec PPDA, Florence Porcel écrit : « C'est bon je vois Patrick mercredi à 16 heures, j'ai déjà acheté des capotes parfumées ;)[25]. » Dans sa plainte en dénonciation calomnieuse adressée au juge d'instruction du tribunal de Nanterre, l'avocat reproduit un certain nombre d'écrits graveleux et grivois.

À propos de ces messages privés et troublants, l'entourage de Florence Porcel n'a pas démenti l'existence de ces messages mais a dénoncé une défense « basée sur des messages tronqués, dont certains étaient de l'ordre du fantasme et du second degré, et qui ne remettent pas en cause » les accusations de l'écrivaine, comme l'écrit France Info[26].

Parallèlement à cette plainte de PPDA en dénonciation calomnieuse, la cour d'appel de Versailles continue à examiner la plainte pour viol déposée par Florence Porcel. Le 28 juin 2022 – on y revient – coup de théâtre et victoire juridique pour ses deux avocats. Dans une ordonnance (très technique), les juges veulent vérifier si les faits de 2004 dans le bureau de PPDA à TF1 ont un lien étroit avec d'autres infractions non prescrites pour établir une éventuelle sérialité. Serait-il ainsi possible de considérer PPDA comme un présumé violeur en série, ou pas ? Pour instituer le caractère sériel, les juges doivent trouver d'autres liens avec d'autres plaintes : auteur, mode opératoire, but, profil de victime… Si l'argument est retenu, non seulement les faits de 2004 dénoncés par Florence Porcel dans le bureau de TF1 pourraient être pris en compte, mais toutes les autres plaintes déposées contre PPDA pourraient être examinées et reçues, au titre de la sérialité.

La cour d'appel de Versailles « permet à l'instruction de poursuivre sur l'ensemble des faits » et de trancher, dans un second temps, sur leur prescription ou pas, a souligné une source proche du dossier. La défense de Patrick Poivre d'Arvor « attend de disposer des éléments plus précis avant de réagir et de commenter, le cas échéant, une décision de justice qui s'affranchirait des règles de prescription », a déclaré à l'AFP Me Jacqueline Laffont-Haïk.

Sur le volet pénal, Patrick Poivre d'Arvor est jusqu'à ce jour présumé innocent. Il y aura pourtant bien un procès PPDA, mais pas sur le fond du dossier. Ce procès-là sera un événement médiatique et symbolique. Le journaliste septuagénaire attaque ses propres confrères. Il a assigné en diffamation *Le Parisien – Aujourd'hui en France*. Il reproche au journal d'avoir titré et divulgué la plainte de Florence Porcel. Le procès devrait se tenir à Paris le 4 juillet 2023. Il y a fort à parier que le plaignant Poivre d'Arvor ne se déplacera pas au tribunal pour ne pas affronter une meute de journalistes. Le prince calomnié mais batailleur enverra ses deux avocats. Florence Porcel est la tête de l'iceberg de cette gigantesque affaire que PPDA tente par tous les moyens de faire couler.

Le prince à la barre

Patrick Poivre d'Arvor s'avance à la barre. Dans un tribunal plein à craquer, l'homme le plus regardé de France est scruté par le public et par les caméras. C'est rare, mais le juge a autorisé que cette audience soit filmée en direct. Devant un PPDA tendu, le procureur général se lève de manière théâtrale et commence son réquisitoire en déclamant :

« Français, Françaises, Belges, Belges… Ah ! le beau jeune homme que voilà ! Ah ! qu'il est beau ! Ah ! qu'il a la jambe élancée, la main fine et les dents longues ! »

C'est la voix de l'humoriste Pierre Desproges qui résonne sur les ondes de France Inter en ce vendredi 29 octobre 1982. PPDA n'a pas été arrêté en flagrant délit, placé en garde à vue, escorté par la police pour être jugé en comparution immédiate. Pure fiction. Il est simplement l'invité du *Tribunal des flagrants délires*[1]. L'émission au titre savoureux, enregistrée en public et en direct entre 11 heures et 12 h 45, est animée par Claude Villers et pour une fois filmée par le réalisateur Claude Berri. Le procureur général Pierre Desproges reprend son acte d'accusation avec la même verve :

« Ah ! Dieu me tripote, quel émoi quand mon regard croise le tien, passe-moi l'Poivre d'Abord, j'en viendrais à douter de ma virilité et à regretter de ne point être avocat pour pouvoir “paider” moi aussi. »

Le public ricane.

« Faudrait-il que j'aie le cœur aussi sec [...], monsieur le président, pour réclamer la peine maximum à l'encontre d'un authentique vrai nouveau romantique ? D'un homme éperdu de l'éternel chagrin des enfants du siècle, d'un homme qui vit sa mort jour après jour en adorant la vie, d'un homme qui va, l'écharpe au vent mauvais, frissonnant dans l'éprouvante amertume des sous-bois de l'automne, où le loup de Vigny finit d'exhaler son impossible râle ? D'un homme, enfin, déchiré par les contradictions insupportables de sa personnalité de demi-dieu vivant, moitié Chateaubriand, moitié Jean-Claude Bourret... »

Rires, applaudissements et quelques notes d'orchestre.

Je dois cette bonne trouvaille dans les archives radiophoniques de France Inter à mon père. Quand je suis né en avril 1980, PPDA présentait déjà le 20 Heures sur Antenne 2 depuis trois ans et mon père était déjà un grand fan de Pierre Desproges. À la maison, pas de poste de télévision, donc pas de PPDA dans le salon. Une chaîne hifi diffusait dans la salle à manger des menuets de Bach, du blues de John Lee Hooker et donc les fameux sketchs de Pierre Desproges. Dans le coffret CD des *Réquisitoires* de Pierre Desproges[2], « volume zéro », les invités-accusés en 1982 sont Henri Pescarolo, Léon Zitrone, François de Closets, Yvan Dautin, Jacques Séguéla, Alain Gillot-Pétré et donc Patrick Poivre d'Arvor. L'humoriste signe un portrait sarcastique et âpre de l'icône télé mise en boîte. Pendant huit minutes, le Prince Noir rit jaune. Le « demi-dieu vivant » assiste à une critique en règle de son image et de son premier roman à l'eau de rose *Les Enfants de l'aube*[3].

Selon la légende, l'écrivain en herbe a écrit cette œuvre de jeunesse à seulement 17 ans. Il la publie à 35 ans, une fois bien installé dans son fauteuil de prince charmant du JT. L'histoire est assez simple. Le héros, Tristan, est atteint de leucémie – comme PPDA à l'âge de 13 ans – quand il tombe amoureux de Camille, une jeune Anglaise de 16 ans. Dans un sanatorium en Suisse, il aperçoit sa dulcinée pour la première fois à la bibliothèque, assise de dos. Il tient dans une main un livre de Musset et avec l'autre il se masturbe à la vue de cette « nuque inconnue » avec laquelle il a envie « de faire l'amour, de la pénétrer, de jouir dans la racine de ces cheveux en forme de M ». Les deux adolescents racontent le frisson de leurs premiers ébats sexuels. Le héros de PPDA – Tristan – songe qu'une nuit, pendant le sommeil de Camille, « doucement, très doucement, je m'introduis en elle [...]. Je déchargeai en elle des vagues d'amour et de brume et me retirai très doucement. Mais, dis-moi, Tristan, c'est un viol ou un cambriolage... » Le narrateur PPDA laisse volontairement des points de suspension et ne pose pas la question ; le lecteur s'interroge : est-ce un viol ou un cambriolage ?

De leur histoire passionnée naît un petit garçon. La même Camille meurt en couches en donnant la vie à Alexis. Le lecteur sera curieux de retrouver ce prénom masculin qui est le personnage de fiction favori de PPDA quand il décide de se raconter dans ses romans. Dans *Les Enfants de l'aube*, le héros veuf Tristan se suicide après avoir raconté par écrit toute l'histoire à son fils Alexis. En littérature, on connaît l'importance du premier roman. Il porte en lui les germes de toute une œuvre. Celle de PPDA sera prolifique. Au *Tribunal des flagrants délires*, Pierre Desproges conclut devant l'auteur romantique médusé des *Enfants de l'aube* : « Deux cent trois pages de romantisme décapant pour le prix d'un kilo de débouche évier. » Abrasif et acide.

LA VENGEANCE DANS LA PLUME

Avec une robe colorée Yves Saint Laurent, des bijoux Chopard étincelants, la magnifique femme de 36 ans à la chevelure brune et aux yeux bleus enivrants foule le tapis rouge du Palais des Festivals. En mai 2008, « Agathe » l'inconnue fait la une de *Paris Match* au bras du gentleman présentateur. Le magazine titre : « Cannes, le bal des couples stars : PPDA et Agathe, Angelina Jolie et Brad Pitt, Sean Penn et Robin Wright... » La vedette de la télé française talonne les stars de Hollywood, rien que cela! « Agathe » est réduite à un prénom, à un physique, à son statut de compagne de Patrick Poivre d'Arvor.

La plume de la journaliste s'envole : « Cela fait des années qu'on guette ses cavalières, histoire de vérifier que le présentateur du JT est toujours un don Juan. Cet homme est décidément une de nos fringantes illustrations de la séduction à la française[1]. » Il faut relire ce que la presse éblouie et conquise disait de PPDA encore en 2008. C'était il n'y a pas si longtemps... Le journaliste le plus célèbre de France est décrit comme un « homme libre et décomplexé » qui serait l'archétype du « féminin-masculin : la face cachée, tendre et vulnérable du guerrier. Voilà pourquoi il plaît, Patrick ». Avant de s'emballer : « Dans ses romans, dans ses souffrances, cet homme se livre comme une femme. Spontanément, sans hypocrisie. Voilà pourquoi il a beau être marié et attaché à Véronique, il assume son côté don Juan. » Et de finir le panégyrique ainsi : « Dans ses romans, Patrick n'hésite pas à mettre en scène des passions dévorantes et destructrices. Le personnage, fidèle à lui-même, ne noie pas ses attirances et ses démons, il les cultive et les exacerbe. » Ce texte laudatif sera, malheureusement, prémonitoire pour Agathe, l'éphémère cavalière du Prince noir.

En 2008, PPDA règne sans partage depuis vingt et un ans sur le 20 Heures de la première chaîne. Le sémillant sexagénaire ne sait pas encore qu'il vit ses dernières semaines, ses derniers jours à TF1. Dans *Match*, il se pavane, encore insouciant, arpentant les couloirs de l'hôtel Majestic avec sa nouvelle conquête. Le photographe des stars, Emanuele Scorcelletti, a organisé un shooting dans les étages du palace. Le couple, tout sourire, s'affiche sur une double page de papier glacé. Élégante et toute de noir vêtue, l'inconnue de la couverture a retrouvé son nom complet, Agathe Borne. Le prince de Cannes est habillé en smoking Yves Saint Laurent. Il a gardé son nœud papillon, à la différence de la photo de couverture de ce livre prise aussi à Cannes, en 1985. On aperçoit dans la main gauche du fringant séducteur la carte magnétique de sa chambre d'hôtel. De leur chambre d'hôtel. La légende glose sur la magie de Cannes : « C'est peut-être une certaine idée du romantisme à la française, l'esprit léger du mois de mai ou la magie de l'événement le plus glamour de la planète : cette année encore, les amants célèbres, tout en soie et paillettes, se sont donné rendez-vous à Cannes. » Les deux amants Patrick et Agathe se rendent à la première du film en compétition d'Arnaud Desplechin, *Un conte de Noël.*

Contactée plusieurs fois, Agathe Borne n'a pas souhaité s'exprimer dans mon reportage pour France 2. À partir de cette une de *Paris Match*, j'ai pu, dans le cadre de ce livre, retracer sa romance tumultueuse avec PPDA à travers des articles de presse, des interviews, un livre et une condamnation judiciaire. Cette histoire m'apparaît comme emblématique, car elle porte en elle toutes les facettes méconnues d'un seul et même personnage : « Patrick-journaliste » *alias* le prince charmeur, « Patrick-célébrité » le vengeur, « Patrick-écrivain » le violeur de vie privée. Cette histoire est même doublement emblématique, car Agathe Borne est la première femme à avoir publiquement intenté une action en justice contre PPDA pour atteinte à la vie privée. Dix ans avant l'éclatement de ladite affaire PPDA. Une décennie.

Comme dans un conte de fées, Agathe pensait avoir rencontré le prince charmant, de vingt-quatre ans son aîné. Le coup de foudre a eu lieu à Roland-Garros en juin 2006. Joueur de tennis régulier et spectateur assidu, Patrick aime venir se promener au tournoi de la porte d'Auteuil. Il y est invité à chaque édition, toujours choyé en coulisses et bien installé en tribune VIP. Cette année-là, il sera aux premières loges pour assister à la victoire du « taureau de Manacor » Rafael Nadal face au numéro un mondial et gentleman du tennis, Roger Federer. Le triomphe de la puissance masculine face à l'élégance du jeu. Lorsque je suis entré à TF1 comme reporter, j'étais surpris de voir PPDA encore en tribune à Roland-Garros sur les images de France 2 à 18 heures alors qu'il présentait le journal le soir même !

Patrick et « Roland », c'est une longue histoire d'amour et de femmes. Lors de mes recherches, j'ai retrouvé des photos de PPDA à tous les tournois depuis vingt ans. Chaque année, il est photographié en tribune avec une femme différente : une amie, une actrice connue, une jeune inconnue, une écrivaine, une future conquête, parfois sa femme, souvent sa maîtresse du moment… La confusion des genres. L'accumulation est édifiante et le tableau de chasse éloquent. Lors de leur première rencontre en 2006, Agathe Borne est loin d'imaginer qu'elle aussi fera partie du roman-photo. Un an plus tard, le dimanche 10 juin 2007, la femme brune en débardeur noir sera photographiée la tête sur l'épaule de PPDA pour assister à une nouvelle victoire de Nadal sur Federer[2]. Ironie de l'histoire ou pas, c'est à Roland-Garros, en tribune VIP, que PPDA apprendra en juin 2008 qu'il est débarqué de TF1. Un simple texto où on lui annoncera qu'il est remplacé par Laurence Ferrari.

En recoupant les informations, il ressort que Patrick Poivre d'Arvor et Agathe Borne sont restés ensemble presque deux ans. Un salarié de TF1 m'a raconté avoir aperçu plusieurs fois Agathe Borne venir assister au 20 Heures en 2007 et 2008. Selon le même cérémonial que les autres « invitées de Patrick » : hall d'entrée / plateau / bureau. À la terrasse d'un café dans le 15ᵉ arrondissement, cet ancien de la maison me rapporte sur un ton acide : « Visiblement, c'était la régulière de Patrick, la régulière du moment[3]. » Le dimanche 6 mai 2007, des journalistes de la rédaction s'étonnent qu'Agathe Borne assiste même à l'élection triomphale de Nicolas Sarkozy dans les locaux de TF1.

En conduisant quelques recherches, je découvre qu'Agathe Borne a été chroniqueuse littéraire dans *Vol de nuit*, l'émission phare de PPDA, tard le soir sur TF1 aux alentours de minuit. La jeune femme n'a pas fait d'études de journalisme, mais de lettres, plus particulièrement anglo-saxonnes. L'admiratrice de Henry Miller se retrouve parachutée à l'antenne au côté des hommes habitués de l'émission : Patrick Besson, François Busnel et Florian Zeller. Elle fera quelques apparitions furtives, comme ce soir-là où elle vient parler de *Vers le phare* de Virginia Woolf. Son aventure à la télévision s'arrête, visiblement elle n'est pas très à l'aise avec l'exercice.

Plusieurs sources m'ont raconté que Patrick Poivre d'Arvor a emmené sa douce Agathe au sud de la Corse, dans la villa de Dominique Ambiel, son grand ami. Le producteur a fait fortune grâce aux jeux *Qui veut gagner des millions ?*, *Le Maillon faible*, *Fort Boyard*, *Koh-Lanta*. Le grand public découvre son nom en 2004 quand, conseiller à la communication du Premier ministre Jean-Pierre Raffarin, il est arrêté dans la nuit du 19 au 20 avril dans le 17e arrondissement de Paris. À bord de sa berline, une prostituée roumaine de 17 ans. Devant les enquêteurs, il affirme que la jeune femme se trouvait dans sa voiture « par hasard ». Elle lui aurait demandé de l'aide après une bagarre de rue avec une femme. Tollé, Dominique Ambiel est poussé à la démission et sera condamné à 1 500 euros d'amende pour « sollicitation de prostituée mineure ». Redevenu producteur, il crée la société A Prime Group et prend notamment Patrick Poivre d'Arvor comme associé. Les deux amis produisent ensemble l'émission de France 5 *Une maison, un artiste*, cultivant ainsi la fibre littéraire du journaliste sur le service public. C'est PPDA qui évidemment prête sa voix, reconnaissable entre toutes. En mai 2022, plus d'un an après l'explosion de l'affaire PPDA, la chaîne impose une autre voix off. Banni, Patrick Poivre d'Arvor est évincé de sa dernière présence dans les médias.

Dominique Ambiel est un personnage crucial dans l'enquête menée par la Brigade de répression de la délinquance à la personne. Florence Porcel, la première accusatrice, affirme donc avoir été violée, contrainte à une fellation dans les bureaux de la société A Prime Group le 29 avril 2009.

Revenons à l'idylle entre Agathe et Patrick. Visiblement, le conte de Noël en couverture de *Paris Match* vire au cauchemar. Fin 2008, le magazine à sensation *Entrevue* publie une photo où l'on voit PPDA s'en prendre à la jeune femme en plein jour dans une rue de Paris. Il y a du monde en terrasse, des témoins. Personne ne semble porter secours à la jeune femme. Un client a préféré prendre une photo pour la revendre au journal. À l'époque, la publication de ce cliché n'a visiblement pas ému grand monde dans les médias. Patrick Poivre d'Arvor n'aurait pas toléré que sa maîtresse du moment s'en aille. On ne quitte pas Patrick comme cela. C'est Patrick qui décrète la séparation, pas l'inverse. Agathe Borne porte plainte contre le magazine, mais perd. Le juge estime qu'elle n'est pas assez reconnaissable sur la photo qui a été légèrement floutée. En plus, son nom de famille n'a pas été cité dans la légende. Elle est réduite à un prénom : Agathe; à un fait divers : une femme violentée par PPDA. Voilà comment se termine son histoire médiatique : par une dispute photographiée dans la rue[4]. Dans mes recherches iconographiques, je découvre une autre photo d'Agathe Borne. La scène se passe devant le commissariat de police de Saint-Germain-des-Prés à Paris. On la voit sortir, mitraillée par des paparazzis. Après cette dispute dans le quartier avec PPDA, est-elle venue porter plainte, déposer une main courante?

Pour, semble-t-il, régler ses comptes avec Agathe Borne qui a osé le quitter, PPDA va « mettre la plume dans la plaie ». Le prince de la télévision ne s'est jamais inscrit dans la lignée d'Albert Londres, surnommé le « Prince des reporters », celui qui a donné son nom à la plus prestigieuse récompense des journalistes et est resté célèbre pour cette maxime : « Notre métier n'est pas de faire plaisir, non plus que de faire tort, il est de porter la plume dans la plaie[5]. » Cette affirmation péremptoire devrait être la devise idéale de tout journaliste, de tout reporter pour qui rien ne vaut le terrain, l'enquête minutieuse, loin du pouvoir et des compromissions. Avec les affaires Castro et Botton, on ne peut pas dire que le journaliste-présentateur semble être le digne héritier de ce grand journaliste du début du xxe siècle. Sans jamais le citer, PPDA fait pourtant sienne la formule d'Albert Londres en prétendant « mettre la plume dans la plaie[6] ».

Le 19 août 2009, les éditions Grasset publient *Fragments d'une femme perdue*, avec la mention « roman ». Cinq lettres de l'auteur et du titre sont de couleur rouge pour former le verbe « aimer ». Sur la couverture, une photo de profil d'une femme brune, belle et souriante. Seul un bras cache sa poitrine. La ressemblance avec Agathe Borne est troublante. Le cliché noir et blanc a été comme découpé et recollé en sept morceaux. Dans le livre d'occasion que j'ai acheté, un petit rectangle de papier blanc est collé en bas de la première page avec pour résumé : « Violette vit de son pouvoir sur les hommes. À Roland-Garros, elle croise Alexis, charmant quinquagénaire. Ils vont rapidement se séduire et s'aimer. Cependant cet amour tournera vite à l'affrontement… Roman élégant, à plusieurs voix, sur la passion amoureuse. » Toute ressemblance entre le couple Violette/Alexis et Agathe/Patrick ne serait-elle que fortuite ? L'écrivain Patrick Poivre d'Arvor redonne vie à son personnage d'Alexis qui collectionne ses conquêtes dans un petit carnet[7].

Comme un aveu perfide, l'auteur a placé en exergue du livre une citation de Mario Vargas Llosa, extraite de

Tours et détours de la vilaine fille : « Un soir, assis dans le jardin, à l'heure du crépuscule, elle me dit que, si un jour j'avais dans l'idée d'écrire notre histoire d'amour, surtout que je ne la charge pas trop, parce que alors son fantôme viendrait me tirer par les pieds chaque nuit. » L'auteur revanchard joue avec les lettres et l'être féminin. Son héroïne Violette – du nom de cette petite plante vivace de la famille des violacées – devient ici une « vilaine fille ». Dans le prénom « Violette », on peut entendre la première syllabe résonner : « viol ».

À la lecture des deux cent quatre-vingt-douze pages, il fait peu de doute que PPDA a dépeint Agathe Borne « la plume dans la plaie ». Il expose publiquement au lectorat son histoire personnelle et familiale, en révélant son intimité sexuelle et en narrant ses ébats avec ce magnifique et maléfique Alexis. À chaque page, Agathe est reconnaissable sous les traits de Violette. À chaque page, les lecteurs démasquent sans difficulté qui se cache derrière ce dénommé « Alexis » : « Si elle me lisait, elle en conclurait que j'agis par vengeance, parce qu'elle s'est refusée à moi [...]. Cette fille m'énerve, c'est vrai, et il n'est pas impossible que je lui en veuille encore [...]. Trop venimeuse, trop toxique, elle m'entraînerait dans ses abîmes mortels[8]. » Voilà comment PPDA romance et s'amuse sadiquement avec la réalité.

Insoutenable pour Agathe Borne. Le 27 janvier 2010, la jeune femme trahie assigne PPDA pour « atteinte à la vie privée » et « contrefaçon ». Elle est la première femme à agir en justice publiquement, elle devient LA femme à oser défier LA star des médias.

Seule contre tous et toutes, elle s'engage dans une bataille juridique car s'attaquer à l'icône dans la presse, c'est peine perdue. Le livre litigieux *Fragments d'une femme perdue* est selon elle une « punition que lui a infligée Patrick Poivre d'Arvor pour avoir osé le quitter[9] ». Sans son autorisation, PPDA a reproduit des écrits ou des textos dont elle déclare être l'autrice. Onze lettres d'amour envoyées à PPDA ont été reproduites *in extenso*. Du pur plagiat. Pour ne citer qu'un extrait : « Ton manque de respect, voilà ce que je retiens. Quand on aime, on ne se comporte pas comme ça. On n'utilise pas les mots que tu emploies [...] ce n'était pas une belle histoire d'amour. Tu es un être maléfique[10]. » Elle semble être devenue un personnage de papier dans le roman de PPDA. L'héroïne est prisonnière de sa plume acerbe. Il peut en faire ce qu'il veut, jouer avec elle. Tel un vampire, l'auteur vengeur a cannibalisé ses écrits et ses carnets intimes. Le prince a l'encre noire.

L'année suivante, nouveau livre ; PPDA fait assez peu de mystère sur l'identité d'Alexis, ce mâle déjà connu. Il se moque de son lecteur.

> — Êtes-vous Alexis, le héros de *Fragments d'une femme perdue* ?
> — Alexis était déjà le prénom d'un des trois héros des *Enfants de l'aube*, et plus tard de *La Traversée du miroir*. C'est moi quand ça m'arrange. Il est fréquent que des auteurs se choisissent des doubles. Ils sont eux-mêmes sans l'être vraiment, c'est très utile [...]. D'une certaine manière, je suis accompagné de tous mes doubles, y compris de mes jumeaux et mes jumelles inventés. Cela me permet de vivre plus oniriquement et de pleurer ma solitude[11].

Dans sa vie, tout n'est pas que roman et onirisme. Devant le juge, PPDA – accusé d'« atteinte à la vie privée » et de « contrefaçon » – répond que ce sont ses « nombreuses conquêtes féminines » qui lui ont inspiré le personnage de Violette. Tout cela ne serait que littérature, liberté d'expression et œuvre de fiction. Il ne s'en cache pas lors de la promotion de son livre, un brin provocateur : « Dans un roman [...], je fais mon miel de toutes les choses que j'ai entendues, vécues, rêvées ou fantasmées ou redoutées. Il y a certes quelques points de ressemblance, mais c'est de l'ordre du petit clin d'œil[12]. » Mis en cause, le Prince Noir peut compter sur son âme damnée Dominique Ambiel. Le fidèle ami et associé témoigne en sa faveur pour le procès. Il certifie qu'il a vu Agathe Borne lire chez lui en Corse le manuscrit de *Fragments d'une femme perdue* et donner son accord pour la publication.

Le 7 septembre 2011, le tribunal de grande instance de Paris condamne Patrick Poivre d'Arvor pour avoir porté atteinte à la vie privée et aux droits d'auteur d'Agathe Borne. Il est condamné à lui verser la somme de 33 000 euros, et se voit aussi interdit de publier l'ouvrage en livre de poche ou de le rééditer.

Deux jours après sa victoire judiciaire, Agathe Borne pose pour *Paris Match*, seule cette fois. Deux ans et demi auparavant, souvenez-vous, le couple s'affichait dans le magazine, heureux et uni sur les marches de Cannes. Cette fois-ci, la séance photo a lieu dans une rue de SoHo à New York où elle s'est exilée avec ses deux enfants depuis le procès. Habillée d'une robe noire élégante, les yeux bleus déterminés, la chevelure brune éclairée par une lumière rasante à contre-jour. Le cliché s'affiche sur une double page avec ce titre vindicatif : « Agathe, la femme qui accuse PPDA[13] ».

Dans une longue interview, elle raconte que le journaliste star a « voulu se venger » avec la volonté très claire de « me salir, de me nuire, de régler ses comptes ». PPDA ou la vengeance dans la plume. Elle explique qu'il fouillait dans ses affaires, recopiait en cachette ses carnets d'écriture pour « nourrir ses écrits ». Agathe Borne n'a pas l'impression d'avoir été la muse envoûtante et sublimée de l'écrivain, mais le « vrai jouet » d'un livre qui s'est vendu à soixante-quinze mille exemplaires. Étonné, je découvre que cet entretien avec Agathe Borne, publié dans *Match* en 2011, a été réalisé par Bénédicte Martin. Cette romancière qui souffre d'anorexie accuse aujourd'hui PPDA de l'avoir agressée dans son bureau à TF1 en 2003. Elle ne rendra l'affaire publique qu'en 2022. Nous y reviendrons à la fin de ce livre.

Ainsi l'affaire Agathe Borne est doublement emblématique : elle est la première femme à avoir mené une action en justice et à avoir fait condamner PPDA pour « contrefaçon » et « atteinte à la vie privée ». À l'époque, même retraité de TF1 depuis trois ans, l'édifice PPDA reste encore trop solide pour qu'elle réussisse – seule – à le faire vaciller et effondrer. En 2011, cette histoire destructrice avec une femme n'a étonnamment pas éveillé de soupçons dans les médias et l'édition. En 2011, cette condamnation n'a pas réveillé d'autres femmes murées dans le silence. Il faudra attendre dix ans avant que l'écrivaine Florence Porcel porte plainte pour viol. Une décennie.

PATRICK PLAGIAT D'ARVOR

« Expurger : éliminer d'un texte ce qui est contraire
à la décence, à la morale ou à la religion.
Synonyme : censurer, épurer, assainir, nettoyer. »
Le Larousse

Noëlle Meimaroglou s'enferme dans son bureau. La nuit va être longue. L'éditrice se remet à son labeur derrière son ordinateur. Pour tenir, elle a acheté au distributeur de l'étage une canette de Coca et une barquette de six madeleines. Comme hier soir et comme demain soir. Ce régime dure depuis trois semaines. La jeune femme a perdu cinq kilos. Elle a quitté le foyer familial pour venir s'installer dans la maison d'édition Arthaud. Elle dort quatre, cinq heures par nuit. Sa mission : expurger. Il faut sauver le manuscrit de PPDA.

Les yeux bleus perçants de l'éditrice s'épuisent à relire, à épurer, à réécrire, à nettoyer, à raccourcir, à reprendre, à rallonger, à rebâtir, à défaire, à refaire… Tous les soirs, vers 20 heures, Patrick Poivre d'Arvor l'appelle et lui demande avec une voix douce : « Noëlle, vous avancez bien ? On va pouvoir sortir mon livre ? » Le prince des belles-lettres laisse la plume à son éditrice. À elle de gratter. Une corvée solitaire, ingrate et harassante. « J'étais devenue un zombie, un fantôme au service de Patrick[1] », me confie-t-elle.

La raison de cette corvée : un maudit coup de fil. Lundi 3 janvier 2011, en fin de journée, appel de PPDA. En ce début d'année, l'auteur à succès présente élégamment ses vœux à son éditrice avant de prononcer cette phrase fatale : « Noëlle, on a un gros problème, un journaliste de *L'Express* vient de m'appeler pour la sortie du bouquin, il parle de plagiat, de contrefaçon. » Elle reprend devant moi à deux reprises cette phrase : « Noëlle, on a un gros problème. » C'était il y a onze ans et depuis onze ans, Noëlle Meimaroglou attend qu'un journaliste l'appelle. Pour raconter de l'intérieur l'affaire du plagiat de PPDA, cette histoire qui a défrayé la chronique et écorné le mythe du journaliste-écrivain en 2011.

Noëlle Meimaroglou m'a donné rendez-vous au bien nommé *Café Livres*, à l'ombre de la tour Saint-Jacques. Le clocher parisien de style gothique s'est déshabillé de son échafaudage après des années de restauration. En ce lundi matin, il fait un peu frais en terrasse. « Je suis une bac + 12, docteure en philosophie, j'ai commencé stagiaire et j'ai gravi tous les échelons pour devenir éditrice. » Voilà pour le

CV. En 2010, elle travaille chez Arthaud, une maison d'édition du groupe Flammarion. Un de ses patrons lui propose de déjeuner avec PPDA. À l'époque, « il est *bankable*, c'est un gros vendeur, ses GFK sont bons » – dans le jargon, GFK est le nom de l'institut qui répertorie les ventes de livres à partir des sorties en caisse.

La voilà donc attablée dans un bon restaurant de Neuilly avec PPDA pour un repas sympathique. En revenant au bureau, on lui dit : « Vous lui faites ce que vous voulez, du moment que vous le faites signer ! » Le journaliste que je suis prend l'air à demi étonné. L'éditrice enchaîne : « Oui, ça se passe comme ça dans l'édition. Le droit de cuissage était une pratique courante. Pourquoi pensez-vous qu'il y a autant d'éditrices, d'attachées de presse ?! PPDA est connu comme le loup blanc dans le milieu. Quand on parle de lui, ça ricane. »

L'éditrice doit revoir l'auteur à succès pour un deuxième rendez-vous. L'écrivain l'invite toujours à Neuilly mais cette fois chez lui. Le traquenard. Elle connaît bien la « réputation du bonhomme » – séducteur, dragueur et homme à femmes – mais difficile de refuser. Elle veut devenir son éditrice. La jeune femme blonde s'habille de manière sobre, en noir avec un col roulé. Elle mime le geste avec ses mains : le col roulé recouvre la gorge et remonte dans le cou. « Je n'ai pas peur d'aller au rendez-vous. » L'écrivain ouvre sa porte. Surprise : il est en short de sport, tout suant – il vient de finir son jogging matinal. Il l'invite dans son bureau, une pièce un peu enterrée au rez-de-chaussée. Il propose à l'éditrice de s'asseoir dans le canapé. « Poliment, je dis que je préfère le fauteuil, je ne veux pas le froisser. » Il n'en prend pas ombrage, la conversation s'engage. Noëlle Meimaroglou se souvient encore de cette « voix exceptionnelle ». Sûre d'elle, elle est venue avec une idée en tête pour l'auteur « *bankable* ». Elle lui propose d'écrire une nouvelle biographie d'Ernest Hemingway à l'approche du cinquantième anniversaire de sa mort. Cela amuse beaucoup l'éditrice parce que « chez Hemingway, il y a aussi un sujet sur les femmes, lié à son impuissance ». Noëlle Meimaroglou vise juste.

Patrick Poivre d'Arvor a toujours été fasciné par les aventuriers, les marins et les écrivains voyageurs. Il a signé ou cosigné avec son frère Olivier une dizaine de grandes biographies sur Mermoz, Saint-Exupéry, Jules Verne ou encore Lawrence d'Arabie. Le présentateur admire les grands personnages au destin hors norme et à la vie débridée. Hemingway en fait partie. Le grand reporter et correspondant de guerre a bourlingué et parcouru le monde pour les journaux américains. En 1944, il pénètre dans Paris avec les forces alliées et « libère » le bar de l'hôtel Ritz qui porte son nom aujourd'hui. Le journaliste devient un grand écrivain et reçoit le prix Pulitzer pour *Le Vieil Homme et la Mer*, vendu à six millions d'exemplaires. Consécration, il remporte le prix Nobel de littérature en 1954. Le journaliste-écrivain français rêve d'un destin à la Hemingway, « marié quatre fois, divorcé à trois reprises ». Avec l'auteur de *Paris est une fête*, il partage la même passion dévorante pour les femmes et les excès de la vie nocturne.

L'éditrice d'Arthaud affiche un large sourire quand PPDA accepte le projet sans sourciller. Le nouveau retraité de TF1 se montre exigeant. Il demande 40 000 euros et fait comprendre qu'il n'a pas beaucoup de temps pour écrire, alors qu'il est libéré de l'exercice quotidien et contraignant du 20 Heures depuis deux ans. Pas de souci, Noëlle Meimaroglou lui fournit un prête-plume d'office. L'éditrice m'explique comment cela marche dans l'édition : « C'est très commun dans le milieu. Il y a très peu d'auteurs qui écrivent seuls avec leur plume. Il existe toujours des aides-écrivains, des documentalistes, des camarades écrivains. Cela ne me choque pas. »

Elle choisit un « documentaliste » de confiance, Bernard Marck. Il est chargé de lire toutes les biographies écrites sur Hemingway et de fournir tout le matériau de départ pour que PPDA se mette à écrire. Le projet est lancé. Noëlle Meimaroglou me confie : « Patrick me pourrit l'été. Il bosse, il écrit, il relit. C'est un travail à trois : Patrick, Bernard et moi. » Fin d'année 2010, Patrick Poivre d'Arvor reçoit les deuxièmes épreuves de son manuscrit. Il signe le BAT. Le « bon à tirer » fige le texte définitivement et donne le feu vert à l'imprimeur. Vingt mille exemplaires sont commandés. L'ouvrage commence à circuler dans les rédactions. La maison Arthaud compte beaucoup sur son nouvel auteur car c'est une bonne tête de gondole. La publication, prévue au 19 janvier 2011, promet une belle couverture presse avec journaux, radios et télés. Après son éviction de TF1, Patrick Poivre d'Arvor est loin d'imaginer qu'il va tomber une deuxième fois de son piédestal.

Un mois avant la publication, le journaliste Jérôme Dupuis tient entre ses mains une bombe à retardement : un exemplaire presse du nouveau livre de PPDA. Il ne le sait pas encore, mais c'est lui qui va déclencher l'explosion. Quand je le rencontre[2] chez lui pour l'interviewer, il a ressorti l'objet livresque controversé. Nous sommes en décembre 2010, le critique littéraire de *L'Express* feuillette *Hemingway, la vie jusqu'à l'excès*. Un titre qui colle bien à la peau de PPDA, dont le nom en couverture se voit plus que celui du géant américain. Cet exemplaire a été envoyé par PPDA à Christophe Barbier, directeur de la rédaction de *L'Express*. Une dédicace a été griffonnée au stylo à plume noir : « *À toi, Christophe, en fidèle amitié, Patrick.* » Jérôme Dupuis réajuste ses lunettes, fines et rondes. Il se plonge dans le premier chapitre et très vite, il est surpris. Il s'attendait à lire une biographie impressionniste, un livre d'évocation sur le fauve de la littérature américaine qui découvre le Montparnasse des années 1920, avec la patte romanesque et reconnaissable de Patrick Poivre d'Arvor. À la place, le critique découvre une biographie à l'américaine : un texte froid, factuel, ultraprécis avec des dates, des scènes extrêmement détaillées. Pour écrire un tel livre de quatre cents pages, PPDA a dû aller en bibliothèque pour consulter des archives, interroger des spécialistes, des témoins, des descendants de

Hemingway. Ce travail colossal prend des années, parfois dix ans. Le critique averti a un doute. Ce n'est pas le genre de PPDA, comme l'écrit Jérôme Dupuis dans *L'Express* : « Il est vrai que ses journées ne lui laissent guère le loisir de travailler à de volumineuses biographies. Ces temps-ci, outre une émission hebdomadaire sur France 5 (*La Traversée du miroir*), une chronique quotidienne dans *France-Soir*, la direction, avec son frère Olivier, de la collection d'anthologies littéraires « Mots pour mots » aux éditions du Seuil et la mise en scène, l'été dernier, d'un opéra (*Carmen*), PPDA continue à être un écrivain prolifique [...]. Si l'on s'en tient à la seule année 2010, il a publié un roman, cosigné deux essais, réuni huit anthologies et rédigé six préfaces[3]. »

Jérôme Dupuis continue de fouiller. À la page des remerciements, il remarque – haut dans la liste – un dénommé Bernard Marck, un spécialiste de l'aviation, ancien rédacteur en chef d'Aéroports de Paris. Étrange profil. Puis, il parcourt la bibliographie à la fin du livre. Il s'agit d'une longue liste de livres que l'auteur a consultés, mais certains n'ont aucun rapport avec le sujet. « Elle est touffue, bizarre, disproportionnée », commente-t-il pour moi. Cela se précise dans la tête du limier : « J'ai l'impression que cette bibliographie cache quelque chose, qu'elle a été faite pour noyer le poisson », me confie-t-il.

Le critique littéraire est un homme du genre assidu et opiniâtre. Cet adepte de la pêche à la mouche en Écosse aime attendre la truite pendant des heures dans une eau glaciale. Pour hameçonner PPDA, le journaliste se rend dans plusieurs librairies. Il attrape une douzaine de biographies d'occasion, écrites sur Hemingway depuis les années 1960 et parues en français. Méthodiquement, il lance des lignes dans ses pavés de texte en choisissant trois épisodes très précis de la vie de Hemingway. Il lit le passage dans le livre de PPDA puis, dans une précédente biographie. Pour le premier livre, ça ne colle pas, aucune ressemblance. Pour le deuxième, il reste bredouille. Troisième, quatrième et puis, au cinquième livre, Jérôme Dupuis pense avoir ferré le poisson.

Devant ma caméra, il refait le geste, il tient dans une main l'ouvrage de PPDA et dans l'autre le livre de Peter Griffin. Parue aux États-Unis en 1985, cette biographie est une référence mais la version française chez Gallimard n'est pas simple à dégoter. Le visage de Jérôme Dupuis s'illumine quand il me raconte sa révélation : « Et là, je suis étonné. Je tombe sur un paragraphe qui est un copier-coller. Je tourne la page dans la bio de PPDA, je tourne la page dans la bio de Griffin, c'est un recopier-coller. En quelques minutes, je m'aperçois qu'il y a des dizaines et des dizaines de pages de PPDA qui sont quasiment des copier-coller de la biographie de Peter Griffin. » Jérôme Dupuis me précise que les passages sont un peu réécrits en changeant un ou deux mots ou en intervertissant l'ordre de la phrase.

1er exemple

L'original de Peter Griffin	*Le copier-coller de Patrick Poivre d'Arvor*
« Quand les nuits d'août étaient particulièrement chaudes, elle humectait le front d'Ernest avec une serviette humide, lui passait de l'eau froide sur le cou et sur la poitrine. »	*« Durant les nuits chaudes qui le rendent poisseux de sueur, elle éponge son front d'une serviette humide, rafraîchit son cou et sa poitrine. »*

2e exemple

L'original de Peter Griffin	*Le copier-coller de Patrick Poivre d'Arvor*
« Il parlait d'amis indiens qu'il s'était faits au cours d'une visite de deux mois à une école de mission pour les Sioux Dakota. À cause de son extraordinaire acuité visuelle, les Indiens l'appelaient Nee-tee-la-la, c'est-à-dire "l'œil-d'aigle[5]". »	*« Il confie à Grace les liens d'amitié qui le lient à plusieurs d'entre eux depuis son séjour de deux mois chez les Sioux Dakota, lesquels l'ont baptisé Nee-Tee-La-La, ou "Œil-d'aigle", en raison de son exceptionnelle acuité visuelle[6]. »*

La pêche est miraculeuse pour Jérôme Dupuis. De la page 25 à la page 143, la biographie de PPDA est entièrement calquée sur celle de l'Américain Peter Griffin. Plus d'une centaine de pages plagiées sur un ouvrage qui en compte quatre cent quatorze. Il tient son scoop.

Le lundi 3 janvier 2011, Jérôme Dupuis appelle PPDA sur son portable pour lui demander des explications et une réaction avant la publication de son article. « J'ai eu le sentiment de quelqu'un qui tombait des nues. C'était très bizarre, il ne comprenait pas. Je lui disais : “Mais vous avez recopié des dizaines de passages de la biographie de Peter Griffin”, et il m'a dit : “De quoi vous parlez ? Quels passages ? Vous pouvez me donner des exemples ?” Il est tellement surpris par ce que je lui annonce qu'il n'est peut-être pas l'auteur de son livre et par conséquent du plagiat. Évidemment, il ne peut pas me le dire, car avouer cela, c'est avouer qu'il n'est pas l'auteur de ce livre et peut-être de certains de ses précédents livres. Donc très vite, il passe au déni, à la dénégation, au démenti[4]. »

La touche de Jérôme Dupuis est la bonne. PPDA est ferré. La supercherie va être révélée au grand jour. Le prince démasqué appelle *illico* son éditrice chez Arthaud. On revient à cette petite phrase : « Noëlle, on a un gros problème, un journaliste de *L'Express* vient de m'appeler pour la sortie du bouquin, il parle de plagiat, de contrefaçon. »

Pétrifiée et silencieuse, Noëlle Meimaroglou raccroche et convoque sur-le-champ Bernard Marck, le prête-plume de PPDA. Le rendez-vous a lieu dans un café. Il reconnaît immédiatement les faits. Oui, il a copié. Oui, il a recopié des passages entiers du livre de Peter Griffin. Oui, il a plagié. Mais pourquoi ? lui demande son éditrice, effarée. « J'avais trop de travail, je suis désolé. » Bernard Marck est pris la main dans le sac, mais ne compte pas le déballer. Le porte-plume ne révèle pas les passages qu'il a plagiés et comment il a opéré. J'ai bien tenté de le contacter, mais mon mail[5] est resté sans réponse.

Tout s'enchaîne. Réunion de crise au siège de la maison d'édition Arthaud. Deux options sont sur la table, me résume Noëlle Meimaroglou : « Option 1 : on abandonne le livre, on attend que ça se tasse, mais c'est reconnaître le plagiat. Option 2 : on sort quand même le livre, coûte que coûte, PPDA doit garder la face. » Son éditrice est pour la première option, elle semble bien la seule : « On a eu une grosse pression du frère de Patrick, Olivier Poivre d'Arvor, à l'époque patron de France Culture. »

Le lendemain, le 4 janvier 2011, *L'Express* publie le scoop de Jérôme Dupuis : « Patrick Plagiat d'Arvor[6] ». L'affaire se répand comme une traînée de poudre. Les vingt mille exemplaires de *Hemingway, la vie jusqu'à l'excès* sont mis au pilon et PPDA est cloué au pilori. Son ego en prend un sacré coup. Il a toujours eu l'ambition d'être plus qu'un simple présentateur de télé lisant un prompteur. Il se rêve écrivain, romancier et essayiste à part entière. Celui qui se voyait devenir le nouveau Hemingway, le nouveau Saint-Exupéry, le nouveau Malraux, le nouveau Chateaubriand tombe de haut. Depuis des années, voire des décennies, il se murmurait que Patrick Poivre d'Arvor n'écrivait pas ou peu ses propres livres. Jérôme Dupuis en apporte la démonstration implacable et fracassante. Ce chapitre noir dans la carrière littéraire de PPDA est un camouflet. Il démontre une nouvelle fois son sentiment d'impunité qui n'a cessé de grandir d'année en année. Il a accordé une confiance aveugle à son porte-plume et à son éditrice. « Plus c'est gros, plus ça passe », a dû imaginer l'homme aux dizaines de livres. Depuis des décennies, il est protégé, couvé et couvert par le système médiatico-littéraire qui ne touche pas au présentateur-écrivain. Comme si le prince des lettres jouissait d'une immunité. Il aura fallu attendre 2011 pour que ce privilège tombe.

Trahi, confondu, démasqué, PPDA ne se démonte pas pour autant. La suite de l'affaire révèle sa puissance et son pouvoir dans le monde de l'édition. En catastrophe, la maison d'édition Arthaud doit inventer une fable pour protéger son auteur. Il faut broder pour sauver le pilleur de texte :

> Suite à l'article publié par L'Express.fr, au sujet de la biographie à paraître de Patrick Poivre d'Arvor, *Hemingway, la vie jusqu'à l'excès*, les Éditions Arthaud tiennent à préciser que le texte imprimé, qui a été diffusé par erreur à la presse en décembre, était une version de travail provisoire. Elle ne correspond pas à la version définitive validée par l'auteur, dont la commercialisation en librairie est prévue fin janvier. Les éditions Arthaud présentent leurs excuses à l'auteur ainsi qu'aux journalistes destinataires de l'ouvrage.

Impensable, la maison d'édition est sommée de présenter ses plus plates excuses. Noëlle Meimaroglou me raconte qu'elle est contrainte de répondre au *Monde* le jour même. Pas très aventureux, PPDA vient de se défiler. L'éditrice, acculée, s'embourbe dans le mensonge : « J'étais en congé loin de Paris. Au service de la fabrication, ils ont pris sur le serveur commun un mauvais fichier, et c'est celui-là qui a été imprimé.

Ce fichier était constitué de notes de lecture qui n'étaient pas destinées à être publiées. » Et l'éditrice effondrée de conclure : « Tout est allé trop vite, c'est de notre faute, Patrick est légitimement furieux et j'assume notre responsabilité. » La maison d'édition a mis tout le monde au diapason. Sommé de s'exprimer, Bernard Marck donne une interview *a strict minima* : « J'ai donné ma parole, je ne peux pas répondre directement. Patrick est profondément affecté, il s'impose le silence, et moi, on me l'impose. Ce que je peux dire, c'est qu'il y a eu trop de précipitation, un couac au niveau de la relecture. Ou d'envoi d'un mauvais fichier d'une version de travail par erreur[7]. »

Après avoir couvert le péché originel, l'éditrice part à la mine. S'isoler trois semaines dans son bureau pour expurger le manuscrit. Régime : canette de Coca-barquette de madeleines. Malgré elle, Noëlle Meimaroglou se retrouve à être la porte-plume de PPDA ! Elle envoie sa stagiaire à la BnF faire des photocopies de la biographie difficilement trouvable de Peter Griffin. Le directeur juridique d'Arthaud lui a demandé de relever tous les copier-coller. Elle fait le même travail que le journaliste Jérôme Dupuis avec un mois de retard. Comme si elle n'avait pas assez de choses à lire, on dépose sur son bureau la jurisprudence Minc et la jurisprudence Attali sur les contrefaçons. « Cette période de ma vie a été une souffrance. Il y avait un silence pudique autour du bureau de l'éditrice de PPDA. Ça m'a blessée, ça m'a coûté dans ma carrière. »

Finalement, tour de force, le livre sort avec seulement une semaine de retard. La nouvelle version a été réduite de soixante-quatre pages. La page des remerciements a disparu, le nom de Bernard Marck aussi. Le Prince noir a estimé opportun – cette seconde fois – d'ajouter le livre de Peter Griffin dans sa bibliographie. Presque comme si de rien n'était, le dîner de lancement a lieu à la chic *Closerie des lilas* à Paris. Comme c'est la tradition. Patrick Poivre d'Arvor faisait visiblement un peu moins le fier ce soir-là, à en croire Noëlle Meimaroglou. *Hemingway, une vie jusqu'à l'excès* s'est vendu à cinq mille exemplaires, soit un quart du tirage originel. « C'est un échec, un accident industriel », se désole l'éditrice. Autre conséquence pour l'auteur copieur : le journaliste de *Paris Match* et écrivain Gilles Martin-Chauffier[8] m'a confié que cette affaire de plagiat a coûté à PPDA sa place au jury Renaudot, le prestigieux prix littéraire. À un jour près. En revanche, cette enquête vaudra à Jérôme Dupuis le « prix du coup journalistique » de l'année 2011 pour son scoop « Patrick Plagiat d'Arvor ».

Cette contrefaçon n'empêchera pas PPDA de continuer à être publié. Après 2011, il écrira quatre romans, quatre ouvrages autobiographiques, cinq biographies et documents. Les éditeurs et les lecteurs semblent ne pas lui en vouloir. Patrick Poivre d'Arvor aura cependant déçu la plus fidèle de ses lectrices, car cette affaire Hemingway « affecta énormément ma mère qui fut ma première lectrice (habituellement et invariablement, c'était mon père) parce qu'elle partageait ma passion pour cet écrivain[9] ». La désillusion de sa mère Madeleine est peut-être ce qui touchera le plus PPDA.

Il est bientôt midi sur la terrasse du *Café Livres*. Le soleil a tourné autour de la tour Saint-Jacques. Onze ans après, l'éditrice bafouée décrit « Patrick comme un psychotique. Le moi prend le dessus sur le réel. "Ça me plaît, je prends. Mon désir n'est pas entravé." Lacan disait "rencontrer le réel, c'est se cogner", PPDA ne se cogne jamais, lui. Tout passe ». Noëlle Meimaroglou clôt notre entretien agréable avec cette phrase amère et glaçante : « PPDA m'aurait roulé une pelle, ça aurait été moins grave pour moi, c'est dire ! »

LES FANTÔMES, DE LCI À RADIO CLASSIQUE

Au cours de mon enquête, j'ai découvert que PPDA n'aurait pas sévi qu'à TF1, mais aussi à la même époque à LCI et beaucoup plus récemment à Radio Classique, selon plusieurs témoignages.

Il avait pris l'habitude de venir à LCI, car il présentait une émission littéraire sur la petite sœur de TF1. Les locaux ne sont pas loin, ils se situent au 2e étage, au bout du couloir. Nous retrouvons Estelle Youssouffa pour la suite de l'interview qu'elle m'a accordée. Après m'avoir décrit la puissance du 20 Heures et de PPDA dans l'écosystème du groupe, elle se remémore le climat « sexualisé » qui régnait à l'époque. De son passage à LCI entre 2000 et 2006, l'ex-journaliste garde un mauvais souvenir des remarques sexistes ambiantes. Sous couvert de blagues potaches, ces « petites humiliations quotidiennes » faisaient bien rire ses collègues masculins, et féminines d'ailleurs. Celle qui a fait un peu de présentation sur « La Chaîne Info » comme joker n'a jamais été importunée ou draguée par celui qu'elle s'évertue à nommer PPD. Elle n'est pas son style de canon de beauté : fine, blonde et fragile. Devant la caméra, elle me confie qu'elle a été la témoin directe d'« assauts » du présentateur contre deux collègues. Voici la retranscription de notre échange pour France 2 le 21 décembre 2021 :

— Quand l'affaire PPDA a explosé en février 2021, avez-vous été surprise, choquée ?
— Je témoigne parce que remettre en cause la parole de celles qui dénoncent me paraît assez scandaleux. Cela demande un courage considérable de s'attaquer à la légende PPD et de s'interroger sur tout l'écosystème qui a profité et a nourri la star du 20 Heures. Dans la rédaction comme dans le milieu de la presse française, on connaissait très bien sa réputation. Il était notoirement connu pour séduire tout ce qui passe, déshabiller du regard chaque femme qu'il croisait, des stagiaires jusqu'aux salariées [...]. Je pense qu'aucun et aucune d'entre nous ne pouvait imaginer des violences sexuelles au sein de la rédaction. En revanche, on savait qu'il courait après les femmes. PPD était toujours en train de chercher un nouvel objet de fascination et de séduction. C'était tellement connu qu'au sein de la rédaction de LCI on avait toutes sortes de stratégies pour éviter de le croiser.
— Quel genre de stratégies ?
— Pour les femmes les plus séduisantes qui faisaient l'objet de son harcèlement, certains chefs changeaient les tableaux de service pour qu'elles ne travaillent plus sur le 20 Heures.
— À ce point-là ?
— Oui, il y a eu des mutations au sein de TF1 et de LCI pour éviter de croiser PPD, parce que « l'employée femme » était victime des assiduités du bonhomme. Mais je pense qu'à aucun moment on s'était imaginé que cela aurait pu aller jusqu'à des violences ou des viols comme dénoncent certaines femmes.
— Vous vous souvenez de votre premier contact avec PPDA ?
— Je n'ai pas fait l'objet des assiduités de PPD. Je me tenais à l'écart de lui, car il y avait des rumeurs sur son comportement. On savait vers quelle heure il passait dans les couloirs de LCI

parce qu'il présentait une émission sur la chaîne. Il y avait une espèce de solidarité entre femmes pour éviter de rencontrer le présentateur du 20 Heures. C'est quand même grave.
— Avez-vous été témoin de choses? Des collègues ont-elles été approchées par PPDA quand vous étiez à LCI entre 2000 et 2006?
— Oui, il repérait les très belles et jeunes femmes dans les couloirs ou les nouvelles présentatrices à l'antenne. Il les draguait ouvertement. Il récupérait les numéros de téléphone pour les appeler directement.
— Comment faisait-il?
— Il y avait un grand carnet disponible pour toute la rédaction de TF1 et LCI. Cela permettait de nous joindre entre journalistes. Donc PPD pouvait accéder à tous les numéros, il ne se privait pas de le faire.
— Vous avez un exemple précis?
— Oui, j'ai même deux exemples, deux collègues qui m'ont raconté avoir été importunées par PPD. La première était une très belle et grande femme d'origine étrangère. D'une beauté renversante et visiblement irrésistible pour PPD. À l'époque, elle lui a dit clairement non et à plusieurs reprises. Des dizaines et des dizaines de messages enflammés, plus dithyrambiques les uns que les autres. Par texto mais aussi sur son répondeur. Jusqu'au jour où il déboule en bas de chez elle après le 20 Heures.
— Le présentateur de TF1 faisait cela, selon vous?
— Oui, oui, il est venu plusieurs fois en bas de chez elle sonner à l'interphone. Il ne comprenait pas qu'on se refuse à lui. Elle vivait seule dans son appartement, elle n'avait pas de soutien familial. Il le savait très bien.
— Qu'a fait votre collègue?
— Elle a fui de chez elle et elle a débarqué chez moi. Je l'ai hébergée plusieurs nuits sur mon canapé. Je me souviens encore, elle dormait dans mon salon à côté de ses deux valises.
— Elle s'est plainte auprès de la hiérarchie de la chaîne?
— Elle n'a pas tout raconté, car elle avait besoin de travailler. Elle a quand même demandé à changer d'horaires de travail pour ne plus croiser PPD en réunion ou dans les couloirs. Le ou la

chef(fe) de service a accepté de modifier son planning. Elle a aussi changé de numéro de téléphone. Je ne sais pas si cette histoire avec PPD a participé au fait qu'elle a quitté le métier et qu'elle est repartie dans son pays.
— Vous m'avez parlé d'une seconde histoire ?
— Elle concerne une de mes amies, une très belle femme, blonde, mariée, mère de famille. Elle a dû repousser ses avances répétées dans les couloirs de LCI. Elle a été extrêmement claire et il n'y avait pas l'ombre du début d'une ambiguïté. Mais PPD semblait prendre un vrai plaisir à ce qu'on lui dise non. Il ne l'entendait pas et ça l'excitait. Il a mis la main sur son portable et sur son adresse. Il n'a pas arrêté de l'appeler. Il a même débarqué en bas de chez elle en scooter.
— Encore une fois ! On a du mal à imaginer le présentateur du 20 Heures rôder en scooter dans Paris pour aller sonner aux portes ?
— Si, si ! Il faut imaginer PPD, toute star qu'il était, comme « un gueux » à la porte en train de hurler à l'amour ! Il a fallu que le mari de ma copine descende et lui hurle dessus pour que PPD parte. Cette histoire a bouleversé ma copine. Ça a failli briser son couple, parce que cela paraissait tellement invraisemblable que PPD débarque en bas de chez elle. Son mari lui a demandé : il s'est passé quoi à LCI ? Comment PPD a eu ton téléphone, ton adresse ? Pourquoi PPD vient en bas de chez nous ? J'ai vu son comportement changer. Mon amie s'est refermée. Elle est devenue extrêmement stressée. Je pense que ça a déclenché des troubles alimentaires chez elle.
— Cette collègue a-t-elle prévenu la DRH ou la direction de l'information ?
— Non, je ne crois pas qu'elle ait appelé à l'aide. À sa décharge, il n'y avait pas dans le groupe TF1 un environnement favorable qui encourageait à dénoncer des comportements de harcèlement.
— Expliquez-moi ?
— LCI était une chaîne réputée pour avoir de très, très belles journalistes. On disait de certaines d'entre elles qu'elles avaient un « physique de télé ». C'était le sexisme ambiant dans les rédactions. Selon moi, les comportements sexualisés étaient la norme.

Il n'était pas question pour les journalistes d'aller se plaindre de remarques sexistes. La télévision repose sur le visuel et donc sur le physique : il faut être jeune et belle pour faire de la présentation. La perversité du système a fait que pour les journalistes femmes, au lieu que ce soit uniquement votre CV et votre intellect, le facteur physique devenait l'élément essentiel. Dans les années 1990-2000, il fallait une télévision qui soit attrayante et sexy. À l'époque, c'était le cas à LCI. Des bombes d'abord, ensuite peut-être des cerveaux.

Estelle Youssouffa n'a pas la langue dans sa poche. Je n'ai pas réussi à retrouver la trace de sa première collègue repartie à l'étranger. Pour la seconde, elle a depuis quitté LCI et travaille toujours dans le monde de la télévision. Comme le décrit la journaliste, à partir de sa création en 1994, LCI est devenue la fabrique de présentatrices et présentateurs en devenant la grande pourvoyeuse des autres chaînes. Parmi les talents débusqués par LCI, on peut citer notamment Mélissa Theuriau, Anne-Sophie Lapix, Laurence Ferrari, Daphné Roulier, Christine Kelly, Audrey Crespo-Mara et, du côté des hommes, David Pujadas, Harry Roselmack, Gilles Bouleau, Thomas Hugues, Julien Arnaud, Christophe Beaugrand... Le patron emblématique de ces années-là s'appelait Jean-Claude Dassier. Le directeur général de la chaîne d'information en continu de 1996 à 2008 est réputé pour ses coups de gueule légendaires et pour ses remarques sur les physiques et les tenues vestimentaires de ses présentatrices. Il a été mon boss à LCI entre 2005 et 2008. Il avait accepté volontiers de parler dans mon enquête sur Platini[1] en 2014 en tant que fana de foot et éphémère dirigeant de l'OM. En 2021, quand je le sollicite pour parler de PPDA et des témoignages de femmes qui viennent de LCI, il botte en touche. Lui aussi, lui encore. Il prétexte qu'il n'a jamais eu affaire directement à PPDA, puisqu'il a pris la direction de l'information de TF1 en juillet 2008… un mois après le licenciement de la star. La raison invoquée est loin d'être convaincante.

La Une met Patrick Poivre d'Arvor à la retraite forcée en 2008. Il a 60 ans. C'est un peu court et un peu trop jeune pour le présentateur omniprésent sur les écrans. Tout le monde s'arrache le prince remercié de TF1. Il enchaîne les émissions de télé sur France 5, Arte, France 3, La Chaîne parlementaire; mais aussi les collaborations pour la presse écrite : *Paris Match* et *France-Soir* et enfin la présentation sur RTL et Radio Classique. Il revient à ses premières amours journalistiques. Le jeune Patrick a commencé dans le métier en 1971 à France Inter sous la direction de Roger Gicquel. À 24 ans, il a la charge de la revue de presse et – plus prestigieux – de la présentation des journaux du matin. Des décennies plus tard, il se voit proposer en 2014 la présentation d'une émission à 19 heures sur Radio Classique. Une heure avant 20 heures. Du lundi au jeudi, comme à TF1. Stupéfait, je vais découvrir que PPDA a reproduit le ballet des invitées dans le studio radio, comme à TF1 sur le plateau.

« Je n'ai rien vu de délictuel, mais ce que j'ai vu m'a interpellée[2] », me déclare Béatrice Mouedine. Elle a travaillé avec PPDA à Radio Classique pendant quatre années. Elle a retrouvé l'unique photo de cette période, prise en mai 2014 dans le studio radio. Un logo rond Radio Classique est collé sur le mur du fond, une horloge indique qu'il est 19 h 30. Casque sur les oreilles, lunettes de vue et vêtue d'un haut noir sobre, Béatrice Mouedine regarde l'objectif avec un large sourire. Sur la gauche de l'image, en bout de table, PPDA la regarde par-dessus ses petites lunettes posées au bout du nez. La journaliste entrait deux fois dans le studio, à 19 heures et à 19 h 30, pour présenter les informations. Patrick Poivre d'Arvor, lui, interviewait deux personnalités par émission. Sur Internet, on retrouve facilement quelques émissions, comme l'entretien avec Bernadette Chirac, grande amie de Patrick venue parler du vingt-cinquième anniversaire de l'opération Pièces jaunes. Les deux sont aussi unis dans le combat contre l'anorexie – nous y reviendrons.

Béatrice Mouedine me raconte qu'elle se souvient encore très bien de la voix de PPDA, « très chaude, très enveloppante, très englobante, toujours la même malgré les années ». La journaliste a entretenu des rapports convenables avec le monstre sacré de la télévision. Sans être en admiration, elle reconnaît son charisme naturel : « Il n'a pas besoin de s'imposer. Il en impose de lui-même parce que c'est une personnalité connue et reconnue depuis des années. Sa force passe par sa carrière et par sa douceur. C'est quelqu'un de très affable, toujours séducteur avec les femmes et avec les hommes aussi. Je ne l'ai jamais vu violent, toujours très doux et un peu mielleux. » Dans cette ambiance de travail sans débordement, Patrick Poivre d'Arvor ne peut pas s'empêcher hors antenne d'appeler Béatrice « ma chérie ». Elle laisse passer jusqu'au jour où il la surnomme « ma chatte ». Oui, « ma chatte », vous avez bien lu. Je me souviens encore avoir bondi de ma chaise quand Béatrice Mouedine me l'a raconté la première fois. Dans les yeux de PPDA, il n'y aurait bien sûr aucune vulgarité, aucune connotation sexuelle, simplement une dénomination cajoleuse et chaleureuse! Béatrice Mouedine a, elle, la désagréable impression d'être réduite à son organe génital. « La première fois qu'il m'a appelée "ma chatte", j'ai eu un mouvement de recul. Je me suis dit : c'est moi qui interprète mal les choses, c'est peut-être un petit nom affectueux. » Chaque fois que PPDA l'appelle ainsi, le même haut-le-cœur la saisit.

Pendant ses quatre années à Radio Classique, le présentateur du 19 Heures propose régulièrement aux jeunes femmes de la rédaction de l'accompagner au spectacle le soir quand il lui reste un deuxième billet. Des places « presse » toujours offertes! Comme ce fut le cas pour Marie, la jeune étudiante de 24 ans qui suivit PPDA au théâtre Mogador le soir de son premier stage (voir le chapitre précédent « "Pendant dix ans, je n'ai jamais envoyé une fille en stage à TF1" »). Patrick Poivre d'Arvor déteste sortir seul en ville et aime être vu en charmante compagnie. Béatrice Mouedine a toujours refusé ses invitations de dernière minute. Elle aimait bien lorsque son mari venait la chercher en deux-roues à la sortie de Radio Classique vers 20 heures. Sur le trottoir parisien, PPDA la taquinait : « Tiens, le garde-de-ton-corps est venu te chercher! »

Mariée, la trentaine assurée avec une carrière bien lancée, Béatrice Mouedine a toujours su résister au petit jeu de drague de « Patrick ». La journaliste s'est sentie en revanche complètement impuissante devant ce triste spectacle qui se déroulait dans le studio, une à deux fois par semaine :

> Patrick avait pris l'habitude d'inviter des jeunes femmes, très apprêtées, très jolies, pour regarder l'émission. Quand elles entraient dans le studio, Patrick ne prenait pas la peine de les présenter. Il ne disait pas : « Tiens, je te présente Béatrice, elle présente le journal et Béatrice, voici unetelle. » Patrick les faisait asseoir sur un petit tabouret. Durant une heure, elles restaient plantées dans un coin du studio. Personne ne leur adressait la parole.

Pendant qu'elle déroule le fil de l'actualité au micro, Béatrice Mouedine observe ce rituel lugubre et bien rodé. Quand elle me dévoile ce qui se passe dans la pénombre du studio radio, je suis saisi par la similitude entre Radio Classique et TF1. Cette fois-ci, pas de chaise pliante noire, mais un tabouret. Les « invitées de Patrick » ne semblent pas toutes être étudiantes, autrices ou journalistes. Souvent très élégantes, maquillées, en tenue de soirée avec des talons hauts. Les femmes silencieuses ne dépassent pas 25 ans; plus de quarante ans d'écart avec le présentateur.

Béatrice Mouedine ne pouvait pas se douter à l'époque que le même ballet de femmes avait été organisé pendant deux décennies à TF1. Comme sur le plateau du JT, les « invitées de Patrick » étaient disposées en face de lui dans le petit studio radio. Toujours avec cette idée d'admirer en silence le Roi-Soleil et ses derniers rayons d'éclat médiatique.

À la même époque, Patrick Poivre d'Arvor ne doute d'aucun de ses talents et monte sur scène au Casino de

Paris pour interpréter son personnage dans une pièce qui porte son prénom, *Patrick et ses fantômes*[3]. Les titres ont toujours une double lecture avec Poivre d'Arvor. En 2018, cette pièce de théâtre s'habille de mystère et de sous-entendus. Sur l'affiche, on reconnaît aisément l'apprenti comédien au sourire mutin à côté duquel est inscrit sans vergogne : « Une expérience unique au monde ». Sur les planches, Patrick converse tout simplement avec ses « fantômes ». Il a réussi à les réunir tous ensemble sur scène. Ce coup-ci, ils s'appellent Bach, Beethoven, Mozart, Satie et autres grands compositeurs de musique classique. À la baguette, le chef d'orchestre mélomane est interprété par Patrick Poivre d'Arvor.

Béatrice Mouedine n'a pas pris la peine d'assister au spectacle de son illustre collègue. Devant moi, elle semble beaucoup plus émue par le sort de ses femmes qu'elle surnomme elle-même « les fantômes de Radio Classique ». Sa voix assurée et posée de journaliste radio tremble un peu à mon micro. « Je n'ai jamais osé m'adresser à elles, je m'en veux, j'aurais dû. J'aurais dû oser dire : “Je m'appelle Béatrice, je présente les infos et vous, vous êtes invitée par Patrick ?”, et engager la conversation parce qu'elles étaient souvent très intimidées. » Combien sont venues assister à la prestation de PPDA au micro de Radio Classique ? Pour mon travail d'enquête, ces jeunes femmes inconnues semblent, pour le moment, introuvables et inaccessibles. Béatrice Mouedine reste hantée par les « invitées de Patrick » – mutiques, évanescentes et sans prénom. Des fantômes. Les fantômes de Patrick…

AFFAIRE ARISTOPHIL : PATRICK LE COLLECTIONNEUR

417 000 euros de dommages et intérêts infligés par la justice à Patrick Poivre d'Arvor. Une grosse somme. Le 5 septembre 2012, il est condamné en appel pour avoir critiqué et dénigré son ancien employeur TF1 après son licenciement en juillet 2008. Une bagatelle pour le journaliste millionnaire qui a empoché à son départ un joli chèque de 3,58 millions d'euros, selon les informations de *Capital*[1]. Plus de 400 000 euros, une somme tout de même coquette pour celui qui est réputé pour avoir des oursins dans les poches. PPDA réfléchit (mais ne le fera pas) à casser une des six assurances-vie ouvertes au nom de ses enfants. Il y a amassé un butin de plus de 5 millions d'euros[2]. PPDA raconte que TF1 menace même de saisir tous ses comptes bancaires s'il ne paye pas et vite.

Gérard Lhéritier, encore inconnu du grand public, apprend par la presse que son nouvel ami « Patrick » a des soucis financiers. Contrit, le Bon Samaritain fait un virement à PPDA de 400 000 euros[3]. Pour remercier le bienfaiteur de cette obole, le journaliste lui fait une reconnaissance de dette non signée le 8 février 2013. Le débiteur déplumé s'engage à rembourser ce prêt consenti pour une durée maximale de vingt ans sans garantie et sans intérêt. PPDA met quand même 17 000 euros de sa poche pour éponger sa dette de 417 000 euros à TF1. L'affaire est close, pense-t-il.

Qui est donc ce généreux mécène qui vole au secours du prince sans le sou ? Pour faire la connaissance de ce personnage, je vous invite à l'inauguration en grande pompe de « L'Institut des lettres et des manuscrits ». Nous sommes à Paris, le 24 avril 2013. Roulement de tambours joués par des musiciens déguisés en gardes napoléoniens. Un épais tapis rouge mène à l'entrée du sublime hôtel de la Salle. Les invités VIP passent sous un immense portrait de Napoléon avant de saluer le maître de cérémonie à l'allure hitchcockienne, j'ai nommé Gérard Lhéritier[4]. Il est décrit comme le plus gros acheteur de manuscrits au monde.

Le collectionneur en détient 88 000 avec des pièces inestimables ayant appartenu à Hugo, Baudelaire, Gauguin, Kafka, Goethe ou Verdi. Il se raconte que ce fils de plombier est devenu en 2012 le joueur français qui a remporté la plus grosse somme à l'Euromillion : 169 millions d'euros. Comme cadeau, il s'est offert ce magnifique hôtel particulier à Paris pour 34 millions d'euros à la barbe du Qatar. Dans cet écrin du XVIIe siècle, Gérard Lhéritier présente ses plus belles acquisitions : le rouleau des *Cent Vingt Journées de Sodome* du marquis de Sade, le *Manifeste du surréalisme* d'André Breton, le testament politique de Louis XVI ou encore des écrits du général de Gaulle. Ce soir-là, l'empereur des manuscrits affiche un grand sourire en accueillant ses invités de marque : le Goncourt 1994 Didier Van Cauwelaert, la femme de lettres Irène Frain, l'académicien Marc Fumaroli, Rachida Dati, la maire du 7e arrondissement – juchée sur des talons bleu électrique –, ou encore Christian Estrosi, le maire de Nice. Sans oublier le parrain de ce pompeux « Institut des lettres et des manuscrits » : Patrick Poivre d'Arvor. Un parrain bénévole.

Gérard et Patrick se sont rencontrés en 2005 au jury des prix littéraires « Monte-Cristo » qui récompensent des « témoignages et enquêtes sur les injustices et erreurs judiciaires ». Cette dénomination de prix a quelque chose de caustique. Le jury est présidé par Gérard Lhéritier. Cet autodidacte est fasciné par l'aura et la notoriété de PPDA. Le présentateur, lui, ne boude pas la compagnie de ce riche amoureux des belles lettres qui s'est fait tout seul. Gérard Lhéritier a créé la société Aristophil à Nice en 1990. Elle propose à des épargnants d'investir dans des manuscrits originaux avec un taux de rentabilité mirobolant et surréaliste de 8 %.

Le 4 décembre 2008, PPDA craque pour « deux ensembles de manuscrits, de carnets de notes, de dessins et de fleurs séchées de Victor Hugo ». Il paye rubis sur l'ongle. Il signe un chèque de 220 000 euros au bénéfice du patron d'Aristophil qui lui a fait une « remise exceptionnelle » de 15 %. Comme en témoigne une facture[5] que j'ai pu consulter. Gérard Lhéritier propose ensuite au journaliste le plus connu de France de participer à des salons, séminaires et lectures publiques. Le chef d'entreprise multimillionnaire suggère de le rémunérer mais – grand prince – PPDA s'y oppose. Alors, en échange de ses interventions, le mécène va lui offrir quantité de cadeaux avec lettres et manuscrits. « J'étais tellement content qu'une personne aussi connue puisse intervenir pour la société. J'ai trouvé formidable que cette personnalité accepte d'intervenir dans les séminaires et vienne m'aider à prêcher la bonne parole[6]. »

Patrick Poivre d'Arvor part deux fois en vacances chez son ami « Gérard ». Il est invité avec une amie pour une croisière en Méditerranée sur le *Narval II*, le yacht de dix-huit mètres que le collectionneur vient de s'offrir. Le propriétaire aime faire visiter son bateau et présenter une des chambres de son palace flottant comme « la cabine PPDA ». Fin 2011, Gérard Lhéritier lui rend visite à Neuilly-sur-Seine. Il n'est pas venu les mains vides. Il offre un ensemble de manuscrits de Hugo, Colette, Radiguet, Pissaro, Renoir, Degas ou encore Apollinaire. En 2012, il fait le don d'un livre de Proust, un autre de Céline, trois lettres signées de Blaise Cendrars et une lettre de Delacroix. À la fin de l'année 2012, Gérard Lhéritier reçoit une lettre avec un bristol à l'intérieur. Il reconnaît l'écriture de son ami journaliste : « Cher Gérard, tu me manques. Il y a une vente Artcurial le 13 décembre. Si tu veux me faire plaisir – et te faire plaisir – jette un œil sur les lots 13-47 et 48 (des lettres) ou 21-22-23 (Cendrars) et 121-123-139-291-324-326-414 (des livres). Et que penses-tu de l'étrange valise (lot 401) ? Quand nous voyons-nous ? Amitiés, Patrick. » Un peu comme si PPDA écrivait sa liste de cadeaux au père Noël !

Dans son bureau parisien, la juge d'instruction Charlotte Bilger ne croit pas au père Noël. Le 24 décembre 2015[7], la cheminée est éteinte. Elle bûche encore. Mme la juge écrit au procureur de la République ce texte laconique : « Je vous prie de bien vouloir noter que j'envisage la mise en examen de M. POIVRE D'ARVOR Patrick Jean Marcel. À cette fin, j'ai convoqué cette personne le 2 février 2016 à 10 heures. » Le nom du plus célèbre des journalistes français apparaît en majuscules dans une vaste procédure ouverte pour « pratique commerciale trompeuse, escroquerie en bande organisée, abus de biens sociaux, blanchiment de fraude fiscale au préjudice de 18 000 souscripteurs pour un montant total de plus de 850 millions d'euros ». L'affaire est sérieuse. La fable du parrain bénévole et du collectionneur bienfaiteur tourne à l'affaire judiciaire.

Un an auparavant, le 18 novembre 2014, les enquêteurs de la Brigade de répression de la délinquance économique ont perquisitionné le siège parisien d'Aristophil à Saint-Germain-des-Prés. Ils mettent sous scellés des milliers de joyaux signés de la main de Zola, Goethe ou Verlaine. L'empire de papier s'écroule comme un château de cartes. Les policiers découvrent que la société Aristophil fait de la cavalerie, un classique de l'escroquerie financière. Le bonimenteur des livres anciens est soupçonné d'avoir monté une pyramide de Ponzi. Cet escroc du début du XXe siècle rémunérait ses clients non pas du fruit d'activités financières, mais du versement de fonds de nouveaux clients. L'exemple le plus spectaculaire est celui de Bernard Madoff qui était parvenu à récolter près de 65 milliards de dollars auprès d'investisseurs et de particuliers avant que la pyramide ne s'effondre. Lhéritier, l'empereur des manuscrits, hérite du surnom de « Madoff des lettres ».

Le nom de Patrick Poivre d'Arvor sort immédiatement dans la presse. L'amoureux des belles lettres et collectionneur compulsif est rattrapé par son appétit vorace. Il commence alors à rembourser son prêt de 400 000 euros à son ami « Gérard » pour sa condamnation par TF1. Pour tenter de déminer le terrain, il écrit[8] lui-même à la juge d'instruction : « J'ai été régulièrement invité à parler de mon goût pour les livres et manuscrits lors de conférences organisées par le musée des Lettres et des Manuscrits, et parfois lors de salons. Je n'ai participé ni souhaité participer à l'activité d'Aristophil ; ma passion des manuscrits s'arrêtait aux portes du musée dont j'étais le parrain, fonction purement bénévole. » La semaine suivante, PPDA est placé en garde à vue par la Brigade financière. L'audition a lieu le mercredi 25 novembre 2015 dans l'austère et imposant bâtiment de la rue du Château-des-Rentiers dans le 13e arrondissement de Paris. Selon le Code de procédure pénale, « M. POIVRE D'ARVOR » doit se soumettre à une palpation de sécurité. Puis, le commandant de police lui demande de lui remettre tous les objets qu'il porte sur lui. Voici l'inventaire instructif, éclectique et exhaustif de ses effets personnels, consigné sur procès-verbal[9] :

Un téléphone de marque Samsung, deux stylos de marque Mont-Blanc, un agenda, un jeu de clés, un portefeuille en cuir noir, la somme de deux cent soixante euros, une carte de presse à son nom N° 31072, une carte bancaire visa infinite HSBC, une carte bancaire Visa business, une carte d'identité militaire d'officier de réserve (capitaine de frégate) à son nom délivrée à Toulon le 29/07/2014, une carte vitale, une carte Air France, une carte Le Club Accor Hotel Platinium, une carte CICAE (Confédération internationale des cinémas d'art et d'essai) N° 102, une carte SNCF, un permis de conduire à son nom, une carte grise pour un Peugeot SATELIS (scooter), une carte de circulation 2012 délivrée par le préfet de police à « M. Poivre d'Arvor PRIME GROUP », une carte de réduction senior SNCF, deux chèques vierges compte HSBC, un porte-carte noir, une sacoche en cuir marron de marque Longchamp, une cravate, diverses documentations liées à ARISTOPHIL, diverses factures et documentations.

Une fois le listing établi, l'interrogatoire va durer huit heures. Le commandant de police le questionne sur cette générosité suspecte de Gérard Lhéritier. En premier lieu, ce prêt « amical » de 400 000 euros pour payer son ardoise à TF1. En deuxième lieu, la justice planche – je cite – « sur ces nombreux dons sans justification économique ni contrepartie à M. Patrick Poivre d'Arvor des manuscrits appartenant à la société Aristophil pour un montant total de 189 480 euros, parmi lesquels dix-neuf manuscrits autographes, dont deux signés, des chroniques judiciaires de Joseph Kessel d'un montant de 50 000 euros, un manuscrit autographe de Victor

Hugo pour un montant de 11 000 euros, et une réédition du livre *L'Amant des danseuses* de Félicien Champsaur pour un montant de 10 560 euros[10] ». Le mis en cause répond qu'« il s'agissait de cadeaux et non pas de rémunération, Lhéritier m'a plusieurs fois répété que ces lettres venaient de sa collection personnelle ». Pour justifier la sortie de ces lots précieux du fonds Aristophil, il semble que Gérard Lhéritier ait établi des factures à l'ordre de Patrick Poivre d'Arvor, mais curieusement les factures n'auraient jamais été remises à PPDA. Des faits susceptibles d'être qualifiés d'abus de biens sociaux et de recel d'abus de biens sociaux. Le policier relance le journaliste qui joue la carte de la naïveté :

Policier : Gérard Lhéritier s'est-il servi de vous comme une sorte de caution morale de la société Aristophil, du fait de vos compétences, votre sérieux et votre célébrité?

Patrick Poivre d'Arvor : Jusqu'alors, je ne savais pas.

Policier : Dans l'escroquerie qu'a fomentée Gérard LHÉRITIER, estimez-vous que ce dernier se servait de vous afin d'apporter une caution morale, intellectuelle et médiatique à la SAS ARISTOPHIL?

Patrick Poivre d'Arvor : J'espère que non.

Policier : Avez-vous autre chose à déclarer?

Patrick Poivre d'Arvor : Spontanément non, ce qui m'intéresse, c'est collectionner, pas spéculer.

C'est par ces mots que se conclut son audition à 14 h 45. Comme prévu, la juge d'instruction Charlotte Bilger entend Patrick Poivre d'Arvor le 2 février 2016. Celle qui, le jour de Noël, voulait le mettre en examen s'est ravisée. PPDA ressort libre, blanc comme neige. Quatre mois plus tard, sentant le vent du boulet, le collectionneur boulimique fait savoir[11] par la voix de son avocat qu'il redonne « un certain nombre de lettres, livres et manuscrits qui lui ont été remis au fil du temps par Gérard Lhéritier, comme provenant de sa collection privée ». Dans le plus gros scandale de livres anciens au monde, PPDA n'a pas été le seul à croquer dans le gâteau Aristophil, mais il semble être l'un des plus gourmands.

Dans les livres de comptes de la société, il apparaît que Gérard Lhéritier a été très dépensier. Il a accordé par exemple un don de 2,5 millions d'euros à la Bibliothèque nationale de France pour s'acheter une renommée. Il a bien traité ses invités premium pour aguicher le petit épargnant. Pour 3 500 euros la demi-heure, des comédiens célèbres viennent donner de la voix pour des lectures publiques comme Jacques Weber, Emmanuelle Béart, Elsa Zylberstein, Fanny Cottençon. Des Journées européennes des lettres et manuscrits sont organisées annuellement, à l'hôtel parisien Salomon de Rothschild. Alain Finkielkraut, Jean-Louis Debré, Gonzague Saint-Bris, Natacha Polony, Michel Field, Franz-Olivier Giesbert sont grassement rémunérés pour animer des débats. Le clou du spectacle revient à cette fête somptueuse organisée le 13 juin 2014 au Monte-Carlo Hôtel. La société

Aristophil règle la facture de 900 000 euros. Ce fut la dernière grande fiesta avant que tout s'écroule. Sur les vidéos souvenirs, on aperçoit sur scène une autre star de TF1, Nikos Aliagas, vêtu d'un smoking blanc moiré. Pour animer cette sauterie, le présentateur de *Star Academy* empochera 65 000 euros.

Tout cet argent dépensé ne tombe pas du ciel. Dans la France entière et même en Europe, dix-huit mille clients ont souscrit aux placements financiers à la promesse folle d'une rentabilité de 8 % en cinq ans. Imbattable. Retraités, gendarmes, entrepreneurs ont été séduits par cette société Aristophil qui paraissait sérieuse. Des manuscrits précieux, des écrivains et des paillettes. Pas moins de trois présidents français – VGE, Sarkozy, Hollande – ont apporté (à leur corps défendant) de la crédibilité à cet « Institut des lettres et des manuscrits ». Les photos de leur visite en compagnie de Gérard Lhéritier ont circulé dans la presse régionale comme une publicité gratuite. Tout cela n'était que du feu et du papier. Après la faillite d'Aristophil, des dizaines et des dizaines de petits épargnants ont porté plainte pour « pratique commerciale trompeuse » et « escroquerie en bande organisée ». Un procès au pénal devrait se tenir mais pas avant fin 2023, selon Philippe Julien, l'un des avocats des parties civiles, contacté pour cette enquête. Présumé innocent, le principal accusé sur le banc, Gérard Lhéritier, aura 75 ans.

La plupart des clients floués ont perdu toutes leurs petites économies placées pour leur retraite ou pour leurs enfants. Les cent trente mille manuscrits saisis et rescapés du scandale sont aujourd'hui vendus à la découpe chaque semaine. Le commissaire-priseur

Claude Aguttes à Neuilly-sur-Seine a annoncé qu'il faudra sans doute trois cents ventes aux enchères au cours des six prochaines années pour espérer liquider le fonds Aristophil. Avec cette dilapidation des manuscrits, les petits épargnants espèrent récupérer entre 5 % et 10 % de leur mise. Certains guettent déjà d'un mauvais œil les lots Hugo, Proust et Delacroix qui sont passés dans les mains de Patrick Poivre d'Arvor.

Parmi les dix-huit mille clients, il y a le cas de ce transporteur alsacien[12] qui a investi 95 000 euros avec son compte personnel et 51 000 euros pour le compte de sa société. Lors de son dépôt de plainte le 8 novembre 2016 à 14 h 30, il raconte au brigadier du SRPJ de Nancy pourquoi il a été séduit par le placement financier Aristophil : « Il m'a été présenté comme un produit sûr, car la société possédait un musée des Lettres et des Manuscrits, elle était en relation avec des gens célèbres comme Patrick Poivre d'Arvor. » Le même jour (le 8 novembre 2016), une femme se présente à 9 h 10 au commissariat de police cette fois de Saint-Étienne. Elle porte plainte, elle aussi, pour escroquerie. Cette éleveuse de volailles a été démarchée un jour de… marché. Elle vend des poules et des œufs sur son étal quand un revendeur un peu insistant vient lui faire la retape pour un montage financier miracle. « Tout paraissait tout beau, tout bien », raconte-t-elle. Elle avoue qu'elle a signé, car le courtier d'Aristophil lui « envoyait des beaux livres, avec Patrick Poivre d'Arvor et des stars, ça avait l'air sérieux[13] ».

Ainsi s'achève la fable du parrain bénévole, du collectionneur bienfaiteur et des clients plumés.

Le prince pince

Plein aux as, M. Poivre dit qu'il n'a jamais un centime sur lui. Pourtant, il a les poches bien garnies. À TF1, le Picsou du 20 Heures touche 100 000 euros par mois et, comme bonus, empoche 150 000 euros brut par an au titre d'une clause d'exclusivité[1]. Péché mignon ou péché capital, l'avarice est un vice qui habite le prince un peu pince. Petit florilège concocté au fil de mon enquête lors de mes nombreux entretiens.

À Paris, le gentleman présentateur invite une jeune journaliste au restaurant pour le premier jour de son stage. Le repas terminé, le serveur tend l'addition à Poivre. Tel Harpagon dans *L'Avare*, il fait mine de chercher son portefeuille dans sa veste. La poche est vide, la bourse aussi. L'addition, salée, est réglée par la stagiaire.

Le présentateur vient de finir l'interview d'un président africain. L'équipe remonte dans le jet privé du groupe Bouygues, direction Paris. En plein vol, PPDA demande au pilote de faire une escale à Cannes. C'est la période du Festival. Changement de cap. L'équipe de TF1 débarque sur la Croisette et file déjeuner à l'hôtel Majestic. La table du palace est réputée, la douzaine de convives se régale. Arrive l'addition. PPDA n'a pas pris sa carte bleue. C'est ballot ! Le caméraman Gérard B. doit sortir sa carte American Express pro. « Gérard, tu feras une note de frais et les missions de TF1 te rembourseront », lui lance Poivre. Chiche.

PPDA n'a jamais profité de sa voiture de fonction, privilège dû à son rang dans la société. La vedette a toujours préféré son scooter. Cela ne l'empêche pas de demander à TF1 le remboursement de tickets de parking (de voiture) qu'il trouve ici et là. Il n'y a pas de petites économies.

Mai 2008, Cannes encore. PPDA interviewe Madonna en direct dans son JT. Le pingre du petit écran tente de faire passer son séjour sur la Croisette en notes de frais. Pour la première fois, la direction de la chaîne refuse, car la star internationale était en duplex à Cannes et PPDA à Paris.

Méribel, Courchevel, et cette année-là Val-d'Isère. PPDA part tous les ans skier dans les stations les plus chics des Alpes. Très souvent invité avec toute sa famille. Dans un café, son fils lui demande un euro pour faire un flipper. PPDA n'a jamais un centime en poche. Il demande alors à son voisin de table une pièce pour son fiston.

Été 1994, Mission Rwanda. La rédaction de TF1 sort les gros moyens. Trois équipes suivent l'opération militaire Turquoise pour mettre fin au génocide des Tutsi. Les journalistes ont dû faire une escale improvisée au Zaïre et dormir quelques heures dans un hôtel modeste. Chacun paie sa chambre une vingtaine de dollars. PPDA arrive le dernier au comptoir. Il ne peut pas payer, pas de monnaie, pas de billet. Un membre de l'équipe lui avance l'argent et se souvient encore : « Poivre était radin alors qu'il était blindé. Comme Mitterrand, il n'avait jamais d'argent sur lui. Sauf que lui n'était pas président de la République ! »

31 décembre à Trégastel. Patrick Poivre d'Arvor a invité beaucoup d'amis pour le réveillon. Le soir venu, l'hôte n'a finalement pas très envie de recevoir dans sa maison. Il appelle la cousine de sa femme, Geneviève Piot, pour lui demander si tout ce petit monde peut débarquer chez elle. « Il a apporté quatre boîtes de foie gras qu'ils avaient reçues comme cadeaux à TF1 ! » Grand prince.

Dans un salon de l'hôtel Bristol, rue du Faubourg-Saint-Honoré à deux pas de l'Élysée, se tient chaque premier lundi du mois le déjeuner du très select « Club international des journalistes amateurs de cigares » (CIJAC). La place d'honneur, au bout de la table disposée en U, est réservée à Patrick Poivre d'Arvor. Autour de l'amateur de havanes, uniquement des hommes : Philippe Gildas, Daniel Bilalian, Thierry Roland, Olivier de Lagarde, Jean-Claude Narcy, Airy Routier, Pierre Bonte, Fabrice Collaro. L'assemblée « devise sur le PAF un cigare dans le pif » et savoure la cuisine du chef étoilé Éric Frechon. Un membre a émis l'idée d'augmenter la cotisation annuelle qui s'élève à cent euros. Refus catégorique de PPDA.

Sur les bords de Seine, PPDA dîne régulièrement avec ses amis écrivains au restaurant *Le Voltaire*, sur le quai du même nom. Dans cette brasserie parisienne haut de gamme s'attablent Patrick Besson, Frédéric Beigbeder, Florian Zeller, Yann Moix ou encore Gilles Martin-Chauffier. Parfois, les plumes à succès invitent un jeune romancier déplumé. Quand arrive la douloureuse, ce grippe-sou de PPDA ne paye jamais sa part. Lassés par le lésineur, ils ont viré le Poivre de leur table.

LA MORT DE DON JUAN ?

« Les écrivains sont des gens
qui ne gagnent pas toujours à être connus.
On aurait tort de croire qu'ils sont comme
tout le monde. Ils sont bien pires.
Ce sont des vampires[1]. »
Vanessa Springora

« Portrait d'un séducteur condamné à aimer les femmes à perpétuité, *La Mort de don Juan* est une œuvre singulière et passionnée, à la fois personnelle et fictive[2]. » En 2004, par cette phrase en quatrième de couverture du livre de PPDA, l'éditeur condamne son auteur à la perpétuité. Pour quel crime ? Celui – prétendument – de trop aimer les femmes, de les séduire malgré lui, de se donner à son corps défendant.

Le milieu de l'édition colle volontiers à PPDA cette image d'écrivain séducteur, adepte du badinage amoureux, tel un personnage de vaudeville imaginé par Feydeau ou Labiche. Une étiquette que le journaliste cultive savamment depuis des années au bout de sa plume. Sur la couverture de ce livre (qui rencontrera le succès, avec près de soixante mille exemplaires vendus), le mot *roman* est écrit en petit sous le nom de l'auteur et le titre. Une photo de PPDA couvre tout le côté droit de la couverture. Patrick, c'est don Juan ; don Juan, c'est Patrick. La confusion est grossièrement entretenue. L'écrivain veut s'afficher comme la nouvelle incarnation de ce mythe masculin qui vit pour les plaisirs de la vie, rejetant toutes les contraintes. Ce libertin, digne du personnage du XVIIe siècle, se révèle tour à tour cynique, égoïste et destructeur.

Dans les livres, il est toujours intéressant de regarder à qui s'adresse la dédicace. Dans notre cas, PPDA dédie souvent ses ouvrages à ses enfants ou à différentes femmes et sélectionne ensuite une belle citation aux sous-entendus multiples. Étonnamment, *La Mort de don Juan* est dédiée à deux hommes : « À Victor et Alexis, à leurs ombres et à leurs fantômes… » Victor est le héros du présent livre ; Alexis, figure mi-réaliste mi-fictive, en est absent cette fois, mais nous l'avons découvert dans *Fragments d'une femme perdue* ou *La Traversée du miroir*. Tel Narcisse, l'auteur parle en fait beaucoup de lui et se décrit en filigrane tout au long de ce roman mêlant histoire « personnelle et fictive ». Dans l'ombre de Victor et d'Alexis, le lecteur peut apercevoir un seul et même être : PPDA, cet auteur cachottier et séducteur compulsif. Il craint certainement son ombre et les fantômes tapis dans les recoins sombres de son existence. « Patrick don Juan » a d'ailleurs joué sur scène – comme on l'a dit – non pas la pièce de Molière ou l'opéra *Don Giovanni*, mais son rôle dans *Les Fantômes de Patrick*. Dans *La Mort de don Juan*, la dédicace inscrite en italique *Pour Victor et Alexis*... se termine par l'utilisation de points de suspension, figure de style récurrente pour tous les non-dits...

Quand paraît ce nouveau *roman* en 2004, le chroniqueur littéraire Jérôme Béglé semble avoir percé le mystère du don Juan de la télévision : « PPDA se rêve en Lord Byron. Son héros est obsédé par les femmes, une sorte de don Juan incapable de se fixer, l'âge venant. » Le critique conclut son article avec perspicacité : « Un récit qui est aussi une ode aux femmes et une critique paradoxale, mais convaincante, du donjuanisme. Inutile de dire qu'un roman dans lequel un narrateur avoue ses turpitudes sentimentales, ses frasques sexuelles et confesse quelques égarements sera lu avec intérêt par la gent féminine. Les plus avertis y ramasseront les cailloux de vie privée que le Petit Poucet Poivre d'Arvor sème au détour des pages[3]. »

Une nouvelle fois, cet ouvrage n'est-il pas un cri d'alarme de l'auteur névrosé, une confession à demi-mot, voire un appel à l'aide ? Comment PPDA se cache-t-il derrière son héros romanesque ? Cet artifice littéraire (usé et rusé) permet d'attribuer ses pensées à un personnage de papier. Je découvre au fil de sa plume un jeu des ressemblances. Le personnage principal de *La Mort de don Juan* s'appelle Victor Parker, un comédien en fin de parcours qui a « consommé à l'excès les femmes, les rôles, les émotions[4] ». Victor a souffert d'une maladie grave à 12 ans – Patrick Poivre d'Arvor a été soigné d'une leucémie à 13 ans. Victor se rêve diplomate – jeune étudiant, PPDA raconte qu'il se « destinait à une carrière diplomatique[5] ». Comme l'auteur, Victor a perdu trois enfants : Tiffany (la fille de PPDA prénommée Tiphaine est, elle, morte à 2 mois en 1975), « Garance, ce bébé mort-né à la suite d'un accident de voiture » (Garance Poivre d'Arvor est, elle, morte en 1980 dans un accident de voiture de sa maman) et Sunshine. Cette dernière, « à bout de forces, [...] lâcha prise et un vendredi après-midi, à trois heures, [...] se jeta sous un train[6] » – voir le chapitre « Solenn ». L'auteur évoque souvent la tragédie de ce père qui a perdu trois de ses enfants en quinze ans. La fiction semble si proche du réel...

Le jeu des similitudes se poursuit : PPDA se décrit dans ses ouvrages et lors d'interviews comme un enfant timide et un adulte pas très drôle à l'instar de Victor. Le comédien (Victor) a été père à 16 ans, comme PPDA. Il a écrit son premier livre à 17 ans, comme PPDA. Le héros a eu un père absent pendant sa jeunesse – comme PPDA – et une mère autoritaire – comme PPDA. Tant de points communs érigent *La Mort de don Juan* en véritable texte à clefs. S'y plonger pourrait bien permettre de cerner davantage Patrick Poivre d'Arvor dans les habits du don Juan jouisseur et cynique.

Le héros du livre, Victor Parker, est blasé par cette vie faite « d'orgie de maîtresses, de débauche de conquêtes[7] ». Il collectionne les relations, à raison d'une

« femme nouvelle tous les trois jours[8]… ». Lorsqu'il tombe amoureux, c'est d'une certaine « Claire C. ». PPDA n'est pas mécontent de son coup. Il sait que ce prénom et cette initiale vont agiter le landerneau parisien. Il présage déjà que les journalistes lui demanderont s'il s'agit de Claire Chazal ou plus certainement de Claire Castillon, la jeune écrivaine avec qui il a eu une relation suivie. Lors de la promotion de son roman, le lisible don Juan entretiendra un faux suspense avec son regard complice.

Victor, comédien connu et reconnu, joue tous les soirs sur scène. À la chute du rideau, il reçoit dans sa loge des femmes à qui il jette des « regards fauves ». Comment ne pas y voir une allusion aux femmes invitées dans le bureau de PPDA après le « spectacle » du 20 Heures ? Le don Juan dépeint ne parle jamais de lui, jouant le timide mystérieux, un brin ténébreux. « Silencieux, je séduisais. Disert, je séduisais encore, parce que je parlais peu de ma personne, et beaucoup d'elles. Les femmes adorent qu'on les écoute et j'adorais les écouter, sans me forcer[9]. » Au cours de mon enquête, au moins deux femmes en couple un temps avec PPDA m'ont avoué que « Patrick » était très discret sur sa vie et très secret sur son passé. Il pousse les femmes à se dévoiler sans jamais s'engager.

Victor se décrit parfois comme un romantique un peu fleur bleue : « Ce que j'aimais dans l'acte d'amour, et ce que j'aime depuis, c'est cela : embrasser une femme, la tenir dans mes bras, lui signifier ma protection en échange de sa tendresse. Le reste n'a que peu d'importance, un peu de frénésie au bout d'un membre[10]… » Parfois, le voilà beaucoup moins romantique avec cette femme rencontrée sur la plage « trop vite excité, je me décharge de quelques jets de liqueur sur son ventre ». Victor se voit comme ce personnage « vénéneux » qui jette des sortilèges à ses « pauvres proies » dévorées par un vampire donjuanesque.

Dans cette histoire – « à la fois personnelle et fictive », selon l'éditeur, rappelons-nous –, PPDA tire quelques enseignements de toutes les expériences de Victor avec les femmes : « le premier d'entre eux était que chaque femme est singulière et veut être considérée comme telle. Le second était qu'il fallait les empoigner comme des bibelots rares, pas trop brusquement de peur de les casser, ni trop mollement pour ne pas les laisser retomber. Et ne jamais laisser de traces[11]… ». Le non-dit pourrait là encore se loger dans les espaces laissés par les points de suspension. « Ne jamais laisser de traces… » de quoi ? Des traces qui seraient des marques d'agression, de sperme, de viol… ? Les lectrices et les lecteurs d'aujourd'hui ne pourront pas s'empêcher de penser aux témoignages contemporains de femmes devant les enquêteurs ou dans la presse. Certaines racontent avoir été saisies subitement par le prince du 20 Heures. Mais en tant que narrateur, PPDA apporte un autre regard sur les agissements sanguins de son héros Victor : « Ses victimes sont souvent épinglées, fossilisées par le formol et la sécheresse de cœur de leur chasseur, mais a-t-on pensé à la solitude du prédateur[12] ? » Cette expression : « la solitude du prédateur », résonne avec l'affaire qui rattrape *a posteriori* l'auteur de cet ouvrage. Plusieurs femmes parlent de PPDA comme d'un « prédateur sexuel » et les enquêteurs demandent même en audition[13] à Patrick Poivre d'Arvor s'il n'est pas un « prédateur » plus qu'un séducteur.

À la lecture des deux cent vingt pages du livre, on ne peut qu'être dérangé par quelques autres paragraphes. L'écrivain fait mine de ne pas parler directement de lui, car il s'agit toujours d'un *roman*. Victor s'y révèle d'autant plus glaçant qu'il est attiré par les femmes vierges. « Je suis un intégriste du sexe, un forçat de l'innocence amoureuse. Moi, le coureur de jupons [...]. Quand j'ai eu besoin, pour d'obscures raisons, de me venger de la gent féminine, il m'est arrivé, comme le faisait Byron, de déflorer une ou deux vierges, juste pour les marquer à vie, histoire de planter mon drapeau en terrain inviolé[14]. » Cet homme ne fait pas l'amour, il consomme des femmes. « Je pense à Caroline comme à l'innocence, à la virginité perdues. J'aimerais qu'elle soit vierge, rien que pour moi[15]. » Dans différents écrits, Patrick Poivre d'Arvor parle de la virginité, car c'est à ses yeux l'incarnation de la pureté.

Ainsi dans *Tenir et se tenir*, cette fois ouvertement autobiographique, PPDA écrit : « La Vierge est l'image de la femme par excellence. Du moins, la version angélique de la femme. Parce qu'il y a aussi une version démoniaque que, d'ailleurs, je ne rejette pas tout à fait non plus[16]. » L'auteur à la recherche de la femme pure et parfaite avait accroché sur la porte de son bureau à TF1 l'image de la *Pietà* de Michel-Ange. Le coureur de jupons à la recherche de terrains inviolés s'en amuse même dans *À demain !* : « Tant sur mes petits carnets à couverture de moleskine noire que dans les romans et la vie, j'aime les pages vierges[17]. » Autre phrase sordide, tirée de son ouvrage *Les Femmes de ma vie* : « J'aime les terrains vierges, j'aime les pénétrer car je me crois immunisé contre l'impureté[18]. » Comme dans la vie de PPDA, tout n'est pas que roman et fiction, son obsession des jeunes femmes vierges va le rattraper.

L'année de la sortie de l'essai intime *Les Femmes de ma vie*, en 1988, une jeune fille de 16 ans, fan de théâtre, écrit à PPDA, car elle rêve de rencontrer le comédien Francis Huster. Cette lycéenne de la Somme se dit que le présentateur connaît la star des planches car, à la fin des années 1970, PPDA et Huster étaient membres d'un petit club appelé les « Nouveaux Romantiques » avec le militant vert Brice Lalonde, Frédéric Mitterrand ou encore Gonzague Saint-Bris. Cette histoire, nous l'avons vu, paraîtra dans le journal *Minute* en 1989 sous le titre « Un Satyre à TF1 ».

Le témoignage qui suit a été recueilli pour la première fois par Aude Lorriaux, journaliste à *20 Minutes*[19]. Le prénom de la jeune femme, « Caroline », a été modifié à sa demande. À l'époque, PPDA répond à sa lettre et appelle même l'élève de 1re sur le téléphone de la maison. Elle est étonnée par la tournure de la conversation et par ses questions intimes. Elle semble gênée quand le journaliste de

41 ans lui demande : « Est-ce que vous aimeriez faire l'amour avec Francis Huster ? » Caroline, surprise, lui répond qu'elle n'est pas intéressée par cela. Elle est novice en matière de relation sexuelle, elle n'a jamais fait l'amour et n'a embrassé « que deux garçons ». PPDA l'invite à assister à l'émission *À la folie* qu'il présente sur TF1. À la fin de l'enregistrement avec Mylène Farmer, Omar Sharif et Arielle Dombasle, il lui dédicace son livre *Les Femmes de ma vie* avec la mention : « En hommage amical, Paris, le 19 juin 1988 ». Preuves à l'appui : Caroline a gardé le livre avec l'autographe et une photo de la rencontre sur laquelle on l'aperçoit en sweat-shirt rose à côté de PPDA vêtu d'un costume gris clair brillant.

Caroline est invitée dans sa loge et l'atmosphère change en une fraction de seconde.

> Il me fait entrer, et il ferme la porte à clef. Il ne me saute pas dessus tout de suite. Il me pose quelques questions. Il devient pressant. Il se rapproche. Il tente de m'embrasser à plusieurs reprises. J'essaye un peu de le repousser, mais je suis tétanisée. J'ai des images qui me reviennent. Je me revois par terre. Je le vois devant moi en érection. Et là, sans sensualité, sans quoi que ce soit d'autre, il me pénètre. [...] Il savait que j'étais vierge. Quand il m'a pénétrée, l'hymen n'était plus là. Il me dit : « Ah, mais vous n'êtes plus vierge », d'un air déçu[20].

Par la voix de son avocate, Me Jacqueline Laffont-Haïk, PPDA « nie ces allégations, dont cette remarque nauséabonde[21] ».

Dans *La Mort de don Juan*, sorti en 2004, Victor – ce héros mal aimant et maléfique – raconte donc son attirance pour les vierges et pour toutes les autres femmes. Comme une introspection, le narrateur cherche à expliquer les raisons de cette boulimie de conquêtes. Il va puiser ainsi les germes dans son enfance. Il faut plonger dans les racines du « mal ». Lié au complexe œdipien, le syndrome de don Juan se traduit par ce besoin compulsif de séduire. L'objectif n'est pas que la quête du grand frisson et de la passion amoureuse, mais la reconnaissance. En psychanalyse, le donjuanisme désigne un besoin insatiable de plaire pour pallier une faille narcissique liée à un manque de reconnaissance de la mère durant l'enfance.

Dans le livre de PPDA, Victor parle ainsi de la figure maternelle : « Je détestais son goût immodéré pour la religion, son caractère autoritaire, sa propension à la tragédie tout autant que la course à l'excellence qu'elle tentait de m'inculper. L'image qu'elle me donnait des femmes – irritables, possessives, confites en dévotion et facilement pleureuses – fit naître en moi l'envie de les soumettre plutôt que de les aimer, encore moins de les plaindre[22]. » Ce désir de soumission de la femme, des femmes, est clairement décrit. Plus loin, PPDA écrit sur son héros : « Cette femme qui m'avait enfanté, qui m'avait aimé tout en voulant me dévorer, qui m'avait donné de son sexe une image si noire[23]. » Il convoque ici l'image de *vagina dentata* (en latin) d'après laquelle le vagin de certaines femmes serait pourvu de dents aiguisées.

Ce concept psychanalytique désigne l'angoisse de la castration inconsciente de l'homme par la femme, par la mère.

Les passages cités sur la mère dominante dans *La Mort de don Juan* font écho à un livre – cette fois autobiographique – de PPDA, intitulé *L'Expression des sentiments*. La dédicace est adressée à « Madeleine France, ma mère ». Dans ce récit intime à la première personne, Patrick Poivre d'Arvor s'ouvre un peu plus sur la relation qu'il avait avec cette femme de tête qu'il trouve sublime, « entre Rita Hayworth et Greta Garbo, avec des lèvres de star et un nez conquérant ». Une mère « dure au mal, incroyablement dure[24] », « une maman qui ne dit jamais "je t'aime" », car « elle était pudique »[25]. PPDA critique cette mère distante, froide et bien trop intrusive : « Elle lisait mes poèmes, mes carnets intimes », voire castratrice : « Il y a eu quelques incursions dans mes draps, à la préadolescence, pour vérifier s'il y avait eu pollution nocturne[26]. » Le petit Patrick a peur d'être surpris par sa mère en train de se masturber dans son lit. La jeunesse de PPDA, comme celle de Victor, a été « gouvernée par les femmes, la faute sans doute au père absent[27] ». Patrick Poivre d'Arvor – comme son frère Olivier – semble avoir souffert du manque d'affection de sa mère : « Ça avait dû sacrément nous manquer. Ce rapport adolescent aux femmes, cette manière compulsive d'aller quérir de la tendresse auprès d'elles, ça venait bien de ça, non ? [...] Sans doute ne nous a-t-elle jamais embrassés. Baisers manqués[28]. »

Les frères Patrick et Olivier Poivre d'Arvor ont été croqués dans un portrait en 1985 sous la plume de l'écrivain sulfureux Gabriel Matzneff. Le duo fréquente l'auteur prolifique d'ouvrages ouvertement autobiographiques qui évoquent sans détour ses rapports sexuels avec des enfants et des jeunes adolescents. Après la publication de son essai *Les Moins de seize ans*, Gabriel Matzneff revendique lui-même la qualification provocatrice de « pédéraste » ou d'« amant des enfants ». Longtemps protégé par le milieu littéraire et aujourd'hui banni, Gabriel Matzneff écrit alors dans un article pour *Paris Match* : « Légales ou non, les femmes sont, aux deux frères Poivre et moi, notre sujet de conversation favori : le donjuanisme, la passion, la jalousie, l'art de séduire et l'art de rompre (ces deux visages d'un Janus unique) sont, dans nos livres comme dans la vie nos grands thèmes d'inspiration[29]. » Gabriel Matzneff raconte sans mystère dans les colonnes du journal qu'il s'est rapproché des frères à la faveur d'une rencontre féminine particulière, car la jeune femme est mineure.

Une demoiselle – blonde, jolie, dix-sept ans – est tombée éperdument amoureuse de nous trois, de façon successive mais également passionnée. Étant l'aîné, il est naturel que je sois le premier à avoir inspiré à cette créature de rêve les sentiments les plus vifs [...]. Elle jeta alors son dévolu sur Patrick : elle le guettait dans la rue, sautait sur lui en public, faisait irruption dans les studios d'Antenne 2 quand il présentait le journal [...]. Le beau Patrick se souvint alors qu'il avait un petit frère, candide et charmant. Ce fut Olivier qui prit la relève.

Cet article exhumé dans le cadre de mon enquête fait froid dans le dos. Déjà en 1985, l'écrivain Matzneff parle du donjuanisme dont serait atteint le journaliste vedette PPDA. Au milieu des années 1980, Gabriel Matzneff vante avec sa plume l'échangisme et les relations sexuelles avec une fille mineure. Ce qu'il décrit s'apparente à de la pédocriminalité. Les relations troubles avec PPDA ne s'arrêtent pas là.

Dans *Mes amours décomposés*[30], Gabriel Matzneff raconte une autre scène qui implique son « vieil ami » Patrick. Dans son journal des années 1983-1984, il serait question d'un viol commis à Antenne 2 :

> Mercredi 21 septembre. Vers 15 h 30, j'étais en peignoir, j'écrivais mon livre en attendant Marie-Agnès, coup de sonnette. Je crois que c'est elle, j'ouvre, c'était une dame inconnue. Elle se présente : la mère d'Aude ! Apparemment aussi folle que sa fille, elle commence à m'expliquer sur un ton de surexcitation extrême et sur le palier (car je refuse de la laisser pénétrer chez moi), que Patrick Poivre d'Arvor a violé sa fille dans les chiottes d'Antenne 2. Je rigole et lui réplique que Patrick est un vieil ami qui aime le confort et que je n'imagine choisissant un tel endroit pour se livrer à ses coquineries [...] et que s'il y a eu viol dans les ouah ouah de la téloche, c'est elle qui aura violé le pauvre Patrick, et non l'inverse.

L'écrivain à scandale prend avec beaucoup de légèreté et d'ironie cette histoire qui suscite le rejet et l'effroi. Gabriel Matzneff rigole d'un « viol dans les ouah ouah » en défendant ce « pauvre Patrick ». À lire et à relire cette citation nauséeuse, « c'est elle qui aura violé le pauvre Patrick, et non l'inverse », on entend cet argument suranné qui laisse penser que ce ne serait pas Patrick qui violerait, mais Patrick qui serait violé. À l'époque, cette histoire n'émeut visiblement pas la maison d'édition, ni l'entourage et les proches de PPDA et encore moins la justice.

Toujours est-il que, dans l'édition du *Monde*[31] du 15 mars 2021, une jeune femme qui se fait appeler « Nathalie » raconte un rapport non désiré avec PPDA dans les locaux d'Antenne 2 : « Il m'embrasse, il me déshabille, il y a un rapport sexuel [...] il m'a épluchée comme un oignon. » Difficile de savoir si les récits d'Aude (rapporté par Gabriel Matzneff) et de Nathalie (prénom d'emprunt utilisé par *Le Monde*) sont la même histoire à Antenne 2 ou bien deux histoires distinctes. Je n'ai pas réussi à joindre cette femme qui se fait appeler « Nathalie ». Impasse.

Je profite d'un voyage en train pour finir *La Mort de don Juan*. De l'autre côté du couloir, je surprends – amusé – ma voisine qui me prend en photo avec dans les mains ce livre où figure en couverture la photo de l'écrivain-journaliste. Elle doit se demander qui est bien cet homme qui lit un ouvrage de PPDA en 2022. Je n'ai pas le temps de dire un mot que la passagère est déjà descendue du train. Mes découvertes effroyables sur Gabriel Matzneff et PPDA m'ont donné envie de lire un livre plus contemporain : *Le Consentement*[32] de Vanessa Springora, qui connaît intimement Gabriel Matzneff. Dans cette rame qui file à vive allure, je me plonge dans ce récit puissant et vertigineux.

Au milieu des années 1980, à 14 ans, la narratrice V. raconte qu'elle s'est donnée corps et âme à un homme de lettres charismatique, célèbre et passionnant, avant de réaliser que ce dénommé G. collectionnait les adolescentes et pratiquait le tourisme sexuel. Toutes ses liaisons « consentantes, interdites et dangereuses » lui servaient de matière et de chair pour écrire ses livres sulfureux. L'héroïne V. raconte : « J'ai découvert peu à peu l'étendue de son talent de manipulateur, le montage d'affabulations qu'il est capable de dresser entre lui et moi. [...] Toute son intelligence est tournée vers la satisfaction de ses désirs et leur transposition dans un de ses livres. Seules ces deux motivations guident véritablement ses actes. Jouir et écrire[33]. » À ses dépens, l'adolescente V. devient un objet sexuel, « la paumée, la pute, la Marie-couche-toi-là[34] », et aussi un objet littéraire à son corps défendant. Sans son consentement éclairé, G. couche avec elle et couche leur histoire sur le papier. V. devient un personnage de fiction qui lui échappe. L'écrivain tire les ficelles de ce pantin féminin, ficelles qu'elle ne peut couper pour reprendre une vie normale loin de ces récits lubriques.

Dans ce texte remarquable, Vanessa Springora dessine le portrait noir d'un don Juan menteur : « La démarche littéraire de G. avait toujours eu pour but de tordre la réalité de la manière la plus flatteuse à son égard. Jamais de dévoiler la moindre parcelle de vérité sur lui-même[35]. » Elle raconte avec finesse comment le prédateur sévit avec la complaisance du monde littéraire aveuglé par son talent et son aura. Pour sortir de cette emprise trois décennies plus tard, V. décide de se livrer dans *Le Consentement* pour, dit-elle, « prendre le chasseur à son propre piège, l'enfermer dans un livre ».

Quelle belle formule! Elle – la victime amoureuse et consentante, prisonnière de son prédateur – veut à son tour le coucher sur papier. « L'enfermer dans un livre » pour ne plus qu'il s'en sorte, pour éviter qu'il ne s'échappe et sévisse à nouveau. Plus je tourne les pages du *Consentement*, plus je trouve des similitudes entre ce dénommé G. facilement reconnaissable et le Prince Noir de la télévision.

Patrick Poivre d'Arvor a lui aussi couché sur papier ses nombreuses histoires amoureuses et sexuelles sans demander à ses conquêtes la permission d'apparaître sous les traits de telle héroïne, de figurer dans une liste sans fin ou de se voir déshabillée pour les besoins d'un nouveau roman. Cet appétit revendiqué pour les femmes belles et fragiles se révèle être une source d'inspiration sans fin pour l'homme qui se vante d'être un auteur romantique. Comme G., le lecteur peut se demander si PPDA n'a pas multiplié aussi les prises de guerre à « des fins sexuelles et littéraires[36] », le tout avec la lâcheté et la passivité de son entourage professionnel – télévision, édition –, aveuglé par son habileté, son charisme et sa renommée.

À la fin de son livre, Vanessa Springora fournit une analyse lumineuse sur la psychologie de celui qu'elle réduit à la première lettre de son prénom, G. « Ce qui caractérise les prédateurs sexuels c'est bien le déni de la gravité de leurs actes. Ils ont coutume de se présenter soit comme des victimes (séduites par une femme aguicheuse) soit comme des bienfaiteurs (qui n'ont fait que du bien à leur victime)[37]. » Depuis le début de l'affaire qui porte son nom, Patrick Poivre d'Arvor est dans le déni le plus total. Il nie toute agression ou viol en arguant que ces femmes sont de « fausses victimes » attirées par « le pouvoir, la célébrité, l'argent et l'uniforme »[38].

PPDA s'est cru irrésistible, surtout, si riche et célèbre, il s'imaginait avoir à sa disposition tout un vivier de femmes. Si autant de femmes le désiraient, pourquoi pas elle, ou bien elle, et encore elle ? Par machisme, orgueil et vanité, ce don Juan de PPDA serait désirable et désiré par toutes. Il collectionnait tellement de conquêtes que cela paraissait évident que toute femme avait envie de lui. Ici, nulle place pour le libre consentement des femmes.

Avant de refermer ce chapitre, revenons à *La Mort de don Juan* de PPDA. Au fil du roman, le personnage devient « la caricature du don Juan[39] » selon les mots de son créateur. Victor, cet être au destin pitoyable, ne mérite alors que le châtiment suprême et la sanction du Commandeur. « J'étais coupable. On ne se ment jamais longtemps impunément. Vouloir prendre la place d'un demi-dieu mérite le pire des châtiments [...]. L'usurpateur que j'avais été était à son tour puni [...]. Mes souffrances, mes vaines conquêtes, mes amours manquées, mes enfants perdus [...] devenaient à mes yeux le prix payé à l'orgueil d'un bouffon qui voulait être roi[40]. » Ce paragraphe est riche de sous-entendus et de messages subliminaux. Qui de Victor ou de son auteur est le mieux décrit ?

SOUS LES YEUX DE SOLENN

« Il y a eu un avant et un après la mort de sa fille : il a rencontré beaucoup de jeunes filles "paumées", certaines l'ont pris un peu comme leur père, un grand frère ou un confident[1]. »

Je raccroche. La conversation a duré dix-huit minutes, ce 17 janvier 2022. Historique de la tour TF1, elle travaille toujours pour la télévision et, de ce fait, préfère garder l'anonymat. Sans détour et sans pincettes, elle me confie et me confirme que « des jeunes filles anorexiques venaient souvent à TF1. Elles avaient l'âge de sa fille. Je trouvais ça touchant, c'est peut-être mon côté naïf ». Jusqu'à cette phrase, effrayante. « Je ne pense pas qu'il se les faisait toutes, qu'il les agressait toutes, je ne sais pas, je suis témoin de rien, je me disais le pauvre, il a perdu sa fille anorexique écrasée par le métro, c'était exactement le profil de ces filles qui venaient le voir le soir. » Tout se mêle, tout se mélange dans ses souvenirs :

les anorexiques, sa fille, la peine, les agressions. Avec le monteur du sujet pour France 2, Mikaël Bozo, on s'est repassé plusieurs fois ce passage : « Je ne pense pas qu'il se les faisait toutes. » Hallucinant.

Dans l'affaire PPDA, au moins sept femmes souffrant d'anorexie l'accusent d'agression et de viol. Comme Maïté. Trois ans après le suicide de Solenn en février 1995, la jeune femme envoie une lettre à TF1 à l'attention de Patrick Poivre d'Arvor. Anorexique comme sa fille défunte, Maïté va mal. Le mal de vivre. Elle a lu et apprécié *Elle n'était pas d'ici* écrit par le présentateur endeuillé. « Naïvement », Maïté se dit que l'homme public engagé dans le combat contre l'anorexie peut la mettre en relation avec les meilleures spécialistes. Elle est flattée que le présentateur du 20 Heures prenne le temps de lui téléphoner pendant ses journées surchargées. Il appelle toujours de son bureau avec un numéro masqué. Une fois, puis une autre.

Dans les colonnes du *Parisien*, Maïté raconte au journaliste Benoît Daragon : « Je vous le jure : chaque fois qu'il me parlait, il me poussait vers le haut. Il me jetait des fleurs pour que j'arrête de me percevoir comme un vide-ordures. Pendant plusieurs années, il a fait du bien à mon ego. Et puis un jour, à la fin d'une discussion, il m'a dit : “Venez à TF1, on va se rencontrer[2].” » La jeune femme ne se méfie pas, bien sûr. Comme les autres « invitées de Patrick », elle va raconter le cérémonial du 20 Heures : le hall d'entrée, le badge « visiteur » donné par l'hôtesse, le coup du plateau et le bureau. L'histoire se répète, mais Maïté ne peut pas se douter de la suite.

Ce soir-là, elle se rappelle en entrant dans le bureau avoir aperçu un exemplaire du *Petit Prince* en breton. PPDA ne lui parlera pas de sa passion pour Saint-Exupéry, son parrain inventé, mais selon ses propos, voici ce qu'il lui aurait dit – elle n'en revient pas :

> « Notre relation est quand même très forte, elle est aussi sexuelle. » Et quand je me suis retournée, il avait baissé son pantalon. J'ai compris qu'il voulait que je me dédouane de l'aide qu'il m'avait apportée. Comme si je devais être gentille avec lui, après que lui a été gentil avec moi. J'étais bloquée. Je l'ai fait[3].

Elle veut dire pudiquement une fellation. Tout s'est déroulé très vite en quelques minutes à peine. Avec effroi et avec le recul des années, Maïté analyse la scène qu'elle dit avoir subie : « J'ai compris que je n'avais pas accepté cette fellation, que j'avais été mise devant le fait accompli. Qu'il avait abusé de ma fragilité, alors qu'il connaissait parfaitement ma maladie, puisque c'était celle de sa fille. Il m'a d'abord aidée puis il en a profité. » Selon Maïté, une sorte de donnant-donnant sordide, avec en toile de fond l'anorexie, sous les yeux silencieux de Solenn. Dans le bureau du présentateur est toujours accrochée une grande photographie de sa fille, vestige de sa cérémonie d'adieu en l'église Saint-Ferdinand-des-Ternes.

Dans les couloirs de TF1 et de LCI, « il baladait son spleen de père endeuillé[4] ». Cette phrase est prononcée par Estelle Youssouffa, journaliste à LCI-TF1 entre 2000 et 2006. Lors de notre long entretien filmé, elle m'a livré son regard pertinent sur la figure du géant de la télévision, un genou à terre après le suicide de sa fille.

> Je pense que la personnalité publique de PPDA s'est aussi construite sur son drame personnel et il en a joué. C'était une grande silhouette, mal coiffée, jamais souriante, toujours un peu triste. Il donnait l'image du romantique au sens propre et tragique du terme. C'était aussi un des leviers de sa séduction : un homme extrêmement puissant, très érudit, très brillant, très riche et en même temps un homme très fragile avec ses failles et sa peine qu'il fallait consoler.

À écouter cette ex-journaliste de la rédaction, ce personnage était construit. Il l'a raconté à longueur d'interviews, de livres et d'articles. Cela a permis d'humaniser ce présentateur un peu désincarné du 20 Heures derrière un écran. Le drame qui l'a frappé ne peut être nié, mais il a été largement mis en scène, selon elle. « Je pense qu'il a fait un travail remarquable pour sortir l'anorexie de l'invisibilité. Cela a joué dans l'approche qu'il avait avec les femmes les plus jeunes et les anorexiques. Et de manière assez perverse d'ailleurs, parce qu'elles avaient l'âge de sa fille. Pour ses collègues, c'était le tabou absolu. » Estelle Youssouffa finit sa démonstration implacable ainsi : « La peine et le chagrin de PPDA sont indiscutables, ce qui le rendait inattaquable. C'est aussi une façon de manipuler très perverse, très fine, très intelligente parce que pour déconstruire tout cela à l'époque, il fallait avoir beaucoup de recul. »

L'écrivaine Karin Bernfeld a 23 ans quand elle croise la route de PPDA en 2000. Sur l'estrade de Mediapart[5], entourée de dix-neuf autres accusatrices, elle livre son témoignage. En 2000, elle sort son premier roman, qui lui vaut une invitation dans l'émission *Place aux livres* de PPDA sur LCI. Tout se passe bien. Quelque temps après, le présentateur lui laisse un message sur son répondeur à cassettes. Puis plusieurs messages. Il l'invite à assister au 20 Heures pour parler de son spectacle qu'elle a monté sur l'anorexie. Hall d'entrée / plateau / bureau. Avec en plus, les regards et les chuchotements malsains des collègues de PPDA. Elle a peur. Elle a un air de ressemblance avec le portrait de Solenn : visage long et émacié, cheveux longs et blonds.

Elle pénètre dans le bureau et deux minutes après, le présentateur qui a l'âge de son père pose à Karin Bernfeld les « questions intrusives sur sa vie affective et sexuelle » – toujours les mêmes. Avec sa voix mielleuse. En couple avec une femme à cette époque, elle n'a aucune attirance pour lui. Il voit la peur dans ses yeux. Elle coupe court. « Il est devenu froid et a mis fin à l'entretien. Je n'étais peut-être pas la victime parfaite. J'avais déjà été violée quelques années plus tôt, il le savait après avoir lu mon livre. Il s'imaginait sans doute que j'étais une proie facile. » Le présentateur insiste pour la raccompagner au métro le plus proche. Selon elle, « il a eu les mains baladeuses sur le scooter, il a été volontairement tactile ». Choquée, elle n'a pas porté plainte, mais a apporté son témoignage à la police en mars 2021 en soutien à Florence Porcel. Vingt ans après, elle reste marquée par cette rencontre. « Ce n'est pas de la drague, ce n'est pas de la séduction, c'est une prise de pouvoir sur le corps des autres femmes qu'il croit à sa disposition. » Lors de son audition, Patrick Poivre d'Arvor a déclaré à propos de Karin Bernfeld : « Je n'ai aucun souvenir de cette fille[6]. »

Le 17 novembre 2004, au 20 Heures, Patrick Poivre d'Arvor annonce l'ouverture de la Maison de Solenn ; sur les images on le voit inaugurer les lieux en compagnie de la première dame, Bernadette Chirac, et du pédopsychiatre Marcel Rufo. Une mise en abyme télévisuelle étonnante, mais louable. Au fil du temps, sa fille Solenn a donné son prénom à une cause nationale et à une institution unique et novatrice en France. En retrait du vacarme du boulevard de Port-Royal dans le 14e arrondissement de Paris, un édifice vert en verre accueille la Maison des adolescents (MDA). Cette structure est à l'initiative de PPDA et de Bernadette Chirac – dont la fille Laurence souffrait d'anorexie mentale, comme Solenn Poivre d'Arvor. Le projet a été financé en partie grâce à la médiatique collecte des « pièces jaunes » lancée en 1999. On se souvient des interviews de la première dame sur TF1 pour annoncer chaque année le lancement de l'opération. Cette Maison des adolescents accueille des jeunes de 11 à 18 ans, le plus souvent des filles. Cette structure innovante s'occupe d'anorexie, de psychiatrie de ces adolescents et de pédiatrie. Mille consultations sont planifiées chaque jour. Ont été créés des salles de musique, de danse, un salon de beauté, des ateliers de cuisine pédagogique pour réconcilier anorexiques et boulimiques avec la nourriture.

Patrick Poivre d'Arvor dira : « Je ne remercierai jamais assez Bernadette Chirac et Marcel Rufo de m'avoir aidé à construire – dans tous les sens du terme – la Maison de Solenn, cet hôpital pour adolescents qui porte le nom de ma fille. Je crois qu'il a sauvé des milliers de jeunes pousses en détresse[7]. » Grâce à sa notoriété et à son influence, PPDA mobilise pour une belle cause. Des soirées de bienfaisance sont organisées autour des époux Chirac et d'Arvor avec le concours des milliardaires François Pinault et Bernard Arnault, rarement réunis dans un même gala. Par exemple, en 2010, le Tout-Paris est réuni pour un concert au théâtre Marigny, puis un dîner au pavillon Ledoyen. Pour l'occasion, un coffret des livres de PPDA sur Solenn est réédité et les fruits de la vente vont à la Maison de Solenn.

Cette énergie et ce dévouement de PPDA touchent Armelle Hervieu. Quelque temps avant l'ouverture de la Maison de Solenn, elle lui écrit car elle est malade. À 24 ans, elle souffre elle aussi d'anorexie. Le journaliste lui propose un rendez-vous dans son bureau pour parler de cette maison des adolescents qui va ouvrir. Dans cette pièce, elle se souvient qu'il y avait beaucoup de photos de PPDA au bras de jolies femmes. « Un drôle de mélange », pense-t-elle. La suite, elle l'a racontée au micro de ma consœur Valentine Oberti de Mediapart[8]. « Je venais le voir avec ma vulnérabilité de personne victime d'une maladie souvent honteuse et handicapante au quotidien. Il y avait quelque chose de presque “filial” de ma part dans ma démarche, lui ayant perdu sa fille, moi ayant toujours été dans l’impossibilité d’évoquer ces problèmes avec mon propre père du fait de son refus. Lui en tant que père d’une victime décédée et moi-même en tant que victime en souffrance. » Au moment de quitter son bureau, Armelle Hervieu explique que, en une fraction de seconde, « il a pris mon visage dans ses mains [...] il l’a tenu tout en m’embrassant sur la bouche de force. J’ai eu un net mouvement de recul. Je me rappelle qu’il m’a dit comme un petit garçon “il ne fallait pas”. Je lui ai répondu du tac au tac. “Non.” » Armelle Hervieu, furieuse, sort du bureau et quitte la tour TF1. Elle se sent sale et trahie.

Auditionné par la Brigade de répression de la délinquance contre la personne, PPDA minimise : « S’il y a un baiser, c’était un baiser de pure tendresse [...] je n’embrasse jamais les gens de force, surtout pas après avoir évoqué la maladie qui a emporté ma fille[9]. » Comme si la simple prononciation du prénom Solenn serait une protection absolue pour PPDA. Armelle Hervieu, elle, ne décolère pas. L’année suivante, elle lui envoie un mail pour lui dire tout le mal qu’elle pense de lui. « J’étais venue un peu comme une enfant en souffrance qui cherchait du soutien d’un “papa”. Il a trahi ma confiance. Il a abusé de moi. C’est un prédateur. » En 2021, Armelle Hervieu se demande encore : « Comment un homme que je venais voir pour parler de cette horrible maladie qui me ronge et qui a tué sa fille avait pu me forcer à l’embrasser sur la bouche ? J’avais à peu près l’âge que sa fille Solenn aurait eu si elle avait survécu... Il y avait quelque chose de presque incestueux dans ce qu'il venait de faire. J'ai pensé qu'il était sûrement en partie responsable de la maladie et de la descente aux enfers de sa fille. J'ai eu la conviction que c'était à cause de lui que Solenn était morte. À cause de son esprit tordu. » Édifiante analyse d'une femme anorexique qui n'a croisé Patrick Poivre d'Arvor qu'une seule fois dans sa vie.

Une nuit d'insomnie, j'ai parcouru le compte Twitter de Patrick Poivre d'Arvor, très alimenté jusqu'à l'éclatement de l'affaire. Tous les ans, PPDA poste une photo souvenir de Solenn le jour anniversaire de sa mort. La dernière publication remonte au 27 janvier 2021, trois semaines avant les révélations de Florence Porcel dans *Le Parisien*. On découvre Solenn toute jeune dans les bras de son père. En 2020, PPDA publie un autre cliché pris le 11 décembre 1994 avec cette légende : « Sa dernière photo… Solenn aurait 45 ans aujourd'hui. Elle laisse toujours un grand vide mais la Maison qui porte son nom est là pour soulager la détresse de ses petites sœurs de souffrance. » Les publications sont likées et certaines commentées : « Toutes mes pensées pour Solenn ainsi qu'à vous ! J'ai d'ailleurs appelé ma fille Solenn (même orthographe) née en 2005 après avoir lu votre livre. » Émue, une autre mère écrit sur Twitter : « Cher monsieur, j'ai une immense gratitude et un profond respect pour votre action. Maman d'une jeune fille hospitalisée à la Maison de Solenn et suivie par l'équipe médicale. » Autre témoignage : « Votre engagement a été une révolution dans la lutte contre ces troubles alimentaires ! Il y a eu un avant (fait d'internement dans des services de psychiatrie où les jeunes plongeaient dans une souffrance encore plus profonde) et un après avec la Maison de Solenn. »

Quant à mon enquête commencée il y a un an et demi, elle ne semble pas en connaître, de fin. Il n'y a pas un jour, une semaine sans qu'une personne que je rencontre me raconte une anecdote, un souvenir, une histoire en lien avec PPDA. Exemple : à la campagne, je dîne chez des copains. L'hôte m'accueille à bras ouverts en me disant qu'il a enfin vu mon reportage sur France 2 et qu'il a des choses à me dire. Cet ami était dans la même classe que Solenn Poivre d'Arvor au lycée Pascal à Paris, établissement privé du 16e arrondissement. Il a peu ou pas de souvenirs d'elle. Sa camarade de classe était « discrète, calme, sans histoire et effacée ». Ce dernier adjectif, « effacée », me reste en tête.

Pour ce livre, j'ai rencontré[10] un nouveau témoin de l'affaire PPDA. Son histoire percutante sera la dernière de ce chapitre consacré à Maïté, Karin, Armelle et les autres.

Bénédicte Martin m'a donné rendez-vous à 14 h 30 à la *Closerie des lilas*, le café parisien par excellence des éditeurs et éditrices situé devant la station Port-Royal. On s'est quittés à 18 h 30 en ayant bu simplement un grand déca crème pour elle, un expresso pour moi. Bénédicte Martin est un peu plus âgée que moi, elle a 44 ans. Un visage fin et anguleux, des yeux en amande avec un trait d'eyeliner noir à la Amy Winehouse, une taille menue. D'une fragilité évidente. Au début de notre conversation, elle affiche un large sourire un peu crispé. Assez vite et naturellement, elle me donne d'elle-même son poids : 42 kilos. « J'oscille entre 35 et 42, mon poids de forme, si je passe sous la barre des 39, je suis hospitalisée. » Une façon habile de m'avouer qu'elle est anorexique sans le dire. Elle déteste ce mot. Bénédicte Martin m'avoue que mon documentaire « PPDA, la chute d'un intouchable » sur France 2 l'a bouleversée. Elle a eu l'étrange impression de se voir en écoutant les témoignages des autres femmes. Le même cérémonial du 20 Heures, les mêmes mots, les mêmes gestes. « Votre reportage a été un déclencheur », me confesse-t-elle. Depuis, elle a décidé de parler, d'aller porte plainte à la police le 12 septembre 2022, de témoigner dans *Libération*, le 20 septembre 2022, date anniversaire des 75 ans de PPDA.

Elle a 25 ans quand elle le rencontre sur un plateau de télévision. L'étudiante en philosophie vient d'écrire un recueil de nouvelles érotiques qui fait beaucoup jaser dans le milieu littéraire. Son éditeur s'appelle Frédéric Beigbeder, l'écrivain et ancien publicitaire auteur du best-seller *99 francs*. L'inventeur du slogan de la marque de lingerie Wonderbra « Regarde-moi dans les yeux… j'ai dit les yeux » n'a rien trouvé de mieux que de faire poser sa jeune autrice en petite culotte rouge à petits pois blancs pour la couverture de son livre *Warm Up*. Un simple drap blanc couvre sa poitrine et entre ses jambes un peu écartées, on lit le nom de la maison d'édition : Flammarion. L'ex-top model qui a posé pour Aubade fait confiance à son publicitaire d'éditeur.

Bénédicte Martin est emportée dans un tourbillon d'interviews. Après *Tout le monde en parle* présenté par Thierry Ardisson, elle est invitée sur le plateau de la sérieuse et littéraire émission *Vol de nuit*, présentée donc par PPDA. Elle remarque très vite que le présentateur a lu son livre – ce qui est rare et agréable – avec une certaine gourmandise. Il ne s'est pas contenté de lire la quatrième de couverture aguicheuse : « Les coquettes sont une espèce très appréciée des hommes. Ce sont des filles somnambuliques avec une chair élastique et la gaieté facile. Leurs seins sont tout ronds et sont faits pour être remués. Ils rebondissent sans fin lors des assauts sexuels. La toison de leur petite chatte est soignée, leur sexe brille en permanence. Leur salive pétille. Elles sucent comme elles butinent. » L'interview dans *Vol de nuit* se passe bien.

À la sortie du plateau, Patrick Poivre d'Arvor fonce voir Bénédicte Martin. Il lui serre la main en la gardant fermement avant de lui dire, selon son récit : « J'ai beaucoup apprécié votre livre, j'aime les jeunes femmes, ça fait trente ans que je lis et je découvre les pépites. Vous me faites penser à Solenn. Les filles anorexiques sont souvent très intéressantes, très sensibles. J'aimerais vraiment vous aider à vous alimenter. » La jeune autrice est gênée par tant d'empressement, par l'allusion à sa fille décédée et par ce verbe « alimenter » choisi volontairement par PPDA en référence à sa maladie. Elle ne cherche pas de mentor. Dans sa tête, elle se dit : « J'ai déjà un père, merci. » Le prétendu dénicheur de talents lui propose, à elle aussi, d'assister au 20 Heures. Bénédicte

Martin n'est pas une enfant de la télé. À la maison, ses parents étaient plus *Télérama* et *Nouvel Obs* que *Le Point* et TF1. L'attachée de presse de Bénédicte Martin voit que la jeune autrice ne semble pas intéressée par cette invitation, alors elle lève les deux pouces en l'air comme si elle avait décroché la timbale. Un RDV avec PPDA à TF1, ça ne se refuse pas ! Sans engouement, l'autrice laisse son numéro de portable au présentateur. Ça ne traîne pas. Le rendez-vous est pris la semaine d'après.

Le jour J arrive. Un jeudi. Bénédicte Martin me raconte sa venue à TF1 pour assister au fameux 20 Heures. La romancière n'a pas eu le temps de déposer ses emplettes chez elle, alors elle débarque dans le hall de TF1 avec ses sacs de courses chargés d'un kilo de pommes de terre et de briques de jus de raisin. Elle montre ses papiers d'identité à l'hôtesse qui lui donne un badge « visiteur ». Une assistante vient la chercher et l'accompagne sur le plateau. Un vigile lui ouvre la porte. « Je suis collée à la caméra avec le prompteur et assise sur une chaise très inconfortable. » Personne ne lui adresse la parole.

19 h 58, PPDA entre sur le plateau, il lui fait un signe de la main. « Il me parle pendant la diffusion des sujets : "Vous voulez que je place un mot dans un lancement ?" » Timide, elle ne dit rien. À la fin du JT, il se lève et passe devant elle sans lui reparler. L'assistante de PPDA l'accompagne dans son bureau. L'attente est interminable. TF1 se vide, elle entend les gens partir. Elle aussi a envie de partir mais par où ?

Au cours de notre conversation, je remarque à son cou une médaille miraculeuse. Elle la porte en souvenir de son internat strict chez les bonnes sœurs de la Maison des Filles de la Charité. Cette Vierge Marie « les bras grands ouverts, les mains rayonnantes de grâce » ressemble aux médailles miraculeuses que PPDA collectionnait dans le premier tiroir de son bureau.

Trente minutes ont passé. L'homme du 20 Heures déboule enfin dans le bureau, ferme la porte et se déchausse. Elle me décrit la scène : « Je sens qu'il est dans un moment de grande détente, c'est la fin de la semaine pour lui, une grosse semaine de stress. » À plusieurs reprises, Bénédicte Martin me répète qu'il est en chaussettes, cela semble la dégoûter. Patrick Poivre d'Arvor, habile séducteur ou manipulateur, propose non pas un shot de vodka mais un très bon rhum de… Guadeloupe. Bénédicte Martin est bluffée car elle a de la famille sur l'île. Il le sait, il l'a lu dans la presse, il s'est renseigné sur son invitée du soir. Elle refuse poliment ce verre d'alcool. La conversation dérive. Il s'étonne qu'elle soit publiée chez Flammarion à seulement 25 ans.

— Vous avez couché avec Beigbeder ?
— Non.
— Vous avez couché avec Florian Zeller, Patrick Besson, Nicolas Rey ?
— Non.
— Ça se passe bien avec votre petit copain ?
— Ça va.

Bénédicte Martin remarque – elle aussi – une photo de Solenn posée sur son bureau. PPDA raconte que c'est sa fille chérie, le drame de sa vie. La question suivante fuse. Elle s'étrangle : « Vous n'êtes pas épaisse? Vous êtes anorexique? » Touchée en plein ventre. On ne pose jamais cette question à une anorexique, il le sait pertinemment. « Même ma psy ne me dit pas ce mot tabou, elle utilise des périphrases. » Comme une mitraillette, elle enchaîne devant moi sur les maux de cette maladie qu'elle trouve honteuse : « On refuse de s'alimenter pas par souci de coquetterie, pas par vanité. On se bat matin, midi et soir. On dit avec pudeur : "J'ai un petit appétit, un appétit d'oiseau." On s'entend dire : "J'aime pas les tas d'os, t'as pas de seins, t'as pas de fesses." Je vis avec ce trouble alimentaire depuis que j'ai 2 ans. Je souffre d'une anorexie infantile. » Elle me raconte que souvent, chez les anorexiques, les causes de la pathologie sont à chercher dans le rapport aux parents... Bénédicte Martin respire et reprend la description de la scène dans le bureau de PPDA.

Après avoir planté les deux premières banderilles « Vous n'êtes pas épaisse? Vous êtes anorexique? », le matador PPDA récidive et la harponne : « Vous avez mangé quoi dans la journée? » Rien. Mais elle ne veut pas lui répondre. En trois questions, le journaliste lui a cassé le moral. Elle qui allait mieux, voire bien depuis six mois. Elle était dans une phase d'équilibre. Bénédicte Martin le décrit comme un vautour affamé qui tourne autour d'elle. Il est debout, elle, assise sur une chaise. Elle me mime la scène qu'elle dit avoir vécue :

> Il m'attrape par-derrière et il fait basculer la chaise. Je tombe sur la moquette, il se jette sur moi, il m'embrasse, il me tient le

visage, je me débats, on se bat, je sens sa bouche partout sur mon visage. Avec son autre main, il tente de relever ma jupe, de baisser ma culotte, il arrive à glisser sa main dans ma culotte. Je le repousse. Je ne veux pas, moi. Je mets la main devant son visage.

Elle refait le geste devant moi avant d'enchaîner : « "Patrick, pas comme ça, on vaut mieux que ça, prenons rendez-vous." Je lui fais miroiter une belle relation sexuelle. Il se lève. Il desserre ses bras. Je retombe comme une serpillière. Il retourne à son bureau et saisit un carnet pour prendre rendez-vous. » Toujours ce fameux carnet noir où le présentateur boulimique consigne ses prises féminines.

Bénédicte Martin sort du bureau, presse le pas dans le couloir, elle a peur que PPDA ne la suive. Il ne vient pas. Elle appelle l'ascenseur. C'est long. Il n'est toujours pas là. Est-ce qu'il faut un badge pour prendre l'ascenseur le soir ? Elle déboule dans le hall et revoit le même vigile qui lui avait ouvert la porte du plateau du JT. Bénédicte Martin attend une demi-heure son taxi au pied de la tour TF1. Il fait froid en cette fin novembre. Il est minuit passé. Nuit noire.

Elle m'a raconté la scène d'une traite, le ton haletant, les yeux exorbités et ses mains frêles tremblantes*. Elle reprend son souffle. Expiration. Bénédicte Martin touche sa médaille miraculeuse de la Vierge Marie. Miraculée.

*. Contactés le 23 décembre 2022, ni PPDA ni ses avocats n'ont souhaité s'exprimer.

Le Prince Noir

Les chevauchées ravageuses de Patrick Poivre d'Arvor de Reims à Trégastel en passant par Cannes, Neuilly-sur-Seine ou Boulogne-Billancourt dessinent le portrait sombre d'une ex-idole de la télévision en couleurs. Tour à tour Petit Prince, prince charmant, prince machiavélique, il m'évoque le « Prince Noir », surnom donné à Édouard de Woodstock, ce chevalier sans cœur, stratège et conquérant du XIVe siècle. PPDA aurait pu écrire un roman de cape et d'épée sur ce personnage historique à la vie tumultueuse et fascinante. À 13 ans, le précoce fils aîné d'Édouard III d'Angleterre est sacré prince de Galles avant de devenir la future terreur de la guerre de Cent Ans. Sous ses ordres, les combattants anglais pillent, brûlent, rançonnent, tuent et terrorisent les populations françaises. Le Prince Noir doit son surnom à son imposante armure passée à l'anthracite, cette variété de charbon noirâtre. On raconte aussi qu'il en est affublé en raison de son cœur insensible et de la noirceur de son âme. Fait prince d'Aquitaine, il installe sa cour à Bordeaux où il donne des fêtes somptueuses et mène une vie d'excès.

PPDA n'a-t-il pas pratiqué la politique de la terre brûlée pour terroriser (les femmes) les plus faibles en ne laissant aucune trace ? La star de TF1 n'a-t-elle pas écarté par ruse et par force ceux et celles qui pouvaient faire de l'ombre à sa carrière ? Toute sa vie, l'écrivain n'a-t-il pas porté une lourde armure pour que personne ne perce le « mystère PPDA » ?

Le présentateur du JT a toujours défendu le droit au secret et combattu fermement le règne de la sacro-sainte transparence à tout prix. En 2000 déjà, PPDA le nouveau Prince Noir aiguise sa plume sèche et acerbe pour coécrire *Les Rats de garde*[1]. Il signe son pamphlet à la pointe de l'épée avec un Z comme Zemmour. Éric Zemmour est alors journaliste au service politique du *Figaro*, bien avant de devenir essayiste polémiste et homme politique à l'extrême de la droite à la tête de son parti Reconquête.

Au début du troisième millénaire, les chevaliers PPDA et Zemmour ferraillent contre les voleurs-violeurs de vie privée incarnés par les journalistes d'investigation qui dévoilent la vie cachée des hommes politiques. Cet opuscule de cent onze pages est écrit après le scandale sexuel Clinton/Lewinsky qui a éclaboussé la scène politique américaine. Les duellistes guerroient contre ce « journalisme trou de serrure » fait de dénonciation, délation et déballage. Les deux auteurs mettent en garde le public contre ces fouilleurs de vie privée, ces « rongeurs » qui pourraient s'attaquer bientôt aux stars, aux comédiens et même aux... journalistes ! Comme si PPDA et son acolyte pamphlétaire pouvaient être un jour la cible d'attaques sur leur vie privée et sexuelle. Aujourd'hui huit femmes, dont certaines à visage découvert, accusent Éric Zemmour de « comportements inappropriés » et d'« agressions sexuelles », pour des faits présumés allant de 1999 à 2019, lorsqu'il était journaliste[2]. L'intéressé conteste les faits, sa défense est dans la même veine que celle de PPDA : « Ces femmes-là m'accusent, sans aucune preuve, c'est parole contre parole[3]. »

Paru il y a vingt-trois ans, ce libelle semble ainsi prophétique :

> C'est dans ce contexte proprement idéologique, qu'il faut appréhender les lois sur le harcèlement sexuel. Il ne s'agit pas seulement de réprimer les petits chefs, les seigneurs de bureau, mais de limiter toute relation entre les sexes. Toute séduction est violente, tout désir est guerre, tout secret est aliénation. Il faut l'exhiber, pour mieux le réprimer[4].

Méfiez-vous, *Les Rats de garde*, nouvelle version des *Chiens de garde*, chers à Paul Nizan, se battent non plus contre la pensée unique, mais pour la transparence. Les nouvelles révélations des « frasques sentimentales et érotiques des puissants » semblent être le futur cauchemar des chevaliers noirs PPDA et Zemmour. Les deux auteurs cravatés, photographiés en noir et blanc sur la couverture de leur essai, s'alarment :

> Au nom d'une modernité conquérante, nos sociétés balaient d'un revers de la main tout secret autour de nos origines, de nos désirs, de nos envies, de nos pulsions, des maladies de nos corps et de nos âmes[5].

Longtemps resté secret, le prince de la télé est aujourd'hui noirci pour l'éternité.

ÉPILOGUE

RENDEZ-VOUS MANQUÉ AVEC L'IMMORTALITÉ

« Les lâches meurent plusieurs fois avant leur mort ;
le brave ne goûte jamais la mort qu'une fois. »
William Shakespeare

PPDA se rêvait immortel. Il aurait pu accéder à cet état suprême de l'âme et du corps en 2012. Son angoisse de ne plus plaire, sa crainte de vieillir, sa peur de la mort auraient été ainsi vaincues. L'amoureux des belles lettres se voyait déjà académicien. Le Prince Noir aurait embrassé la devise des membres de la très noble Académie française, « À l'immortalité », figurant depuis 1635 sur le sceau donné par son fondateur, Richelieu.

PPDA, académicien ! Sa dévotion pour la langue française aurait été enfin récompensée par le Graal. Il s'y voyait déjà. Il aurait demandé au plus grand couturier français de lui dessiner son « habit vert », le costume emblématique brodé de rameaux d'olivier vert et or. Ne dit-on pas le « vert sérieux », le « vert académique »! Son épée d'académicien aurait été conçue par un artiste joaillier, comme la maison Arthus Bertrand. Il aurait fièrement brandi son sabre, signe ancestral de l'appartenance des académiciens à la maison du roi. Sur la poignée de la dague, le don Juan de la télé aurait peut-être fait graver sa devise chevaleresque « Tenir et se tenir » sur un livre posé au bord d'un rivage breton. Comme cela, le fils roturier se serait inventé des armes de famille. Le jour de sa réception à l'Académie française, il aurait pris la pose pour une énième couv de *Match* sur le bien nommé pont des Arts reliant le musée du Louvre à l'Institut de France. Un trait d'union dans l'Histoire au-dessus de la Seine. Seulement, le 26 avril 2012, tout s'écroule. Sa candidature à l'Académie française est sèchement rejetée. S'envole ainsi son rêve de gloire immortelle.

Discrètement, à la fin de l'été 2011, Patrick Poivre d'Arvor prend sa plus belle plume et écrit sa lettre de candidature à madame le Secrétaire perpétuel de l'Académie Hélène Carrère d'Encausse. Lettre tenue secrète. On imagine que Patrick Poivre d'Arvor dut vanter ses quatre-vingts ouvrages écrits, coécrits, codirigés, son prix Interallié en 2000, ses six mille émissions littéraires, sa présence dans de nombreux jurys littéraires. Une vie de lettres au-delà de l'être de la télévision juché sur un siège tous les soirs à 20 heures. À l'époque, le fauteuil 40 est vacant depuis la disparition de Pierre-Jean Rémy, écrivain diplomate, métier que rêvait d'embrasser l'étudiant Patrick Poivre. Sept prétendants postulent. Pour être élu, il faut recueillir au minimum treize voix.

Avant le premier des quatre tours à bulletins secrets, tous les académiciens reçoivent une lettre bien curieuse intitulée : « Plaidoyer pour un candidat injustement dénigré ».

Madame l'Académicienne, Monsieur l'Académicien

Les médias nous apprennent qu'un écrivain tout à fait remarquable sollicite l'honneur d'être admis à l'Académie, et je voudrais lui apporter mon entier soutien contre tous les médisants.

Il a, rappelons-le, fait paraître une biographie d'HEMINGWAY qui a été très remarquée. Il avait poussé la conscience professionnelle jusqu'à faire quelques emprunts qu'il avait – c'est vrai – oublié de signaler. Mais il faut le comprendre : c'est un homme pressé. Il lui arrive d'employer des personnes de toutes les couleurs – même des Noirs, il n'est pas raciste – pour écrire les livres qu'il signe.

Pourrait-on lui reprocher d'avoir utilisé quelques vieilles lettres d'amour dans un roman ? Il s'agit simplement du recyclage de vieux papiers : on nous enjoint, constamment, d'éviter tout gaspillage.

Rapporter un enfant d'IRAK dans un discret sac de voyage sous l'œil des caméras ? Quelle importance... J'emmène bien mon chat chez le vétérinaire dans ma « valise à minou », sans journalistes, il est vrai...

Quant à présenter une interview de Fidel CASTRO, enregistrée par d'autres, comme un entretien en direct, c'était pour rendre la conversation plus vivante.

Je suis certain, Madame l'Académicienne, Monsieur l'Académicien, que vous n'hésiterez pas à offrir votre voix à un auteur aussi méritant, qui rehaussera par son éminence le prestige de votre auguste assemblée, et qui pourra, grâce à vous, faire refaire des cartes de visite dignes de lui.

Vous remerciant de m'avoir prêté attention quelques instants,
Je vous prie de croire, Madame l'Académicienne, Monsieur l'Académicien, malgré les apparences, à mon très profond et sincère respect.

Certains académiciens et certaines académiciennes parcourent cette lettre-plaidoyer qu'ils et elles jugent étrange. Ce courrier aurait beaucoup desservi l'aspirant académicien en rappelant ses errements et ses fautes professionnelles. Au quatrième tour de scrutin, le présentateur-écrivain obtient trois voix. Une déception. « Deux ou trois voix en sa faveur, c'était une marque de sympathie *a minima* de la part de certains qui ne voulaient pas lui infliger une défaite trop cuisante », confia à l'AFP une source proche des Immortels. Une humiliation pour l'écrivain-journaliste qui se voyait devenir à seulement 64 ans l'un des nouveaux ambassadeurs de la langue française.

Il faudra attendre *Le Canard enchaîné* la semaine suivante pour s'apercevoir que la lettre était un canular. La supercherie est signée François Korber, un ex-détenu et membre de l'association écologique Robin des lois. La candidature de PPDA a été torpillée par un petit malin. Ce n'est pas la première fois que le prince est moqué et ridiculisé – rappelez-vous l'usurpateur lors d'un duplex dans le 20 Heures à l'époque de l'affaire Botton.

Après cet échec à l'Académie française en 2012, PPDA reste ainsi un être mortel, comme tout le monde. Dans de nombreux livres, l'auteur se montre obnubilé par la mort et par sa propre disparition. Dans la crainte du Jugement dernier, il se sent cerné par la Faucheuse. Après le suicide de sa fille Solenn, il écrit dans *Elle n'était pas d'ici* cette confession étonnante :

> C'est de ma faute. À 16-17 ans, j'écrivais un roman que j'allais publier plus tard : *Les Enfants de l'aube*. Ça commençait par le suicide du héros, mon double, Alexis. Récidive deux ans plus tard avec *Deux amants*. Double suicide cette fois. Suicide par amour. Dans *La Traversée du miroir*, il saute par la fenêtre. Dans *Les Femmes de ma vie*, un bon tiers de mes héroïnes à travers les siècles choisissent d'en finir brutalement avec la vie [...]. Pauvre petite Solenn, avec un père comme ça, qui rôde esthétiquement autour de la mort, qui la flaire comme un loup solitaire, tu ne pouvais pas t'en tirer à bon compte. Mais toi, au moins, tu as eu le courage d'aller au bout de tes obsessions[1].

À le lire, PPDA semble obsédé par le suicide sans faire de lui un être suicidaire. Le père en deuil loue aussi le courage de l'écrivain Gérard de Nerval qui se donne la mort par pendaison. Il écrit des pages entières sur le suicide par arme à feu d'Ernest Hemingway dans son livre si polémique. Un canon dans la bouche, la détente, la mort. Cette disparition brutale m'évoque aussi le suicide en 1980 de Romain Gary, l'auteur de *La Promesse de l'aube* qui ne voulait pas vieillir. Après avoir déjeuné au restaurant *Le Récamier* à Paris avec son éditeur Claude Gallimard, il s'achète une robe de chambre rouge et glisse dans sa bouche le canon d'un pistolet de western. Mais n'est pas Romain Gary, l'unique double lauréat du prix Goncourt, qui veut !

À la lecture de ses différents livres, je découvre avec étonnement que PPDA s'enterre plusieurs fois !

Il songe à quoi pourraient ressembler ses obsèques. « Reste à imaginer ma mort vécue par les autres », écrit-il. Comme s'il avait le don de ressusciter. Il jubile à l'idée de voir, le jour venu, qui se rendra à sa mise en terre. Un œil voyeur qui plane au-dessus de cette grande assemblée réunie pour lui dans l'église. « Voir enfin vivre devant soi les petites lâchetés, les grandes trahisons, les bonnes surprises aussi. Et les femmes[2]… »

Il raconte en détail les obsèques d'Alexis, son héros de papier, « son double », comme il le surnomme sans cesse. Il se rince l'œil une dernière fois, cyniquement. Comme dans son film préféré *L'homme qui aimait les femmes* de François Truffaut, PPDA le narrateur imagine un court-métrage. Rien que cela avec des indications scéniques pour le réalisateur. « Très jolies femmes au cimetière. La caméra, très basse, se faufile entre les jambes des dames. » Son personnage Alexis regarde son cercueil descendre dans le caveau, hume le parfum des femmes au dernier rang avant de s'épancher avec mélancolie : « Je veux leur tenir la taille pendant la cérémonie, je veux qu'elles sachent que c'est moi, qu'elles retiennent leur surprise en se mordillant les lèvres. Je veux qu'elles m'aiment encore, une dernière fois. » Coupez. Fondu au noir.

Dans les différentes morts fantasmées par PPDA, il y a aussi la version « mourir sur scène devant les projecteurs », à la mode Dalida ou la variante à la Molière en jouant *Le Malade imaginaire*. Une fin sublime ou tragique à l'apogée de sa gloire. Dans son roman *La Mort de don Juan*, le héros mortel Victor désire voir les femmes encore belles pour son dernier jour sur terre. Patrick Poivre d'Arvor fait le rêve étrange et pénétrant : « Je convoque à mes funérailles toutes les femmes de ma vie, toutes celles que j'ai aimées, même furtivement, même une seconde. Celles que j'ai initiées à l'amour, celles qui m'ont maudit ou trop longtemps attendu, celles que j'ai fait souffrir sans le vouloir[3]. »

Cette prophétie imaginée sous la plume de PPDA en 2004 sonne aujourd'hui terriblement fausse et discordante. Depuis 2021, « celles que j'ai fait souffrir sans le vouloir » semblent être de plus en plus nombreuses, unies et déterminées à aller au bout du combat judiciaire. Loin de la littérature et de la fiction et au plus près des faits et de la vérité. Celui qui s'est senti intouchable toute sa carrière est aujourd'hui le premier accusé dans la plus grande histoire de violences sexuelles connue dans le monde des médias et de l'édition en France. Présumé innocent, martèle-t-il. Présumé coupable, lui répondent en chœur ses accusatrices.

Il y a encore onze ans, PPDA le mégalo rêvait d'être académicien et de devenir « Immortel ». Protégé par son aura et enveloppé dans sa cape d'impunité, le prince s'est fait sacrer, par ses pairs aveuglés, ambassadeur de bonne volonté de l'Unicef, écrivain de marine, chevalier de la Légion d'honneur, officier de l'ordre national du Mérite. Aujourd'hui, l'armure du commandeur des Arts et des Lettres se fendille, se brise avant de tomber à ses pieds avec fracas. Vêtu de ses derniers oripeaux de séducteur vieillissant et d'ancienne vedette du petit écran, le prince déchu s'enferme dans son mensonge. Devant sa glace, le masque tombe. Le Prince Noir est nu.

LES SEPT DATES CAPITALES DE PPDA

1947 : Naissance de Patrick Poivre à Reims le 20 septembre à 20 heures (selon la légende).

1962 : Bachelier à 15 ans, père l'année suivante et auteur à 17 ans de son premier roman d'amour *Les Enfants de l'aube.*

1971 : Mariage avec Véronique Courcoux à Neuilly-sur-Seine, lauréat du concours « Envoyé spécial » sur France Inter et diplômé du Centre de formation des journalistes, Paris.

1976 : Présentateur du 20 Heures sur Antenne 2.

1987 : Présentateur du 20 Heures de TF1. Après vingt et un ans d'antenne, il sera licencié le 10 juillet 2008.

1995 : Suicide de sa fille Solenn le 27 janvier et naissance de son fils François Chazal d'Arvor deux mois plus tard.

2021 : Plainte de Florence Porcel en février et début de l'affaire PPDA.

NOTES

PROLOGUE
ENQUÊTER SUR LE SYSTÈME PPDA

1. André Malraux, *Les Antimémoires*, Gallimard, 1967.

2. Jean-Michel Décugis et Jérémie Pham-Lê, « La femme qui accuse PPDA », *Le Parisien*, 19 février 2021.

3. Plainte en dénonciation calomnieuse de PPDA déposée le 26 avril 2022 contre seize femmes.

4. Romain Verley, Manon Descoubès, Mikaël Bozo, « PPDA, la chute d'un intouchable », *Complément d'enquête*, France 2, 28 avril 2022 : https://www.france.tv/france-2/complement-d-enquete/3292483-ppda-la-chute-d-un-intouchable.html

10 JUILLET 2008,
LE PREMIER JOUR DU RESTE DE SA VIE

1. Dorothée Poivre d'Arvor, « Patrick Poivre d'Arvor, journal d'un homme pressé », production : Camera Lucida / France 5, 2009.

2. « Merci à Patrick Bourrat, Yves Hervalet, Thierry Gilardi, Manuel Joaquim, Arnaud Dupuy, Jean-Claude Jumel, Yvan Skopan, Joël Patin. Mais aussi à Michèle Cotta, Gérard Carreyrou, Robert Namias, et à la fidèle équipe Geneviève Galey, Philippe Perrot, Chantal Monteil, Alain Scemama, Lionel Charpentier, Jacques Asline, Rosine Mondor, Hélène Devynck, Sylvie Pinatel, Caroline Bayle, Armelle Hanoult, Virginie Fauroux, Jean-François Tissot, Marie-Hélène Mille et Fanny Schwarcfeld ; et à toute la rédaction. »

3. Patrick Poivre d'Arvor, *À demain !*, Fayard, 2008, p. 41.

4. Condamnation en novembre 2011 par le conseil de prud'hommes de Boulogne-Billancourt (Hauts-de-Seine), confirmée par la cour d'appel de Versailles en octobre 2012.

5. Audition d'Hélène Devynck, Brigade de répression de la délinquance contre la personne (BRDP), 10 mars 2021. Hélène Devynck, jointe longuement par téléphone le 6 septembre 2021 et rencontrée le 4 octobre 2021, n'a pas souhaité être interviewée pour le documentaire dans *Complément d'enquête*.

6. « La journaliste Hélène Devynck, à propos de Patrick Poivre d'Arvor : "Quel poids a la parole d'une jeune femme inconnue, face à la vedette capricieuse ?" », *Le Monde*, 16 mars 2021.

7. Hélène Devynck, *Impunité*, Le Seuil, 2022, p. 268.

8. Audition de Patrick Poivre d'Arvor, BRDP, 18 mai 2021.

9. Patrick Poivre d'Arvor, *À demain !, op. cit.*, p. 47-48.

10. *Ibid.*, p. 45-46.

« CE QUI NE PEUT ÊTRE ÉVITÉ, IL FAUT L'EMBRASSER »

1. Entretien téléphonique avec Emmanuelle Dancourt, 1er septembre 2021.

2. *Ibid.*

3. Interview de Patrick Poivre d'Arvor par Yann Barthès, *Quotidien*, TMC, 3 mars 2021.

4. Décision de classement sans suite, Parquet de Nanterre, 24 juin 2021.

5. « Nous sommes les prescrites, les classées, les sans-suite », *Le Monde*, 9 juillet 2021.

6. Patrick Poivre d'Arvor invité de *VIP* présentée par Emmanuelle Dancourt, KTO, 10 octobre 2007.

7. Audition d'Emmanuelle Dancourt, BRDP, 22 avril 2021.

8. *Ibid.*

9. Emmanuelle Dancourt, *Valeurs actuelles*, juillet 2008.

10. Charles Baudelaire, « L'Albatros », 1861.

11. Audition de Patrick Poivre d'Arvor, BRDP, 18 mai 2021.

12. Audition d'Emmanuelle Dancourt, BRDP, 22 avril 2021.

13. *Ibid.*

Le Petit Prince

1. Patrick Poivre d'Arvor, invité de *100 % Bachelot*, RMC, décembre 2016.

2. *Femme actuelle*, 28 décembre 2016.

3. Patrick Poivre d'Arvor, « J'étais un enfant sauvage », *Gala*, 30 juin 2014.

4. Patrick Poivre d'Arvor, *Les Femmes de ma vie*, cité par Bernard Violet dans *PPDA. Biographie*, Flammarion, 2005, p. 41.

5. Patrick Poivre d'Arvor, « J'étais un enfant sauvage », art. cité.

6. Olivier et Patrick Poivre d'Arvor, *Frères et sœur*, Balland, 2004, p. 41.

7. *Ibid.*, p. 41.

8. *Ibid.*, p. 41.

9. Patrick Poivre d'Arvor, *À demain !, op. cit.*, p. 140.

10. Patrick Poivre d'Arvor, *Petit Prince du désert*, Albin Michel, 2008.

VIERGE

1. Anne Diatkine et Jérôme Lefilliâtre, « Affaire PPDA, nouvelles plaintes, nouvelles révélations », *Libération*, 20 septembre 2022.

2. MeTooMedia, association de lutte contre les violences sexistes et sexuelles au sein des médias français : www.metoomedia.org

3. Alizée Vincent, « Sœurs de plainte », *Causette*, n° 138, 30 octobre 2022, p. 54-62.

4. Véronique Radier, « Pour la sociologue Irène Théry, “avec l'affaire PPDA, nous vivons notre affaire Weinstein” », *L'Obs*, 22 septembre 2022.

5. Patrick Poivre d'Arvor, *Confessions. Conversations avec Serge Raffy*, Fayard, 2005, p. 15.

6. Patrick Poivre d'Arvor, *À demain !, op. cit.*, p. 79.

7. Hubert Coudurier, *PPDA l'inconnu du 20 heures*, Robert Laffont, 1996.

8. Patrick Poivre d'Arvor, *Confessions, op. cit.*, p. 184.

9. Entretien avec Bernard Violet, auteur de *PPDA. Biographie, op. cit.*, 5 octobre 2021.

10. Entretien avec PPDA par Olivier de Rincquesen, Europe 1, juillet 1985.

11. Patrick Poivre d'Arvor, *Confessions, op. cit.*, p. 24.

12. « Patrick Poivre d'Arvor : le roman de sa vie », *Un jour, un destin*, France 2, 8 octobre 2017.

13. Patrick Poivre d'Arvor, *L'Expression des sentiments*, Stock, 2011, p. 66.

14. Patrick Poivre d'Arvor, *L'Appel ardent de Jean d'Arvor*, Melis éditions, 2011.

PERSONNE NE PARLE

1. Interview d'Estelle Youssouffa, réalisée le 21 décembre 2021 pour *Complément d'enquête* sur France 2.

2. Victor Boiteau, *Libération*, 23 août 2022.

LE PACTE

1. Patrick Poivre d'Arvor, *À demain!*, *op. cit.*, p. 145.

2. Véronique Poivre d'Arvor en 1988 citée par *Paris Match* le 18 janvier 2001, p. 46.

3. Patrick Poivre d'Arvor, *La Bretagne au cœur*, Éditions du Rocher, 2010.

4. Véronique Poivre d'Arvor citée dans « Patrick Poivre d'Arvor : le roman de sa vie », *Un jour, un destin*, émission citée.

5. Honoré de Balzac, *L'Interdiction*, 1836.

6. Entretien avec Geneviève Piot, 18 juillet 2022.

7. Cité dans Pierre Sarr, « Discours sur le mensonge de Platon à saint Augustin : continuité ou rupture », *Dialogues d'histoire ancienne*, 2010/2 (36/2), p. 9-29.

8. Patrick Poivre d'Arvor, *L'Expression des sentiments*, *op. cit.*, p. 74.

9. Patrick Poivre d'Arvor, *Confessions*, *op. cit.*, p. 19.

10. Marcel Proust, *À la recherche du temps perdu. Du côté de chez Swann*, Gallimard, 1913.

11. Pierre Wiehn, le producteur d'*Envoyé spécial* (France Inter), interrogé par Bernard Violet, *PPDA. Biographie*, *op. cit.*, p. 56.

12. Bernard Violet, *PPDA. Biographie*, *op. cit.*

13. Benoît Daragon, « Les années PPDA : les débuts pressés d'un ambitieux », *Le Parisien*, 25 juillet 2022.

14. Michel Denisot, *À part ça*, Canal +, 19 février 1998.

15. Dorothée Poivre d'Arvor citée dans Catherine Tabouis, « PPDA intime raconté par ses enfants », *Paris Match*, 15 avril 2004, p. 56.

16. Jérôme Fandor, *Paris Match*, 18 janvier 2001, p. 46.

17. Patrick Poivre d'Arvor, *Tenir et se tenir*, Les Presses de la Renaissance, 2010.

18. Patrick Poivre d'Arvor, *Les Femmes de ma vie*, *op. cit.*, p. 65.

19. *Ibid.*, p. 67.

20. Bernard Violet, *PPDA. Biographie*, *op. cit.*, p. 59.

21. Patrick Poivre d'Arvor, *La Mort de don Juan*, Albin Michel, 2004, p. 39.

22. Audition de Patrick Poivre d'Arvor, Brigade de répression de la délinquance économique (BRDE), 25 novembre 2015.

23. Patrick Poivre d'Arvor, *Les Femmes de ma vie*, *op. cit.*, p. 66.

Le prince narcissique

1. Interview de Christine Ockrent, réalisée le 27 novembre 2021 pour *Complément d'enquête* sur France 2.

2. Christine Ockrent, *La Mémoire du cœur*, Fayard, 1998.

3. Cité par Emmanuelle Anizon, « PPDA, le rôle de sa vie », *Télérama*, 16 mars 2005.

4. Interview de Patrick Poivre d'Arvor par Jacques Josselin, « J'ai besoin d'être aimé », *Paris Match*, 26 août 1983.

« PENDANT DIX ANS, JE N'AI JAMAIS ENVOYÉ UNE FILLE EN STAGE À TF1 »

1. Interview de Frédérique Lantieri, réalisée le 19 octobre 2021 pour *Complément d'enquête* sur France 2.

2. Audition de Patrick Poivre d'Arvor, BRDE, 25 novembre 2015.

3. Interview de Marie, réalisée le 10 janvier 2022 pour *Complément d'enquête* sur France 2.

4. Johanna Luyssen, « "Pendant dix ans, je n'ai jamais envoyé une fille en stage chez TF1" : l'affaire PPDA et les carrières entravées », *Libération*, 29 avril 2022.

5. Interview de Catherine Lambret, réalisée le 17 décembre 2021 pour *Complément d'enquête* sur France 2.

ALEXIS DORGEL, LE MÂLE CONNU

1. Patrick Poivre d'Arvor, *La Traversée du miroir*, Balland, 1986.
2. Patrick Poivre d'Arvor, *Tenir et se tenir, op. cit.*, p. 131.
3. Patrick Poivre d'Arvor, *La Traversée du miroir, op. cit.*, p. 23.
4. *Ibid.*, p. 94-95.
5. *Ibid.*, p. 211.
6. *Ibid.*, p. 14-15.
7. *Ibid.*, p. 211.
8. *Ibid.*, p. 40.
9. *Ibid.*, p. 211.
10. *Ibid.*, p. 170-171.
11. *Ibid.*, p. 221.
12. *Ibid.*, p. 180.
13. *Ibid.*, p. 204.
14. *Ibid.*, p. 219-220.

AFFAIRE CASTRO : PATRICK LE FAUSSAIRE

1. Entretien téléphonique avec Jean-Marc Pillas, 16 septembre 2021.
2. Patrick Poivre d'Arvor, *Confessions, op. cit.*, p. 124.
3. Interview de Michèle Cotta, réalisée le 25 novembre 2021 pour *Complément d'enquête* sur France 2.
4. Interview de Dominique Bromberger, réalisée le 25 janvier 2022 pour *Complément d'enquête* sur France 2.
5. Patrick Poivre d'Arvor, *Confessions, op. cit.*, p. 123.
6. Conversation téléphonique avec Gérard David, 3 janvier 2022.
7. Patrick Poivre d'Arvor, *Confessions, op. cit.*, p. 125.
8. Patrick Poivre d'Arvor, interviewé dans « Télé notre histoire » de Jérôme Bourdon et Pierre Tchernia, La Chaîne Histoire, novembre 2002.
9. Régis Faucon, *Gentleman reporter*, Ramsay, 2022.
10. Conversation téléphonique avec Régis Faucon, 20 décembre 2021.
11. Frédéric Péguillan, « Le mensonge de PPDA », *Télérama*, 4 janvier 1991.
12. Interview de Frédéric Péguillan, réalisée le 10 décembre 2021 pour *Complément d'enquête* sur France 2.
13. Frédéric Péguillan, « Le mensonge de PPDA », art. cité.
14. Patrick Poivre d'Arvor, « Le mensonge de Télérama », *Télérama*, 15 janvier 1992.

15. Cité par Bernard Violet, *PPDA. Biographie*, *op. cit.*

16. Interview de Michèle Cotta, réalisée le 25 novembre 2011 pour *Complément d'enquête* sur France 2.

17. SMS reçu de Bruno Masure, 5 octobre 2021.

18. « L'info est-elle truquée ? », *Actuel*, mars 1992.

19. Interview de Thierry Ardisson, réalisée le 11 janvier 2022 pour *Complément d'enquête* sur France 2.

20. Cité par Hubert Coudurier, *PPDA l'inconnu du 20 Heures*, *op. cit.*, p. 205.

21. Interview de Patrick Poivre d'Arvor par Pierre Carles le 16 octobre 1990.

22. Hergé, *L'Affaire Tournesol*, Casterman, 1956, p. 45.

23. « Patrick Poivre d'Arvor, L'homme d'image », cité par Hubert Coudurier dans *PPDA l'inconnu du 20 Heures*, *op. cit.*, p. 207.

24. Patrick Poivre d'Arvor, *Confessions*, *op. cit.*, chap. 7.

Le prince cachottier

1. Condamnation de Béatrice Dalle le 24 janvier 1992.
2. Audition d'Hélène Devynck, BRDP, 10 mars 2021.
3. Françoise Giroud, *Le Nouvel Observateur*, mars 1992.
4. SMS de Béatrice Dalle reçu le 8 juin 2022.

SOLENN

1. Patrick Poivre d'Arvor, *Elle n'était pas d'ici*, Albin Michel, 1995, p. 57.
2. *Ibid.*, p. 19.
3. *Ibid.*, p. 19.
4. Patrick Poivre d'Arvor, *Lettre ouverte aux violeurs de vie privée*, Albin Michel, 1997, p. 125.
5. Patrick Poivre d'Arvor, *Lettres à l'absente*, Albin Michel, 1993, p. 11.
6. *Ibid.*, p. 13.
7. *Ibid.*, p. 21.
8. Patrick Poivre d'Arvor, *Elle n'était pas d'ici*, *op. cit.*, p. 81.
9. Patrick Poivre d'Arvor, *Lettres à l'absente*, *op. cit.*, p. 48.
10. Patrick Poivre d'Arvor, *Elle n'était pas d'ici*, *op. cit.*, p. 20.
11. *Ibid.*, p. 64.

12. *Ibid.*, p. 24.

13. Liliane Gallifet, « Un père dans la tourmente », *Paris Match*, 11 février 1993.

14. Patrick Poivre d'Arvor, *Les Femmes de ma vie*, *op. cit.*, p. 67-68.

15. *Ibid.*, p. 132.

16. Patrick Poivre d'Arvor, *Lettres à l'absente*, *op. cit.*, p. 117.

17. *Ibid.*, p. 139.

18. Véronique Poivre d'Arvor, *À Solenn*, Albin Michel, 2005, p. 118.

19. Émission *Bas les masques*, présentée par Mireille Dumas, France 2, février 1993.

20. Anne Diatkine et Jérôme Lefilliâtre, « Affaire PPDA : "Il y a l'homme qui m'a aidée quand j'étais malade. Et celui qui m'a violée, sans aucun égard" », *Libération*, 9 novembre 2021.

21. Audition de Stéphanie Khayat, BRDP, 25 mars 2021.

22. « PPDA, 20 femmes prennent la parole », Mediapart, 9 mai 2022.

23. Journal de 20 heures, TF1, samedi 4 février 1995.

24. Patrick Poivre d'Arvor, *Confessions*, *op. cit.*, p. 117.

25. Entretien avec Geneviève Piot, 18 juillet 2022.

26. Patrick Poivre d'Arvor, *Elle n'était pas d'ici*, *op. cit.*, p. 112-113.

27. *Ibid.*, p. 135.

28. *Paris Match*, 16 février 1995.

29. Interview de Philippe Courroye, réalisée le 25 janvier 2022 pour *Complément d'enquête* sur France 2.

30. *Paris Match*, 9 février 1995.

31. *Paris Match*, 22 juin 1995.

32. Audition de Stéphanie Khayat, BRDP, 25 mars 2021.

33. Patrick Poivre d'Arvor, *Elle n'était pas d'ici*, *op. cit.*, p. 128.

34. *Paris Match*, 4 mai 1995.

35. Patrick Poivre d'Arvor, *Elle n'était pas d'ici*, *op. cit.*, p. 23.

36. *Ibid.*, p. 32.

Le prince en noir et blanc

1. Entretien téléphonique avec Maurice Tinchant, 30 septembre 2022.

2. Entretien téléphonique avec Laurence Sudre, 29 septembre 2022.

3. Anne Diatkine et Jérôme Lefilliâtre, « Affaire PPDA : une accumulation de nouvelles accusations », *Libération*, 14 décembre 2021.

4. « PPDA : 20 femmes prennent la parole », Mediapart, 9 mai 2022.

CLAIRE, LA PREMIÈRE FAVORITE

1. Audition de Cécile Thimoreau, BRDP, 17 mars 2021.
2. Anecdote racontée par Hubert Coudurier, *PPDA l'inconnu du 20 heures*, *op. cit.*, chap. 1.
3. Témoin anonyme rencontré à Paris le 23 mai 2022.
4. « Claire Chazal, le mariage », *Paris Match*, 18 mars 2000.
5. « J'aime les filles », chanson écrite par Jacques Lanzmann, composée et interprétée par Jacques Dutronc dans le film *On connaît la chanson*, réalisé par Alain Resnais, 1967.
6. Audition de Cécile Thimoreau, BRDP, 17 mars 2021.
7. Témoin anonyme rencontré à Paris le 23 mai 2022.
8. Patrick Poivre d'Arvor, *Lettres à l'absente*, *op. cit.*, p. 111.
9. *Ibid.*, p. 139.
10. Patrick Poivre d'Arvor, *Lettre ouverte aux violeurs de vie privée*, *op. cit.*, p. 47.
11. *Ibid.*, p. 121.
12. Entretien avec Geneviève Piot, 18 juillet 2022.
13. Véronique Poivre d'Arvor, *À Solenn*, *op. cit.*, p. 135.
14. Dorothée Poivre d'Arvor dans « PPDA : le roman de sa vie », *Un jour, un destin*, émission citée.
15. « La romance du 20 heures », *Paris Match*, 2 septembre 1993.
16. Témoin anonyme rencontré à Paris le 23 mai 2022.
17. *Paris Match*, 1er octobre 1998.
18. « PPDA photographie le fils de Claire », *Paris Match*, 7 mai 1998.
19. Patrick Poivre d'Arvor, *Petit homme*, Albin Michel, 1999.
20. « Les aveux de PPDA », *Paris Match*, 25 août 2005.
21. Patrick Poivre d'Arvor, *Confessions*, *op. cit.*
22. *Ibid.*, p. 131.
23. *Ibid.*, p. 132.
24. Patrick Poivre d'Arvor, *Fragments d'une femme perdue*, *op. cit.*
25. *Le club de l'été*, Europe 1, 21 juillet 2022.
26. Claire Chazal invitée de *L'Instant M*, France Inter, 4 mars 2021.
27. Jean-Pierre Pernaut invité des *Grandes Gueules*, RMC, 2 mars 2021.
28. Claire Chazal, *Journal du dimanche*, 26 septembre 2021.
29. Tribune collective, « Nous défendons une liberté d'importuner, indispensable à la liberté sexuelle », *Le Monde*, 9 janvier 2018.
30. Hélène Devynck, *Impunité*, *op. cit.*, p. 187.
31. *Ibid.*, p. 185.

LE PIÈGE : MATHILDE

1. Interview de Mathilde, réalisée le 10 février 2022 pour *Complément d'enquête* sur France 2.
2. Muriel Salmona, *Le Livre noir des violences sexuelles*, Dunod, 2013.
3. Fanny Zarifi et Adrien Vande Casteele, « Pourquoi le cerveau empêche certaines victimes de réagir » (article et vidéo), *Le Monde*, 25 juillet 2021.
4. Communiqué de presse de la direction de la communication de TF1 reçu par l'auteur le 3 mars 2022.

AFFAIRE BOTTON : PATRICK LE TOUT-PUISSANT

1. Conversation téléphonique avec Michèle Cotta, 16 novembre 2021.
2. Interview de Dominique Bromberger, réalisée le 25 janvier 2022 pour *Complément d'enquête* sur France 2.
3. Conversation téléphonique avec Michèle Cotta, 16 novembre 2021.
4. Interview de Philippe Courroye, réalisée le 25 janvier 2022 pour *Complément d'enquête* sur France 2.
5. « PPDA et le canular du Vendée Globe », *L'Édito M*, France Inter, 27 janvier 2021.

Le prince à l'écran

1. « PPDA au cinéma, deux fois plutôt qu'une », *Libération*, 17 avril 1997.

LE CÉRÉMONIAL DU 20 HEURES

1. Audition d'Aude Turpault-Darlet, BRDP, 25 mars 2021.
2. Témoignage d'Aude Turpault-Darlet cité dans Anne Diatkine et Jérôme Leffiliâtre, « Affaire PPDA : "Si tout le monde savait, pourquoi est-ce que cela continuait ?" », *Libération*, 9 novembre 2021.
3. Audition d'Aude Turpault-Darlet, BRDP, 25 mars 2021.
4. Rencontre avec Muriel Réus, le 22 mai 2022.

5. Témoignage de Muriel Réus cité dans Anne Diatkine et Jérôme Leffiliâtre, « Affaire PPDA : “Si tout le monde savait...” », art. cité.
6. Audition de Muriel Réus, BRDP, 13 avril 2021.
7. Audition d'Anne Cauquil-Gleizes, BRDP, 18 mars 2021.
8. Audition de Muriel Réus, BRDP, 13 avril 2021.
9. Audition d'Aude Turpault-Darlet, BRDP, 25 mars 2021.
10. *Ibid.*
11. Audition d'Anne Cauquil-Gleizes, BRDP, 18 mars 2021.
12. Patrick Poivre d'Arvor, *À demain !, op. cit.*, p. 45-46.
13. Audition d'Aude Turpault-Darlet, BRDP, 25 mars 2021.
14. Audition d'une femme anonyme, BRDP, 8 mars 2021.
15. Audition de Patrick Poivre d'Arvor, BRDP, 10 mai 2021.
16. Audition d'Anne Cauquil-Gleizes, BRDP, 18 mars 2021.
17. Audition de Muriel Réus, BRDP, 13 avril 2021.
18. Audition d'Aude Turpault-Darlet, BRDP, 25 mars 2021.
19. Audition de Justine Ducharne, BRDP, 15 mars 2021.

M. LA MYSTÉRIEUSE

1. Entretien téléphonique, 23 mai 2022.

« TOUT LE MONDE SAVAIT »

1. Conversation téléphonique avec Nonce Paolini, 18 novembre 2021.
2. Audition de Cécile Thimoreau, BRDP, 17 mars 2021.
3. Jacques Asline, *Présentateur vedette*, Éditions Alphée/Jean-Paul Bertrand, 2008.
4. Interview de Michèle Cotta, réalisée le 25 novembre 2021 pour *Complément d'enquête* sur France 2.
5. SMS envoyé à Catherine Nayl le 27 septembre 2021.
6. Marine Turchi, « L'affaire PPDA pointe l'inaction de TF1 », Mediapart, 23 novembre 2021.
7. SMS envoyé à Catherine Nayl, 15 décembre 2021.
8. Mail envoyé à Catherine Nayl, 6 janvier 2022.
9. Mail de Catherine Nayl, 17 janvier 2022.
10. Richard Sénéjoux, « Patrick Le Lay, le PDG du temps de cerveau disponible qui fit de TF1 une machine à audience est mort », *Télérama*, 19 mars 2020.

11. Cité par Véronique Groussard dans « PPDA, le fantôme de TF1 », *L'Obs*, 22 septembre 2022.

12. Audition de Muriel Réus, BRDP, 13 avril 2021.

13. Patrick Poivre d'Arvor, *Lettres à l'absente*, *op. cit.*, p. 81.

14. Audition de Cécile Thimoreau, BRDP, 17 mars 2021.

15. Marine Turchi, « L'affaire PPDA pointe l'inaction de TF1 », art. cité.

16. Conversation téléphonique avec Robert Namias, 17 décembre 2021.

17. Véronique Groussard, « PPDA, le fantôme de TF1 », *L'Obs*, 22 septembre 2022.

18. *Culture médias*, Europe 1, 5 octobre 2022.

19. Communiqué de presse de la direction de la communication de TF1 reçu par mail le 3 mars 2022.

20. Aude Lorriaux, « PPDA, une nouvelle femme, mineure au moment des faits présumés, affirme avoir été violée par Patrick Poivre d'Arvor », *20 Minutes*, 23 juillet 2021.

21. Jean Roberto, « Un satyre à TF1 », *Minute*, février 1989.

22. Compte Instagram Collages_vanves_issy, publication du 26 octobre 2022.

23. Compte Instagram Collages_féminicides_paris.

24. Serge Raffy, *Monsieur Gendre*, Fayard, 1995, p. 110.

25. Pierre Péan et Christophe Nick, *TF1. Télévision du pouvoir, pouvoirs de la télévision*, Fayard, 1997.

26. Mail de Pierre Auberger, directeur de la communication du groupe Bouygues, reçu le 15 février 2022.

LA GARDE RAPPROCHÉE

1. Interview de Philippe Lieber, réalisée le 24 novembre 2021 pour *Complément d'enquête* sur France 2.

2. *Ibid.*

3. Message à Alcad Romuald Esteve envoyé le 6 janvier 2022.

4. Messages à Pierre Géraud du 21 octobre 2021 et du 20 janvier 2022.

5. Patrick Poivre d'Arvor, *À demain*, *op. cit.*, p. 43.

6. Conversation téléphonique avec Geneviève Galey, 19 novembre 2021.

7. Jérôme Lefilliâtre et Anne Diatkine, « Violences sexuelles : huit femmes accusent PPDA », *Libération*, 9 novembre 2021.

8. « PPDA, 20 femmes prennent la parole », Mediapart, 10 mai 2022.

9. Audition de « Chloé », BRDP, 9 mars 2021.

10. Marine Turchi, « L'affaire PPDA pointe l'inaction de TF1 », art. cité.

11. Jérôme Leffiliâtre et Anne Diatkine, « Violences sexuelles : huit femmes accusent PPDA », art. cité.

12. Audition de Cécile Thimoreau, BRDP, 17 mars 2021.

13. Audition de Marie-Hélène Mille, BRDP, 13 avril 2021.

14. « Patrick Poivre d'Arvor : le roman de sa vie », *Un jour, un destin*, émission citée.

15. Audition de Marie-Hélène Mille, BRDP, 13 avril 2021.

16. Patrick Poivre d'Arvor, *À demain*, *op. cit.*, p. 45.

CALOMNIE

1. Audition de Patrick Poivre d'Arvor, BRDP, 18 mai 2021.

2. Mail envoyé à Me Laffont-Haïk, avocate de PPDA, le 17 janvier 2022.

3. Thierry Lévêque, « Les 30 avocats les plus puissants de France », *GQ*, 24 septembre 2019.

4. Virginie Vilar, « Nicolas Hulot : des femmes accusent », *Envoyé spécial*, France 2, 25 novembre 2021.

5. Mail de Me Laffont-Haïk reçu le 17 janvier 2022.

6. Interview de Patrick Poivre d'Arvor par Yann Barthès, *Quotidien*, TMC, 3 mars 2021.

7. Benoît Daragon, avec Michael Zoltobroda et Jean-Michel Décugis, « Affaire PPDA : "Je lui ai dit arrêtez, Patrick, ça ne va pas!" », *Le Parisien*, 19 février 2021.

8. Mail envoyé à Me Laffont-Haïk le 22 février 2022.

9. Courrier reçu le 11 mars 2022.

10. Plainte du chef de dénonciation calomnieuse de Patrick Poivre d'Arvor déposée le 26 avril 2022 contre Nora Arbelbide, Anne Cauquil-Gleizes, Charlotte Crenn, Clémence de Blasi, Cécile Delarue, Hélène Devynck, Justine Ducharne-Vucijic, Armelle Hervieu, Stéphanie Khayat, Anouk Ortlieb, Camille Pascaud, Muriel Réus, Cécile Thimoreau, Emmanuelle Truan-Dancourt, Aude Turpault-Darlet...

11. Courrier de Me Laure Heinich à l'auteur le 26 avril 2022.

12. Propos recueillis par Jean-Lichel Décugis et Jérémie Pham-Lé, « Florence Porcel : "J'ai tout à perdre mais j'ai besoin qu'il réponde de ses actes" », *Le Parisien*, 23 mars 2021.

13. Audition de Patrick Poivre d'Arvor, BRDP, 18 mai 2021.

14. *Ibid.*

15. Plainte en dénonciation calomnieuse de Patrick Poivre d'Arvor contre Florence Porcel, février 2022, p. 38.

16. *Ibid.*, p. 39.

17. *Ibid.*, p. 4.

18. *Ibid.*, p. 3.

19. *Ibid.*, p. 25.

20. Florence Porcel, *Pandorini*, JC Lattès, 2021.

21. *Ibid.*, p. 11.

22. Plainte en dénonciation calomnieuse de Patrick Poivre d'Arvor contre Florence Porcel, février 2022, p. 3.

23. *Ibid.*, p. 9 en citant un message du 13 mai 2008.

24. Florence Porcel, *Honte*, JC Lattès, 2023, p. 191-192.

25. Plainte en dénonciation calomnieuse de Patrick Poivre d'Arvor contre Florence Porcel, février 2022, p. 23 en citant un message du 27 avril 2009.

26. Margaux Stive, « Accusé de viol, Patrick Poivre d'Arvor dévoile des messages privés de son accusatrice », France Info, 27 mai 2021.

Le prince à la barre

1. *Le Tribunal des flagrants délires*, France Inter, 29 octobre 1982.

2. Pierre Desproges, *Les Réquisitoires*, vol. zéro, extraits de l'émission réalisée par Monique Destbarbat, *Le Tribunal des flagrants délires*, France Inter, 1982.

3. Patrick Poivre d'Arvor, *Les Enfants de l'aube, op. cit.*

LA VENGEANCE DANS LA PLUME

1. « Cannes, le bal des couples stars », *Paris Match*, 22 mai 2008.

2. *Paris Match*, 15 septembre 2011.

3. Témoin anonyme rencontré à Paris le 23 mai 2022.

4. Benoît Daragon, « Affaire PPDA : "Je lui ai dit arrêtez, Patrick, ça ne va pas!" », art. cité.

5. Albert Londres, *Terre d'ébène*, 1927.

6. Patrick Poivre d'Arvor, *Tenir et se tenir, op. cit.*, chap. 5.

7. Patrick Poivre d'Arvor, *La Traversée du miroir, op. cit.*

8. Patrick Poivre d'Arvor, *Fragments d'une femme perdue, op. cit.*, chap. IX, p. 53.

9. Jugement de la 17e chambre civile du tribunal de grande instance de Paris, rendu le 7 septembre 2011.

10. Patrick Poivre d'Arvor, *Fragments d'une femme perdue*, *op. cit.*, chap. LXIV, p. 262-263.

11. Patrick Poivre d'Arvor, *Tenir et se tenir, op. cit.*, p. 128.

12. Jugement de la 17e chambre civile du tribunal de grande instance de Paris, rendu le 7 septembre 2011.

13. Bénédicte Martin, « Agathe, la femme qui accuse PPDA », *Paris Match*, 15 septembre 2011.

PATRICK PLAGIAT D'ARVOR

1. Entretien avec Noëlle Meimaroglou, 13 juin 2022.

2. Interview de Jérôme Dupuis, réalisée le 30 novembre 2021 pour *Complément d'enquête* sur France 2.

3. Jérôme Dupuis, « Le plagiat de PPDA », *L'Express*, 4 janvier 2011. La formule « Patrick Plagiat d'Arvor » est tirée de cet article.

4. Interview de Jérôme Dupuis, réalisée le 30 novembre 2021 pour *Complément d'enquête* sur France 2.

5. Mail envoyé par l'auteur à Bernard Marck le 23 juin 2022.

6. Jérôme Dupuis, « Le plagiat de PPDA », art. cité.

7. « Je ne suis pas le nègre de PPDA », *Le Parisien*, 7 janvier 2011.

8. Entretien avec Gilles Martin-Chauffier, 30 juin 2022.

9. Patrick Poivre d'Arvor, *L'Expression des sentiments*, *op. cit.*, p. 102.

LES FANTÔMES, DE LCI À RADIO CLASSIQUE

1. Romain Verley, Philippe Maire et Olivier Broutin, « Platini, l'homme qui aimait le pouvoir », *Complément d'enquête*, France 2, novembre 2014.

2. Interview de Béatrice Mouedine, réalisée le 10 décembre 2021 pour *Complément d'enquête* sur France 2.

3. *Patrick et ses fantômes*, avec Patrick Poivre d'Arvor, de Normand Chaurette, mise en scène Normand Chouinard.

AFFAIRE ARISTOPHIL : PATRICK LE COLLECTIONNEUR

1. Jamal Henni, « Télévision, livres, justice... la chute de PPDA », *Capital*, 19 février 2021.
2. Audition de Patrick Poivre d'Arvor, Brigade de répression de la délinquance économique (BRDE), 25 novembre 2015.
3. Virement le 27 novembre 2012. Audition de Patrick Poivre d'Arvor, BRDE, 25 novembre 2015.
4. Jérôme Dupuis, « Vente de manuscrits : l'étrange système Aristophil », *L'Express*, 7 mai 2013.
5. Facture n° 041208 d'Aristophil à l'attention de Patrick Poivre d'Arvor, 4 décembre 2008.
6. Audition de Gérard Lhéritier, BRDE, 27 janvier 2016.
7. Lettre de la juge Charlotte Bilger au procureur de la République, 24 décembre 2015.
8. Lettre de Patrick Poivre d'Arvor à la juge d'instruction, 17 novembre 2015.
9. Audition de Patrick Poivre d'Arvor, BRDE, 25 novembre 2015.
10. *Ibid.*
11. Courrier de Me Naepels, avocat de Patrick Poivre d'Arvor, à la juge d'instruction Charlotte Bilger, 4 juin 2016.
12. Audition d'un plaignant, BRDE, 8 novembre 2016.
13. Audition d'une plaignante, BRDE, 8 novembre 2016.

Le prince pince

1. Jamal Henni, « Télévision, livres, justice... la chute de PPDA », art. cité.

LA MORT DE DON JUAN ?

1. Vanessa Springora, *Le Consentement*, Grasset, 2020, p. 175.
2. Patrick Poivre d'Arvor, *La Mort de don Juan, op. cit.*
3. Jérôme Béglé, « Patrick Poivre d'Arvor se rêve en Lord Byron », *Paris Match*, 26 août 2004, p. 5.
4. Patrick Poivre d'Arvor, *La Mort de don Juan, op. cit.*, p. 19.

5. Patrick Poivre d'Arvor, *Tenir et se tenir*, *op. cit.*, p. 21.
6. Patrick Poivre d'Arvor, *La Mort de don Juan*, *op. cit.*, p. 196.
7. *Ibid.*, p. 143.
8. *Ibid.*, p. 76.
9. *Ibid.*, p. 74.
10. *Ibid.*, p. 37.
11. *Ibid.*, p. 72.
12. *Ibid.*, p. 166.
13. Audition de Patrick Poivre d'Arvor, BRDP, 18 mai 2021.
14. Patrick Poivre d'Arvor, *La Mort de don Juan*, *op. cit.*, p. 77.
15. *Ibid.*, p. 105.
16. Patrick Poivre d'Arvor, *Tenir et se tenir*, *op. cit.*, p. 75.
17. Patrick Poivre d'Arvor, *À demain*, *op. cit.*, p. 88.
18. Patrick Poivre d'Arvor, *Les Femmes de ma vie*, *op. cit.*
19. Aude Lorriaux, « PPDA, une nouvelle femme, mineure au moment des faits présumés, affirme avoir été violée par Patrick Poivre d'Arvor », *20 Minutes*, 23 juillet 2021.
20. *Ibid.*
21. *Ibid.*
22. Patrick Poivre d'Arvor, *La Mort de don Juan*, *op. cit.*, p. 34.
23. *Ibid.*, p. 89.
24. Patrick Poivre d'Arvor, *L'Expression des sentiments*, *op. cit.*, p. 15.
25. *Ibid.*, p. 29.
26. *Ibid.*, p. 91.
27. Patrick Poivre d'Arvor, *La Mort de don Juan*, *op. cit.*, p. 72.
28. *Ibid.*, p. 30.
29. Gabriel Matzneff, « PPDA : comme tout célibataire, mon frère Olivier est pour le mariage… des autres », *Paris Match*, 28 juin 1985.
30. Gabriel Matzneff, *Mes amours décomposés*, Gallimard, 1992, coll. « Folio », p. 184.
31. Aude Dassonville, Yann Bouchez et Lorraine de Foucher, « De nouvelles accusations de violences sexuelles contre Patrick Poivre d'Arvor », *Le Monde*, 15 mars 2021.
32. Vanessa Springora, *Le Consentement*, *op. cit.*
33. *Ibid.*, p. 149.
34. *Ibid.*, p. 162.
35. *Ibid.*, p. 153.
36. *Ibid.*, p. 134.
37. *Ibid.*, p. 168.

38. Plainte en dénonciation calomnieuse de Patrick Poivre d'Arvor, 22 février 2022.
39. Patrick Poivre d'Arvor, *La Mort de don Juan*, *op. cit.*, p. 165.
40. *Ibid.*, p. 205.

SOUS LES YEUX DE SOLENN

1. Audition de Marie-Hélène Mille, BRDP, 13 avril 2021.
2. Benoît Daragon, « Affaire PPDA, le récit de nouvelles plaignantes », *Le Parisien*, 30 septembre 2022.
3. *Ibid.*
4. Interview d'Estelle Youssouffa, réalisée le 21 décembre 2021 pour *Complément d'enquête* sur France 2.
5. « PPDA, 20 femmes prennent la parole », Mediapart, 9 mai 2022.
6. Audition de Patrick Poivre d'Arvor, BRDP, 18 mai 2021.
7. *Paris Match*, « PPDA, derniers jours avant l'écran noir », 3 juillet 2008.
8. « PPDA, 20 femmes prennent la parole », interview citée.
9. Audition de Patrick Poivre d'Arvor, BRDP, 18 mai 2021.
10. Rencontre avec Bénédicte Martin, jeudi 20 octobre 2022.

Le Prince Noir

1. Patrick Poivre d'Arvor et Éric Zemmour, *Les Rats de garde*, Stock, 2000.
2. Lénaïg Bredoux, Berenice Gabriel, Youmni Kezzouf, Valentine Oberti, David Perrotin, Marine Turchi, « Violences sexuelles, Éric Zemmour est accusé par huit femmes », Mediapart, 8 mars 2022.
3. Déclaration d'Éric Zemmour sur France 2, 9 décembre 2021.
4. *Les Rats de garde*, *op. cit.*, p. 105.
5. *Ibid.*, p. 110.

ÉPILOGUE
RENDEZ-VOUS MANQUÉ AVEC L'IMMORTALITÉ

1. Patrick Poivre d'Arvor, *Elle n'était pas d'ici*, *op. cit.*, p. 102.
2. Patrick Poivre d'Arvor, *La Traversée du miroir*, *op. cit.*, p. 134-135.
3. Patrick Poivre d'Arvor, *La Mort de don Juan*, *op. cit.*, p. 213.

REMERCIEMENTS

Je tiens à remercier en premier lieu toutes celles qui m'ont fait confiance et qui ont accepté de me rencontrer pour me livrer leur témoignage. Sans leur courage, sans leur détermination, je n'aurais pas pu réaliser mon documentaire pour France 2 et ce livre-enquête sur l'affaire PPDA. Elles se reconnaîtront, nombreuses, dans les pages de cet ouvrage. Je garde en souvenir une conversation de plus de deux heures avec une femme qui m'a raconté son histoire forte, inédite et emblématique avec l'ex-icône de la télé. Une fois le chapitre écrit, elle a pris peur et a préféré retirer son témoignage au dernier moment. Désillusion pour moi mais surtout preuve du pouvoir de dissuasion de PPDA sur certaines femmes encore fragiles. Je pense aussi à toutes celles qui ont souhaité rester silencieuses, pour le moment.

Je suis reconnaissant envers toutes celles et tous ceux qui ont témoigné devant la caméra et dans ce livre. Ils et elles sont notamment cité(e)s dans le chapitre « Personne ne parle ». Beaucoup de mes anciens collègues de TF1 ont accepté de discuter en off.

J'aurai aimé qu'elles et ils le fassent ouvertement avec leur nom et leur fonction. Ces témoignages à visage découvert aideraient les plaignantes dans leur bataille judiciaire et les journalistes dans leurs enquêtes pour établir l'ampleur du système PPDA.

Je tiens à saluer particulièrement toutes celles et tous ceux qui ont refusé de participer à mon travail d'investigation. Pour protéger leur carrière, leur réputation, leur vie ouatée et confortable. La cécité, la lâcheté et l'hypocrisie de certains et certaines dans notre milieu doré de la télévision a fait prospérer la carrière de l'ex-présentateur. Dans cette affaire PPDA, les anonymes s'exposent, les plus connu(e)s se cachent. Leurs refus, leurs jokers, leurs absences de réponse ont renforcé ma détermination et mon abnégation pour mener à bout l'enquête la plus compliquée de ma (jeune) carrière. À quand un réel *mea culpa*, un véritable *media culpa*?

Merci infiniment à mon éditrice et PDG des Éditions Fayard Isabelle Saporta qui m'a donné carte blanche et une liberté absolue pour écrire mon premier livre ; à mon éditeur Thomas Vonderscher, qui a été un allié précieux dans le travail quotidien ; à Noémie Hourat pour la relecture ; à Maxime Lledo pour les relations presse ; à Laurent Bertail pour les relations libraires et salons ; et à toutes les équipes de Fayard de participer à la bonne exposition de ce livre.

Je remercie chaleureusement ceux et celles qui m'ont aidé dans cette enquête ardue depuis un an et demi. En premier lieu, Éric Colomer (Dreamway), le producteur du sujet « PPDA, la chute d'un intouchable » qui a été un partenaire indispensable, attentionné et engagé pendant mes sept premiers mois d'enquête. Je pense aussi à Mikaël Bozo, le monteur exigeant du documentaire avec qui nous avons partagé une salle de montage (sans fenêtres !) pendant sept semaines pour bâtir cet édifice PPDA pour France 2. Les images du sujet étaient en grande partie signées par la talentueuse et consciencieuse Manon Descoubès. J'ai eu un grand plaisir à retravailler avec la « dream team » de *Complément d'enquête* : Séverine Lebrun (rédactrice en chef adjointe), Hugo Plagnard (rédacteur en chef) et Tristan Waleckx, le présentateur de l'émission rencontré en 2008 à mon arrivée à TF1.

J'ai une pensée particulière pour Benoît Duquesne, le fondateur et présentateur de *Complément d'enquête*, qui est venu me recruter à TF1 et qui m'a donné la passion de l'enquête et de l'investigation. J'ai passé cinq années à *Complément*, mes plus belles années (à ce jour) avec la diffusion de quarante reportages.

Merci à mes premières relectrices et premiers relecteurs pour leurs retours ciselés, francs et sans concession, particulièrement Marie de Vallois-Moquet, Anne-Claire Lévêque, Phedora Maryan-Green et Louis Olivier, mon vieil ami rencontré à la Sorbonne qui m'a fait entrer à TF1. À mes consœurs et confrères qui ont travaillé sur le dossier tentaculaire PPDA, que je cite régulièrement dans mon livre, écrivant dans *Le Parisien*, *Le Monde*, *Libération*, Mediapart, *L'Obs*, *L'Express*, *Causette*… Je ne conçois pas le journalisme d'investigation comme un exercice solitaire car à plusieurs plumes et plusieurs regards, nous sommes complémentaires et plus forts.

À celles qui m'ont inspiré dans mon modeste travail d'écriture, Camille Kouchner (*La Familia Grande*) et Vanessa Springora (*Le Consentement*).

À Clara Luciani (que je ne connais pas!) qui m'a reboosté dans mes fastidieuses recherches avec son morceau « La grenade » au titre si évocateur. Coucou aussi au « Djam radio » qui m'a accompagné pendant mes longues journées d'écriture seul face à un écran blanc et silencieux.

À mes chers parents et à mon beau-père qui m'ont donné le goût de lire, d'écrire, de voyager, de photographier et qui m'ont toujours soutenu dans mon souhait de devenir journaliste depuis le plus jeune âge.

À ma chère femme qui a été en permanence à l'écoute de mes doutes, de mes coups de stress, toujours percutante et de bon conseil. Elle a toujours accepté cette vie de journaliste, faite d'imprévus, de nocturnes, de départ le jour même pour un reportage, une mission à l'étranger... La rédaction de ce livre est aussi entrée dans la vie de mes quatre enfants qui m'ont encouragé à leur manière! Des petits mots cachés par mon fils dans mes carnets de notes; des « petits bacs » remplis par ma fille aînée avec dans la catégorie « œuvre littéraire » pour la lettre « P » : *PPDA Le Prince Noir*; des pages banches griffonnées par mes jumeaux avec PPDA écrit en lettres capitales.

À mes collègues et amis qui m'ont poussé dans mes retranchements en me demandant souvent pourquoi je m'intéresse autant à PPDA. À « la bande » de copains et copines qui m'a soutenu dans mon marathon depuis un an et demi.

Enfin, chères lectrices, chers lecteurs, merci d'avoir acheté ce livre sur un sujet si important. Une fois *PPDA Le Prince Noir* refermé, l'enquête n'est pas terminée pour autant, elle continue. Si vous avez des questions, des remarques, des choses à raconter, je prendrai le temps de répondre à vos messages de manière confidentielle. Vous pouvez m'écrire à cette adresse ppdaleprincenoir@gmail.com

TABLE

Cet ouvrage a été imprimé en France par
CPI Brodard & Taupin
Avenue Rhin et Danube
72200 La Flèche (France)

pour le compte des Éditions Fayard
en janvier 2023

Photocomposition Belle Page

PAPIER À BASE DE
FIBRES CERTIFIÉES

Fayard s'engage pour
l'environnement en réduisant
l'empreinte carbone de ses livres.
Celle de cet exemplaire est de
900 g éq. CO_2
Rendez-vous sur
www.fayard-durable.fr

N° d'édition : 88-4801-2/01 - N° d'impression : 3050783